古典詩歌研究彙刊

第十輯

龔鵬程 主編

第 15 冊

明代「詩以聲為用」觀念研究

余 欣 娟 著

國家圖書館出版品預行編目資料

明代「詩以聲為用」觀念研究／余欣娟 著 — 初版 — 新北市：
花木蘭文化出版社，2011〔民100〕
目 2+242 面；17×24 公分
（古典詩歌研究彙刊 第十輯：第 15 冊）
ISBN 978-986-254-587-4（精裝）
1. 明代詩 2. 詩評
820.91 100015356

ISBN-978-986-254-587-4

9 789862 545874

古典詩歌研究彙刊
第十輯 第十五冊 ISBN：978-986-254-587-4

明代「詩以聲為用」觀念研究

作 者	余欣娟	
主 編	龔鵬程	
總 編 輯	杜潔祥	
出 版	花木蘭文化出版社	
發 行 所	花木蘭文化出版社	
發 行 人	高小娟	
聯 絡 地 址	新北市永和區中正路五九五號七樓	
	電話：02-2923-1455／傳真：02-2923-1452	
網 址	http://www.huamulan.tw 信箱 sut81518@gmail.com	
印 刷	普羅文化出版廣告事業	
初 版	2011 年 9 月	
定 價	第十輯 20 冊（精裝）新台幣 28,000 元	

明代「詩以聲為用」觀念研究

余欣娟 著

作者簡介

余欣娟，國立東華大學中國語文學系博士。研究領域古典詩論、現代詩學。曾任東華大學中文系兼任講師、臺灣師範大學華語文學科兼任助理教授、交通大學通識教育中心博士後研究。著有《一九六〇年代台灣超現實詩——以洛夫、瘂弦、商禽為主》、《明代「詩以聲為用」觀念研究》，以及《走入歷史的身影：讀新詩遊臺灣》（合著）、《風櫃上的演奏會：讀新詩遊臺灣》（合著）。

提　　要

　　歷來討論明代「格調」、「復古」說，已注意到「聲調」是明代詩學之重要議題，然而卻較少關注到聲調具有內容意義，可作為詩教之用。明代詩人強調聲調不僅僅徒為感官聲響，而是「聲情類應」，能感化人心、反映世道，此一觀念正是對治宋代以來「聲感」在創作觀念上的失落。因此明人從實際創作與批評上，取法「高響入雲」的唐音，即是因為唐詩因聲情練達，極能「感」人。在觀念上，明人遠溯樂教「音由心生」、「音律反映世道」以及《詩經》「詩樂合一」的理念，自「詩的內部音樂性」聲調，延續〈樂記〉的「聲義」觀念，以「聲感」行和情性、美教化的作用，使聲調美善合一。

　　因此，溫柔敦厚之詩教，不僅從文字義可得，亦能從詩聲表現。惟有「文字義」與「聲義」具足，「詩義」才算完整。明人即是深刻地體會到此一觀念，而務求「聲情練達」，將「格律」使喚成「聲調」，達到「內容與形式合一」的「聲感」作用。當我們採取「詩以聲為用」的脈絡討論明代詩學，即是突顯明人重視「聲情類應」、「以聲為用」的復古觀念；以聲用詩不僅僅為藝術美之考量，同時亦融通了「和情性、美教化」的詩教理念。

目

次

第一章 緒 論

第一節 問題的導出

一、「聲情類應」之雙向作用

近代樂者江文也曾經寫過一段關於音樂喚起聽者共鳴的文字：

如果歌者的歌既善且美，它能喚起我們的共鳴時，我們覺
得身體內在中的某部分彷彿即可更向上昇華一層。就這
樣，我們從外在的刺激中醒覺過來，與它合為一體，我們
覺得步步高升似的。此時，已不單單是和唱而已，也不單
單是在我們身上引起某種被動的刺激而已，這樣的程度早
就被超過了，我們面對的，是要求更善更美的東西。我們
的內在要求與它共鳴，合為一體，此後，我們自身即可提
升至某一高峰。

我們如從肉體考量，不難發現此歌曲中有某種旋律的要
素，它是黏著我與他人最好的接觸點。我人生命之鼓動與
他人生命之鼓動、我人感情之起伏與他人感情之起伏。完
全在同一旋律的烘爐中融合一體。如是同歡，如是同悲，
它是活生生的東西。〔註1〕

〔註 1〕 江文也著，楊儒賓譯：《孔子的樂論》（臺北：臺大出版中心，2004 年），
頁 82。

上述這段文字嗅不到學術的味道，但卻是樂者對音樂最眞實深刻的感觸。江文也是臺灣日治時期知名的音樂家，特別致力於研究中國古樂及祭祀所用之樂器，並將古樂轉換成現代管弦樂曲。〔註2〕他曾以西洋管弦樂重新呈現〈大晟樂章〉，視之爲正雅樂的繼承。〔註3〕「詩以聲爲用」觀念來自「詩樂合一」的原初型態，明人將對「樂」的體悟實踐於詩創作中。因此，我們以江文也的談話進入「問題的導出」，一方面是借重近代樂者之言，從音樂重新契入「詩樂合一」的傳統脈絡；另一方面，藉其言可知，音樂所帶來的「共鳴」與「同情共感」不爲時空所限，乃是以生命眞實參與的藝術感受，此處正是明代詩人採取「以聲爲用」，以「聲調」傳情而溫柔敦厚的原因所在。江文也認爲我們貼近歌曲的旋律，生命與之鼓動，感情隨之起伏，「已不單單是和唱而已，也不單單是在我們身上引起某種被動的刺激而已」，最重要的原因在於彼此「共鳴」，聽者參與其中，同悲同歡。這就是聲音之「感」的作用。

西方一直對音樂之於情感的作用，有著濃厚興趣，他們多從「實驗心理學」去理解、歸納人們對各種類型音樂的感受。瓦倫汀（C. W. Valentine）在《實驗審美心理學》一書統計各種實驗數據，試圖找到

〔註2〕 江文也在一九三四至一九三七年連續四年獲得日本與國際音樂比賽作曲獎，享有聲譽。一九三六年曾以「臺灣舞曲」獲選十一屆柏林奧林匹克特別獎。江文也研究古樂而將之轉換成現代音樂之始末可參見俞玉滋：〈江文也年譜〉，收入劉靖之主編：《民族音樂研究：江文也研討會論文集》（香港：香港大學亞洲研究中心與香港民族音樂學會聯合出版，1992年），第三輯，頁34～35。

〔註3〕 「在用西洋管弦樂把〈大晟樂章〉呈現之際，我沒有拘泥於某一朝代的某形式，而是把它們都當成正雅樂給予均稱的重視……我認爲：把中國音樂文化加以批判性的發展，是我應當嘗試的。這種批判性的發展，後人是可以知道的，正像孔子所說：殷禮繼承夏禮有所損益，周禮繼承殷禮有所損益，都是可以知道的，那麼如有人繼承周禮，『就是百世以後，也是可以知道的……』」。江文也著，江小韻釋譯：〈孔廟的音樂——大晟樂章〉，收入劉靖之主編：《民族音樂研究：江文也研討會論文集》（香港：香港大學亞洲研究中心與香港民族音樂學會聯合出版，1992年），第三輯，附錄二，頁306。

音樂與情感的對應規則；然而，卻發現受限於個別之「主觀感受」而難以一致。例如不同的實驗者對莫札特的《A 小調奏鳴曲》有著兩種極端的反應：有人極度愉快滿足，卻也有人焦躁不安。不過，從實驗過程仍可以發現，即便「音樂的感悟力」及「主觀感受」足以使實驗結果紛呈不一，但卻不可否認地，每位實驗者都擁有屬於自己的音樂感受。因此，音樂的確能使人有「感」；尤其詩歌具有規律的音樂性，即便不懂語辭文字，也能藉由詩的音樂性喚起情感。〔註4〕蘇珊・朗格（Susanne. K. Langer）認為「音調結構」與「人類的情感形式」在邏輯上有著高度相似性，二者皆有「增強與減弱，流動與休止，衝突與解決，以及加速、抑制、極度興奮、平緩和微妙的激發，夢的消失等等形式」，這「一致性」不為單純的喜怒哀樂，而是更深刻地在「生命感受到一切事物的強度、簡潔和永恆流動中的一致」。〔註5〕

　　蘇珊・朗格所指出的就是「聲」與「情」因其相似性，遂有「類應」關係，而能產生互動。「聲」與「情」的互動在中國傳統文化中有著悠遠的歷史，我們常可見到文學作品展現聲音與情感相互依隨的結構，如王褒〈洞簫賦〉將個體情感如「壯、溫、仁、武、哀、恬」等融練至旋律當中，呈現出「慷慨競盛、優柔渾緩、拔搬密慄、連綿靡慢」等變化；又見杜摯〈笳賦〉「操笳揚清，或縕縕以和懌，或悽悽以噍殺」，「縕縕」與「和懌」、「悽悽與噍殺」各自互動，〔註6〕展現「聲

〔註4〕可參見瓦倫汀（C. W. Valentine）著，潘智彪譯：《實驗審美心理學》（臺北：商鼎文化出版社，1991 年），下冊，音樂、詩歌篇，頁 111、178～179。

〔註5〕蘇珊・朗格（Susanne. K. Langer）著，劉大基等譯：〈感情符號〉，《情感與形式》（臺北：商鼎文化出版社，1991 年），頁 36。「聲情互動」的說法可見格式塔心理學派。（gestalt psychology），參見鄭毓瑜：〈阮籍的音樂審美觀〉，私立淡江大學中國文學研究所主編：《文學與美學》（臺北：文史哲出版社，1990 年），頁 67。鄭毓瑜：〈樂論中的審美觀念〉，《六朝藝術理論中之審美觀研究》（臺北：國立臺灣大學中國文學研究所博士論文，1990 年 5 月），頁 11～18。

〔註6〕「聲情互動」之例證參見鄭毓瑜：〈阮籍的音樂審美觀〉，私立淡江大學中國文學研究所主編：《文學與美學》（臺北：文史哲出版社，1990 年），頁 67～68。

情類應」。細看杜摯〈笳賦〉,「縕縕」意謂「紛亂」,「和懌」解釋作「和諧喜悅」,「嘄殺」爲「聲音細小急促」;文中所展現「笳聲」不僅僅是音樂旋律而已,而是在聲情當中交融了人之情感。因此,笳聲既是紛亂又顯喜悅,猶如人喜悅時內心之紛雜不平靜。換言之,我們對詩歌的索求並不純粹是感官欲樂而已;深層地來說,是經由音樂與情感在邏輯結構上的一致性,而能「聲情類應」,將自身投諸於吟詠之中,藉此抒發詩義,使我與他人能在「音樂與情感」的交互作用中,融通彼此,而達到「同情共感」。明代「詩以聲爲用」觀念所側重的就是上述所說的「聲情類應」。先秦時期,「樂」不僅僅是一套娛樂表演,它還負擔了政治、教育功能,稱之爲「樂教」,因而詩歌具有美善合一的特性。在樂教的觀念中,「樂」能夠「感」人、傳達情緒,亦可使人順服。明人特別看重此點,將樂教的觀念重新帶入詩歌中。

「詩」與「樂」的共通點在於皆有「聲」,因此二者在實踐的過程當中相結合。「聲」也是「詩」與其他文類賴以區別的要素,我們稱「詩的聲音」爲「詩聲」。凡「詩的內部音樂性」,諸如「字韻」、「音節」、「韻律」、「聲調」皆屬「詩聲」。我們先對上述用詞做簡單的定義。「字韻」的界義最嚴格是「聲韻相同的同音字」,若寬鬆一些則是「等呼相同的疊韻字」,或「僅分四聲而不別等呼的半疊韻」;乃至「四聲也不分的平仄通韻」;若是變格則可以有「雙聲韻」。〔註7〕「音節」是一種節奏,具有「時間距離」;此一「距離」有賴「韻」之同聲與異音交錯,方能在有規則的重複中佐以變化而產生節奏。「韻律」是指聲音的重複以及音高、強弱長短的排列。「聲調」意指如字音、音節、篇章結構所形成的吟詠韻律。「聲調」一詞在本文尚具有「整體風貌」之意,有如「體貌」的用法。因此,「聲調」乃是由「詩聲」綜合詩的整體風貌;而「聲調」因有各自的風貌、色澤而具有「聲情」,有別於客觀平仄格律。「聲律」或稱「音律」,狹義專指樂律,如十二

〔註7〕 「韻」的義界見郭紹虞:〈中國文學中音節問題〉,《語文通論續集》
    (上海:開明書局,1949年),頁2。

律呂、宮調、音階等；廣義泛指聲音之規律化，可用於語言之平仄。若嚴謹區分，則「聲律」是指詩聲尚未形成一種規格化，因此自然音韻也是一種「聲律」；而「格律」則已經具有固定的平仄規範。本文即採後者之界義。

　　明人講究「格律」、「聲調」，並非不重視文字義，而是透過人為詩歌律的鍛鍊，使詩聲有「感」，滋長情意；同時亦回復禮樂教化下，身心文質相和的理想樣態。〔註8〕什麼是「感」？「感」近乎是一種直覺。據《說文解字》解釋：「感，動人心也」。〔註9〕內心受到外在刺激，遂產生心理反應。《禮記·樂記》從「心－物－感－情－聲－音」指出「聲感」之源由，指出「聲、音、樂」三者的次第關係：

　　　凡音之起，由人心生也。人心之動，物使之然也，感於物而動，故形於聲。聲相應，故生變，變成方，謂之音。比音而樂之，及干戚、羽旄，謂之樂。〔註10〕

「感物」之「物」在此語脈裡乃「外境」，泛指外在一切自然、人事意義。〔註11〕人心受到外在環境刺激，產生變動，而將感受寄託於「聲」。凡是口中發出的響聲皆是「聲」。「聲」與「聲」交錯相和，

〔註8〕　鄭毓瑜認為禮樂舞一體的教化成效，是人從內（心志）到外（儀行）的完整教導。嗟嘆詠歌，及手舞足蹈都能牽動情緒反映，而使人在禮樂教化下自然而然中和有節，而又具有文質相和的身心樣態。鄭毓瑜：〈詩大序〉的詮釋界域，《文本風景：自我與空間的相互定義》（臺北：麥田出版社，2005 年），頁 249～250。

〔註9〕　〔漢〕許慎著，〔清〕段玉裁注：《新添古音說文解字注》增修版（臺北：紅葉文化事業有限公司，1999 年），頁 517。

〔註10〕　〔清〕孫希旦解：〈樂記〉第十九之一，《禮記集解》（下）（臺北：文史哲出版社，1990 年），卷三十七，頁 976。

〔註11〕　唐代張守節解釋《史記·樂書》「感於物而動，故形於聲」，云：「物者，外境也。外有善惡，來觸於心，則應觸而動，故云物使之然也」。〔漢〕司馬遷著，日·瀧川龜太郎考證：〈樂書〉第二，《史記會注考證》（臺北：樂天出版社，1972 年），卷二十四，頁 431。黃景進認為以「外境」包含善惡之人事意義，更能說明〈樂記〉「樂」與「政道」相通的思想。黃景進：〈境與創作觀念的結合：六朝至初唐的三教融合〉，《意境論的形成：唐代意境論研究》（臺北：臺灣學生書局，2004 年），頁 75。

產生抑揚高下的變化，猶如文章五色交錯，謂之「音」，也就是歌曲。歌曲再加上樂器合奏就形成了「樂」。從上述可知，「聲」爲單音，即是「樂」的最小單位。故我們以「聲感」一詞表示「音由心生，感物而動」的表現作用；而「情」發爲「聲」、成爲「音」之後，亦成爲「物」，而能再以聲音「感」人。因此，「聲感」以「感」爲樞紐，具有「聲情類應之雙向作用」。

二、「聲義」源自「感」的作用

「聲調」不像文字義目視可得，有賴不斷吟詠才能顯露「聲情」，滋長情意。詩若沒有吟詠之味，則無法使人迴盪不已。換言之，「詩」若少了「聲調」，則沒有辦法提供「聲感」，也就不會成爲一生發的有機體。因此，「聲調」應當具有某種「功能性」，能增添詩義，而不僅僅是一客觀普遍化的「格律」而已。漢代鄭玄（西元 127～200）便直言：「名樂記者，以其記樂之義」，〔註 12〕《禮記‧樂記》也載明音樂具有「意義」；因此我們稱「樂之義」爲「聲義」。明人便是識得「詩聲」與文字同樣具有「意義」，因此主張「聲義」是詩作的一部份，能觸發詩義。

什麼是「意義」呢？「意義」的解釋十分複雜，從「語言符號」來說，〔註 13〕它是指語言中的表詞、構句或語句（expression, construction, or sentence）。「意義」可以是「字面意義」（literal meaning），如同字典的意義定義，而不具有象徵性的語言；例如「大學生」意指「在大學院校就學的人」。「意義」也可以是屬非字面義的「象徵性意義」；例如「一江春水向東流」，藉由春天冰雪融化，河水潺潺向東流去，象徵內心「綿延不絕的愁緒」。

〔註12〕〔清〕孫希旦解：〈樂記〉第十九之一，《禮記集解》（下），卷三十七，頁 975。

〔註13〕「意義」的定義可分爲「字面意義」、「象徵性意義」、「表達情感的意義」、「認知意義」、「意義理論」詳見羅伯特‧奧迪（Robert Audi）英文主編，王思迅主編：〈meaning〉，《劍橋哲學辭典》（臺北：貓頭鷹出版社，2002年），頁 738～744。

　　從「語言文字」來定義「意義」，是一般人所熟知的「意義」來源。然而「聲義」無法依循上述途徑來加以界定，因為「聲音」屬於非語言性，係一種心理與聽覺感官的交互感受。我們先從「範疇」來界義「聲義」。聲義範疇分為「聲音的符號」、「聲音的象符」及「聲音的指符」等三種記號（sign）。「符號」（symbol）又稱「約定記號」（conventional sign），是概念的媒介，需要經過人為學習、安排而傳達出某種含意，例如樂曲就是「聲音的符號」。「象符」（icon）是指其形式相應、類似於指稱對象，或者彼此具有相似的特徵，能夠直接認識之，例如元曲〈大德歌〉「淅零零細雨灑芭蕉」當中「淅零零」便是狀聲語，形容風雨聲。「指符」（index）又稱「自然記號」（natural sign），此種記號與指稱對象有著因果上或統計上的相互關係，「自然記號」的產生乃出於自然而非刻意；例如小孩子因外在冷熱而放聲大哭，此為本能之反應，哭聲僅僅是冷熱感相對的情緒宣洩。〔註14〕我們所討論的「詩聲」不完全屬於非語言，因為詩的字音、句式音節都倚賴著語言文字方能顯現，而當中又有形聲字、狀聲詞等等的交疊處。但大體來說，「詩聲」之「聲義」是屬第一種「聲音的符號」，乃經由人為安排，具有某種含意，但因應中國文字的特性，此處「聲義」也包含了「聲音的象符」的運用。以下本文之「聲義」皆屬此範疇。

　　接著，我們從「聲音的功能性」去界定「聲義」。「聲音」多半具有「表達情感」的功能，為一種表達態度；同時，也包涵「象徵性意義」。以「樂」來說，在中國文化的傳統裡，「宮調」不僅僅是一種音階調式，而且還代表了某種「情感態度」，如「宮調」被認為是一種「聲音之正」，具有「和諧雅正」之情感，可用於陶冶性情之用。《周禮・春官》記載，「天神」、「地祇」、「人鬼」這三大祭不用「商調」，是因

〔註14〕「記號」、「符號」、「象符」、「指符」的各項定義參見羅伯特・奧迪（Robert Audi）英文主編，王思迅主編：〈theory of sign〉，《劍橋哲學辭典》，頁 1226。

爲其音高亢堅剛而隱含「殺伐之意」，不宜在慶典場合使用。〔註15〕上述顯然都是從倫理學去區判出「表達情感的意義」，從「道德」去指導行爲，隱含價值義。此外，宮商角徵羽也與陰陽五行比附象徵，例如商調屬性爲，〔註16〕象徵殺伐。因此，中國傳統詩樂觀念，不習於將「意義」從行爲和情感面向中抽離出來，而單獨成一「認知意義」或「意義理論」。

綜合上述對「聲義」的討論及舉例，可知在中國文化傳統裡，「聲義」來自於聲音能夠「表達情感」，而且「聲義」往往被期許爲具有「道德意涵之情感」。因此，中國其實是從聲音本身契入「存在經驗的意義」，以此理解「聲義」。龔鵬程在〈文學的形式與意義〉一文，以「人存在的形式」爲例，說明當我們在問：「人生有甚麼意義？」同時是在問：「人這種東西，究竟可以或應該具顯、完成什麼樣的意義」，而文學家若是具備「深刻的存在感與形式察覺」，會在文學表現上藉「形式來逼近存在的方式」。〔註17〕因此，從聲音本身契入「存在經驗的意義」，此一「意義」近於「價值」，是由物之存在所具備的「功能」而言。如同上述我們所說，「樂」能夠「表達情感的意義」，具有「道德意涵之情感」，即是以道德的價值論之。而此一「功能」

〔註15〕《周禮・春官》所記載的三大祭典音樂裡缺乏商調。〔漢〕鄭玄解釋其緣由：「此樂無商者，祭尚柔，商堅剛也」。〔宋〕朱子進一步解釋，而云：「何以無商音？曰：『五音無一則不成樂，非是無商音，只是無商調』。先儒謂：『商調是殺聲，鬼神畏商』」。〔漢〕鄭玄注，〔唐〕賈公彥疏，趙伯雄整理：《周禮注疏・春官宗伯》（臺北：臺灣古籍出版公司，2001 年），卷二十二，頁 690。〔宋〕朱熹著，〔宋〕黎靖德編：〈春官〉，《朱子語類》（臺北：正中出版社，1973 年，據國立中央圖書館藏明成化九年江西藩司覆刻本及宋咸淳六年導江黎氏本。據日本內閣文庫藏覆成化本修補），卷八十六，禮三，頁 3530。

〔註16〕〔唐〕賈公彥注解鄭玄「此樂無商者，祭尚柔，商堅剛也」之語，即言商調堅剛是由於「商是西方金」。〔漢〕鄭玄注，〔唐〕賈公彥疏，趙伯雄整理：《周禮注疏・春官宗伯》，卷二十二，頁 694。

〔註17〕龔鵬程：〈文學的形式與意義〉，《文學散步》（臺北：學生書局，2005 年），頁 73、77。

不是「工具性」，而是「體用相即」之「用」。「樂」的「聲音曲調本身」就是「體」，有「體」必有「用」，而其「用」就是「感」。「聲感」也就是聲音之「意義」及「價值」。

顏崑陽曾以〈詩大序〉爲例，清楚闡明儒系詩學的「體用」觀，將詩之「用」析分爲兩層：第一層是「事物因其『體』本具而未衍外的『功能』」，第二層之「用」意謂「詩之『體』已衍外而作用於事物所產生的『效應』」。〔註18〕我們援引顏崑陽之說，從「詩聲」的「自體功能」與「衍外效用」界定「聲義」：第一層爲「詩聲的自體功能」即是「聲感」，具有「『聲情類應』之雙向作用」。這「雙向作用」包含有二：一是詩聲能夠「表達情感」。二是「詩聲」具有聲情，而能再使人有「感」。第二層爲「詩聲的衍外效用」爲教化之用。詩聲被期許具有「道德意涵之情感」，因而能以「正聲」行溫柔敦厚之教。

前述已說明「聲義」有賴「形式」作爲媒介，才能形成「聲感」。我們先分析「內容」與「形式」二者的關係，進而釐清「聲義」所依靠的「形式」爲何？又何以「聲音形式」能提供「感」的作用。

一般學者依傳統的文學觀念，常將形式與內容二分。所謂的「內容」是指讀者從作品紬繹出來，而可用概念性語言再說出來的主題、題材，表現出其觀念與情緒。「形式」則是「內容」的存在方式，包含內部結構，例如韻律、篇章、情節、構圖；或者音調、詞彙、顏色、線條等的外在形象。換言之「形式」承載著「內容」。英美形式主義者曾研究詩的聲音形式，認爲這些反覆相連的音質以及韻律位上的聲音位置，其聲音效果具有意義與情調（meaningtone）。〔註19〕實際上，

〔註18〕顏崑陽：〈從〈詩大序〉論儒系詩學的「體用」觀〉，國立政治大學中國文學系主編：《第四屆漢代文學與思想學術研討會論文集》（臺北：國立政治大學中國文學系，2002年），頁29～30。

〔註19〕韋勒克（Wellek）、華勒（Warren）著，王夢鷗譯：〈文學的諧音與韻律〉，《文學論》再版（臺北：志文出版社，2000年），頁253～254。韋勒克註釋了一些相關的參考書目，如英國貝特（W.J,Bate）在〈濟慈的文體論之發展〉一文分析濟慈詩歌中的「聲喻」。布里克（Osip Brik）〈聲音的譬喻〉。

內容無法離開形式，我們要瞭解「內容」只有從「形式」去體會；例如小說的事件倚靠情節傳達，若改變了「形式」，往往就等於更動了「內容」。這種情況在翻譯語言上往往可見，尤其以詩最爲顯著。不論是古典詩譯釋爲白話文，或是中翻英、英翻中，「文字義」雖可轉譯，但「韻律」卻難以隨著內容輕易被翻譯出來。

我們將「詩的意義」視爲是「內容與形式合一」的整合體，稱爲「詩義」。龔鵬程即認爲「詩義」乃是由押韻、特殊的文法構造、文字比喻與富於表意之音質，再加上可被散文簡述之「概要」所合併而成。〔註20〕我們分析上述詩義之構成，可化約爲「語言形式」與「聲調形式」二種。「語言形式」就是英美形式主義者所說的「有意義的形式」。「有意義的形式」一詞爲克萊夫・貝爾（Clive Bell，1881～1964）所創〔註21〕，係指形式能激起我們的審美情感。「聲調形式」則是指詩的「聲音形式」，即是音的重複、高低、強弱、長短的排列，經過安排後形成音節、篇章結構。蘇珊・朗格認爲「詩」與「樂」的「音樂性」雖然不是一種語言形式，但同樣也是「有意義的形式」。縱然它「缺乏一種語言的基本特徵——固定的組合，進而缺乏單一明確的關係」，但我們卻可將「某種與其相適的含意，加入到它微妙的結合形式中」，因此通過「詩」、「樂」之音樂性，可以領略「生命與感覺的過程」。〔註22〕故我們可以說詩的「聲調形式」與「語言形式」皆爲「有意義的形式」。

〔註20〕龔鵬程：〈文學的形式〉，《文學散步》（臺北：學生書局，2003 年），頁 69。

〔註21〕「有意義的形式」在《藝術》一書譯爲「有意味的形式」。貝爾在《藝術》一書解釋何謂「有意義的形式」，即是「在各個不同的作品中，線條、色彩以某種特殊方式組成某種形式或形式間的關係，激起我們的審美感情。這種線、色的關係和組合，這些審美地感人的形式，我稱之爲有意味的形式」。克萊夫・貝爾（Clive Bell）著，周金環、馬鐘元合譯：〈什麼是藝術〉，《藝術》，臺北：商鼎文化出版社，1991年，頁 3。

〔註22〕蘇珊・朗格（Susanne. K. Langer）著，劉大基等譯：〈感情符號〉，《情感與形式》，頁 41。

　　接著，我們藉由上述「形式與內容」的關係，說明「聲調形式」的三種概念：〔註23〕一、首先，它意指聲調各個部分的安排，例如字音的抑揚、音節的起伏頓挫以及篇章結構所構成的音響。這些部分經由創作者安排而達到和諧秩序，產生聲調之美。二、聲調不僅僅是聽覺之音響，而是能令人產生情緒，足以影響一首詩的好壞。此時，「聲調」有了高妙、雄渾等美感，不再孤立於「意義」之外。三、「形式」與「內容」對立。此時「聲調」被視為「聲音的一種表現形式」，盛裝著「內容的意義」。聲調本身有別於它的意義。本文採取第一與第二種觀念。

　　「聲調形式」能提供「感」的作用，是因為「有意義的形式」係「形式與內容合一」，並非只有聽覺音響而已。因此，「聲調」經過創作者裝入主題，賦予字音、音節、篇章構成「有意義的形式」，有各殊之風貌，遂能悠喚情感。而另一種聲音形式——「格律」、「平仄譜」則屬於「不帶相應內容」的「基模形式」，在這種情況下，形式可脫離內容而獨立。〔註24〕

〔註23〕「形式」之說參考達達基茲（Wladyslaw Tatarkiewicz）著，劉文潭譯：〈形式：一個名辭與五個概念的歷史〉，從中取用與本文「聲音形式」相關之觀念。達達基茲（Wladyslaw Tatarkiewicz）著，劉文潭譯：〈形式：一個名辭與五個概念的歷史〉，《西洋六大美學理念史》（臺北：聯經出版公司，1989年），頁163～192。

〔註24〕顏崑陽以「基模性形構」與「意象性形構」區分「文學的形式構成」。「基模性形構」是指「先於個別作品而既定的形構，例如『四言體』之詩，每句四個字，隔句押韻，這是詩體發展到『規範階段』，形成既定格式而為詩人們所遵循」，它可以是「超越個別作品的題材內容而為概念性模式的存在」。「意象性形構」則是「有意義的形式」，它指的是「文章內各意義單元之間的『秩序性連結關係』，而最終會表現為整體的『樣態』」。顏崑陽：〈論「文體」與「文類」的涵義及其關係〉，《清華中文學報》第一期（2007年9月），頁16。龔鵬程則以「結構形式」與「意義形式」區分之。「結構形式」是指「文學作品可以脫離意義內容而討論的語言組織形式」。「意義形式」則是將形式與內容緊密結合，此時所謂的意義或內容，「並不是獨立於形式之外，或預存於形式之前的東西」。龔鵬程：〈文學的形式〉，《文學散步》，頁67～69。

三、明代「詩以聲爲用」取法自「樂教」

前述已辨明何謂「聲義」，接著我們進入明代「詩以聲爲用」的觀念。明人認爲詩具有「聲義」，其觀念來自「傳統樂教」。先秦時期，詩、舞、樂三者合一，樂包含曲、辭以及舞蹈，其中的「辭」就是指「詩」。從詩與樂的發生來看，二者分爲文體與樂體，各自有各自的體裁與形式表現，但因爲實際慶典的需要，詩與樂乃整合彼此的音樂性。

「樂教」與「詩教」的最大區別在於：樂教有賴「聲義」，而「詩教」則依賴語言的「文字義」。孔穎達（西元 574～648）疏《禮記・經解》明確區分「詩」與「樂」的教化方式：樂教是以「聲音干戚以教人」，詩教是以「詩辭美刺諷喻以教人」。〔註25〕「詩教」倚賴「文字義」而達到「美刺諷喻以教人」。依據《周禮・春官・大師》及〈詩大序〉記載，詩辭的表達方法爲「賦、比、興」。〔註26〕其中「賦」是直陳其事，不作隱曲；換言之，即是我們前述所講的「語言的字面義」，故讀者藉由閱讀而能「知」之。「比興」的解釋比較複雜，類似我們前述所說「語言的象徵意義」。我們先作最基本的界義：「比」是「譬喻之意」，將所欲敘述之事物借比爲另一事物。「興」者則爲「取譬引類起發己心」，見一事物感發內心而引出所想要敘述之事物。〔註27〕葉嘉瑩認爲「比」、「興」這兩種方法是在「心」與「物」之間感發的作用

〔註25〕〔唐〕孔穎達疏：〈經解〉，《禮記注疏》，見〔漢〕鄭玄注，〔唐〕孔穎達正義《禮記注疏》，收入〔清〕阮元校勘：《十三經注疏》，卷五十，頁845。

〔註26〕《周禮・春官・大師》記載大師「教六詩曰風曰賦曰比曰興曰雅曰頌」，〔漢〕鄭玄注，〔唐〕賈公彥疏：〈春官・大師〉，《周禮注疏》，收入〔清〕阮元校勘：《十三經注疏》（臺北：藝文印書館，1993 年據清嘉慶廿年江西南昌府學開重刊宋本影印），卷二十三，頁 356。又見〈詩大序〉：「故詩有六義焉，一曰風二曰賦三曰比四曰興五曰雅六曰頌」。〔漢〕鄭玄注，〔唐〕孔穎達疏：〈詩大序〉，《詩經注疏》，收入〔清〕阮元校勘：《十三經注疏》（臺北：藝文印書館，1993 年據清嘉慶廿年江西南昌府學開重刊宋本影印），卷一之一，頁 15。

〔註27〕參考孔穎達疏引鄭司農之言。〔漢〕鄭玄注，〔唐〕孔穎達疏：〈詩大序〉，《詩經注疏》，收入〔清〕阮元校勘：《十三經注疏》，卷一之一，頁 15。

不同，〔註28〕然而二者主要皆在以其「意象」使人「興感」。而「美刺諷諭」：「美」是讚揚、「刺」是以諷刺之言指出過失、「諷諭」則是用委婉隱言以勸諫告知。孔穎達解釋「賦比興」分別具有美、刺之作用：「賦」乃直言政教善惡，兼有美刺。「比」則主要表現「刺」之作用，例如見政教有過失，以譬喻的方式言之。「興」則兼具美、刺，以「美」爲例，如見美善之事又取善事以勸之，則是「美」。〔註29〕因此，「美刺諷諭」是詩辭文字之表達方法——賦比興所帶來的「衍外效用」，也就是〈詩大序〉所言「上以風化下，下以風刺上，主文而譎諫」之作用。

　　不同於詩教以文字義作爲教化方式，樂教是以「聲調形式」爲媒介的藝術活動，此時「聲調」是以「聲音」所呈現「形式與內容合一」的「具體形式」。而此「具體形式」的「內容」就是表現於外的「聲音」所涵的「情感」。這「情感」就「聲義」來說，就是表達情感喜怒哀樂的自體功能，以及達到教化的衍外效用。將此衍外效用放在前述《禮記・樂記》「心－物－感－情－聲－音」的過程，即是「心－物－感－情－聲－音－樂－政」；故樂的衍外效用就是政教之用。〔註30〕不過，藝術活動想要達到教育功能，尚有賴於演奏者或聽者直接參與，才能

〔註28〕葉嘉瑩認爲「比」與「興」在「心物」的感發作用不同有二：第一點『『心』與『物』相互作用之先後」，「『興』的作用大多是『物』的觸引在先，而『心』的情意之感發在後」。而『比』的作用，「則大多是已有『心』的情意在先，而借比爲物來表達則在後」。第二點「相互感發的作用性質」，「『興』的感發大多由於感性的直覺的觸引，而不必有理性的思索安排，而『比』的感發「則大多含有理性的思索安排」。葉嘉瑩：〈中國古典詩歌中形象與情意之關係例說〉，《迦陵談詩二集》（臺北：東大圖書公司，1985 年），頁 120。

〔註29〕〔漢〕鄭玄注，〔唐〕孔穎達疏：〈詩大序〉，《詩經注疏》，收入〔清〕阮元校勘：《十三經注疏》，卷一之一，頁 15。

〔註30〕蔡瑜認爲「聲音之道與政通」是一個詮釋問題，繫於觀樂者的主觀目的與前理解，進而發展成兩個方向：一是由上而下的君王作樂，以教化爲目的，二是人民自然生發，由下呈上的采風觀俗。參見蔡瑜：〈論「聲音之道與政通」的意涵及其在唐詩學中的演繹過程〉，《唐詩學探索》（臺北：里仁書局，1998 年），頁 260。

產生「感」的作用。因爲「聲義」具抽象性與藝術特性，需取決於主體的藝術涵養，在實踐上有其困難度，故無法普及至一般大眾。因此孔子說「興於詩，立於禮，成於樂」，〔註31〕將「成樂」放置在人格修養的最後階段，並以「樂教」爲最終的理想境界。

漢代以後，古樂不傳，樂官只懂得演奏樂器，而不明「聲義」，只剩下〈樂記〉還保留樂教的傳統。詩與樂逐漸分開後，漢儒自文字義理詮釋《詩經》之人倫大義，將詩獨立於音樂之外。但詩人卻將詩之「合樂」移置到詩體內部，重視詩本身的音樂性。〔註32〕「聲律」就是因這種情況，而在六朝、唐代得到長足發展。齊梁時期的「聲律」是純粹的客觀形式；而唐人基本上是放棄了詩教，他們用詩聲傳遞情感，卻不再突顯樂教順化情性的功用。

唐詩本身具有強烈的音樂性，因此，樂家常擷取近體詩入樂。一般而言，由「徒詩」被之管弦，曲調會受限於字音。「徒詩」所指的就是既非歌，亦不合樂，純爲語言文字之詩。唐詩之音就是錯落有致，所以可直接配樂，而不因節奏性不足，而使所製成之「歌」失去諧和性。

明人推崇唐詩，卻不喜宋詩。但是，宋人並非不求格律，只是刻意追求拗折，以致於失去聲調之美。李夢陽（西元 1472～1529）云：「詩至唐古調亡矣，……宋人主理而不主調，於是唐調亦亡。黃、陳師法杜甫，號大家，今其調艱澀不香色流動，如入神廟坐土木骸」，〔註33〕就是批評宋人過於鑽研格律，以致於缺乏「聲感」的作用。詩一旦少了聲感，則無法傳達聲情，便遠離了樂教以「聲」而溫柔敦厚的教養功能。明人重視聲情，因此對宋詩採取批判性之評價，而非詮釋性的表述。

〔註31〕〔宋〕朱熹注：〈泰伯〉第八《論語集注》，《四書章句集注》（臺北：鵝湖出版社，1984 年），卷四，頁 104～105。

〔註32〕朱光潛：〈中國詩何以走上「律」的路（下）〉，《詩論》（臺北縣樹林鎮：漢京文化事業公司，1982 年），頁 233。

〔註33〕〔明〕李夢陽：〈缶音序〉，《空同先生集》（臺北：偉文出版社：1976年），卷五十二，頁 1462。

　　「詩樂合一」再度被提舉出來是在宋代鄭樵（西元 1104～1160）
《通志・樂略・樂府總序》。〔註34〕他論述古樂消失的歷史，追溯「詩
樂合一」的原初型態，標舉出「樂以詩爲本，詩以聲爲用」：

> 自后夔以來，樂以詩爲本，詩以聲爲用，八音六律爲之羽
> 翼耳。仲尼編詩爲燕享祀之時，用以歌而非用以說義也。
> 古之詩，今之辭曲也，若不能歌但能誦其文而說其義可乎？
> 〔註35〕

鄭樵從「詩樂合一」的原初型態，認爲詩具有「聲義」，故燕享祭祀
時，皆採「詩聲」之「用」，而非取詩之文字義。「若不能歌但能誦其
文而說其義可乎」指出相當重要的一點：作品之「完整意義」，除卻
「文字義」還需具有「聲義」才使「意義」完整。因此倘若只徒誦文
字缺乏歌聲，則無法顯現作品之完整意義，亦無法言說其義。鄭樵此
說乃針對漢儒以來過份強調詩之文字義理而忽略「聲義」，因此認爲
他們不懂何謂「完整的詩義」。不過，鄭樵追溯「樂以詩爲本，詩以
聲爲用」，實際上是爲了勾勒出「樂府詩」與古詩之相繫，其「聲」
仍側重於外部管弦之樂，而非明人所指之「詩的內部聲音——「詩
聲」」。唐代因燕樂傳入中原，採歌辭配樂的情況十分盛行。任半塘將
這些民間、祭祀、近體詩入樂之詩歌統稱爲「聲詩」；他將「聲詩」
定義爲：合樂合舞之近體歌詞，〔註36〕因此「聲」必須包含「誦聲」、
「歌聲」、「樂聲」、「舞聲」。〔註37〕在任半塘的定義下「詩」配曲而

〔註34〕蕭馳認爲明代「以樂論詩」觀念開始於鄭樵提倡「樂以詩爲本，詩
　　　　以聲爲用……詩者，人心之樂也」。蕭馳：〈詩樂關係論與船山詩學
　　　　架構：兼論傳統詩學與中國思想中超形上學〉，《抒情傳統與中國思
　　　　想：王夫之詩學發微》（上海：上海古籍出版社，2003 年），頁 172。
〔註35〕〔宋〕鄭樵：〈樂府總序〉，《通志》（杭州：浙江古籍出版社，1988
　　　　年），卷四十九樂一，頁 625。
〔註36〕「唐代結合聲樂、舞蹈之齊言歌詞——五、六、七言之近體詩，及
　　　　其少數之變體：在雅樂、雅舞之歌辭之外，在長短句歌辭之外，在
　　　　大曲歌辭以外，不相混淆」任半塘：〈範圍與定義〉，《唐聲詩》（上）
　　　　（上海：上海古籍，2006 年），頁 46。
〔註37〕任半塘：〈範圍與定義〉，《唐聲詩》（上），頁 22。

歌之「聲詩」雖有誦聲，但就其完整義而言，更側重於外部管弦、舞蹈之音樂性；並且以此與「徒詩」之吟誦相區別。〔註38〕

　　據此我們可以明辨，配曲而歌之「聲詩」與明人在「詩以聲爲用」之論述中所謂「聲詩」之義，確有不同。明人所謂「聲詩」可用於「徒詩」，意指「詩體內部之聲音」，表示「吟誦諷詠所形成的音樂性」。宋濂（西元 1310～1381）〈題危雲林訓子詩後〉云：「古之人教子，多發爲聲詩。何哉？詩緣性情，優柔諷詠，而入人也最深」。〔註39〕從上下語脈來看，「聲詩」之「聲」，即是「詩」之「優柔諷詠」所帶來的音樂性。因此，明人在「詩以聲爲用」之論述中，「聲詩」一詞實指「詩本身具有聲音」，而非「合樂的近體詩」。惟詩人若遠溯「詩樂合一」之詩三百，仍慣以「聲詩」稱之，因此爲避免混淆，如前文定義，本文均以「詩聲」統稱「詩的內部音樂性」。

　　明人「詩以聲爲用」觀念實出於當時所面對的文學環境：從縱的脈絡來說，「古聲已亡」、詩歌「聲感」的作用受到忽略。「古聲已亡」的意義，不只是詩歌用以配樂的曲調已經失傳，還有詩原來不假雕飾，自然成韻的「音樂性」也消失了；取而代之的是定式化的格律。李東陽（西元 1447～1516）、前七子以及王夫之（西元 1619～1692）等人強調詩聲的流動性，不將音樂性完全依托於外在的格律，而與南朝聲律說使詩聲趨向「律化」有別。〔註40〕在現實文學環境方面，宋人以議論入詩，遂使詩文不分，而宋代散文發達，於是詩不再獨佔「溫柔敦厚」的教育功能，論說義理之散文亦可達到「溫柔敦厚」的用。〔註41〕因此，明代詩人從創作與評論，重新找

〔註38〕 「唐人吟詩，尚求商、徵之應，何況合樂、合舞、有宮調、有曲牌之歌詩，豈能降赴節爲呼嘯，貶合奏爲吟哦乎？」見前註，頁21。

〔註39〕 〔明〕宋濂：〈題危雲林訓子詩後〉，《宋濂全集》（杭州：浙江古籍出版社，1999 年），第二冊，翰苑續集之六，頁882。

〔註40〕 蕭馳：〈詩樂關係論與船山詩學架構：兼論傳統詩學與中國思想中超形上學〉，《抒情傳統與中國思想——王夫之詩學發微》，頁191。

〔註41〕 朱自清認爲宋代「文以載道」代替了「溫柔敦厚詩教」。參見朱自清〈詩教〉，《詩言志辨》臺四版（臺北：臺灣開明書局，1982 年），頁141。

尋詩的文體特點，以「聲」論詩而辨體。

　　元人楊士弘〔註42〕及明人高棅（西元 1350～1423）、李東陽、李夢陽、許學夷（西元 1563～1633）、譚浚〔註43〕、謝榛（西元 1495～1575）、朱朝瑛（西元 1605～1670）以及明清之際的王夫之等人雖無使用「詩以聲爲用」之言詞，卻已具此觀念。而茲錄鄭樵「詩以聲爲用」之說者有：明人陸深（西元 1477～1544）〔註44〕、王志長〔註45〕以及張次仲（西元 1589～1676），〔註46〕他們雖摘錄其言，只能說隱性表明

〔註42〕楊士弘是元末人，生卒年不詳。本文將楊氏放入明代的脈絡討論，是因爲楊士弘所著作的《唐音》對明代詩學產生很大的影響。明刻《唐音》版本計有八種。明人爲之註釋者有：張震輯注、顧璘評點、顏潤卿緝釋。明代在體例編選目次上倣效《唐音》之選本共有四本：王夢弼《唐詩別刻》、康麟《唐音》、《唐音類選》、《重選唐音大成》與高棅《唐詩品彙》。以上《唐音》刻本、注、評及影響，資料參見陶文鵬、魏祖欽整理點校，〔元〕楊士弘編選，〔明〕顧璘點評：《唐音評注》（上海：上海古籍出版社，1982 年據辭書出版社藏明汪宗尼校定本影印），頁 2～9。

〔註43〕明人，生卒年不詳。譚浚所著《説詩·序》題爲明萬曆七年三月。〔明〕譚浚：《説詩·序》，周維德集校：《全明詩話》（濟南：齊魯書社，2005 年），第三冊，頁 1803。

〔註44〕「鄭漁仲謂：『樂以詩爲本，詩以聲爲用』，又謂『古之詩今之詞曲也。若不能歌之，但能誦其文而説其義可乎？不幸世儒義理之説日勝而聲歌之學日微』」〔明〕陸深：〈續停驂錄上〉，《儼山外集》（臺北：臺灣商務印書館，1983 年據文淵閣四庫全書），卷十五，頁 885_77。

〔註45〕明人王志長萬曆中舉人，生卒年不詳，《周禮註疏刪翼》摘錄鄭樵《通志·樂略·樂府總序》之言，在這段文字裡蘊含鄭樵「詩樂合一」、「詩以聲爲用」的觀念。〔明〕王志長：《周禮註疏刪翼》（臺北：臺灣商務印書館，1983 年據文淵閣四庫全書），卷十四，頁 97_492，97_493。

〔註46〕張次仲引鄭樵〈昆蟲草木第一·序〉之言：「夫詩之本在聲，聲之本在興，鳥獸草木乃發興之本。漢儒之言詩者，既不論聲又不知興，故鳥獸草木之學廢。」上述表明了詩的「聲感」作用。張次仲亦節錄鄭樵〈樂府總序〉，關鍵字句即有「樂以詩爲本，詩以聲爲用」。〔明〕張次仲：〈學詩小箋總論〉，《待軒詩記》，收入中國詩經學會編輯：《詩經要籍集成》第十五冊（北京：學苑出版社據乾隆三十年（1765 年）四庫全書本），卷首，頁 23、26～27。

了「詩以聲爲用」之說，但是陸深曾撰〈重刻《唐音》序〉，〔註47〕張次仲亦有〈學詩小籤總論〉，二人皆表述「詩聲」用以表達性情與教化之用，故不將其視爲「抄錄」。同時「詩以聲爲用」的觀念不僅只發展於明代，乃至清代亦有沈德潛（西元 1673～1769）傳承「詩以聲爲用」的詩學觀。〔註48〕上述諸位若干僅具「詩聲」之「自體功能」的認知，若干則兼持「詩聲」之「自體功能」與「衍外效用」，其各觀點當在正文論及時辨明。而要再說明的是，「詩以聲爲用」原是鄭樵所提出，策略性地標舉出「聲義」之重要，側重於「樂」，然而在本文擇取此詞，後設地建構明代「詩以聲爲用」詩學觀念時，已抽換其「聲」之「所指」（signified）；明代「詩以聲爲用」之「聲」乃是「詩的內部聲音」，而非「樂」。這是依明代詩學之實況而有所制宜。以下先選取譚浚、李東陽與許學夷之說，以對明代「詩以聲爲用」有初步瞭解。

許學夷云：「予謂樂之聲氣本乎詩，詩之聲氣得矣，於樂有不聞可也。世之習舉業者牽於義理，狃於穿鑿，於風人性情聲氣了不可見，而詩之眞趣泯矣」。〔註49〕許學夷認爲當時的人在文字義理上過於穿鑿附會，反而忽略詩的聲氣特質。他刻意針對朱熹（西元 1130～1200）之言〔註50〕說明聲氣並非來自「外在管弦」，而在「詩體內部」的「詩聲」。換言之，許學夷抬舉出「詩聲」，固然出自他以聲辨體的觀念；然而，

〔註47〕〔明〕陸深：〈重刻《唐音》序〉，〔元〕楊士弘編選，〔明〕顧璘點評：《唐音評注》（保定：河北大學，2006 年），附錄。

〔註48〕〔清〕沈德潛：《說詩晬語》「詩以聲爲用者也。其微妙在抑揚抗墜之間。讀者靜氣按節，密詠恬吟，覺前人聲中難寫、響外別轉之妙，一齊俱出」。〔清〕沈德潛著，霍松林校注：《說詩晬語》（北京：人民文學出版社，1979 年），卷上，頁 187。沈德潛的詩學觀念即是以溫柔敦厚詩教爲基礎，其編選的《唐詩別裁》等亦宗此說。

〔註49〕〔明〕許學夷著，杜維沫校點：《詩源辯體》（北京：人民文學出版社，1998 年），卷一，頁 2。

〔註50〕朱熹評〈關雎〉具「性情之正、聲氣之和也……詩人性情之正，又可以見其全體也。獨其聲氣之和，有不可得而聞者，雖若可恨。然學者姑即其詞而玩其理以養心焉，則亦可以得學詩之本矣」。聲氣之和，有不可得而聞，即是指古樂之消失。〔宋〕朱熹：〈詩卷第一・關雎〉，《詩經集註》（臺北：華正書局，1996 年），頁 2。

他對「詩聲」的看法卻不盡然視之爲詩體的「基模形構」，〔註51〕而是「內容與形式合一」的「聲調形式」。許學夷指出「詩聲」來自詩體本身，不待外求；再言詩之「眞趣」實出於詩人之性情聲氣，強調詩聲之吟詠可傳達出作者最自然純眞之情感，此乃從「詩聲」之「自體功能」立論。

　　譚浚在《說詩・總辨・義原》清楚指出「人之感物，莫先乎情，情之發，莫切乎音。音之適，莫深乎義」。〔註52〕這段話明確指出「聲義」。聲音能夠深切地表達情感。因此聲音之表達具有很深的意義。譚浚理解到「意義」不單是語言符號所獨有，而是事物之「自體功能」，聲音本身就因存在之「用」，有傳達情感的功能。因此，「音之適」本身就是具有很深的意義。

　　李東陽曾云「觀〈樂記〉論樂聲處，便識得詩法」，〔註53〕他取法〈樂記〉，以此觀「詩聲」，並自翔此爲其論詩獨到之處。〔註54〕李東陽《麓堂詩話》開宗明義指出「詩在六經中，別是一教，蓋六藝中之樂也」。〔註55〕李東陽從詩體特徵「聲調」區別出《詩經》與其他經典之不同，並且銜接「詩樂合一」的傳統。他認爲「詩教」的功能不僅由語言文字表述，還更需要藉「詩聲」來感化人之性情，因此突顯出聲調的優位性。李東陽的觀念取法自「樂教」傳統，從文體區判上的「應然」規創「實然」。因此，對李東陽而言，「詩以聲爲用」就其「自體功能」而言可以傳達情感；就「衍外效用」而言，「聲感」

〔註51〕「基模形構」係顏崑陽所提出。參見本文註二十四。

〔註52〕〔明〕譚浚：《說詩・總辨・義原》，周維德集校：《全明詩話》（濟南：齊魯書社，2005年），詩說卷之上，第三冊，頁1805。

〔註53〕〔明〕李東陽：《麓堂詩話》（臺北：藝文印書館據乾隆鮑廷博校刊知不足齋叢書本，1966年）頁5。

〔註54〕「予初求聲於詩，不過心口相語，然不敢以示人。聞潘言始自信以爲昔人先得我心。天下之理出於自然者，固不約而同也。趙撝謙嘗作《聲音文字通》……於此觀之，尤信門人輩有聞予言，必讓予曰：莫太淺漏天機否也」，同前註，頁7。

〔註55〕同前註，頁1。

則形成一獨特的教化方式，以此達到正得失，因此稱詩「別是一教」。

　　上述從「詩學觀念」指出明代詩人具有「詩以聲爲用」的觀念。他們鍛鍊「格律」，是爲了以「聲調」表達情感與行溫柔敦厚之詩教。換言之，即是融合了聲調美以及溫柔敦厚之詩教。在「實踐」方面，他們取法盛唐之詩，一方面是受到嚴羽（西元 1198～1241）《滄浪詩話》的影響。《滄浪詩話》提到：「漢魏晉與盛唐之詩，則第一義」。〔註 56〕另一方面，則是來自〈樂記〉「音律反映世道」的觀念，認爲純正的盛唐之音是理想的中和之聲，亦反映出理想盛世。在格律固定前，古詩自然成韻，當時「聲隨情轉」；而唐代制訂人爲詩歌律以後，詩人製造出抑揚頓挫的聲情，此時「情隨聲轉」，各家有各家的聲調。明人學習唐詩就是希望能練得「情隨聲轉」，又不見鑿痕，使聲情關係重返自然而不造作。

　　當時著名的唐詩編選有元代楊士弘的《唐音》與明代高棅的《唐詩品彙》，二者皆以聲調選詩、分期，推盛唐之音爲典範。楊士弘認同「音律反映世道」的樂論傳統，讚許盛唐之音是「溫柔敦厚之教發爲音聲，渢渢乎有雅頌之遺」。〔註 57〕盛唐之音聽起來有著悠揚的樂聲，作爲學詩的對象，其可以爲教，亦可以爲法。高棅《唐詩品彙》在編排立意上直接採納楊士弘的觀點；而後他爲了精選「詩聲」，又編選了《唐詩正聲》，其書觀點與前書大致相同。〔註 58〕高棅在〈總敘〉末段講述編選《唐詩品彙》之目的在於：一、論文章之高下。藉由觀詩而求其人，因而能知時代，再從時代判別文章之優劣。二、

〔註 56〕〔宋〕嚴羽著，郭紹虞校釋：〈詩辨〉，《滄浪詩話校釋》（北京：人民文學，2006 年），頁 11～12。

〔註 57〕〔元〕楊士弘：〈唐音遺響目錄並序〉，〔元〕楊士弘編選，〔明〕顧璘點評：《唐音》（保定：河北大學，2006 年），頁 629。

〔註 58〕根據蔡瑜研究《唐詩正聲》所選的詩作，幾乎不出《唐詩品彙》的範圍。《唐詩正聲》雖以聲律爲主，不再強調以聲調劃分時代，但是實際上作品的編排卻自然展現「音律」與時代的關係。蔡瑜：〈唐詩正聲析論〉，《高棅詩學研究》（臺北：國立臺灣大學出版委員會，1990 年），頁 120～121。

因文章高下而看出時代興衰，從而「審其變而歸於正」，則能行優游敦厚之教。〔註59〕其中「審其變而歸於正」雖是指「詩體之正變」，然而高棅卻表明此可爲「優游敦厚之教」所用，這二者之關連應當是「聲情類應」而能有「詩聲」衍外之效用。蔡瑜即認爲高棅之格律主張，皆扣緊「聲情合一」及「情正聲正」的觀念，音聲之自然、純完，實本於「溫柔敦厚」的詩教。〔註60〕故高棅此書即是以聲調分期，分判等第，純正之「詩聲」不僅具有聲調美，亦兼得溫柔敦厚之教。

　　綜合上述所論，我們提出「詩以聲爲用」這個論題，是因爲明代詩學裡存有這樣的觀念，可被系統性地提舉出來。歸約本文「問題的導出」如下：

一、「詩以聲爲用」來自樂教傳統。詩樂分殊後，明人在「詩的內部音樂性」──聲調，延續〈樂記〉聲音具有「聲義」的觀念。

二、「古聲已亡」及詩「聲感」的作用受到忽略。漢代古樂失傳後，唐詩因爲聲情練達不著痕跡而猶有自然之聲調，極能「感」人。明人學習唐詩即是希望能練得「情隨聲轉」，又不見鑿痕，使聲情重返自然而不造作，能得性情之正，美善合一。

三、以聲辨體。標舉出「聲調」作爲詩體的美學特徵，區別出詩文，以聲區判時代格調、世道正變。

〔註59〕「誠使吟詠性情之士，觀詩以求其人，因人以知其時，因時以辯其文章之高下。詞氣之盛衰本乎始，以達其終，審其變而歸於正，則優游敦厚之教，未必無小補云」。〔明〕高棅：〈唐詩品彙總敍〉，〔明〕高棅選編：《唐詩品彙》（上海：上海古籍出版社，1982 年據辭書出版社藏明汪宗尼校定本影印），頁 10。

〔註60〕蔡瑜：〈高棅選詩準則析論〉，《高棅詩學研究》，頁 148～149。

第二節　研究文獻的檢討

近現代學者論及與本文有關之議題，方向有三：一、明代重視格律、格調、聲調等音樂性。二、以聲辨體。三、聲情關係。上述議題幾乎是放置在「格調說」與「復古論」這兩大詩學脈絡上被討論。因此，我們先歸納「格調說」與「復古論」的現今研究成果，再對照「詩以聲爲用」觀念，以清楚彼此觀點之重疊與互補之處。

現代學者一般熟悉以「格調說」、「復古論」切入明代詩學。「復古論」之說取自《明史·文苑傳》所記載：「弘、正之間，李東陽出入宋、元，溯流唐代，擅聲館閣。而李夢陽、何景明（1483～1521）倡言復古，文自西京，詩自中唐而下，一切吐棄，操觚談藝之士翕然宗之。明之詩文，於斯一變」。〔註61〕「復古論」主要是指弘治（西元1488～1505）、正德（西元1506～1521）年間的前七子與嘉靖（西元1522～1566）、隆慶（西元1567～1572）、萬曆（西元1573～1619）時期的後七子。他們重視「格調」，主張「詩必盛唐」，引發一波波學習唐詩的風潮。「格調說」則除了明代「前後七子」，一般還會論及清代的沈德潛。〔註62〕前七子當中只有李夢陽與何景明因相互駁書，在理論上有較深入的見解。其中李夢陽受到李東陽影響，因而論者也常將李東陽視爲「復古論」、「格調說」之先聲。

黃保眞等認爲前七子雖然倡言復古，以古代各種文體典範作爲

〔註61〕〔清〕張廷玉：〈列傳·文苑一〉，《明史》，卷二百八十五，列傳第一百七十三，頁7307。

〔註62〕《明史·文苑傳》曾以「前七子」統稱李夢陽、何景明、徐禎卿、邊貢、康海、王九思、王廷相等，其中又以李夢陽爲首。後七子主要是指李攀龍、謝榛、宗臣、梁有譽、徐中行、吳國倫、王世貞，一般多論述李攀龍、謝榛與王世貞三人。此說已成復古論之通說。陳國球認爲「前後七子」的講法起源自錢謙益對李夢陽、何景明之評論：「一則曰先七子，一則曰後七子」。陳國球：〈序論〉，《唐詩的傳承：明代復古詩論研究》（臺北：臺灣學生書局，1990年），頁29。〔清〕張廷玉：〈列傳·文苑二〉，《明史》（臺北：中華書局，1965年據武英殿本校刊聚珍倣宋版景印），卷二百八十六，列傳第一百七十四，頁7348。

學習榜樣，但卻又喜愛市井民歌。他們服務於教化，然而也不同程度地接受嚴羽重視「詩的審美特徵」的影響。〔註63〕黃保眞等對上述詩人之看法，可代表現今研究者對李東陽、李夢陽與王世貞（西元 1526～1590）詩學的普遍認知，歸納如下：李東陽的文學理論主要在於儒家之教化說，以及追述嚴羽而強調對「詩的審美特徵」。「詩的審美特徵」主要是指李東陽對「格、調、時代格調」的特殊看法，因此又稱李東陽爲「格調說」之始。〔註64〕李夢陽之復古則從其「詩必盛唐」切入，論及其學詩之法式在於「格古」，「調逸」與出自眞情。〔註65〕謝榛之復古則從「奪神氣」以求詩的審美境界，並注重歌詠之聲調與詞采。〔註66〕王世貞總結明代中葉的復古思潮，強調學古首要在「無聲無臭」，既是出於「自己的情、境」，同時又合於古人之高格。〔註67〕

　　廖可斌同樣認爲前七子之復古主要是爲了學習「詩的審美特徵」。而李東陽強調詩的聲音節奏，使詩樂合一，隱約已觸及中國古典審美理想與古典詩歌審美特徵的主要內容，如美與善的統一，情與理的統一，意與象的統一。〔註68〕陳國球亦從「詩的審美藝術」的立場切入明代復古詩論。文中從詩之客觀形式討論「七律」、「五言古詩」之格律問題，而唐詩選本提供了學習唐詩的「典範」，〔註69〕此一「典範」主要是指「純文學」，而非政教典範。

〔註63〕黃保眞、成復旺、蔡鍾翔合著：《中國文學理論史‧明代時期》（臺北：洪葉文化，1994 年），頁 91。

〔註64〕黃保眞、成復旺、蔡鍾翔合著：《中國文學理論史‧明代時期》，頁53、59、69。

〔註65〕同前註，頁 73。

〔註66〕同前註，頁 131。

〔註67〕同前註，頁 144。

〔註68〕廖可斌：《復古派與明代文學思潮》（臺北：文津，1994 年），頁 140～141。

〔註69〕陳國球：《唐詩的傳承：明代復古詩論研究》（臺北：臺灣學生書局，1990 年）。

郭紹虞指出李夢陽重在「格調復古」，追求則法「自然」，使情文並茂，而非剽竊抄襲之「內容復古」。〔註70〕簡錦松也贊同明代復古在「格律」方面係追求「自然之音」而上溯《詩經》，如李夢陽在〈詩集自序〉即推崇山歌民謠為「真詩在民間」。〔註71〕黃卓越也注意到前七子雖師法唐詩，卻以《詩經》作為復古的最高理念與歸屬，而認為明人是通過對古詩的學習，試圖恢復詩歌受到理學抑制前的正常狀態——「可視（物象）、可聽（音調）、可感（情）的感受性本能」。〔註72〕

綜合上述所言，現今學者對「復古論」之看法，集中以「詩的審美特徵——格調」立論，而認為明人復古並非僅為「剽竊內容」，而是通過學習漢魏、盛唐之「格調」，上溯《詩經》，試圖恢復詩歌出於自然情性而意象聲調俱全之審美境界。

「格調說」始出鈴木虎雄〈論格調神韻性靈三詩說〉，〔註73〕他認為「格」是「組織的樣式」，「調」是「音調」，「一定的詩格必伴隨著一定的音調」，兩者不可分離。〔註74〕李東陽在詩論上尊崇嚴羽之說，而重聲調，其門人李夢陽、何景明首倡「格調說」。郭紹虞亦採取鈴木虎雄之說，以李東陽、李夢陽、何景明三人作為「格調說」之代表。〔註75〕此後「格調說」廣為學界採用。郭紹虞認為李東陽在「細故末節之處」論聲音的細緻處，如字音、音節之開合呼喚「悠揚委曲」，

〔註70〕郭紹虞：〈神韻與格調‧格調說舉例〉，《中國詩的神韻格調及性靈說》二版（臺北：華正書局，2005年），頁46～47。

〔註71〕「真詩」之說出自李夢陽「今真詩乃在民間」一語。簡錦松：〈復古派〉，《明代文學批評研究》（臺北：學生書局，1989年）。

〔註72〕黃卓越：〈前七子復古主義觀考辨〉，《明永樂至嘉靖初時文觀研究》（北京：北京師範大學出版社，2001年），頁202。

〔註73〕日‧鈴木虎雄著，洪順隆譯：《中國詩論史》二版（臺北：臺灣商務印書館，1979年），頁97～213。

〔註74〕日‧鈴木虎雄著，洪順隆譯：《中國詩論史》，頁100。此說參見陳國球：〈「格調」的發現與建構——明清格調詩說的現代研究（1917～1949）〉，《情迷家國》，頁285。

〔註75〕郭紹虞之「格調說」即以李東陽、李夢陽以及何景明為主。參見郭紹虞：《中國詩的神韻格調及性靈說》二版（臺北：華正書局，2005年），頁28～52。

重在詩之抑揚抗墜處，由「音殊」而進爲「調別」，「聲」的問題轉移爲「格」的問題。〔註76〕這段話已經點出「格調說」的重點在於：明人對「音律（格律）、聲調、格調」之分判以及明人討論聲調之細膩在於「字」、「音節」之開合洪細、抑揚頓挫。通過對「聲調」之考究，才能使「情隨聲轉」，達到「悠揚委曲」的「詩聲」功能。

「格調說」還有兩個次類型問題：一是「聲情」，二是「以聲辨體」。「聲情」在中國傳統文化中並不是一個新的論題，遠從季札論樂，乃至荀子〈樂論〉、《禮記‧樂記》，再到魏晉時期的阮籍〈樂論〉與嵇康〈聲無哀樂論〉皆涉及這個議題。但有系統且細膩地討論「詩的內部聲音」──字韻、格律、音節、聲調、格調者則是首見於明代。然而，現今從「格調說」切入明代詩學者，往往站在「詩的審美特徵」立場，研究何種「格律」可作爲詩體典範，而比較缺乏論及「聲情」之於「詩」的實踐問題。

在「以聲辨體」的問題上，主要是「區辨詩文」以及辨別出作品之「時代格調」。郭紹虞與黃保真皆已指出詩文之別在「格律諷詠」。〔註77〕陳國球研究楊士弘《唐音》與高棅《唐詩品彙》，認爲這兩本唐詩選本是以「文學作品本身」作爲審視對象，按照「聲調」的具體情況加以區分出各個世代「詩體」之優劣，而非以「世道」爲準。〔註78〕

從上述可知，「復古論」之「復古」是一種「文學現象」，其「內容意義」因詩人「創作觀」的個別差異，而有取法上的不同，各家有各家之「調」。因此，現今「復古」與「格調」之研究也多相染，〔註79〕

〔註76〕郭紹虞：〈神韻與格調‧格調說舉例〉，《中國詩的神韻格調及性靈說》二版（臺北：華正書局，2005 年），頁 32～35。

〔註77〕黃保真、成復旺、蔡鍾翔合著：《中國文學理論史‧明代時期》，頁60。郭紹虞：〈神韻與格調‧格調說舉例〉，《中國詩的神韻格調及性靈說》二版（臺北：華正書局，2005 年），頁 32～35。

〔註78〕陳國球：《唐詩的傳承：明代復古詩論研究》（臺北：臺灣學生書局，1990 年），頁 233，248～250。

〔註79〕「復古論」與「格調說」於界說之染雜情況，可見陳國球〈「格調」

惟其側重有異。明人之「格調說」的確特別強調「詩聲」，除卻「詩的審美特徵」外，明代詩人大多喜愛市井民歌，論及「眞詩在民間」時，皆從山歌民謠之「聲感」立言，並往往溯及《詩經》之「國風」，且由「聲義」論之，例如李夢陽〈詩集自序〉即持此論調。李東陽從〈樂記〉呼應鄭樵「詩以聲爲用」之說時，特別指出「詩在六經中，別是一教」，推崇《詩經》的典範性。李夢陽以「和」爲中心的詩學論述亦承自〈樂記〉、《周易》，同樣也推崇《詩經》。〔註80〕

　　因此，本文上溯「詩樂合一」的原初型態以及先秦的文化思想——「和」與「聲感」，從「詩以聲爲用」的觀念切入明代詩學。本論文雖同樣強調「詩的審美特徵」，但有關「格調說」之詩論，前人大致尙未特別從「詩以聲爲用」脈絡論之。但是，「詩以聲爲用」並非是格調詩論所專有，故本文不特別鎖定在格調說之詩學脈絡下進行論述。準此，本文立論如下：

　　一、「詩以聲爲用」提舉出「聲義」，乃因「聲音具有意義」，所以不會是一客觀而普遍的「基模形構」，而是「內容與形式合一」的「有意義的形式」。明人務求「聲情練達」，即是深刻瞭解惟有將「格律」使喚成「聲調」，達到「內容與形式合一」，方能重回「詩樂合一」時的「聲感」。如此，「語言形式」加上「聲調形式」，二者所形成的「文字義」與「聲義」才能使「詩義」完整。

　　二、「詩以聲爲用」之「用」爲「聲感」的作用，分有兩個層次：（一）就「詩聲」之自體功能而言，「詩聲」可「傳達情感」，「音由

　　　的發現與建構──明清格調詩說的現代研究（1917～1949）〉與〈言「格調」而不失「神韻」──明清格調詩說的現代研究（1950～1990・臺港部分）〉。二文皆收錄於陳國球：《情迷家國》（上海：上海書店出版社，2007年）。
〔註80〕侯雅文認爲李夢陽之詩歌「表現法則」，是基於《周易》與〈樂記〉『二元對立調和』之結構與規律的啓發，而提出的理想性規創。侯雅文：〈李夢陽以「和」爲中心的詩學體系（之二）──以「二元對立調和」的法則爲基礎而規創的詩歌創作理論〉，《東華人文學報》第十二期，（2008年元月），頁95。

心生」乃「情」到「聲」之由內向外路徑；而聽者因聲「感」之，此
爲「聲」到「情」，乃由外向內之路徑。此爲「聲情類應之雙向作用」。
（二）若詩人具有道德自覺意識或深刻的審美體驗，則在「聲情類應」
的基礎上，則有「聲感」之衍外效用——「和情性、美教化」。因此，
「詩以聲爲用」觀念可兼顧「聲情類應之雙向作用」，而不因「純文
學」的優位立場而忽視明代詩人——大多也是士人，對溫柔敦厚之儒
家詩教的重視。

　　針對上述「詩以聲爲用」觀念之立論，吳宏一在〈沈德潛的格調
說〉曾指出一重要觀察：「主張格調的人，多少都有載道的觀念」。〔註
81〕其說以「比興」爲仲介，將「溫柔敦厚」與「詩法」聯繫起來，而
「詩法」即包含了「格調」，並將「主張格調者的詩教」劃分爲「溫柔
敦厚」與「重比興主寄託」兩種方向。〔註 82〕然而，此文並沒有進一
步闡揚這項論點以及如何融合「溫柔敦厚詩教」與「詩的審美特徵」。

　　黃保眞等亦嘗試解決「溫柔敦厚詩教」與「詩的審美特徵」之融
合問題。黃保眞等指出相當重要一點：李東陽的文學理論是爲了解決
唐代中期以後，教化說與審美理論之偏執，愈走愈遠，形成尖銳對立。
因此，李東陽欲融合儒家之教化說與強調詩之藝術特徵，提出「詩在
六經別是一教」，以此證明詩與其他教化手段不同。〔註 83〕然而上述
「教化與審美特徵之融合」，其實是指李東陽兼具這兩種觀念，而不
是指理論上的融通，亦非遙指詩樂合一的樂教。文中稱李東陽所謂「渾
雅正大」就是「有格調之雄渾，又有內容之雅正，是盛唐之調與『三

〔註81〕吳宏一認爲李夢陽〈與徐禎卿書〉曾云：「夫詩，宣志而道和者也」，
　　　　以及〈再與何氏書〉亦云：「文猶不能爲，而矧能道之爲」；因此認
　　　　爲「主張格調說的人，多少都有載道的觀念」。吳宏一：〈沈德潛的
　　　　格調說〉，《幼獅月刊》四十四卷第三期（1976 年 9 月），頁 88。
〔註82〕吳宏一：〈沈德潛的格調說〉，同前註，頁 88～89。又參見陳國球：〈言
　　　　「格調」而不失「神韻」——明清格調詩說的現代研究（1950～1990・
　　　　臺港部分）〉，《情迷家國》，頁 303～304。
〔註83〕黃保眞、成復旺、蔡鍾翔合著：《中國文學理論史・明代時期》，頁 53、
　　　　57～58。

百篇』之旨的統一，是在『詩在六經中別是一教』的落實」。〔註84〕
據上述所言，則他們並未顯明李東陽詩學所強調「聲感」之作用，而
僅突出其「格調雄渾，內容雅正」之說，將教化落在文字義理。

　　眞正切合本文之意者爲陳伯海所主編的《唐詩學史稿》，精要地
指出李東陽持詩樂同源說，看重詩的音樂屬性，而詩的政治教化功能
當通過音樂性而實現。〔註85〕然而文中只有簡略數語，未作精細之論
述。而蔡瑜論高棅詩學觀念時，已指出其「審格律」並非僅著重在調
聲合律之形式上，而是在「聲情合一」的基礎上考慮了「性情純正」
具有感人的作用；因此，「『以聲爲用』的內涵便具備了『以義爲用』
的要旨」。〔註86〕蔡瑜精確地指出「詩聲」具有意義，然而，其「聲
情合一」的觀念徑路，主要是從「音由心生」而來，側重「性情到音
聲」之方向，〔註87〕故性情純正所發之聲具有音樂之美。另外蔡瑜在
〈論「聲音之道與政通」的意涵及其在唐詩學中的演繹過程〉一文亦
提及李東陽用傳統樂論區辨格律之不同，隱含了「聲音之道與政通」
的理念，形成世代風貌音律化之論。〔註88〕蕭馳認爲明末清初的王夫
之對李東陽、前七子等「以樂論詩」這一脈絡，乃有所承繼與開創。
承繼之處在於肯定了樂由人心所出；開創性在於王夫之從樂的宇宙論
之高度結合了美善的觀念，強調以樂之優位，而以樂理驅遣文字，視
詩爲時間藝術，以動姿體認「宇宙與時間維向的相似性」。〔註89〕但

〔註84〕　同前註，頁68～69。
〔註85〕　陳伯海主編：〈明前期的唐詩學〉，《唐詩學史稿》（石家莊：河北人
　　　　　民，2004年），頁429。
〔註86〕　蔡瑜：〈高棅選詩準則析論〉，《高棅詩學研究》，頁148～150。
〔註87〕　「聲情合一的觀念即是肯定由性情到音聲的絕對徑路。由此絕對徑
　　　　　路的肯定，可以推出一套審音律的理論作爲批評準則，而所謂的『音
　　　　　律』便不是詩的一端，而是詩的整體表現」。同前註，頁150。
〔註88〕　蔡瑜：〈論「聲音之道與政通」的意涵及其在唐詩學中的演繹過程〉，
　　　　　《唐詩學探索》（臺北：里仁書局，1998年），頁322。
〔註89〕　蕭馳：〈詩樂關係論與船山詩學架構：兼論傳統詩學與中國思想中超
　　　　　形上學〉，《抒情傳統與中國思想——王夫之詩學發微》，頁180、201
　　　　　～202。

是，以上論述並未顯明從聲調結合審美與溫柔敦厚，以及強調「聲感」之聲情雙向作用。

　　本文「詩以聲爲用」的重要樞紐在於「聲感」，「感」的作用其實就是「興」，歷來討論「興感」、「興發」已有相當成果，重要研究有朱自清《詩言志辨》〔註90〕、陳世驤〈原興：兼論中國文學特質〉〔註91〕、蔡英俊《比興物色與情景交融》〔註92〕、趙沛霖《興的起源》〔註93〕、顏崑陽〈從「言意位差」論先秦至六朝「興」義的演變〉〔註94〕以及鄭毓瑜〈詩大序的詮釋界域〉〔註95〕等。上述著作從主體感物起情、觸物交感解讀創作者與作品，以及讀者與作品之間的互涉問題，提供本文對「感興」的理解及界定。不過，他們對「感」或「興」的論述，大致側重在文字義層面，而很少觸及由「聲」而起的感、興。鄭毓瑜與顏崑陽皆以〈詩大序〉闡明「詩用」，回歸詩的功能性。〔註96〕本文「詩以聲爲用」之「用」即是從「體用相即」之「詩用」觀念而來。另外，朱自清提出春秋時代，詩從「詩以聲爲用」轉變成「以義爲用」，自此詩樂分家，〔註97〕其精確見解啓發了本文之研究。

〔註90〕朱自清：《詩言志辨》台四版（臺北：臺灣開明書局，1982 年）。

〔註91〕陳世驤：〈原興：兼論中國文學特質〉，《陳世驤文存》二版（臺北：志文出版社，1975 年）。

〔註92〕趙沛霖：《興的源起——歷史積澱與詩歌藝術》（臺北：明鏡文化事業有限公司，1988 年）。

〔註93〕蔡英俊：《比興、物色與情景交融》（臺北：大安出版社，1986 年）。

〔註94〕顏崑陽：〈從「言意位差」論先秦至六朝「興」義的演變〉，《清華學報》新二十八卷第二期（1998 年 6 月），頁 143～172。

〔註95〕鄭毓瑜：〈詩大序〉的詮釋界域——「抒情傳統」與類應世界觀〉，《文本風景：自我與空間的相互定義》（臺北：麥田出版社，2005 年），頁 239～292。

〔註96〕鄭毓瑜：〈詩大序〉的詮釋界域——「抒情傳統」與類應世界觀〉，頁 241。顏崑陽：〈從〈詩大序〉論儒系詩學的「體用」觀〉，國立政治大學中國文學系編：《第四屆漢代文學與思想學術研討會論文集》（臺北：國立政治大學中國文學系出版，2002 年），頁 288。

〔註97〕朱自清：〈詩教〉，《詩言志辨》，頁 129～130。

第三節 研究方法與論述步驟

本文的研究方法採取勞思光的「基源問題研究法」，以邏輯意義的理論還原爲始點，以史料考證爲助。「基源問題」是指個人或學派的理論必定是針對某一問題的解答，倘若找到此問題，便可掌握這一理論的總體脈絡。〔註98〕

明代「詩以聲爲用」這個觀念是爲了解決「聲感」的問題，因此「詩以聲爲用」，其可施於教化，都源自「詩聲」具有「感」的作用。因此，「詩聲」若無法使人有「感」，就不顯意義，徒爲聲響而已，與客觀格式化的平仄譜無異。以宋詩爲例，宋人並非不講格律，但是在明人批判性的評價中，過度追求拗以致於失去情性與韻味，遂使人無感。

由上述可知明代「詩以聲爲用」的詩學觀念，其基源問題爲：「詩之聲感作用的消失」。聲感作用的消失並非指事實上聲音無「感」的作用，而是指詩人在創作觀念上忽略了「聲感」作用，不再以此爲法。如宋人不重視聲感，而明人卻在詩法上特重於此。針對上述基源問題。我們回溯明人對宋詩的批評，以及再追溯明人以唐音、樂記爲詩聲復古之理想，衍生出幾個次級問題爲「聲感的根源依據爲何？」、「聲感的作用性爲何？」、「聲感作用爲什麼會受到忽略」、「明人爲何要恢復聲感」以及「明人如何恢復聲感」。我們根據上述種種問題，逐一解答，並建構明代「詩以聲爲用」觀念史。其論述步驟如下：

一、從中國的哲學觀念溯源。詩歌「聲感」之說是在「體用相即」、「儒家美學的觀念系統」與「詩聲」用以和情性、美教化的理則」等三大儒家觀念下形塑而成。

「體用相即」分爲「『體用』與『相即』」及「『體用相即』觀念落實於禮、詩、樂的義涵」兩部分。「體用相即」是指中國人講求實踐，「即體即用」、「即用即體」，因此從功用上來確定本體。此一觀念落實於生活之中，禮、樂、詩都是從實際功用，以顯明本體。故，「詩

〔註98〕勞思光：〈序言〉，《新編中國哲學史》（一）（臺北：三民書局，1991年），頁15～17。

聲」依其體用，可析分出「自體功能」與「衍外效用」。

「儒家美學的觀念系統」分爲「何謂『美』？」及「『個體性情』、『社會秩序』與『藝術』三種美的結合」兩部分。儒家將聽覺之美延伸到人格性情之美，再延伸至社會秩序之美，形成具有道德性的美學觀念。中和之音一方面具有合節之形式美，另外一面藉由聲感的作用，能夠暢導情性，從個人修養擴至社會秩序。「聲感之教化作用」本質根源於美善合一，所以必須作邏輯意義上的還原。

「『詩聲』用以和情性、美教化的理則」，所要談的問題就是「聲感之根源依據」，主要以《禮記・樂記》爲對象，分爲「實際感官經驗的聲感根源依據」以及「聲感理論之規範與價值」二個層次來立論。第一層是「實際感官經驗的聲感根源依據」，就客觀事物之「所以然」，聲音所以能用以和情性、美教化的理由，從「性－心－物－感－情－聲－音」所形成「聲情類應」的結構關係與作用歷程，自人性、實際感官經驗，探求「聲感」自然發生之根源性因素。第二層「聲感理論之規範與價值」，則從「聲感」理論之形成，論其基礎、理由，探求從聲感之「實然」開展「應然」之理想與規範。

二、「從聲義到文字義理」，分爲「詩樂的關係」、「詩的『聲感』作用消失」以及「以聲論詩而辨體」三節。主要闡明詩從「詩以聲爲用」到「以義爲用」，在創作觀念上忽略聲感之原因與過程；藉此突顯明人「詩以聲爲用」所承接的文學語境在於：「古聲已亡」以及「『感』的作用消失」。

「詩樂的關係」分爲「詩、樂之『聲』的交疊與差異」及「詩樂『聲感』教育的實踐」兩部分。詩與樂各有其體與形式，但實踐的過程，卻在「聲」上二者整合。我們必須辨明詩與樂各自的音樂性爲何，以及二者之交疊與差異。「詩樂『聲感』之實踐」是從「詩禮樂一體的實踐場域」上，見詩樂教育之落實；除了「聲情類應」的原理原則，還有禮樂結合的「威儀效力」及其「氛圍感染力」。

「詩的『聲感』作用消失」分爲「樂教之『聲感』作用的消失」

以及「詩的文字義取代聲義」兩部分。樂教原本倚靠「聲感」作用與主體的道德自律。然而，春秋時代社會生活逐漸複雜化後，樂教已難再普及到一般大眾，因此轉而由禮取代了樂。此時，詩與樂也開始分離，賦詩、引詩、獻詩皆側重詩的文字義，到了漢代經學，又延伸出以文字義理爲主的「溫柔敦厚」詩教。在創作觀念上，詩的「聲感」作用逐漸消失。

「以聲論詩而辨體」分爲「詩歌自然音韻的消失」及「以聲辨體」兩部分，主要在提問明人爲何要恢復聲感。漢代古聲已亡，樂師不明聲義，到了南朝齊梁沈約撰《四聲譜》，提出四聲八病，詩的格律因而逐漸建立，但這卻使得「音生於心」之聲情關係產生變化。因此明人在古聲亡後轉而從唐音找回詩的本質，在創作與批評上，從「聲」論詩、辨體。

三、「聲調美與詩教的調和」，分爲「『詩以聲爲用』之說及其回應」、「格律與聲調的區別」、「聲調與世道正變」以及「『聲調』的功能在『興』」四部分。本章以明代詩論與唐詩選本爲主，處理的是「詩以聲爲用」這一觀念脈絡。宋代鄭樵首倡「詩以聲爲用」之說，突顯「聲義」之重要。明人通過復古唐音，追溯「聲感」、「和」以及「詩樂合一」之原初型態，使「詩聲」兼有溫柔敦厚之詩教及聲調美。

「『詩以聲爲用』之說及其回應」分有「鄭樵首倡『詩以聲爲用』」以及「王魯齋對「詩以聲爲用」的回應」兩部分。鄭樵在「詩樂合一」的概念下，提出「詩以聲爲用」，因而重視聲義；然而批評者王魯齋（西元 1197～1274）卻只知語言文字意義而不知存有論、體用相即之「用」的「意義」，因此不明聲義而產生質疑。

「格律與聲調的區別」分有「聲詩」、「聲調」、「聲律、格律與聲調」以及「格調與聲調」等四部分。古樂已亡後，詩人將外部管弦的音樂性移至詩體內部，形成詩之格律、聲調。「聲詩」之「聲」所指的就是詩的格律、吟詠諷誦之聲調，而非入樂之管弦。因此，本節旨在釐清「詩體的內部音樂性」。

　　「聲調與世道之正變」分有「『音律反映世道』的重新體認」及「世道與詩體正變的交互影響」兩部分。「音律反映世道」並不是一種機械性的對應，固執於詩教、文隨世變；而是蘊含深刻的儒家美學：既要有詩道之美，亦要有「詩聲」之美。明人試圖結合「溫柔敦厚詩教」與「聲調美」，因此選擇具有「情性之正」的「盛唐正音」，作為首要研習的典範，而非從文字義。他們以聲調分判出「詩體正變」，不論「正中有變」或「變中之正」，皆是基於音與世道的雙向關係，從音反映現實而言，可以「下以風刺上」，以達撥亂反正之用；從「音律純厚」之「正音」來說，可以為溫柔敦厚之教，亦可以為學詩之法。

　　「『聲調』的功能在『興』」，分為「何謂『興』」及「聲調如何起興」兩部分。明人從「詩聲」所談的「興」，就是從作品本身而感發的「聲感」作用。我們從明代「詩以聲為用」的觀點來談興，是站在「作品興象」來說，也就是聲調所說的體貌。當時讀者多半具有作者的雙重身分，透過聲調起興的閱讀經驗，亦能從吟詠詩作當中，直接以詩契得興感的詩法，轉換成「作者感物起情」。

　　四、「兩種聲情路徑：自然之音與人為詩歌律」，分有「聲與氣」、「自然之音」以及「人為詩歌律」三節。這部份是根據「詩以聲為用」觀念，所延伸出的實踐問題。換言之，即是如何能讓「詩聲」回復感染力，而使聲情相合。從「形式因」來說，「詩聲」的構成是字音、音節之輕重、快慢、長短、開合洪細諸多音素；然而要使「格律」產生「聲調」還有賴於詩人。故詩人之「才氣性情」是構成「聲調」的動力因，主觀「才氣性情」不可驟然而得，亦難學難移；客觀格律則可用功而致。因此，明人發展出「自然之音」與「人為詩歌律」這兩種學習途徑。

　　「聲與氣」分為「聲與氣的主客觀關係」以及「聲氣」二部分。「才氣性情」之氣性貫注到「詩聲」，形成「聲氣」；因此，此節旨在討論明代詩人如何理解語言作品當中的「聲氣」。

　　「自然之音」分為「觀念上的自然之音」及「第一義作品的自然

之音」兩部分。明人務求「情隨聲轉」，從「詩聲」表現自然性情，有如盛唐之音。然而，已完成格律的唐音在明代之評價是否還具有「自然之音」？而又與漢魏之自然有何差異？此即是本節所要探討的論題。

「人爲詩歌律」分爲「字關抑揚」、「音節要響」、「從篇章結構安排音響」以及「明人學習唐音的範例」四部分。人爲詩歌律的討論不在於固定的格律，而在於能夠起興傳情，使人有「感」的「聲調」。故我們先從字、音節、篇章結構之音響進行分析；最後，再以明人學習唐音的範例，討論詩作上的學習成果。

希冀本文透過上述研究方法及論述步驟能夠逐步解答明人重詩聲之深層意涵，建構出明代「詩以聲爲用」觀念，從而使明人用聲調復古之眞義朗現。

第二章　哲學基礎的溯源

　　自孔子（西元前 551～前 479）開始，儒家思想都紮根於生活實踐，而非僅僅是概念上的空談。中國士人受到儒家影響，念茲在茲，觀念如何能產生功用，如何能被應用實踐。他們俯仰天地，安身立命，所想的並非只有個人的存在，而是將個體置於天地之間，同時也與文化傳統相連結，於此繼往開來。

　　上述所引出中國人的思維概念，基本上環繞著「實踐與應用」及「個人與群體的聯繫」。梁漱溟說，中國的思想道理多半是為了應用而發，不講缺乏應用性的純粹知識，「離開園藝沒有植物學，離開治病的方書，沒有病理學」。[註1] 換言之，農民不是依據一本既定的種植理論書籍進行耕作，而是從農務的實踐中，累積經驗，進而建立出自己的道理。因此，他可以針對各種氣候、稻作的發病情況，提供適當的解決辦法，但卻無從說出這些方法是基於什麼樣的學理。這樣的思維模式，從生活細處到哲學思考，處處可見。當我們在談「本體」時，往往不是就「體」本身來論述，而是從「體」的「應用」面，來理解什麼是「體」。例如談到天道，會從人道的實踐來認知「天道」的具體內容；談到仁這個抽象概念，就會落實於禮、樂形式的應用，

〔註1〕 梁漱溟：〈如何是東方化？如何是西方化？（上）〉，《東西文化及其哲學》（臺北：臺灣商務印書館，2002 年），頁 36。

使其言行舉止充滿仁的內涵。因此，中國本體論的主張與人生之實踐是無法二分，也就是「體用相即」。

唐君毅認爲中國形上之存在，須以人生之修養工夫去證悟，落在現實世界則顯現於人與人之間的倫理關係。換言之，即是從彼此互動的倫理關係中，做爲盡心踐性以知天的起點。〔註2〕因此，從一己之修身，以孝弟倫理逐漸向外擴充，及於父子、夫婦、朋友、君臣之實踐，就是「個人與群體的聯繫」。這樣的倫理思想使個體不只求獨善其身，而是不斷充實「仁民愛物」之心，同時此一仁心也驅使自己，以倫常爲基礎，向外擴充，實踐群體社會之責任。

「實踐與應用」以及「個人與群體的聯繫」這兩種思維影響了中國人之文學觀念。明代詩人看待「詩聲」，不將「聲音」僅視爲詩體客觀的語言形式結構或人之聽覺感官的生理作用，而是人的主觀情性藉「詩聲」由內而外的表現，因而發展出「詩以聲爲用」的觀念。

就「實踐與應用」而言，明代「詩聲」之「用」以「和情性、美教化」，就是「體用相即」之「用」的展現。就「個人與群體的聯繫」而言，深入理解詩人個體生命之精神價值與社會秩序的聯繫，可避免陷入下列兩種固蔽的狀況：一是將「詩聲」客觀化，僅視爲詩的語言形式結構。二是將「聲音反映世道」僅視爲空泛的理想或者是對政教的一種表態。上述兩種觀念孤立了詩人立身於文化長河之生命價值，有違「個人與群體的聯繫」，只看重格律何以產生的發生意義，而未深究本質的內含意義。倘若我們僅以西方藝術美學解讀明代「詩以聲爲用」之說，即忽略了「聲音反映世道」的詩教觀念，而很可能會認爲明人學習唐詩只是針對格律形式展現更精密模倣。如此一來，將無法深入理解個體生命之精神價值與社會秩序的關係，而窄化了明代「詩以聲爲用」的觀念，將明代「聲用」誤以爲僅僅是齊梁格律美的延續。因此，顧及「個人與群體的聯繫」，我們有必要溯源「儒家美

〔註2〕 唐君毅：〈中國之倫理心性論之形上學之涵義〉，《哲學概論（下）》校訂版（臺北：臺灣學生書局，1985年），頁359、362～363。

學的觀念系統」，作邏輯意義上的概念還原。

「聲感」是明代「詩以聲為用」很重要的觀念依據。我們進一步要追問的是「聲感之根源依據」。「聲感之根源依據」可分為「實際感官經驗的聲感根源依據」以及「聲感理論之規範與價值」兩個層次：第一層「實際感官經驗的聲感根源依據」是就客觀事物之「所以然」，問詩之所以能「以聲為用」的理由為何？聲感之主觀關鍵性因素在於主體感知，推其根本則為「心」、「性」；而「物」只是客觀的關鍵性條件。我們自實際感官經驗、人性，考察「性－心－物－感－情－聲－音」之結構關係與作用歷程，探求「聲感」自然發生之根源性因素。第二層「聲感理論之規範與價值」則從「聲感」理論之形成來論其基礎、理由，探索聲感之「實然」開展「應然」之理想與規範。

明代詩學「詩以聲為用」的觀念建構在「體用相即」、「儒家美學的觀念系統」以及「『詩聲』用以和情性、美教化」等儒家思想上。因此，有必要先對上述三個觀念進行哲學基礎的溯源。

第一節　體用相即的觀念

一、「體用」與「相即」

「體用」這個概念最早可見於鄭玄《禮記·序》：「禮者，體也，履也。統之於心曰體，踐而行之曰履」。〔註3〕孔穎達認為鄭玄是依據《禮記》〈禮器〉以及〈祭義〉篇原文，將禮合訓體、履。〔註4〕〈禮器〉記載「禮也者，猶體也」，〔註5〕鄭玄訓之「若人身體」。〔註6〕

〔註3〕　〔唐〕孔穎達：〈禮記正義·序〉，見〔漢〕鄭玄注，〔唐〕孔穎達正義《禮記》，收入〔清〕阮元校勘：《十三經注疏》（臺北：藝文印書館，1993年據清嘉慶廿年江西南昌府學開重刊宋本影印），記序，頁7。
〔註4〕　同前註。
〔註5〕　〔漢〕鄭玄注，〔唐〕孔穎達正義：〈禮器〉，《禮記》，收入〔清〕阮元校勘：《十三經注疏》，卷二十三，頁459。
〔註6〕　同前註。

〈祭義〉則說「禮者，履此者也」。〔註7〕「履」作「施行」解釋。鄭玄細分禮與儀，他說「然則三百三千雖混同為禮，至於並立俱陳，則曰此經禮也，此曲禮也。或云此經文也，此威儀也」。〔註8〕孔穎達疏認為「體」、「履」分別指的是《周禮》與《儀禮》，「《周禮》為體者，《周禮》是立治之本，統之心體，以齊正於物，故為禮」，《儀禮》是「明體之所行，踐履之」。〔註9〕從鄭玄語與孔穎達之解釋，「禮」可分為周禮與儀禮兩部分，周禮是統之於心，是根本，猶如人之身體；而禮儀則是踐行周禮，從實踐層面來講如何「用」之。

陳鼓應認為在鄭玄《禮記‧序》中，「體」跟「履」只傳達了「體」跟「用」的分別字義，並沒有闡明兩者一體不二的關係，也尚未行使「用」這個詞，直到王弼注《老子》第三十八章「萬物雖貴，以無為用，不能捨無以為體也。……以無為用，則得其母，故能己不勞焉而物無不理」，體、用二字才意指本體與功用。〔註10〕從王弼注來看，他提出「以無為用」以及「以無為體」，「無」既是本體，同時本身亦能發而為用，稱之為「無」之功用。陳鼓應說，王弼循老子「道體與道用是相互聯繫」的觀念，思索有無、本末，因此王弼注《老子》第三十八章即是指出，世界萬物是其共有本體的表現，故說萬有，「有」是「以無為本」；另外在形上本體在經驗世界的實踐展現，又是「以無為用」。〔註11〕以有無、本末來說，無為本，有為末，「無」作為本體，也就是用之因，落實於經驗界，就是「萬物之有」，從功用來顯露「無」之本體。

〔註7〕 〔漢〕鄭玄注，〔唐〕孔穎達正義：〈祭義〉，《禮記》，收入〔清〕阮元校勘：《十三經注疏》，卷四十八，頁821。

〔註8〕 〔唐〕孔穎達：〈禮記正義‧序〉，〔漢〕鄭玄注，〔唐〕孔穎達正義：《禮記》，頁7。

〔註9〕 同前註。

〔註10〕 陳鼓應：〈王弼體用論新詮〉，《漢學研究》第22卷第1期（2004年6月），頁7、9。

〔註11〕 陳鼓應：〈王弼體用論新詮〉，頁7。

宋代理學家廣泛使用「體用」一詞。朱熹將體用一詞，運用得最為嚴實。他雖然沒有明確定義「體用」，但從他的著作可歸納出四種體用意義：一為事物之本身與其運用。如「耳便是體，聽便是用。目是體，見是用」。二為體乃用之源。如「仁是體，愛是用。……愛自仁出」。三，體用可指一事物之兩態。心「有指體而言者，寂然不動是也。此言性也。有指用而言者，感而遂通是也。此言情也」。四，體乃用之原因。「赤子匍匐將入井，皆有怵惕惻隱之心。只此一端，體用便可見。喜怒哀樂是用，所以喜怒哀樂是體」。這就是因為喜怒哀樂之情，乃因性體而發。〔註12〕陳榮捷認為朱熹只講了體用一原，明代儒者則更講體用不二。〔註13〕

近代學者熊十力專論體用不二，詳細定義體用。他思考《易經》，建立「體用論」，以「即用即體」、「即體即用」重申儒家心性。依據熊十力《體用論》，「體」為宇宙本體之簡稱，具有物質、生命、心靈等複雜性。其中生命與心靈並非二分，只是從兩方面取義，生生不已稱作生命；「道德、智慧、知能等作用之原」稱作心靈。宇宙本體是變動不居的，內部因有物質、心靈相反兩性，起變動而成功用，現作萬行，是為宇宙萬象，簡稱為「用」。宇宙本體即為本體功用之自身。宇宙本體有物質、生命、心靈，當其變現萬物，亦有物質、生命、心靈之功用。我們欲瞭解本體的性質，只有從功用上才能領會。從功用上來說，物質性是凝結、沉墜。生命、心靈性具有生生、剛健、亨暢、升進、炤明等德用。〔註14〕從熊十力之定義體用來看，即含括了朱熹之體用意義：「體」是事物之功用之自身；體是用之源；體發顯為用後，分有心物兩種作用；體乃用之原因，體具有物質、

〔註12〕四種體用意義與舉例參見陳榮捷：〈體用〉，韋政通主編：《中國哲學辭典大全》（臺北：水牛出版社，1994年），頁854～855。

〔註13〕同前註，頁856。

〔註14〕熊十力：〈明心篇・通義〉，《體用論》（北京：中國人民出版社，2006年），頁129、135。熊十力〈體用論〉，《體用論》（北京：中國人民出版社，2006年），頁6～7。

心靈等性質，因此變動成功用，亦有心靈、物質等作用。上述最重要的，就是「體用相即」之「相即」的觀念，離「用」無法顯體，即體即用。

「相即」就是「即體即用」、「即用即體」。兩「即」字，明示體用不二。〔註15〕「相即」就是不二，二者辯證融合。中村元以語言句法討論中國人之思維，認爲「即」字內含矛盾，在用法上，意味著想「把常識上難以一致的兩個概念加以等視」，或者進一步「當敘述具相互矛盾特性，並且自覺其爲矛盾的兩概念，加以等視」。〔註16〕「體用相即」之「體」、「用」就是相反概念：體是無限，用是有限，但是無限統攝有限，因而轉歸合一。

中村元以天臺宗區別「即」字，解釋「即」在句式表現形式上，有三種意義判斷，分別爲「二物相合之即」、「背面相反之即」、「當體全是之即」。〔註17〕

我們以這三種意義判斷，辨明體與用在語言上的關係，可得下列三種解釋：

第一種：「二物相合之即」：體、用原爲個別的東西，體是本體，
　　　　用是現象。本體與功用有辨，但是二者卻又相即不離。

第二種：「背面相反之即」：體用原是一體，但有背與面之不同。
　　　　從本原之背來說，是本體，從功用之面來說是萬象。
　　　　要瞭解功用之性質，才能瞭解本體之性質。

第三種：「當體全是之即」：從本體來說，體是功用之本原。從功
　　　　用來說，功用就是體的衍生。功用不離本體，並由功
　　　　用以顯發本體。

上述依「即」字的用法，解釋「體用相即」，也切合前述對體用之解釋。體用雖不二，但二者應有辨，本體變動即成了功用，功用以

〔註15〕熊十力：〈明心篇‧通義〉，《體用論》，頁125。
〔註16〕日‧中村元著，徐復觀譯：《中國人之思維方法》修訂版（臺北：臺灣學生書局，1991年），頁24。
〔註17〕日‧中村元著，徐復觀譯：《中國人之思維方法》，頁24。

外無獨存之本體。宇宙本體即爲本體功用之自身。本體的性質只有從功用上才能領會。

二、「體用相即」觀念落實於禮、詩、樂的義涵

　　「體用相即」這個觀念來自中國文化的實用特性。中國人注重「實用」，體用相即。體的性質必須從功用層面來瞭解，因此談論天道最終必落實於人道，自人道之實踐才能彰顯天道之內涵。換言之，「道」不是理論上的空談，而是在日常生活、倫理秩序當中顯現。宗白華說，中國人從農業進入文化，對大自然採「不隔」的態度，因而中國人將用具注入對自然的敬愛，將大自然啓示的和諧、秩序，具體表現在詩、樂、器皿上，以此作爲形而上的宇宙秩序與宇宙生命的表徵。〔註18〕

　　中國古代對於宇宙之自然秩序、宇宙生命的認識，是直接從生活經驗獲得，不似西方純粹理性分析，也非經由神安排一切秩序。唐君毅說，中國古代之宗教思想中，有天命靡常、天命不已之思想；因此中國古人所信之自然律並非絕對必然，所以沒有超越的基督教精神，也沒有肯定超越之數理世界、概念世界。中國古代思想認爲自然律內在於萬物自身。〔註19〕

　　自然秩序存在於萬物自身，但萬物自身如何顯現秩序呢？唐君毅說：「萬物之律則，即是其性。此性皆由萬物之運行變化或發揮作用而見，亦即由其所顯之情實而見」。〔註20〕萬物之運行變化有一共同之理，從本體論來說即是萬物如何產生之理。前述已說，「體」具有物質、心靈、生命等特質，具有生生不已、道德、智慧、知能等作用之原，萬物之體也就是萬物之道、天之道，本身具備生生不已、道德、智慧、知能之原；換言之，天道不是命定式，而是活活潑潑能生

〔註18〕宗白華：〈藝術與中國社會生活〉，《美從何處尋》（臺北縣板橋市：駱駝出版社，1987年），頁171。

〔註19〕唐君毅：〈中國先哲之自然宇宙觀〉，《中國文化之精神價值》（南京：江蘇教育出版社，2005年），頁59。

〔註20〕同前註。

發創造。如唐君毅所言，「中國思想中，所謂物之性，非一必然原則，而正是一自由原則、生化原則。所謂天命之謂性，非天以一指定命運規定人物之行動運化，而是賦人物以『多多少少不受其自己過去之習慣所機械支配，亦不受外界之來感之力之機械支配，而隨境有一創造的生起而表現自由』之性」。〔註21〕

　　形而上的觀念落實爲形而下的器，置之於社會生活就是人生之用。孔子說「人能弘道，非道弘人」。〔註22〕朱熹解釋「人外無道，道外無人。然人心有覺，而道體無爲；故人能大其道，道不能大其人也」。〔註23〕如是說，肯定了人心之自覺，將天地宇宙之主導權放在人身上。人具有覺知而有實踐能力，而道體是不動、無作爲的，有賴人去踐行、發揚光大道體，道體無法彰顯人之存在。

　　天道落實於人道，從倫理學來說，孔孟講社會道德實踐，人用禮去治理政教，就是體用相即。倫理學是以「道德」作爲研究對象，論及其原理原則、善惡、道德行爲。爲什麼不單獨從天道論形而上學，而必須由人道來完成呢？從實際生活來看，人爲宇宙萬物之一份子，其想法、理念付諸行動，即能使這世界成爲理念之實踐，同時也能改變自身。唐君毅說，「吾人欲知天道之何若，或欲知宇宙之畢竟眞實之何若，實不能離人在宇宙間之意志行爲之實見以爲論。因吾人之行踐既施於天地萬物，到天地萬物即可改變，而可由如何以不如何；吾人之行踐，亦改變吾人之自身。而吾人之行踐之爲如何，則決定於吾人所抱之理想」。〔註24〕確切來說，天道呈現一秩序、呈現一理，並非是命定式、強制式的，有賴於人去實踐它，才能使天理昭彰，人身爲萬物之一份子，能夠以自身之意志、理想改變這天地萬物，所以理解天理就不能不從人道的實踐面來說。

〔註21〕唐君毅：〈中國先哲之自然宇宙觀〉，《中國文化之精神價值》，頁62。
〔註22〕〔宋〕朱熹注：〈衛靈公〉第十五，《論語集注》，《四書章句集注》（臺北：鵝湖出版社，1984年），卷八，頁167。
〔註23〕同前註。
〔註24〕唐君毅：〈人道論、價值論之意義〉，《哲學概論（下）》，頁383。

　　人道的中心思想可從孟子（西元前 390～前 305）「仁也者，人也。合而言之，道也」〔註25〕來做理解。朱子解釋「仁者，人之所以爲人之理也。然仁也，理也；人，物也。以仁之理，合於人之身而言之，乃所謂道者也」。〔註26〕儒家是從「仁」來說人，也因此成爲一位君子，人道之所行，就是在實踐「仁」。

　　「仁」的提出是對應著周文疲蔽，孔子爲了維護禮的倫常秩序，以「仁」活化禮儀，使之不致僵蔽。仁心就是具有惻隱之情，愛人不忍自利。牟宗三說，中國哲學的主要課題是生命，用心來調節我們的生命，運轉生命、安頓生命。〔註27〕生命的課題並非只是生理上的存在，只圖身體安康，長壽於人世間，生生不已的「生命」推衍至最終必會關切到心靈之存在，也就是上述所講的道德、智慧、知能等作用之原。心靈與生命不二分，人不獨有生理吃喝、延續生命之需求，進一步將要求能夠有價值地活著。道德、知能、智慧能夠使生命朗暢、愉悅，找到自身之價值。因此，關心生命之最終需從德性方面入手，在修養自身的過程，知能與智慧也將因爲反躬自省而得到提升。儒家從「仁」來講德性，最根本的態度是跳脫本體之理論，直接從「用」這個實踐面來說。因此牟宗三說「孔子提出仁，仁這個觀念完全是個道德理性（moral reason）的觀念，是指於實踐的問題」。〔註28〕

　　熊十力的體用論歸結至最後，「體」所指的也是孔子所講的「仁心」。仁之爲德，惻隱之情與明睿之智具存，即動即靜、即靜即動，隨感而通，常於一己之外知有人倫，因此愛人不忍自利。〔註29〕仁之

〔註25〕〔戰國〕孟子著，〔宋〕朱熹注：〈盡心章句下〉，《孟子集注》，《四書章句集注》，卷十四，頁367。

〔註26〕同前註。

〔註27〕牟宗三：〈中國哲學之特殊性問題〉，《中國哲學十九講》（臺北：臺灣學生書局，1983 年），頁 15。牟宗三〈中國哲學之重點以及先秦諸子之起源問題〉，《中國哲學十九講》，頁 46。

〔註28〕牟宗三：〈中國哲學之重點以及先秦諸子之起源問題〉，《中國哲學十九講》，頁 46。

〔註29〕熊十力：〈明心篇・通義〉，《體用論》，頁 143～145。

本體變動成作用，分有心物，仁心具有創新、惻隱之情、明睿之智等性質，仁之物質性就是禮儀，具有凝結、沉墜等特性。

從儒家體用觀念來說，天道落實於人道上，禮、詩、樂都是仁之本體變動分有心物。禮儀、詩的文字格律、樂的樂器、樂曲是物質性，也就是仁的具體形式，同時禮、詩、樂也具備了仁心之性質。「仁心」隨感而通，作用在人身上，使我們行禮儀時，不只有表面形式，而能深切地感受到儀式所蘊含的人倫。我們吟誦詩作，透過詩義而心有戚戚焉。聆聽樂曲時，內心能感知聲情，隨之起伏。這些都是仁之體實踐於禮、詩、樂。

從禮來說，禮是在周初所指定的一套制度、儀文、典章，依據血緣倫理分出貴賤、尊卑、長幼階層。王國維解釋「禮」，從豐、醴推之，豐是「盛玉以奉神人之器」，醴是「奉神人之酒醴」，又推之「而奉神人之事，通謂之禮」。〔註30〕李澤厚說：「禮最初的起源與核心是尊敬和祭祀祖先」。〔註31〕從上述可知，禮最初是根源於祭拜、尊敬祖先，懷著慎終追遠之心。若以此推之，於現實世界承先啓後，就是《禮記・祭統》所說的「追養繼孝」，〔註32〕以血緣爲中心向外廓，可見父子、兄弟、夫婦、長幼、君臣等。《禮記・祭統》記載：「凡治人之道，莫急於禮；禮有五經，莫重於祭。⋯⋯祭者，所以追養繼孝也。⋯⋯夫祭有十倫焉：見事鬼神之道焉，見君臣之義焉，見父子之倫焉，見貴賤之等焉，見親疏之殺焉，見爵賞之施焉，見夫婦之別焉，見政事之均焉，見長幼之序焉，見上下之際焉」。〔註33〕倫是次序，禮依據人倫制訂出統治秩序。勞思光說，禮之本義就是生活秩序，「禮」觀念即是「秩序性」觀念，「儀文」就是一

〔註30〕王國維：〈釋禮〉，《觀堂集林》（臺北：河洛圖書出版社，1975年），藝林卷，卷六，頁291。

〔註31〕李澤厚：〈孔子再評價〉，《中國古代思想史論》（臺北：三民，1996年），頁5。

〔註32〕〔清〕孫希旦解：〈祭統〉第二十五，《禮記集解》（下），卷四十七，頁1237。

〔註33〕同前註，頁1236～1243。

切秩序之具體內容。〔註34〕

　　孔子講「攝禮歸義」、「攝禮歸仁」就是將「義」與「仁」之心靈德用幹運於禮之具體形式，使之不凝結錮蔽。義是正當的行為，「攝禮歸義」禮儀因此皆具正當性，循理而有規矩制度。仁心具有惻隱之情，愛人不忍自利，因此「攝禮歸仁」，禮儀不循小己之私而行。換言之，禮亦有體用；禮之心靈功用收歸於仁、義，使其正當不徇私；禮之物質功用是儀文規矩。儒家歧出的荀子（西元前 316～236）講性惡，強調禮的制度，「禮者，人道之極也。然而不法禮，不足禮謂之無方之民；法禮足禮，謂之有方之士」。〔註35〕荀子雖講禮，但不肯定仁心之用，而偏重於禮的法則功用，以此規範人民。因此荀子對於禮的認知，歧出於儒家系統。

　　從禮樂來說體用。荀子〈樂論〉提到「樂合同，禮別異」。〔註36〕樂從人之共有普遍性，提出合同。《禮記·儒行》講「歌樂者，仁之和也」。〔註37〕樂與仁相通，兩者的目的性是「和」，仁心為人之共有，和亦是普遍性，沒有區判，故說樂合同。「禮」是依據不同的年輩身分、階層制訂合理的行為，因此別異，產生個殊差別。

　　若以德為本體來說，變動分為心物作用，根據「樂合同，禮別異」，心的作用就是樂，自內調和性情；物的作用就是禮，由外在儀文規範行為。〈樂記〉所講「禮樂皆得，謂之有德。德者，得也」。〔註38〕即是從「禮樂之用」得「禮樂之體」，只有本體自身實踐，心物融合不二，自實踐當中才能知本體、得本體，所以謂之「有德」。若從樂的

〔註34〕勞思光：〈孔孟與儒學（上）〉，《新編中國哲學史》（一）（臺北：三民書局，1991 年），頁 117。

〔註35〕〔戰國〕荀子著，〔清〕王先謙解：〈禮論篇〉第十九，《荀子集解》，卷十三，頁 597。

〔註36〕〔戰國〕荀子著，〔清〕王先謙解：〈樂論篇〉第二十，《荀子集解》，卷十四，頁 632。

〔註37〕〔清〕孫希旦解：〈儒行〉第四十一，《禮記集解》（下），卷五十七，頁 1408。

〔註38〕〔清〕孫希旦解：〈樂記〉第十九之一，《禮記集解》（下），卷三十七，頁 982。

體用來說，重要的樞紐在於心的作用；換言之也就是「聲音與情性」的關連，樂曲因爲有「心」的作用，使得物質的樂曲能夠朗暢起情，帶出體用的雙向入徑，聲音爲「體」，其「用」是「聲感」。

從詩來說體用，即是從詩的功能性來說。顏崑陽曾以〈詩大序〉爲例，指出詩之用有二層，我們已於第一章界定「聲義」時論及，現在簡述「詩之用」與「詩聲」之用如下：詩之用第一層是「事物因其『體』本具而未衍外的『功能』，稱之爲『自體功能』。第二層之用，「『用』乃是詩之『體』已衍外而作用於事物所產生的『效應』，稱之爲「衍外效用」。。〔註39〕若以我們所談的「詩聲」之體用來說，「詩聲之體」爲「詩本身的內部聲音」，而其「用」可爲二個層次：第一序「詩聲之用」爲「自體功能」，具有「聲情類應之雙向作用」。這「雙向作用」包含有二個層次：一是聲音能夠「表達情感的意義」。二是因其「聲情類應」，而使人能「感」之。第二層「詩聲之用」爲衍外效用，聲音被期許具有「道德意涵之情感」，因而能教化人心，作爲政教之用。

明代詩人重提「詩聲」之用，用以傳情、用以教化，正是實踐「體用」觀念。若將「詩聲」純粹視作客觀形式，便是忽略了心之功用，平仄音節便流於僵固的形式而無法起情，如平仄譜、四聲八病之制訂。過分格律化之物質性，就是逐外物而不復返，要回到內心，天地萬物與我並生，才是樂合同的精神價值。

若是正視心之功用，便是「即體即用」、「即用即體」，實體才完整。心主導樂之形式，使其感官天地，字音音節之安排必定蘊含同情共感之心。此時，「詩聲」必不是只有感官作用，心之作用具有生生、炤明之向上性，爲德之用；因此，必定能使情感和順，達到教化之功用。因此李東陽稱「詩在六經之中別是一教」就是從「詩聲」之音樂性來說此特殊的教化作用。唐人寫詩，原本不考慮詩教的層面，楊士弘《唐音》特

〔註39〕顏崑陽：〈從〈詩大序〉論儒系詩學的「體用」觀〉，國立政治大學中國文學系編《第四屆漢代文學與思想學術研討會論文集》（臺北：國立政治大學中國文學系出版，2002 年），頁 315～316。

別舉「音」，除卻唐音本身的藝術價值，還納入「詩聲」的衍外功用，他標舉音與世道之關係，重返聲感之作用。聲感即是心之作用於「詩聲」。因此，我們可以說，明代詩人重視「詩聲」之用，與唐代詩人重視「詩聲」傳情，或齊梁之客觀格律，實有不同。他們實踐儒家體用相即之觀念，「詩聲」也就是同情共感之心之作用流行。

第二節　儒家美學的觀念系統

一、何謂「美」？

何謂美學呢？首先，從對象性來說，西方美學的研究對象集中在「反省美以及與藝術有關的問題上」，包佳頓（Alexander Baumgarten,1714～1762）最先定義「美學」，他將美學的意義分為三個主要概念：藝術、美以及感性認識。〔註40〕狹義的美則是「純粹藝術美」，強調形式美學的純粹性，完全感覺愉快而不帶任何特殊目的性及指涉。〔註41〕而廣義的美，則是具有審美價值的事物皆在美的範疇之內，諸如崇高、滑稽、荒謬、悲壯都包含在內。廣義的美也具有道德性，柏拉圖稱之「道德的美」，亞里斯多德將美定義為「那因其為善所以予人快感的事物」。古典時期以後，西方則多從狹義的感官經驗定義「合節」是美，合節意指感覺、視覺、聽覺的秩序。〔註42〕

儒家美學屬於廣義的美學，「合節」之藝術美也包含在內。「合節」主要是從感官經驗之適度去規範「物」的聽覺、視覺之物理性秩序，其「適度」也就是中國傳統「和」的觀念。但是，「和」並非僅指物理性之和諧而已。前述「體用相即」已論及中國思維模式之根源是以

〔註40〕劉昌元：〈導言：美學的意義、範圍與價值〉，《西方美學導論》二版（臺北：聯經出版公司，1994年），頁2。

〔註41〕劉昌元：〈美是什麼？〉，《西方美學導論》，頁66。

〔註42〕達達基茲（Wladyslaw Tatarkiewicz）著，劉文潭譯：〈藝術：藝術與詩歌的關係史〉，《西洋六大美學理念史》（臺北：聯經出版公司，1989年），頁102～103。

生命爲中心，以仁來談德行。中國的思維模式不是客觀，而是包含人的觀念。中村元研究漢語亦發現中國語言皆以「人」作爲主語，而且常是被隱藏的一般人，或敘述的說話者。我們慣常以「人的行爲主體作爲主語而先表像出來」。〔註43〕中國人即便客觀的事物也在與人的關係上去把握，不把人分離去理解客觀的世界。〔註44〕中國美學觀念亦是如此，特別是儒家美學離不開人與自然之間以及群己關係。也因此，在儒家美學體系，「和」往往從感官愉快之美，延伸至個體性情之美，再進一步擴展爲社會秩序之美。〔註45〕「感官愉快之美」即是以感官之舒適度爲基準的一種和諧比例，不帶有目的性，我們將之稱爲「純粹藝術美」。「個體性情之美」乃是調節喜怒哀樂之情，而使個體性情出於和諧。「社會秩序美」則是現實社會之大小事情都能夠合乎人倫秩序與法律秩序，使人與人和諧互動。

在孔子之前，單穆公、伶州鳩、季札、晏子等人，已從「五聲」、「五色」、「五味」初步瞭解美的起源與構成，而提出「和」的觀念。〔註46〕我們針對「聲音之和」論之。

《左傳・昭公二十年》記載晏子論「五聲」云：

> 先王之濟五味，和五聲也，以平其心，成其政也。聲亦如味，一氣，二體，三類，四物，五聲，六律，七音，八風，九歌，以相成也。清濁，大小，短長，疾徐，哀樂，剛柔，遲速，高下，出入，周疏，以相濟也。君子聽之以平其心，心平德和，故詩曰德音不瑕。〔註47〕

〔註43〕 日・中村元著，徐復觀譯：《中國人之思維方法》，頁27。

〔註44〕 同前註，頁28。

〔註45〕 鄭毓瑜：〈先秦「禮（樂）文」之觀念與文學典雅風貌的關係〉指出「禮樂之『文』就必然由單純的感官形象之美，進至於含攝人倫、政序等特定指意的『美』、『善』之展現」。鄭毓瑜：〈先秦「禮（樂）文」之觀念宇文學典雅風貌的關係——中國文學審美論探源之一〉，收入呂正惠、蔡英俊主編《中國文學批評》（臺北：臺灣學生書局，1992年），第一集，頁179。

〔註46〕 李澤厚、劉綱紀主編：〈先秦美學概觀〉，《中國美學史》，頁78。

〔註47〕 〔晉〕杜預注，〔唐〕孔穎達正義：〈昭公二十年〉，《左傳》，〔清〕

從物之客觀條件來說，晏子認為聲音如同味道，需要調和：〔註48〕一氣、二體、三類、四物、五聲、六律、七音、八風、九歌，〔註49〕音樂之形成有賴上述諸多要件，相互幫忙成就。因此，就總體來說，「和」是將各種多樣不同性質之物件相互調配，形成一和諧音樂，從樂者、樂器及演奏之調式、律呂、乃至歌詞、歌頌之事物甚至是外在環境都需相互搭配而成。這是由於現實經驗裡，樂器之演奏往往受到氣候及演奏場地影響；因此，我們可見先秦人自經驗世界歸納音樂的構成要素，將之羅列，故此處「和」乃是「雜多的統一」。〔註50〕而這「雜多的統一」並非是靜態之構成，而是動態之相輔相生，相成相濟。徐復觀認為「相成相濟，即是堯典所謂的『克諧』，即是和」，所謂「和」的意義與影響可從兩方面來說；在消極方面，「是各種相互對立性質的東西的消解」；而就積極方面，則是「各種異質東西的和諧統一」。〔註51〕再者，就演奏之和音來說，「清濁，小大，短長，疾徐，哀樂，剛柔，遲速，高下，出入，周疏」，每個組合是「相互補充」，亦既是

阮元校勘：《十三經注疏》，卷四十九，頁859～861。

〔註48〕《左傳・昭公二十年》記載，晏子以調羹作比喻，對齊侯解釋「和」：「和，如羹焉。水火醯醢，鹽梅以烹魚肉，燀之以薪。宰夫和之，齊之以味。濟其不及，以泄其過。君子食之，以平其心」。〔晉〕杜預注，〔唐〕孔穎達正義：〈昭公二十年〉，《左傳》，〔清〕阮元校勘：《十三經注疏》，卷四十九，頁858。

〔註49〕根據杜預及孔穎達解釋：一氣是指「人氣」，「人作諸樂皆須氣以動」。二體是指舞者有文武。三類是指歌詩之風雅頌三類。四物是指四方之樂器。五聲是指宮商角徵羽。六律是指黃鍾、大簇、姑洗、蕤賓、夷則、無射等。七音是指五聲之外再加上變宮變徵二音。八風是指各季節之風。立春，調風；春分，明庶風；立夏，清明風；夏至，景風；立秋，涼風；秋分，閶闔風；立冬，不周風；冬至，廣莫風。九歌是指九功之德皆可歌，九功是六府之水火金木土穀以及三事之正德利用厚生。同前註，頁859～861。

〔註50〕李澤厚認為中國古人將世界看成是由雜多的因素構成，而將世界構成的規律性與「數」的觀念相連結。因此，「和」的觀念一開始是「雜多的統一」；而後才進展成為從「對立面的統一」去認識「和」。李澤厚、劉綱紀主編：〈孔子以前的美學思想〉，《中國美學史》，頁104。

〔註51〕徐復觀：〈由音樂探索孔子的藝術精神〉，《中國藝術精神》（臺北：學生書局，1966年），頁16。

以「相互消解」的方式不斷往復循環，而就音質做出兩兩對立的結構辯證。在中國式的思維裡，這就像是一陰一陽之謂道，乃是二元對立統一的動態辯證，並非是固定、靜態的結構。這種相生相成的對立辯證，使得音樂節奏上，產生能勾攝情緒的力量。宗白華亦從《易經‧離卦》，指出離者麗也，是一種裝飾的美，器具雕飾附麗而美麗；同時「離」者「並」也，加了人字旁即是儷，包含了對偶、對稱、對比等對立因素的美感思想。〔註52〕因此，中國自古即有兩兩相對，對立而和諧的秩序美感。

從上述我們可歸納出，中國美學「和」就總體來說，是將各種雜多之異質相互搭配而成一和諧美；就每個自體組成來說，又是內具兩兩對立的結構辯證，而形成對立而和諧之美。李澤厚認爲「雜多的統一」是從對自然世界無限多樣的認識，將世界構成的規律與數量聯繫起來；而「對立面的統一」則是從「物」本身認識到其普遍存在各種對立的要素。〔註53〕

「和」施於「音樂」，具體來說就是「適音」。《呂氏春秋‧適音》記載：

> 夫音亦有適。太鉅則志蕩，以蕩聽鉅則耳不容，不容則橫塞，橫塞則振。太小則志嫌，以嫌聽小則耳不充，不充則不詹，不詹則窕。太清則志危，以危聽清則耳谿極，谿極則不鑒，不鑒則竭。太濁則志下，以下聽濁則耳不收，不收則不摶，不摶則怒。故太鉅、太小、太清、太濁皆非適也。
>
> 何謂適？衷音之適也。何謂衷？大不出鈞，重不過石，小大輕重之衷也。黃鐘之宮，音之本也，清濁之衷也。衷也者適也，以適聽適則和矣。〔註54〕

〔註52〕宗白華：〈中國美學史中重要問題的初步探索〉，《美從何處尋》，頁17～18。

〔註53〕李澤厚、劉綱紀主編：〈孔子以前的美學思想〉，《中國美學史》，頁104。

〔註54〕陳奇猷校釋：〈適音〉，《呂氏春秋校釋》（臺北：華正書局，1985年），頁272～273。

什麼樣的聲音適合聽覺感官呢？文中認為聲量太大則志搖動晃蕩，產生振動；若是太小則志少，因此不足不滿密。清音就是單純之音。清音最悲，悲音則高而尖，志顯得在高而懼。音調太清沒有和聲，耳則感到稀疏則空虛，甚而聽覺涸竭。濁音低下，散聚不收，志不專一，志不專一則惑、則怒。〔註55〕因此，依據聽覺與心理之相應關係，乃規定中適之音為不鉅不小不清不濁。「鉅」、「小」是聲量大小，「清」、「濁」則依發聲是否振動到聲帶而判定。但是，聽覺乃是主觀感受，不一而足；因此，須從客觀的「量度音律的樂器」加以定義。鈞是度量鐘音律度大小之器，定高低音。最適當的音調是「大不出鈞，重不過石」：鐘音律度之大者不得超過鈞所發之音，鐘之重不得超過百二十斤。黃鐘是標準音，所以是音之本；愈上音愈高，愈下音愈低。〔註56〕因此依據「鈞」、「二十斤石」限定樂器聲量之上限，在這限定之內皆是聽覺之適。《國語·周語》亦記載：「樂從和，和從平」。〔註57〕平是「細大不踰」，〔註58〕因此，所謂「聲音之和、適」乃是依聽覺之生理舒適為定準，若是聲音過鉅，則聽者耳朵承受不住；若聲音過小，聽者則無法清楚內容。這是從聽覺的生理感受，來要求「和」之理想狀態。另外，若從生理來說，過度刺激感官則會造成身心不適，乃至影響身心健康。《國語·周語下》曾記載單穆公勸阻周景王鑄作發音極高亮之大鐘，正是基於上述理由，「夫樂不過以聽耳，而美不過以觀目。若聽樂而震，觀美而眩，患莫甚焉。夫耳目，心之樞機也，故必聽和而視正。聽和則聰，視正則明。聰則言聽，明則德昭。聰言昭德，則能思慮純固，以言德於民，民歆而德之，則歸心焉」。〔註59〕因此，「和」

〔註55〕陳奇猷校釋：〈適音〉，《呂氏春秋校釋》，頁275～280。

〔註56〕陳奇猷校釋：〈適音〉，《呂氏春秋校釋》，頁275～280。

〔註57〕〔春秋〕左丘明著，〔吳〕韋昭注：〈周語下〉，《國語》臺三版（臺北：中華書局據士禮居黃氏重雕本校刊，1983年），卷三，頁14。

〔註58〕同前註。

〔註59〕〔春秋〕左丘明著，〔吳〕韋昭注：〈周語下〉，卷三，頁13。

符合感官接納外物之條件；也唯有如此才能真正去感受對象之「美」。正如李澤厚所言，「和」的提出，就主觀感受來說，將一味追求官能快感刺激與真正的美感區分開來；同時，就客觀對象來說，亦從那引起真正美感的對象物，找尋出其構成的規律。〔註60〕

《左傳》與《呂氏春秋》曾就聽覺之和諧，推衍其功能性，「物和則嘉成」。從宇宙之混沌到變化調和的整體，「和」就像是那個「渾然調和的整體」。「和」作爲儒家思想中理想的存在情境，不僅僅是消極地調和異質，本身還帶有「生發」的動力，因此能積極地嘉成萬物。

《左傳》昭公二十一年記載伶州鳩論樂。伶州鳩認爲鐘器的製作，必須符合「和」的觀念，小的不能過於輕薄，大的不能過於寬大，要取適中。因爲，和適的鐘聲具有「物和則嘉成」之功用。〔註61〕何謂「物和則嘉成」呢？伶州鳩說「夫有和平之聲，則有藩殖之財。於是乎道之以中德，詠之以中音？德音不愆，以合神人。神是以寧，民是以聽」。〔註62〕因爲和平之聲就是德音，能使鬼神安寧，人民聽從。話未講盡之處，就是和平之聲能使鬼神寧靜不作祟，社會自然安定，人民順從不作亂，自然努力生產，如此國家祥和而有藩殖之財。《國語·鄭語》亦云：「夫和實生物，同則不繼。以他平他謂之和，故能豐長而物歸之；若以同裨同，盡乃棄矣」。〔註63〕因此，「和」，並不是單一質素所統合的「同」，也不是多元質素卻又散殊各異的無機體，而是多元質素卻又辯證地交互作用而能生發變化而和諧的有機體。

〔註60〕李澤厚、劉綱紀主編：〈孔子以前的美學思想〉，《中國美學史》，頁92～93。

〔註61〕〔晉〕杜預注，〔唐〕孔穎達正義：〈昭公二十一年〉，《左傳》，〔清〕阮元校勘《十三經注疏》，卷五十，頁876。

〔註62〕〔春秋〕左丘明著，〔吳〕韋昭注：〈周語下〉，《國語》，卷三，頁15。

〔註63〕〔春秋〕左丘明著，〔吳〕韋昭注：《國語·鄭語》臺三版（臺北：中華書局據士禮居黃氏重雕本校刊，1983年），卷十六，頁4。

　　齊梁時期的沈約亦依據「和」，找出「詩聲」的「合節之藝術美」，講究「詩聲」的開合抑揚，制訂出四聲八病，〔註64〕而避免詩句在格律上因不相諧而失去聽覺之美。其中「八病」的作用就是避免「同韻」、「同紐」以及「同聲」、「同調」，換言之即是劉勰所謂「異音相從謂之和」；永明體所要求「五字之中音韻悉異，兩句之內角徵不同」亦是此意。〔註65〕因爲「和」不等於「同」，倘若「詩聲」皆爲相同，則顯現不出聽覺變化，尤其音節之產生尚依靠字韻之相異來產生一時間之間隔。例如，全爲聲韻相同的同音字，在聽覺上無法辨別音節，亦無法分明其義。而等到唐代近體詩之平仄已有定式後，格律本身即已具備「合節」，「八病」也就無須再被強調。〔註66〕明人李夢陽論詩之七難，其中的「音圓」之「圓」即是「和」，因而「詩聲」之特質要以「不偏倚」、「不滯礙」、「不僻澀」、「不粗疏」爲尚，〔註67〕故以

〔註64〕「四聲八病」之「四聲」指的是字音的平、上、去、入。「八病」爲平頭、上尾、蜂腰、鶴膝、大韻、小韻、旁紐、正紐等八種格律上的缺失。

〔註65〕沈約「四聲八病」之說郭紹虞已有詳盡論述。參見郭紹虞：〈永明聲病說〉，《語文通論續集》（上海：開明書局，1949 年），頁80。

〔註66〕平仄格律之和諧是來自音節之平衡與錯落，例如五律的平起式「平平平仄仄，仄仄仄平平」。「仄仄平平仄，平平仄仄平」。「平平平仄仄，仄仄仄平平」。「仄仄平平仄，平平仄仄平」。頸聯落句「平平仄仄平」不得改爲「仄平仄仄平」，若違反此一規律則爲「犯孤平」。此爲詩家大忌，即是由「詩聲」之和諧度來嚴格規定。若是拗句也需相救，而避免其病。所謂「拗救」就是依據平仄規定，出句原是平聲處，若用了仄聲，而落句同位置，原該用仄的地方就要改爲用平。「拗救」大約可分爲兩類：一是本句自救，例如同一個句子裡，第一個該用平聲而用仄聲，則第三字該仄而用平。二是對句相救。例如出句第三字該平而用仄，則落句第三字該仄而用平。參見王力：〈第一章近體詩・第七節關於「一三五不論」〉，《漢語詩律學（上）》，收入《王力文集》第十四卷（山東：山東教育出版社，1989 年據上海教育出版社 1978 年版（第四、五兩章收入第十五卷），原由新知識出版社出版），頁101。王力：〈第一章近體詩・第八節拗救〉，《漢語詩律學（上）》，收入《王力文集》第十四卷，頁108。

〔註67〕侯雅文：〈論李夢陽以「和」爲中心的詩學體系（之一）——以「和」爲依據所規制的詩歌本質與功能〉，《東華人文學報》第八期（2006 年 1 月），頁114。

「和」作爲理想、規範。

不過，詩聲並不只有平、仄二聲之「和」。就「詩聲」來說，每個字都是多元，將雜多升到共同特殊性就是「平仄、清濁、洪細、開合」等，若是再升一層則去除其異，則爲同聲韻之字。但是，前述已說明詩句若皆爲同聲韻之字則無法顯現出聲音之變化；因此，我們談詩要有變化就必須下降到萬物層次，也就是具體的「詩聲」。換言之，不能夠只停留在「平仄、清濁、洪細、開合」層次，而須在同一平仄格律中「調聲」，一字韻便有陰平、陽平、開、合、平上去入等組合，復加唇舌牙齒喉五音，「詩聲」有了同異的變化，前有浮聲後有切響乃至萬殊。牟宗三便指出，若詩聲僅處在「和」的通性，則聲情的關係無法建立；但是，藉由字音開合變化所形成「高亢、低沈、急疾、舒緩、簡單、和平、激越」等效果，詩聲則有了「具體色澤」，如此聲情可以相類。〔註68〕因此，平仄格律之定式不等於「聲調」，李東陽即是持此論而云：「雖有格律而無音韻，是不過爲俳偶之文而已。使徒以文而已也，則古之教何必以詩律爲哉」，〔註69〕清楚地將客觀之平仄格律與聲調（音韻）區別出層次。

上述皆從物之客觀構成來說，「和」是感官「合節之藝術美」，並且「和」帶有「物和則嘉成」的宇宙觀思維。但是，回到中國「體用相即」的觀念裡，「合節」只有「器」之物質性，還需注入「心」之德用，心物不二才是美之本原。儒家知道「合節」之美，但是他們並非僅從客觀的形式結構去理解美之秩序構成，而是從個人之存有的價值來加以肯定。「個人之存有的價值」就儒家而言，即是推源自內心道德之挺立，也就是孔子所說的「仁心」。孔子說「仁」常因人而異，因時制宜，因此難以將之詳盡定義，「己所不欲，勿施於人」、「忠」、「恕」、「己欲立而立人。己欲達而達人」等都是「仁」的精神，但是

〔註68〕牟宗三：〈嵇康之名理〉，《才性與玄理》八版（臺北：臺灣學生書局，1993年），頁350。
〔註69〕〔明〕李東陽：《麓堂詩話》，頁1。

上述皆從仁的工夫、方法而就個別來說，並非是仁之「總體」；〔註70〕換言之，「仁」乃是一切人格美善之總稱。因此，我們論「美是仁心的擴充」時，亦由從「善」言之。顏崑陽認為「先秦美學自始便不從客觀物質構造性以及主觀官能感覺經驗去認識所謂的美」，而是存有的秩序美，也就是「和」。〔註71〕什麼是「存有的秩序美」？依據顏崑陽的說法，在孔子之前，士大夫認為美即「價值存有的和諧秩序」。「價值存有」的觀念是指從對象之「價值創造性」或「實用性」肯定其存有的本質。孔子從宇宙論的入路轉向主體內在心性，以「仁德」回答「秩序美何以可能」的形上問題，至孟子則從個體人格圓融，提出「主體人格美」。〔註72〕「主體人格美」也就是本文所指的「個體性情美」。

孟子云：「形色，天性也。惟聖人，然後可以踐形」，〔註73〕「形色」所指的就是客觀的身軀，眼耳鼻口四肢等；而「踐形」乃身形之實踐。換言之，孟子認為真正仁心必須通過自身，使每一官能都能心物渾淪。徐復觀認為孟子雖在人的自覺過程，將心與感官分開，但從實踐來說，心德必須通過形色而呈現；此時，心有美的意欲時，通過官能之一切活動，與客觀之對象連在一起，始能實現美的客觀構造。踐形的意義，從充實道德的主體性來說，是孟子集義養氣的工夫；從道德的實踐上說，踐形即是道德之心，通過官能的天性、能力，向客觀世界中實現。〔註74〕

〔註70〕「仁」（先秦）之界義詳見徐復觀：〈孔子在中國文化史上的地位及其性與天道〉，《中國人性論史》（臺北：臺灣商務印書館，1969年），頁90～100。

〔註71〕顏崑陽：〈論先秦儒家美學的中心觀念與衍生意義〉，收入淡江大學中國文學研究所主編《文學與美學》第三集（臺北：文史哲出版社，1992年），頁409～410。

〔註72〕顏崑陽：〈論先秦儒家美學的中心觀念與衍生意義〉，頁436～437。

〔註73〕〔戰國〕孟子著，〔宋〕朱熹注：〈盡心章句上〉，《孟子集注》，收入《四書章句集注》，卷十三，頁360。

〔註74〕徐復觀：〈從性到心——孟子以心善言性善〉，《中國人性論史》（臺北：臺灣商務，1969年），頁184～185。

　　孟子云：「仁也者，人也」。〔註75〕仁心即是惻隱之心，愛人如己，當仁心踐形時，個體與個體之間必然發生「感」的作用，個體依據人倫秩序次第向外展開，終至推向社會國家。如孟子云：「老吾老，以及人之老；幼吾幼，以及人之幼」，〔註76〕由我擴充之。中國傳統思想上主要是以血緣關係，由親而疏，向外推展，作爲社會倫理和人事往來的網絡連結。親親與尊尊的原則，鞏固著社會的穩定。因此，孟子談五倫，是以「父子有親，君臣有義，夫婦有別，長幼有序，朋友有信」，〔註77〕合乎人倫之秩序。而董仲舒依據陰陽之術制訂三綱五常，君綱、父綱、夫綱；五常，仁、義、禮、智、信。禮從身分階級規範適宜的行爲。中國文化傳統裡，個體之存在並非是單一孤立，而是繼往開來具有群體意識，此爲基於「個人與群體之聯繫」。因此從心性論來說，客觀物之合節美並非是主觀因素，而是客觀條件，主觀因素則落在可感於外物之仁心。換言之，即是個人修養「個體性情美」之養成。

二、「個體性情」、「社會秩序」與「藝術」三種美的結合

　　那麼在儒家美學的觀念系統中，如何將「個體性情」、「社會秩序」與「藝術」連結呢？一是「美是仁心的擴充」。二是「『個體性情』、『社會秩序』與『藝術』三者的結構秩序相似」。三是「藝術是社會文化情境的產物」。

　　從「美是仁心的擴充」言之，儒家美學重視人格修養與道德價值，其經驗對象通常亦具備美善合一。我們從「體用相即」的進路檢視儒家美學何以「性情之美」能與「社會秩序」之美產生連結。「體」爲仁心之原時，其仁心作用必統攝物質作用，才能得以發揮。物質作用

〔註75〕　〔戰國〕孟子著，〔宋〕朱熹注：〈盡心章句下〉，《孟子集注》，收入《四書章句集注》，卷十四，頁367。

〔註76〕　〔戰國〕孟子著，〔宋〕朱熹注：〈梁惠王章句上〉，《孟子集注》，收入《四書章句集注》，卷一，頁209。

〔註77〕　〔戰國〕孟子著，〔宋〕朱熹注：〈滕文公章句上〉，《孟子集注》，收入《四書章句集注》，卷五，頁259。

落實於人，即是人之身形。孟子講「可欲之謂善，有諸己之謂信：充實之謂美；充實而有光輝之謂大；大而化之之謂聖；聖而不可知之謂神」，〔註78〕就是擴充個體的人格修養，向外發顯。朱熹解釋「充實之謂美」為力行其善，至於充滿而積實，則美在其中，無待於外。「充實而有光輝之謂大」也就是〈樂記〉所說「和順積中，而英華發外」，美在其中，而發於事業，乃至德業之盛。〔註79〕

　　從〈樂記〉所云：「和順積中，而英華發外」來講個體性情美，則先返回這句話的語境：「德者，性之端。樂者，德之華也。金石絲竹，樂之器也。詩，言其志也。歌，詠其聲也。舞，動其容也。三者本於心，然後樂器從之。是故情深而文明，氣盛而化神，和順積中，而英華發外，唯樂不可以為偽」。〔註80〕前述討論「體用相即」已說明：音樂能夠感人，正是因為心之作用運作於物質性之樂曲。心具有惻隱之情，能使人同情共感，人與萬物同而為一，喜怒哀樂發而皆中節而有文采。如《中庸》云：「喜怒哀樂之未發，謂之中，發而皆中節，謂之和」，將「情緒活動」與「心」分開。〔註81〕從詩樂言之，「和順積中」則乃「心」之作用，能調和性情，使「喜怒哀樂」皆中和不偏；是故「英華發外」乃是喜怒哀樂之中節而發顯於外之舉止，進而使詩樂之藝術美與心中之美善同類。換言之，以「和順積中，而英華發外」注解孟子「充實而有光輝」，即是強調內心中和之實踐，不斷地厚實內在之平和柔順，而由內而外，其舉止自然不偏不倚，這就是人格和諧統一之美。是故，儒家所認知的美側重於人格修養之個體性情美。

　　「『個體性情』、『社會秩序』與『藝術』三者的結構秩序相似」是指這三者之形式皆有相似的結構秩序，經由兩兩對立的結構辯證，

〔註78〕〔戰國〕孟子著，〔宋〕朱熹注：〈盡心章句下〉，《孟子集注》，收入《四書章句集注》，卷十四，頁370。

〔註79〕同前註。

〔註80〕〔清〕孫希旦解：〈樂記〉第十九之二，《禮記集解》（下），卷三十八，頁1006。

〔註81〕勞思光：〈漢代哲學〉，《新編中國哲學史》（二）增訂九版（臺北：三民書局，1999年），頁52。

而達到和諧之美。「合節」是適合視覺、聽覺感官的秩序,如疾徐、抑揚、清濁、洪細、大小、穠淡等,這些特性適當均衡,符合比例原則即是「藝術之美」。同理,身形亦是以穠纖合度爲藝術美,循此,導向性情的和諧;喜怒哀樂之情亦需調節,乃至和順積中不偏不倚,具有道德理想價值,此爲「性情之美」。而中國「社會秩序」之理想一直是「內聖外王」,因此以堯、舜、禹、湯、文、武、周公之治作爲理想社會秩序之典範,如《論語・學而》所云:「禮之用,和爲貴。先王之道斯爲美,小大由之」。〔註82〕所謂「社會秩序」就是「人倫秩序」及「法制秩序」,換言之即是統攝二者,規範人之行爲的「禮」。因此,「社會秩序之美」在於各項人事禮節之用皆以「和」作爲規範性及目的性,而使小事大事皆從其安排而成一和諧秩序,人與人和諧互動,故謂此爲「社會秩序之美」。

我們若僅從「個體性情」、「社會秩序」與「藝術」三者的結構秩序而層層推衍,只是形成一種理序、規律,而缺乏意願性,不足以顯現「性情之美」與「社會秩序之美」二者的必然關連,只能說他們具有相同的形式。最終,還是要透過「美是仁心的擴充」連結「性情之美」與「社會秩序之美」,也就是從個體生命之存有價值,彰顯仁心由內而外生發,推至個人與萬物合一。傳統儒家美學所思考的就是性情之美如何與社會秩序緊緊相連。美善合一的美學觀念,一方面能穩定社會結構,另一方面也是儒家仁心善性之實踐。而身爲儒士的文學家,他的實踐場域是在朝廷官職,在於社稷國家,其文學理念也往往是美善合一,性情之美、社會秩序之美、藝術之美三者緊密結合。例如李東陽除卻是文學家的身分之外,同時亦身兼朝廷要臣,〔註83〕他

〔註82〕〔宋〕朱熹注:〈學而〉,《論語集注》,收入《四書章句集注》,卷一,頁 51。

〔註83〕李東陽天順八年進士,累遷侍講學士,充東宮講官。弘治五年升任禮部右侍郎兼侍讀學士,入內閣專典誥敕。八年以本官直文淵閣參預機務。久之,進太子少保、禮部尚書兼文淵閣大學士。〔清〕張廷玉:〈李東陽〉,《明史・列傳》(臺北:中華書局,1965 年據武英殿

曾條摘《孟子》七篇大義附以時政得失，亦多次盡言極諫。〔註 84〕想必在他心中，亦是以此儒士身分深深期許自己，而云：「詩在六經中，別是一教」。〔註 85〕

　　從「藝術是社會文化情境的產物」寬泛地來說，藝術的形式結構無法脫離社會語境，因此美學觀念、方法受到社會脈動影響而產生變化。更外部來說，社會的動盪改朝換代，往往會引發藝術集團的更動，牽動美學觀念。〔註 86〕漢代以後藝術與情感之關係，常取決於政治、社會之安定與否。當社會動盪時，〈毛詩序〉、董仲舒、揚雄、王充所發展的美學，繼承了先秦以來的儒家思想，特別注重藝術美和倫理道德的合一，強調藝術對情志的感染、陶冶作用。而魏晉南北朝時，家族式莊園經濟逐漸帶來自給自足的穩定生活，鞏固了統治階層的結構。此時，美學則延續漢代對情志的討論，更側重在個體情性與作品之藝術特徵。〔註 87〕隋唐之後乃至明代，藝術是否該獨立於社會功能之外，突顯純粹藝術美，抑或該賦予社會功能，使美善合一，此論題一直持續被辯證。〔註 88〕

　　　　本校刊聚珍倣宋版影印），列傳六十九，明史卷一百四十八，頁 4820
　　　　～4825。
〔註 84〕上疏之事件與內容詳見《明史・列傳・李東陽》。〔清〕張廷玉：〈李
　　　　東陽〉，《明史・列傳》，列傳六十九，明史卷一百四十八，頁 4820。
〔註 85〕〔明〕李東陽：《麓堂詩話》（臺北：藝文印書館據乾隆鮑廷博校刊
　　　　知不足齋叢書本，1966 年），頁 1。
〔註 86〕Robert Escarpit 著，蔡淑燕譯：《文學社會學》（臺北：遠流，1990
　　　　年），頁 46。
〔註 87〕一般認為魏晉時期，脫離了漢代以政教為目的之實用文學，而將文
　　　　學獨立，開展出個體之自覺與浪漫思維。但龔鵬程研究漢代至魏晉
　　　　之自然氣感流行，導出漢人以氣感論性，提出感性主體，有利於東
　　　　漢之後文學藝術之獨立開展，故魏晉則可謂延續漢代之情性觀念。
　　　　詳見龔鵬程：〈從《呂氏春秋》到《文心雕龍》——自然氣感與抒情
　　　　自我〉，《文學批評的視野》（臺北：大安出版社，1990 年）。
〔註 88〕此處先秦兩漢與魏晉至明代之美學觀念，參見李澤厚、劉綱紀主編：
　　　　〈中國美學的發展過程〉，《中國美學史》（北京：中國社會科學出版
　　　　社，1984 年），第一卷，頁 34～48。

　　季札觀樂時就是基於「藝術是社會文化情境的產物」,故從音樂
之美預知時政治亂。《左傳》襄公二十九年記載季札觀樂,季札依據
聽到的聲音,對照當時各國之政教,而判定音樂與社會治亂當有密切
關係。當季札聽到鄭音而云:「美哉!其細已甚,民弗堪也,是其先
亡乎?」〔註89〕「美哉」是對鄭音先作藝術美之判斷,是故鄭音悅
耳動聽;但是,若從「性情之美」來說,則因其過於細緻,不適合人
民作爲感官享受,進而推演至「社會秩序」而認定此一精緻美樂預告
了國家的滅亡。爲什麼季札會作此判斷呢?《禮記‧樂記》記載「鄭
衛之音,亂世之音也」。〔註90〕《漢書‧禮樂志》又說「惟世俗奢泰
文巧,而鄭衛之聲興」。〔註91〕鄭音的產生是在富裕奢華的國風下,
音樂精緻繁瑣,因而牽動人民糜爛享樂的情欲。杜預是這麼評論這段
話的,「美其有治政之音,譏其煩碎,知不能久」。〔註92〕對照《左傳》
原文記載,季札稱讚鄭音美哉是以其藝術性,但杜預視「美哉」爲一
道德性之美,認爲鄭音事實上具有治政的效果。不過,二者重點皆在
於「其細已甚,民弗堪也,是其先亡乎」,「其細已甚」作何解釋呢?
若從音樂本身來說是指音樂過於繁瑣精細,人民無法承受。此處說無
法承受,是指聽音樂使情緒動盪到無法負荷,而過於擾亂情緒,則無
法長久。若將此句的語境放置在鄭國富裕卻多盜賊,故刑法過於繁苛
的國情中詮釋,〔註93〕刑從禮來,禮儀繁瑣,在禮樂一體的情況下,

〔註89〕〔晉〕杜預注,〔唐〕孔穎達正義:〈襄公二十九年〉,《左傳》,〔清〕
　　　　阮元校勘:《十三經注疏》,卷三十九,頁669。

〔註90〕〔清〕孫希旦解:〈樂記〉第十九之一,《禮記集解》(下),卷三十
　　　　七,頁981。

〔註91〕〔漢〕班固著,〔唐〕顏師古注:〈禮樂志〉,《漢書》(北京:中華書
　　　　局,1962年),第四冊,志第二,卷二十二,頁1072~1073。

〔註92〕〔晉〕杜預注,〔唐〕孔穎達正義:〈襄公二十九年〉,《左傳》,〔清〕
　　　　阮元校勘:《十三經注疏》,卷三十九,頁669。

〔註93〕當時鄭國多盜賊,子產曾訂立刑鼎,認爲寬和的方法適用於有德者,
　　　　而次等人則需用重典使之望畏而不犯。《左傳‧昭公二十年》記載:「鄭
　　　　子產有疾謂子大叔曰:『我死子必爲政,唯有德者能以寬服,民其次莫
　　　　如猛。夫火烈民望而畏之,故鮮死焉。水懦弱民狎而翫之則多死焉,

相對應的樂也就隨之細瑣，而民眾也可能身心因此無法負荷。所以雖然鄭國現況一切安好，但從其極致複雜的音樂形式，卻可察覺人民與樂相應的情緒、行爲。人民爲國家的基石，人民身心受到擾亂，國家不久也將走向動盪滅亡。

　　在季札觀樂裡，音樂幾乎代表了這個國家的集體意識。當他聽到唐音時，推測這裡的人民有著堯的遺風，思慮憂患甚深；聽到陳音，就知道這裡國中無主，因而音樂肆無忌憚。而這個意識與性情相關，如周南、召南「勤而不怨」，邶、鄘、衛「憂而不困」，王「思而不懼」，豳「樂而不淫」。所以，在這觀念之下，所談的音樂性不僅僅是「美哉」的藝術美，更重要的是能從「美」中看出人民性情與社會治亂的關係，以茲施政參考。

　　因此儒家之音樂觀念從合節的秩序，推向和性情的效果，認爲音樂能「和」，則聽者就能藉由音樂影響心理，調伏性情，達到心平；心平則德和。因此，具有「和」之特質的音樂，同時就具備了道德性。以李澤厚、劉綱紀合著的《中國美學史》的論述來說，中國美學關於「和」的觀念，是合規範性與目的性，同時也是聯繫「人與自然」、「個體與社會」等對立關係，尋求人天、自然各物之間的平衡、和諧。「和」是社會道德情感與客觀自然運動變化規律的和諧統一，中國古代美學很早就從「和」當中，找尋「美」。〔註94〕

　　先秦典籍談到詩樂時，即依循上述理念；故談論的對象雖是詩樂之藝術美，但卻包含了「個體性情」、「社會秩序」與「藝術」三者的結構秩序，是以行文最終導向「社會秩序之美」。荀子論樂即是持此看法：

故寬難』，疾數月而卒，大叔爲政，不忍猛而寬，鄭國多盜，取人於萑苻之澤。大叔悔之，曰：『吾早從夫子不及此』，興徒兵以攻萑苻之盜盡殺之，盜少止〕。〔晉〕杜預注，〔唐〕孔穎達正義：〈昭公二十年〉，《左傳》，收入〔清〕阮元校勘：《十三經注疏》，卷四十九，頁861。
〔註94〕李澤厚、劉綱紀主編：〈孔子以前的美學思想〉，《中國美學史》再版（臺北：穀風出版社，1987年），卷一，頁104。

> 故樂在宗廟之中，君臣上下同聽之，則莫不和敬；閨門之
> 內，父子兄弟同聽之，則莫不和親；鄉里族長之中，長少
> 同聽之，則莫不和順。故樂者，審一以定和者也，此物以
> 飾節者也，合奏以成文者也；足以率一道，足以治萬變；
> 是先王立樂之術也，而墨子非之，奈何！〔註95〕

就社會整體而言，「和」是大的秩序，而整體之「和」亦包涵個體與
個體之間的倫理秩序，即君臣之「和敬」、父子兄弟之「和親」、鄉里
族長之「和順」。孔子一向重視禮樂與身分的相符性，是故，音樂的
本質雖都以「和」；但「和」之實踐會因聽者的身分階層而有所差別，
也就是文中所說的「足以率一道，足以治萬變」。奏樂的場所從宗廟
開始，到閨門，再推及鄉里族長，如此遵循著尊尊親親的禮法，具有
從尊到親疏遠近的階層性與人倫秩序。

　　接著，另一解釋進路是從心理層之主體美感經驗，檢視性情之美
與社會秩序美與藝術美的關連。美感體驗之深刻處即與「仁」之作用
相通。宗白華將美的形式作用析分爲三項，茲引述如下：

> 一、美的形式的組織，使一片自然或人生的景象自成一獨
> 　　立的有機體，自構一世界，從吾人實際生活之種種實
> 　　用關係中超脫自在。
> 二、美的形式之積極的作用是組合、集合、配置。一言蔽
> 　　之，是構圖。使片景孤境自織成一內在自足的境界，
> 　　無求於外而自成一意義豐滿的小宇宙。
> 三、形式之最後與最深的作用，就是它不祇是能化實相爲
> 　　空靈，引人精神飛越，超入幻美。而尤在它能進一步
> 　　引人「由幻即眞」，深入生命節奏的核心。〔註96〕

藝術美不僅是客觀而普遍的形式而已，就主體審美活動來說，不論是
創作者或閱讀者都得以自身之感知去體驗實踐，形式依據心靈而產生
美感。故當主體與外物產生「情景交融」時，此刻人的生命與宇宙秩
序不能分離，在美感經驗上同爲一體。如錢鍾書所云：「要須流連光

〔註95〕〔清〕王先謙解：〈樂論篇〉第二十，《荀子集解》卷十四，頁628。
〔註96〕宗白華：〈論中西畫法之淵源與基礎〉，《美從何處尋》，頁112。

景，即物見我，如我寓物，體異性通。物我之相未泯，而物我之情已契。相未泯，故物仍在我身外，可對而賞觀；情已契，故物如同我衷懷，可與之融會」。〔註97〕物與我既是分爲二物，界線尚未消滅，故可爲一客觀對象物觀賞之；但就「感」的層次，彼此是「體異性通」，而物與我則爲同一情懷。高友工從兩個方面解釋這種「同一關係」：若從「自我此刻與現象世界的感應」而言，是「『我』因『境』而生『感』，由『感』生『情』」，這是「自我因『延續』而導致的『同一』」；若從「現象世界自有的感應」來說，則是「『我』以『心』體『物』，以『物』喻『我』，因此『物、我』的界限泯滅」，這是「自我因『轉位』而形成的同一」。〔註98〕「自我此刻與現象世界的感應」之同一關係是漢人到南北朝所論及之感應說；而「現象世界自有的感應」則在宋代的詩學理論得到開展。〔註99〕明人「詩以聲爲用」之聲感並非是「現象世界自有的感應」，而是「『我』因『境』而生『感』，由『感』生『情』」。這個「境」亦非我們熟悉之「山川光景」，而是「詩聲」所致的一種「氛圍情境」，如同「興感」之由來爲一宗教儀式之氛圍。我們將在第四章論「聲調的功能在興」時詳論。此處，先行瞭解從心理層之主體美感經驗，檢視性情美與社會秩序美與藝術美三者的關連，在於上述之「同一關係」。藝術之和諧能夠導引人們進入生命節奏之深處，提升人的精神品質，是自內在性情和順講起，而不是如實際生活的工具實用性。

　　綜合上述，我們可爲「和」作個總結。儒家美學以「和」作爲規範與理想，係從「物之客觀條件」與「主觀之關鍵因素」所歸納出來，由「實然」而開展「應然」。就「物之客觀條件」而言，是一種客觀之和諧規律，爲兩兩對立相互辯證之動態結構。然而，客觀之美物要

〔註97〕錢鍾書：《談藝錄》（臺北：書林出版公司，1988年），頁53。
〔註98〕高友工：〈文學研究的理論基礎──試論「知」與「言」〉，收於《中國美典與文學研究論文集》（臺北：臺灣大學出版社，2004年），頁14～15。
〔註99〕龔鵬程：〈從《呂氏春秋》到《文心雕龍》──自然氣感與抒情自我〉，《文學批評的視野》，頁71。

形成美感，尚有賴於主體。就「主觀之關鍵因素」來說，其心理經驗可分爲兩層：第一層是純粹之藝術美，亦即脫離各種實用關係，只就物之和諧構成而感到無目的性之愉快，此時性情因無目的性之愉快而感到調和與滿足。第二層則因其審美經驗進入生命深處，感悟到物之形式節奏其實與主體乃至宇宙渾然合一，無法分離；此時美感亦能夠調和個體性情，且因個體與個體和諧而不相侵奪，而形成一和諧之社會秩序。在第二層主體證悟到他者與我渾然無別時，此審美經驗之深刻處其實已契入了「仁」之同情共感；因此，我們以「美是仁心的擴充」這一面來說，是以調節喜怒哀樂爲基礎，厚實人格修養而擴充仁心，從仁心之同情共感去體驗美，因此美亦是善。儒家採取的美學進路即是第二層，從「美是仁心的擴充」去認識「和」，是故，「美」除了本身之自體作用，能使人感到愉快之外，尚有其衍外效應，也就是從「個體性情」之和，推展至「社會秩序」之和。

　　「詩」最顯明的審美特徵即是來自聲音，因此明人「詩以聲爲用」特意以「聲」作爲切入，在審美之深刻處結合「性情之正」、「社會秩序之美」與「藝術之美」。高棅編選《唐詩品彙》即考量了「聲音反映世道」以及作品本身的「藝術性」。他在〈五言律詩・餘響〉記載，「開成後作者愈多而格律愈微，故自朱慶餘而下以盡唐末，通得三十九人，擇其詩之純者，共一百八十二首爲餘響」。〔註100〕此處「格律愈微」並非是客觀普遍之格律，而是聲調之意。「詩之純者」，並非僅以藝術美來解釋爲精純之美。這個「純」是從聲調切入整首詩，非形式之純，而是「詩」之純美，具有聲音所涵道德性的評價。在這批音樂性愈來愈弱的詩作中，擇取還保有詩之純美者，作爲學詩的範本。是故，「正聲」不僅是聲律之純厚，而且蘊含「個體性情之美、和」，可作爲創作之典範；同時，亦可行聲感之教化，使個體性情和諧，進而達到社會之和諧。

〔註100〕〔明〕高棅：〈五言律詩敘目・餘響〉，《唐詩品彙》（下）（上海：上海古籍出版社，1982 年），卷五十五，頁 509。

儒家之美學主要是以道德仁心之挺立，作為「個體性情美」、「社會秩序美」與「藝術美」三者結合之根源。儒家美學所開出的「和」是以人格修養之性情美為樞紐，若麻木不仁則無法「同情共感」，亦無法從藝術之美進展至社會秩序之美；若「不仁」則體系即崩毀。這大概也是所有講求高度道德自律之困難處，但也在此關鍵處顯現價值。以「和」所開展的儒家美學，成為明人「詩以聲為用」在「詩聲」之形式規律、聲感功能與教化效用之「基本原理」，亦涉及「聲音」運作的規範與價值觀念。

第三節　「詩聲」用以和情性、美教化的理則

音樂是實踐的活動，因此〈樂記〉從主體感官經驗歸納出聲音與情性之類感，再由「實然」導向「應然」，遂使聲音具有道德性，喜怒哀樂發而皆中節，再由此衍生出教化之用。因此，「詩聲」何以能「和情性、美教化」？此一問題涉及「根源性」，而探其究竟，實為「聲感」之作用；因此，「『詩聲』用以和情性、美教化的理則」所要探討的問題即為「聲感之根源依據」。

「聲感之根源依據」可分有兩個層次：第一層是就客觀事物之「所以然」，聲音何以能用以「和情性、美教化」的理由；換言之即是詩之所以能「以聲為用」的理由為何？聲感之主觀關鍵性因素在於主體感知，推其根本則為「性」、「心」、「情」；而「物」只是客觀的關鍵性條件。我們以「發生學」的方法考察、分析「聲感」現象的起源、發展過程，從「性－心－物－感－情－聲－音」所形成「聲情類應」的結構關係與作用歷程，自人性、實際感官經驗，探求「聲感」自然發生之根源性因素。

第二層「聲感之根源依據」，則從「聲感」理論之形成來論其基礎、理由；換言之即是從「文化創造」上，因「個體性情」、「社會秩序」、「藝術」三者結構相似，而進行類比思維；從聲感之「實然」開展「應然」之理想與規範，進一步則希冀從「應然」落實於「實然」。

依據上述，我們從「實際感官經驗的聲感根源依據」以及「聲感理論之規範與價值」回答「詩聲」用以和情性、美教化的理則」。

一、實際感官經驗的聲感根源依據

《禮記·樂記》與《呂氏春秋·音初》皆指出「聲感」之根源在於「人心」：

《呂氏春秋·音初》：

> 凡音者，產乎人心者也。感於心則蕩乎音，音成於外而化乎內。

《禮記·樂記》：

> 凡音之起，由人心生也。人心之動，物使之然也。感於物而動，故形於聲。聲相應，故生變，變成方，謂之音。比音而樂之，及干戚、羽旄，謂之樂。〔註101〕

「聲」、「音」、「樂」三者構成之關係是以「聲」爲最小單位。人心受到外在事物刺激，產生變動，而將感受寄託於聲。「聲」爲「單音」，即脫口而出之聲響。「聲」與「聲」交錯相和，產生抑揚高下之變化，猶如文章五色交錯，謂之「音」，也就是曲調。曲調乃有規律的組合，再加上樂器合奏，以及「干戚、羽旄」之舞就形成了「音樂」。是故，「樂」已經是一種文化創造的產物，有製作之規範，更含有倫理道德之價值的意義。當時音樂之演出皆依據社會階層而有別，並非純爲演奏表演所用。王所用的樂器與樂隊，可以排列東西南北四面；諸侯則可以排列三面；卿、大夫可以排列兩面；至於士則只可以排列一面。貴族則享有擁有樂隊、舞隊的權利。〔註102〕「聲」是包括人在內之動物，生理及心理上「感物而動」的自然反應，屬於「自然事象」。〔註103〕「音」則是單聲交錯變化，而產生曲調；「聲相應，故生變，

〔註101〕 〔清〕孫希旦解：〈樂記〉第十九之一，《禮記集解》（下），卷三十七，頁976。

〔註102〕 楊蔭瀏：〈西周〉，《中國古代音樂史稿》（北京：人民音樂出版社，1981年），頁33～34。

〔註103〕 勞思光：〈漢代哲學〉，《新編中國哲學史》（二）增訂九版（臺北：

變成方」，此一過程已牽涉「人為」。而「人為」便是「文化」，已初具規律，卻猶不離「自然」，乃介於「自然」與「人為」之間。《禮記·樂記》云：「今君所問者樂也，所好者音也。夫樂者，與音相近而不同」；〔註104〕又云：「凡音者，生於仁心者也；樂者，通倫理者也。是故知聲而不知音者，禽獸是也。知音而不知樂者，眾庶是也。唯君子為能知樂」，〔註105〕皆區分「音」與「樂」之相異。「音」與「樂」相近之處在於「曲調」；然而其不同之處在於：「音」乃應感於心，缺乏道德性之規範，一般民眾皆可欣賞；然而「樂」乃人文化成之產物，被賦予道德意涵，因此唯有自覺價值意識之君子，方能進行此審美活動。〔註106〕如孔穎達註：「古樂有音格律呂，今樂亦有音格律呂，是樂與音相近也。樂則德正聲和，音則心邪聲亂，是不同也」。〔註107〕其實「樂」刪去配舞，即是「音」，但在此處特別強調二者之不同，並不著眼於「舞」，即是「樂」除了製作之規範，更被期許含有「德」、「和」之理想價值。

　　不過，「樂」的構成要素仍在「音」，而「音」的構成要素在「聲」。因此，我們探究「樂」之所以可以行「教化」之用，還是得推根究原從「聲」、「音」的根源與作用去尋找依據。我們在第一章已辨明，明人討論「詩以聲為用」之重點不在於披管弦之「樂」，而在於「詩」的「聲調」。從〈樂記〉的理論系統來看，明人所論「詩以聲為用」

三民書局，1999年），頁64。

〔註104〕〔清〕孫希旦解：〈樂記〉第十九之二，《禮記集解》（下），卷三十八，頁1015。

〔註105〕〔清〕孫希旦解：〈樂記〉第十九之二，《禮記集解》（下），卷三十八，頁1003。

〔註106〕勞思光指出「聲」乃一切禽獸皆可具有，而「音」表示一較複雜之形式，仍屬自然事項，不需價值意識決定，「樂」則以價值意識為基礎之文化產物，須具有自覺價值意識者方能從事此活動。勞思光：〈漢代哲學〉，《新編中國哲學史》（二），頁64。

〔註107〕〔漢〕鄭玄注，〔唐〕孔穎達正義：〈樂記〉，《禮記》，收入阮元校勘：《十三經注疏》（臺北：藝文印書館，1993年），卷三十九，頁691。

之「聲」應在「音」的層次，故楊士弘將所編的唐詩選命名爲《唐音》。這是由於古人用字並不嚴謹，而常有混用。「音」介於「自然」與「人爲」之間，因此，我們在第五章將聲調分有「自然之音」及「人爲詩歌律」兩種學詩進路，即是此故。但不論是「樂」之用或「詩聲」之用，其根源都因「音」、「聲」而有「感」。因此，我們將重點放在「音」、「聲」；而「樂」當中若干哲理與「詩聲」相通，亦可納入本文討論。

〈樂記〉講音之根源，常用到「心」、「性」、「情」，朱熹對此概念已有明確定義，我們資引其說。「性」是人生而有之，在未感狀態之前，具含萬理，也就是本體。人有「性」，然後有「形軀」，而有「心」；「心」能感物而動，則產生「性之欲」。「性之欲」，即所謂「情」。〔註108〕「情」是指心感物後，所產生喜、怒、哀、樂、敬、愛等六種情緒。「心」原指感覺經驗之知覺，但是就儒家孟子心性論而言，此「心」亦含有「自覺心」，是故能「反情以和其志」。

「感於物而動，故形於聲」，這種「感物而動」其實來自先秦至西漢間的「氣類感應」思維，〔註109〕「氣類感應」就是「氣感」與「類應」。據王夢鷗考證《禮記・樂記》乃「雜輯秦漢諸子遺文，而其文或早出於戰國時代，或晚在劉歆時代」，〔註110〕故其內容思想混雜了秦漢之際的形上與宇宙觀念。〔註111〕唐君毅認爲中國宇宙觀念

〔註108〕〔宋〕朱熹：〈樂記動靜說〉，《晦庵先生朱文公文集》，收入《朱子全書》，上海：上海古籍出版社，2002 年，第肆集，卷六十七，頁3263。

〔註109〕參見龔鵬程：〈從《呂氏春秋》到《文心雕龍》──自然氣感與抒情自我〉，《文學批評的視野》之討論。

〔註110〕王夢鷗：〈禮記校證前記〉，《禮記校證》（臺北：藝文印書館，1976年），頁 267～268。

〔註111〕勞思光認爲漢儒所編纂的〈樂記〉混合了形上與宇宙觀念。勞思光：〈漢代哲學〉，《新編中國哲學史》（二），頁 71。據王夢鷗考證，《禮記・樂記》的來源十分駁雜，有三分之一材料出於荀子〈樂論〉，部分見於《呂氏春秋》、《淮南子》。舉凡《尚書・大傳》、《韓詩外傳》、〈毛詩序〉、《易・繫辭傳》、《禮記・祭義》、《左傳》、《莊子・

建立在「物之感人，而人亦感物」上，自物之功用觀物之變化，天地
間一切萬物相感相通，生生不已。先秦宇宙觀探討的是常行中之自然
秩序、自然法則。〔註112〕而《呂氏春秋》以十二紀爲架構，吸收了
《周書》中的〈周月〉及〈時訓〉篇以及《夏小正》，將陰陽二氣運
行於四季之中，配合五行，形成了一個「同氣」的系統，建構起漢人
「天人合一」，法天而行的宇宙觀。〔註113〕在《呂氏春秋・本生》篇，
人本身自成一個小天地，而依類比思維，人與天地因邏輯結構相似，
故而能「同類相感」。〔註114〕尤其〈應同篇〉更清楚表達此一概念：
「類故相召。氣同則合，聲比則應。鼓宮而宮應，鼓角而角動。……
無不皆類其所生以示人」，〔註115〕傳達天地萬物同類則相互感應之
理。龔鵬程認爲《呂氏春秋》以氣論情欲，但不論性；但漢儒在「氣
感」與「類感」的思維下，深入探討性情關係，在道德主體、認知主
體之外，開展出「感性主體」；例如《禮記・樂記》特別強調「情」
是「感物而動」之產物，也就是依據「人與天地萬物相感相應」的基
本原理、原則。〔註116〕

　　《禮記・樂記》云：

　　　　凡姦聲感人而逆氣應之，逆氣成象而淫樂興焉。正聲感人
　　　　而順氣應之，順氣成象而和樂興焉。倡和有應，回邪曲直
　　　　各歸其分，而萬物之理各以類相動也。〔註117〕

　　　　外篇》、《孝經》、《論語》，乃至緯書及劉歆《鐘律書》皆與其文所
　　　　闡述之思想相關。王夢鷗：〈樂記校證前記〉，《禮記校證》，卷十，
　　　　頁267。
〔註112〕唐君毅：〈哲學總論〉，《哲學總論》（上），頁122～124。
〔註113〕徐復觀：〈呂氏春秋及其對漢代學術與政治的影響〉，《兩漢思想史》
　　　　增訂版（臺北：臺灣學生書局，1976年），頁13～18。。
〔註114〕龔鵬程：〈從《呂氏春秋》到《文心雕龍》——自然氣感與抒情自
　　　　我〉，《文學批評的視野》，頁53～54。
〔註115〕陳奇猷校釋：〈應同〉，《呂氏春秋校釋》，頁678。
〔註116〕龔鵬程：〈從《呂氏春秋》到《文心雕龍》——自然氣感與抒情自
　　　　我〉，《文學批評的視野》，頁60～61。
〔註117〕〔清〕孫希旦解：〈樂記〉第十九之二，《禮記集解》（下），卷三十
　　　　八，頁1003。

「萬物之理各以類相動」的說法近於上述《呂氏春秋》之「氣感」與「類應」。「人心感動之規律」亦是依循「萬物之理各以類相動」之原理、原則。不同之聲音性質能引發人之內在有「感」而相類應，故「姦聲」則有「逆氣」應之，「正聲」則有「順氣」應之。因此，根據「氣感」與「類應」的原則，選擇「正聲」成爲政教之首要。「音」、「聲」出自人心，心「感」外物後而有「情」，內心有一衝動要將此「情」宣洩，故張口成「聲」，此時心理影響生理，發聲的狀態與音質都受限於「情」。故「聲」與內在有所感之「情」因同類關係而相互感應，以類相動，我們稱之爲「聲情類應」。

〈樂記〉常以「喜怒哀樂之情」類比「聲」之不同反映，表明二者具有類應關係：

> 樂者，音之所由生也，其本在人心之感於物也。是故其哀心感者，其聲噍以殺；其樂心感者，其聲嘽以緩；其喜心感者，其聲發以散；其怒心感者，其聲粗以厲；其敬心感者，其聲直以廉；其愛心感者，其聲和以柔。六者非性也，感於物而後動。〔註118〕

「樂者，音之所由生也」放置上下語脈，「樂者」應爲「聲者」之誤。〔註119〕承首節「凡音之起，由人心生也」而來，申論人「聲」與「情」之類應。人心受到外在環境所感，依據內心的狀態，變化出不同聲音。「哀心感者」，心喪其所欲，聲音呈現焦急而涸竭，聲量減弱而不隆。「樂心感者」，心得其所欲，聲音寬綽而有餘，舒緩而不迫。「喜心感者」，順其心，聲音宣洩而出，暢快而無鬱積。「怒心感者」，事逆其心，聲音壯猛以奮發，高急而侵逼。「敬心感者」，心有所畏，故聲音直而無委曲而有稜角。「愛心感者」，心有所悅，則聲音和諧柔順。〔註120〕「聲」與「情」從宇宙觀念來說，是萬

〔註118〕〔清〕孫希旦解：〈樂記〉第十九之一，《禮記集解》（下），卷三十七，頁976～977。

〔註119〕勞思光：〈漢代哲學〉，《新編中國哲學史》（二），頁62。

〔註120〕〔清〕孫希旦解：〈樂記〉第十九之一，《禮記集解》（下），卷三十七，頁977。

物同理而相類應；從生理、心理實際經驗來說，「聲」之發聲狀態與音質會受到「情」之影響，因而有類應關係。

荀子〈樂論〉亦認同「樂」蘊含了「聲情類應」，乃「人情之所必不免也」。〔註121〕從實際感官經驗世界來看「聲情類應」有兩層意義，一、聲音內具情性。二、聲音具有「感」的作用：

> 故齊衰之服，哭泣之聲，使人之心悲；帶甲嬰胄，歌於行伍，使人之心傷；姚冶之容，鄭衛之音，使人之心淫；紳端章甫，舞韶歌武，使人之心莊。〔註122〕

當我們聽見穿齊衰之服的人在哭泣，因而聞之心悲時，此時乃「聲情類應之雙向作用」：第一「音由心生」，服喪之人難過痛失親人，發出來的聲音與情緒相應。第二「聲音具有『感』的作用」，聽者聞之能感受聲音中的悲哀，因惻隱之心而感同身受；或者觸動自己的生命經驗，有感而發，而亦覺得心悲。同理可證，士兵出門打仗，離別家人，生命朝不保夕，所唱之歌，必令人心傷。聽者會感到「心悲、心傷、心淫、心莊」，並不在本身的行為動作，而是聲音具有強大的感染力，能使人心與之相應和。

明代「詩以聲為用」即承繼了上述「聲情類應」的觀念，明人朱朝瑛〈論詩樂〉明顯取自〈樂記〉「是故其哀心感者，其聲噍以殺；其樂心感者，其聲嘽以緩……」，將之轉換為作詩之法，而云：

> 作詩之人以哀心感者，其辭淒涼，其聲亦淒涼；以樂心感者，其辭發越，其聲亦發越；以喜心感者，其辭和柔，其聲亦和柔，以怒心感者，其辭淩厲，其聲亦淩厲；以敬心感者，其辭莊直，其聲亦莊直，以淫心感者，其辭惱蕩，其聲亦惱蕩。此志氣之相因發於自然而不自知者也。〔註123〕

〔註121〕〔清〕王先謙解：〈樂論〉第二十，《荀子集解》卷十四，頁627。

〔註122〕「胄」字原文（革由），為胄字之異體字，行文之需而改之，於此說明。〔清〕王先謙解：〈樂論〉第二十，《荀子集解》卷十四，頁630～631。

〔註123〕〔明〕朱朝瑛：〈論詩樂〉，《讀詩略記》（臺北：臺灣商務印書館，1970年四庫全書版），頁4。

朱朝瑛以「詩樂合一」的觀念談「詩樂」，他認為心感物後，作詩之「辭」、「聲」皆與「情」類應。而以往作詩者多側重辭義之表達，朱朝瑛則特別指出「詩聲」與「情」之類應關係，故採用〈樂記〉論「聲情」之語法以突顯此意。更值得注意的是，他表明詩「感」人之作用在於「聲」，而「聲義」甚至可與「辭義」不相侔；「然在歌者或可變易其聲，而非所語於作者也」，〔註124〕即清楚指出，即便作者已完成「詩義」，但是「意義」仍可浮動，歌者吟詠詩作時，可變易其「腔調」，當聲音語氣變化後，「聲義」也就隨之改變，故經過「傳播」後，「聲義」不見得與作者表達之辭義相等同。因此，他接著說：「苟舉其聲而變易之，即不足以達志，不足以達志亦不足以感人，不足以感人即聲之正者，亦不足以為樂矣」。〔註125〕此處「聲」蘊含情感而有意義，故可以傳達「心志」，因有「心志」方能「感」人。循此理序，倘若改變其「聲」，則等同詰曲「聲義」，故無法傳達作詩者之志，亦無法使之感人。

明末清初的王夫之亦從〈樂記〉習得聲情類應，而將詩聲從詩之「合樂」移置詩之格律平仄，其云：

> 〈樂記〉云：「凡音之起，從人心生也」。固當以穆耳協心為音律之準。「一三五不論，二四六分明」之說，不可恃為典要。〔註126〕

「穆耳協心為音律之準」，即是強調「音從人心生」，回到心有所感的原初型態，因此安排詩聲時，不可以拘泥於外在的平仄格律，而必須重視最根源之「聲情類應」關係。「穆耳」才能對「詩聲」有「感」，不斷往復向「心」探測聲情關係，方能拿捏字音、句式音節如何有「情」，遂能感人。李東陽云：「今泥古詩之成聲，平側短長句句字字摹倣而不敢失，非惟格調有限，亦無以發人之情性。若往復諷詠久而

〔註124〕同前註。
〔註125〕同前註，頁4～5。
〔註126〕〔清〕王夫之著，舒蕪點校：《薑齋詩話》（北京：人民文學出版社，1998年），卷二，152。

自有所得，得于心而發之乎聲，則雖千變萬化如珠之走盤自不越乎法
度」，〔註127〕強調要從吟詠當中，從「心」才能體會如何變化詩聲、
感發情性，而不爲平仄格律所限，亦是這個道理。

　　上述「心－物－感－情－聲－音」所形成「聲情類應」的結構關
係與作用歷程多根源於實際感官經驗，並混雜了宇宙觀念。而從
「音」、「聲」逆溯其所以「發生」的根源性因素，最終找到人的「天
之性」；「性」爲「體」，而其「感」爲「用」，「感」是人「性」天生
所具有的「能動性」。

> 人生而靜，天之性也。感於物而動，性之欲也。物至知知，
> 然後好惡形焉。好惡無節於內，知誘於外，不能反躬，天
> 理滅矣。〔註128〕

「人生而靜，天之性也」，也就是人生下來，未感之前，渾然之「天理」，
但是，「性」也會有欲的成分。如〈樂記〉亦云：「夫民有血氣心知之
性，而無哀樂喜怒之常，應感起物而動，然後心術形焉」。〔註129〕人
「性」是渾然未感，但卻具備「血氣心知」而能夠「應感」，因此「喜
怒哀樂之情」並非是「常態」，而是隨外物應感。人若是順著性之欲，
無法節制，就會損害了天理，也就是人之性。〈樂記〉揉雜了荀子〈樂
論〉的部分思想，〔註130〕荀子即認爲性之本體爲靜止，故〈樂記〉此
處與荀子順從情欲則敗亂的說法很接近。但不同的是，荀子理論中的
「性」爲「自然之性」與此處所說的「天之性」不同。〔註131〕荀子之

〔註127〕〔明〕李東陽：《麓堂詩話》，頁3。
〔註128〕〔清〕孫希旦解：〈樂記〉第十九之一，《禮記集解》（下），卷三十
　　　　七，頁984。
〔註129〕〔清〕孫希旦解：〈樂記〉第十九之一，《禮記集解》（下），卷三十
　　　　七，頁998。
〔註130〕據王夢鷗考證，樂記乃「雜輯秦漢諸子遺文，而其文或早出於戰國
　　　　時代，或晚在劉歆時代」，而其中有三分之一之材料出自荀子〈樂
　　　　論〉。此處「人生而靜」一段，與《文子・道原篇》、《淮南・原道
　　　　訓》所載，則僅有一二字差異。王夢鷗：〈禮記校證前記〉，《禮記
　　　　校證》（臺北：藝文印書館，1976年），頁267～268。
〔註131〕勞思光：〈漢代哲學〉，《新編中國哲學史》（二），頁66。

「心」爲理智能力，也與此處「感物而後動」的知覺感官與「反躬」的自覺之心不同。

這樣的思想尚存在一個邏輯上的問題。勞思光指出從「人生而靜」看「天理」，天理爲不動，無善惡，無活動方向。然而下文「窮天理去人欲」卻將「天理」與「人欲」對舉，「天理」必有活動義，否則不能涉及方向，是故「不滅天理」爲正，「滅天理」爲負。「天理」若有活動義，表示心本有方向，又與上文「人生而靜，天之性」產生衝突。〔註132〕

上述癥結在於「天理」是否具有活動義。勞思光的說法，是將「天理」與「人欲」各表一方向，「不滅天理」爲正，「滅天理」爲負。換言之，「天理」是決定方向之樞紐。「天理」內含「正」之方向，心就有了正向，因此，心能知知而節人欲。這麼一來，「節人欲」之價值根源就不在自覺之心，而在於「象天理之心」。若此，「正向之天理」則必定與原文「人生而靜」衝突。因此，這牽涉到中國之形上究竟是何義？根據唐君毅對天道、天理之定義：一、中國先秦之形上學泛指宇宙天地萬物所依，或生以變化所依據之共同的究竟原理。但不同於西方超越的形上學，儒家所開啓的是「道德的形上學」，根源於人之心，由人之盡心踐性以知天之工夫，以求上達，而使人「萬物皆備於我矣」，「上下與天地同流」之境界直接呈現。〔註133〕

因此，若順著原文「人生而靜，天之理也」解釋，天理實爲未感之前，純然不動之體。「能夠反躬節人欲」的關鍵則落在「心」。「物至知知」是指心感物之知覺，好惡之情都在內心產生。朱熹注「好惡而有自然之節者，性也」〔註134〕便是直接從道德自覺之心說性。內心明白外在誘惑，能節制好惡之情，不順性之情欲而下，即來自道德

〔註132〕勞思光：〈漢代哲學〉，《新編中國哲學史》（二），頁67。
〔註133〕唐君毅：〈哲學總論〉，《哲學總論》（上），頁95、99，123～124。
〔註134〕〔宋〕朱熹：〈樂記動靜說〉，《晦庵先生朱文公文集》，卷六十七，頁3263。

本心之自覺，這樣的行為就是「盡心踐性」之工夫。因而，從「盡心踐性」則能知天理，存天理。

明人胡居仁論「詩聲」，即是以「天之性」作為「感」之根源性：「詩有所自乎，本於天，根於性，發於情也……萬物之來惺然而感乎內……詠歌發於性，性本於天，此詩之所自」。〔註135〕張次仲〈學詩小箋總論〉追溯聲感之形上根源，亦持此論，「心有所喜怒，言不能無悲懼……有自然之音響，天機自動，天籟自鳴，此詩之所以作也，原於天理之固有」。〔註136〕因此，人「聲」、詩「聲」皆是由於「天之性」、「天之理」，人與天地同類，故以此成為一理序。

綜合上述，「性－心－物－感－情－聲－音」所形成「聲情類應」係從人性、實際感官經驗推其最根源性為「天之性」，而「感」是人「性」天生所具有的「能動性」。此處之「性」是人生下來，未感之前，渾然無善無惡；而依據〈樂記〉的系統，「心」不僅是「感官知覺」之心，同時亦具自覺之能動性。是故「感而後動」是「感官知覺」之心在作用，因而類感而起「情」，發為「聲」，組織成「音」；同時，「音」、「聲」成為「物」後，亦能使心「感」之。此「聲情類應」有兩種意義：一、「音由心生」，聲音內具情性。二、聲音具有「感」的作用。上述皆是「聲音」之「自體功能」，皆屬第一序之用，不顯現價值與規範。但是，若「感官知覺」之心顯現其「道德價值」，而含有自覺之能動性時，此時「心」能「物至知知」，內心明白外在誘惑，能節制好惡之情，方有「和情性、行教化」教化之作用，此為第二序之用，具有規範性與價值意義。

〔註135〕〔明〕胡居仁：〈流芳詩集後序〉，《胡敬齋先生文集》（臺北：藝文印書館據清康熙張伯行編輯同治左宗棠增刊正誼堂全書本影印，1966年），頁1。

〔註136〕〔明〕張次仲：〈學詩小箋總論〉，《待軒詩記》，收入中國詩經學會編輯《詩經要籍集成》（臺北：學苑出版社據乾隆三十年（1765年）四庫全書本），第十五冊，卷首，頁31。

二、聲感理論之規範與價值

前述「實際感官經驗的聲感根源依據」已闡明「性－心－物－感－情－聲－音」所形成「聲情類應」係從人性、實際感官經驗推其最根源性爲「天之性」。換言之，其根源意義在於形上，認爲有一普遍實在的理序，也就是我們前述的天理。如同《中庸》以「中節」爲情緒規範，表示「應然」的立場。〔註137〕勞思光認爲「情緒之發，非必然「中節」，故「中節」一詞乃揭示一規範觀念」。〔註138〕換言之，「情緒」、「音、聲」本無善惡好壞，但依據「和」之理想規範，而顯現價值性，符合「中節」、「和」者則謂之得「正」，即具正面價值；反之，即是負面價值。

音樂是一種實踐性的活動，「音由心生，感物而動」是實際的感官經驗，心感音、聲，方能體驗他者之喜怒哀樂，再從「應然」規定「實然」，遂使聲音具有「道德性」，喜怒哀樂之「聲情」皆以「和」爲規範。仁心具有惻隱之情，因而能與外物感而遂通。徐復觀認爲道德本身即帶有一種情緒，情緒一面順著「樂」的「中和」而外發，便消解了情緒跟道德良心的衝突性。〔註139〕故「仁」與「樂」不僅在精神的「和」境相通，〔註140〕其同情心之作用也相似，這使得「樂」能夠通「仁」，以達到教化之效。〈樂記〉從「實際感官經驗的聲感根源依據」建立「聲感理論之規範與價值」即是進入「人文化成」的層次，而以「和」作爲理想假定，建立聲感理論之規範與價值。

故我們從「樂者，天地之和」分析「樂之和」之規範與價值有三：一、從形式規律而言：個別樂器的音質、音量須以「和、適」爲定準；就音樂之整體來說，就是「八音克諧，無相奪倫」，〔註141〕演奏的樂

〔註137〕勞思光：〈漢代哲學〉，《新編中國哲學史》（二），頁54。

〔註138〕同前註，頁53。

〔註139〕徐復觀：〈由音樂探索孔子的藝術精神〉，《中國藝術精神》，頁27。

〔註140〕徐復觀：〈由音樂探索孔子的藝術精神〉，《中國藝術精神》，頁17。

〔註141〕「八音克諧，無相奪倫」。〔漢〕孔安國傳，〔唐〕孔穎達正義：〈舜典〉，《尚書》，收入〔清〕阮元校勘：《十三經注疏》，卷三，頁46。

器相互融合，卻又不侵犯彼此的音質，形成諧和之秩序。二、就宇宙觀念來說：「和」指生生不息的有機體，其觀念如《中庸》「致中和，天地位焉，萬物育焉」。〔註142〕故以「和」作爲聲音之基本原理，而能開展出萬殊之變化。三、從「聲感功能」來說：在「聲情類應」的基礎上，「樂」之「聲感」消解了情緒跟道德良心的衝突性，可使人性情和順，而能與「和」、「仁」的境界有自然而然會通之點，而顯現其教化效用。

　　綜合上述，「聲感理論」是以「和」爲其規範與價值，而「應然」之根源性在於：一、「天之性」有一普遍實在的理序，而人與天地同類，人法天道而行。此觀念混雜了形上與宇宙觀念。前述論「體用相即」時，亦已指出中國文化思維是「體」與「用」相即不二，談「天道之秩序」必落實於「人道之秩序」；是以「人」法「天道（天理）之和」而具體實踐之。二、從心性論來說，肯定「人之性」異於「禽獸」，由於道德自覺心之挺立，遂反情以和其志，而能行教化之效用。

　　《呂氏春秋‧大樂》從宇宙生發的歷程推衍「聲出於和」，因此先王定「樂」，亦以「和、適」爲準則：

> 音樂之所由來者遠矣，生於度量，本於太一。太一出兩儀，兩儀出陰陽，陰陽變化，一上一下，合而成章。渾渾沌沌，離則復合，合則復離，是謂天常。……萬物所出，造於太一，化於陰陽，萌芽始震，凝濼以形。形體有處，莫不有聲。聲出於和，和出於適。和適先王定樂，由此而生。〔註143〕

音樂的根源來自太一。太一也稱大一，這個詞在先秦時期就經常被使用，解釋爲天地未開，混沌之氣。〔註144〕宇宙混沌而未開。太一生

〔註142〕〔宋〕朱熹：《中庸章句》，收入朱熹《四書章句集注》（臺北：鵝湖出版社，1984年），頁18。

〔註143〕「濼」字據陳奇猷註釋改。陳奇猷校釋：〈大樂〉，《呂氏春秋校釋》，頁255、260。

〔註144〕《禮記‧禮運篇》：「是故夫禮必本於大一，分而爲天地，轉而爲陰陽，變而爲四時，列而爲鬼神。」疏：「必本於大一者，謂天地未分、混沌之元氣也，極大曰天，未分曰一，其氣既極大而未分，故

兩儀，一上一下，陰陽變化，合而成章。這是從萬物之起始而言。「萬物所出，造於太一，化於陰陽，萌芽始震，凝濹以形。形體有處，莫不有聲」，各種形體萌芽生長後，物體摩擦而產生音波，因此開始有了聲音。「聲出於和」，這個「和」又回到「渾然調和的整體」，有如宇宙生滅變化無窮無盡，此為天之常。而從宇宙觀念來說，人與天地萬物同一類，而有形必有聲，人聲之秩序亦與天相應。是故，「聲出於和，和出於適。和適先王定樂」具有三階段的意義。一、「聲出於和」是從宇宙基始來說，聲出於「渾然調和的整體」。二、「和出於適」則從「和」這個抽象概念降到身體感官的知覺，「適」是指耳朵聽覺上的合適。三、「和適先王定樂」，先王依據「和」這個萬物和諧原理與「適」這個聽覺適度原理，制訂出音樂。

　　〈樂記〉除了如《呂氏春秋‧大樂》以天生萬物，有形必有聲，來解釋聲音之所出，且以宇宙一陰一陽的變化，類比聲音的動靜：

> 天高地下，萬物散殊，而禮制行矣。流而不息，合同而化，而樂興焉。〔註145〕

> 地氣上齊，天氣下降，陰陽相摩，天地相蕩，鼓之以雷霆，奮之以風雨，動之以四時，煖之以日月，而百化興焉。如此，則樂者，天地之和也。〔註146〕

「流而不息，合同而化」也就是「和」，具有生生不息、周流貫通，帶有「生發」之意。中國之文化思維認為，當「和」能被實現時，方能化育萬物。《中庸》「致中和，則天地位焉，萬物育焉」，即是持此立場，混合了形上觀念與宇宙觀。〔註147〕「樂者，天地之和」亦循

日大一而齊。」〔漢〕鄭玄注，〔唐〕孔穎達正義：〈禮運篇〉，《禮記》，收入阮元校勘：《十三經注疏》（臺北：藝文印書館，1993年），卷二十二，頁438。
〔註145〕〔清〕孫希旦解：〈樂記〉第十九之一，《禮記集解》（下），卷三十七，頁992。
〔註146〕〔清〕孫希旦解：〈樂記〉第十九之一，《禮記集解》（下），卷三十七，頁993。
〔註147〕勞思光：〈漢代哲學〉，《新編中國哲學史》（二），頁54。

此認知而來。〈樂記〉從「地氣上齊，天氣下降，陰陽相摩，天地相
蕩」，兩兩相對而變化和合來說明萬物的生成，並以宇宙一陰一陽變
動而成萬物。萬物是由「渾然調和的整體」變動生發，樂者也是從天
地渾然未感的整體產生變動。朱熹認為「樂」就像是晝夜之循環，陰
陽之闔闢，相生相長，周流貫通，變化無窮。〔註148〕因此，「樂者，
天地之和」有如宇宙最初「渾然調和的整體」，能夠變化無窮無盡，
產生各種情緒，亦能從終返始。換言之，聲音動靜變化而類應喜怒哀
樂之情，若經由聲感之教化而使情發而皆中節，即是由終返始，回到
「和」。

　　明末清初的王夫之即是從「天地之和」言明禮樂之所出，從樂之
宇宙論與美善結合，〔註149〕其云：

> 天氣降，地氣升，交流以啟化而不息，此天地之和也。萬
> 物生以相滋，克以相成，合同而效天地之化，此萬物之和
> 也。化之交感，樂之機也。此自天地之化體而言，以明禮
> 樂之原所自生也。〔註150〕

> 其善者，則一陰一陽之道也；為主持之而不任其情，為分
> 濟之而不極其才，乃可以相安相忘而罷其疑，於是乎隨所
> 動而協於善。〔註151〕

王夫之的說法可與上述《中庸》、《呂氏春秋》及〈樂記〉之說相互參

〔註148〕「樂則相生相長，其變無窮。樂如晝夜之循環，陰陽之闔闢，周流
　　　　貫通；而禮則有向背明暗。論其本則皆出於一。」〔宋〕朱熹著，〔宋〕
　　　　黎靖德編：〈樂記〉，《朱子語類》（臺北：文津出版社，1986年），
　　　　第六冊，禮四，卷八十七，頁2255。

〔註149〕蕭馳：〈詩樂關係論與船山詩學架構：兼論傳統詩學與中國思想中
　　　　超形上學〉，《抒情傳統與中國思想：王夫之詩學發微》（上海：上
　　　　海古籍出版社，2003年），頁178～179。

〔註150〕〔清〕王夫之：《禮記章句·樂記》，收入傅雲龍、吳可主編：《船
　　　　山遺書》（北京：北京出版社，1999年據上海太平洋書店版，參校
　　　　曾刻本），總書第二卷，禮記章句卷十九，頁1098。

〔註151〕〔清〕王夫之：《周易外傳·雜卦傳》，收入傅雲龍、吳可主編：《船
　　　　山遺書》（北京：北京出版社，1999年據上海太平洋書店版，參校
　　　　曾刻本），總書第一卷，周易外傳卷七，頁392。

照。因此，「和」即是「人」效法「天之秩序」所訂定之規範與理想。而「樂」即是以其「聲感功能」由內感化情性，而使情緒皆發而中節。是故，〈樂記〉云：「樂者，天地之和也。禮者，天地之序也。和，故百物皆化；序，故群物皆別」。〔註152〕此則進入「人文化成」，從「人道」論禮樂之規範。因此，「聲感」則因「道德性」而有了衍生效用。

從實際感官經驗來說，《呂氏春秋・音初》指出「音」產於人心，而「心」卻又蕩乎音，所以能夠成於外而化乎內，明確點出「聲感」的兩種作用：聲感之第一序作用——「音由心生，感物而動」以及聲感的第二序衍生效用——「和情性、美教化」。

> 凡音者，產乎人心者也。感於心則蕩乎音，音成於外而化乎內，是故聞其聲而知其風，察其風而知其志，觀其志而知其德。盛衰、賢不肖、君子、小人皆形於樂，不可隱匿，故曰樂之爲觀也深矣。〔註153〕

「音由心生」是由內而外的作用；「音成於外而化乎內」是從外部再起聲感作用，感化性情。因此，從「音由心生」來說，各國家的歌謠都隱含了當地的風土民情，觀察這個歌謠，就能知道其蘊含的志向；再深入一層，就能從志向知道其德行如何。「音由心生」，故情感無法隱匿偽裝。透過音樂來表現情感，這個人的德行或國家的盛衰都將彰顯出來。從「和情性、美教化」來說，歌曲產生後，聽者必受其影響，因此歌謠可以用來教化民情。子夏說「衛音趨數煩志」〔註154〕衛音促速，使人意志煩勞，是從聲感的角度講，聲音對人民情性的影響。因此，如何選擇音樂，用以教化民情，乃成爲「樂教」的首要問題。

〔註152〕〔清〕孫希旦解：〈樂記〉第十九之一，《禮記集解》（下），卷三十七，頁990。

〔註153〕陳奇猷校釋：〈音初〉《呂氏春秋校釋》，頁335。

〔註154〕〔清〕孫希旦解：〈樂記〉第十九之二，《禮記集解》（下），卷三十八，頁1016。

〈樂記〉云：「先王愼所以感之者」，〔註155〕選擇「正聲」作用教化之用，即是因爲「音」、「聲」具有「感」之作用，而愼選具「性情之正」的音聲。循此，荀子認爲選擇「正聲」可用來教化百姓，「正聲感人而治順氣應之，順氣成象而治生焉」。〔註156〕〈樂記〉亦云：「廉直、勁正、莊誠之音作，而民肅敬」。〔註157〕聲音乃不偏不倚的中正之聲時，其中正之聲情必能感染人的性情，使之正向調順。如此，人依正道而行，便不會作亂，就可達到治理的效果。

再者，從心性論言之，人有向上挺立之道德心，而異於禽獸，因此〈樂記〉云：「凡音者，生於人心者也。樂者，通倫理者也。是故知聲而不知音者，禽獸是也。知音而不知樂者，眾庶是也。唯君子爲能知樂。是故審聲以知音，審音以知樂，審樂以知政，而治道備矣」。〔註158〕「君子」是相對於「眾庶」來說，乃是一群具有自覺價值意識之領導人。一切禽獸皆可有「聲」，一般庶眾亦可有「音」，唯有君子能夠具道德自覺，而能「知樂」，此處是從「自覺道德心」之挺立來顯現君子之價值性。因此，君子知樂，亦能夠「反情以和其志，比類以成其行」，〔註159〕不流於感官之欲。因此，〈樂記〉亦云：「夫物之感人無窮，而人之好惡無節，則是物至而人化物也。人化物也者，滅天理而窮人欲者也」。〔註160〕物雖能感人之情，但決定性在於「心」，前述已論儒家心性論之「心」，不僅是「感官知覺」之心，亦

〔註155〕「先王愼所以感之者，故禮以道其志，樂以和其聲，政以一其行，刑以防其姦。禮、樂、刑、政，蓋極一也，所以同民心而出治道也。」〔清〕孫希旦解：〈樂記〉第十九之一，《禮記集解》（下），卷三十七，頁977。
〔註156〕〔清〕王先謙解：〈樂論〉第二十，《荀子集解》卷十四，頁631。
〔註157〕〔清〕孫希旦解：〈樂記〉第十九之一，《禮記集解》（下），卷三十七，頁998。
〔註158〕〔清〕孫希旦解：〈樂記〉第十九之一，《禮記集解》（下），卷三十七，頁982。
〔註159〕〔清〕孫希旦解：〈樂記〉第十九之二，《禮記集解》（下），卷三十八，頁1003。
〔註160〕〔清〕孫希旦解：〈樂記〉第十九之一，《禮記集解》（下），卷三十七，頁984。

是「自覺道德」之心，故能「盡心踐性」知天理。因此，君子能夠自內在修養厚實「個體性情之美」，能夠「反情以和其志」。是故，「禮」是由外在節制行為，「樂」則從內調和情欲，進而能使人「和情性、美教化」，而通政教倫理之用。荀子云：「窮本知變，樂之情也」之「窮本知變」亦持此論。

> 窮本知變，樂之情也。著誠去偽，禮之經也。禮樂偵天地之情，達神明之德，降興上下之神，而凝是精粗之體，領父子君臣之節。〔註161〕

「窮本知變，樂之情也」與「著誠去偽，禮之經」有兩層意思：一、指出實際狀況：「窮本知變，樂之情也」，徐復觀指出「本」指的是「人的生命根源之地，即是性、情」；「變」是指「聲音動靜」，也就是說生命根源之欲，表現為聲音的動靜。〔註162〕「窮本」乃知曉「樂之情」是「心感物而動」的產物。「知變」則瞭解「樂之情」有聲音動靜，故有喜怒哀樂之變化。「禮」之本也須發自真誠內心，而不是虛偽行使儀文。二、從瞭解現況而起積極之作用。「窮本知變」是就「樂之情為性之欲」而言，因此「窮本」與「知變」實為兩個方向，從「知變」來講，是由負面知曉外物影響，以節制情欲。從「窮本」來講，是要極其本心，也就是除了感知之心，尚要有自覺之心。「著誠去偽」是針對禮之流弊而發。「著誠」與「去偽」是兩個方向，「去偽」由負面來說，去除虛偽之行；「著誠」自正面來顯明真誠之心。如此一來，「樂之情」便不會受外物影響，淪於一己之情，而禮也不致淪於虛偽之儀文，下文「禮樂偵天地之情，達神明之德」才成為可能。

從上述可知，「禮樂偵天地之情」之禮樂是經過限定之義。換言之，此處之「樂」是「窮本知變」而無一己之情；「禮」是「著誠去偽」而無虛偽之弊。如此一來，禮樂則可表達天地萬物之情，達到神明之德。「天地萬物之情」是天地萬物普遍共有之情。神明之德類似於天之德，

〔註161〕〔清〕孫希旦解：〈樂記〉第十九之二，《禮記集解》（下），卷三十八，頁1010。
〔註162〕徐復觀：〈由音樂探索孔子的藝術精神〉，《中國藝術精神》，頁21。

沒有意願性。「降興上下之神」，鄭玄解釋「降，下也。興猶出也」，因此「神明之德」猶如天，祭祀之鬼神則居其下。「神明之德」與「上下之神」分屬不同層次。「凝是精粗之體」則再從祭祀之鬼神的層級，降至禮樂之物質性，諸如大大小小的儀式節文。層層言之，禮樂的制訂符合天地之情、神明之德，能夠祭祀鬼神，人倫秩序如自然秩序，也統攝在禮樂中。因此，父子君臣之節也在禮樂之中。是故，樂通倫理。中和之樂能內化人心，真誠之禮能使人由外在儀文內塑個體性情之美。其保證在首二句的限定，「心」需為「感官知覺之心」，亦是「道德自覺之心」，才能使禮樂去除流弊，而發中和、真誠之用。

　　我們循「體用相即」、「聲音用以和情性、美教化的理則」以及「『個體性情』、『社會秩序』與『藝術』三種美的結合」等觀點來看，便可以理解「詩以聲為用」的詩學觀念，何以在明代再度被強調確有其哲學根源。以「和」所開展的儒家美學，成為明人「詩以聲為用」在「詩聲」之形式規律、聲感功能與教化效用之「基本原理」，亦涉及「聲音」運作的規範與價值觀念。而「性－心－物－感－情－聲－音」所形成「聲情類應」係從人性、實際感官經驗推其最根源性為「天之性」，而「感」是人「性」天生所具有的「能動性」。是故，在明代「詩以聲為用」追溯〈樂記〉之聲感理論，「詩以聲為用」之「用」就是「感」。「聲感」作用具有兩個層次：第一序是就自體功能來說，基於「聲情類應」之原理，聲音可以用來表達情感，亦可以感人。純粹之聲調美即是第一序，其審美藝術性無關善惡價值。第二序是就「聲感」之衍生效用來說，聲音可知時序興衰，而且具有「和情性、美教化」之功用，此時聲調美與個體性情與社會文化情境相關。尤其提倡者如李東陽等，皆具有儒士及朝廷命官的雙重身分，更為認同「詩聲」之理想狀態為「美善合一」。

　　但是，「聲感」之作用仍有其限制，如《呂氏春秋》在〈適音〉篇提出「耳之情欲聲，心不樂，五音在前弗聽」。〔註163〕就感官來說，

〔註163〕陳奇猷校釋：〈適音〉，《呂氏春秋校釋》，頁272。

耳朵是想要聽到聲音的，它的功能也在收聽聲音。然而，當心不快樂時，音樂即便就在耳前播放，耳朵也會充耳不聞。其原因在於：「心」主宰知覺感官，可決定是否「感」物。如同前述儒家孟子心性論，亦是在此處強調「心」之「道德自覺」，而使「君子反情以和其志」成爲可能。從審美觀點來說，倘若詩人採取第一序「聲感作用」，從「詩」本身之「聲調」美引發「讀者」的「興感」，此爲側重「詩聲」的審美藝術性。此時「聲調美」可與「善惡」之教化沒有關係，純粹爲藝術美，如同在「音」的層次可不具有價值意識。唯有詩人有意識地從深刻的美感經驗體悟到「萬物與我同爲一體」，而與「仁」境界相通；或著從〈樂記〉「聲情類應」的觀念，認爲「藝術是社會文化情境的產物」，因而「詩聲」與時代興衰、政教治亂有關，此時「美」與「善」方才合一，而取「聲感」的第二序衍外效用，方產生「和情性、美教化」之工具性效用。

第三章　從聲義到文字義理

　　詩、禮、樂三者在儒家的最初理想中是合爲一體而相互蘊含。孔子云:「興於詩,立於禮,成於樂」,〔註1〕藉由「詩」可興發我們的情感,而此情感須依據「禮」以合乎正當行爲的準則,最後完成美善人格之際,尚需「樂」以滋養、陶冶。「樂」之作用屬於藝術範疇,能潛移默化性格;而「禮」則是養成文質彬彬的行爲。故,「樂」由內順化,「禮」則從外向內節制,二者相輔相成。唐代孔穎達疏《禮記・經解》而云:「詩爲樂章,禮樂是一」,即是言明詩、禮、樂三者之原初型態。〔註2〕

　　孔子的時代,周室已經衰微,而禮樂廢。〔註3〕「樂教」逐漸失

〔註1〕　〔宋〕朱熹注:〈泰伯〉第八,《論語集注》,《四書章句集注》(臺北:鵝湖出版社,1984年),卷四,頁104～105。

〔註2〕　〔唐〕孔穎達疏:〈經解〉,《禮記》,見〔漢〕鄭玄注,〔唐〕孔穎達正義《禮記》,收入〔清〕阮元校勘《十三經注疏》(臺北:藝文印書館,1993年據清嘉慶廿年江西南昌府學開重刊宋本影印),卷五十,頁845。

〔註3〕　周天子對諸侯已失去約束力,只成爲名義上的共主。因此,發生許多諸侯僭越的行爲,當時的雅樂已經敗壞,禮只剩下形式。《禮記・郊特牲》記載「諸侯之宮縣,而祭之白牡,擊玉磬,朱干、設錫,冕而舞《大武》,乘大路,諸侯之僭禮也」。〔清〕孫希旦解:〈郊特牲〉第十一之一,《禮記集解》(上)(臺北:文史哲出版社,1990年),卷二十五,頁678。諸侯使用王才能使用的器具擺設,是僭越的行爲。

去功用。據朱自清研究，春秋之時，詩樂開始分家，孔子論詩已偏重文字義；到了孟子，詩與樂已完全二途，僅存文字義之「用」。故荀子乃至漢人引詩皆繼承「以文字義爲用」的傳統。〔註4〕但是，即便詩樂已然分家，《詩經》所代表的「詩禮樂合一」的原初型態，卻仍一再被詩人追索，成爲理想典範。明人「詩以聲爲用」即是追溯《詩經》，而將「詩樂合一」的觀念移轉到「詩的聲調」。

「詩」與「樂」的構成其實並不相同，但在實踐的過程中，「詩」有吟誦之音樂性節奏，「樂」有管弦之音樂性節奏，兩者在音樂性上相互結合。而「詩」具有文字義，成爲「樂」的歌辭。詩樂的結合具有相同的目的性：在音樂性上，各種音響要相互諧調，而達到「和」之藝術美；在功用上，要足以「感」人，以達到「和情性、美教化」的教育目的。我們在第二章已經闡明，「聲感」的第一序作用是：表達情感，亦可用以「感」人。「聲感」的第二序作用是：「和情性、美教化」，人受音樂薰陶，而能達到道德自律。我們從聲音的功能性來界義「聲音的意義」，因此「聲感」的作用就是「聲義」。

漢代時古樂已經失傳，樂官不明「聲義」，而漢儒解詩著重在詩的文字義理，忽略「聲義」。魏晉時期，「聲義」再度被重視，然而，「聲音是否具有情感意義」之問題側重在哲學性的思辨，而非實際施用，例如嵇康〈聲無哀樂論〉即以「七難七答」辯論「聲」與「情」是否相類應。原本「詩聲」乃是〈詩大序〉所云：「在心爲志，發言爲詩。情動於中而形於言……情發於聲，聲成文，謂之音」，〔註5〕雖然已是「聲成文」，但猶不離自然，故「聲」、「情」尚且「類應」。

孔子謂季氏，「八佾舞於庭，是可忍也，孰不可忍也？」〔宋〕朱熹注：〈八佾〉第三，《論語集注》，《四書章句集注》，卷二，頁61。
〔註4〕朱自清：〈詩教〉，《詩言志辨》台四版（臺北：開明書局，1982年），頁129。
〔註5〕〔漢〕鄭玄注，〔唐〕孔穎達疏：〈詩大序〉，《詩經注疏》，收入〔清〕阮元校勘：《十三經注疏》（臺北：藝文印書館，1993年據清嘉慶廿年江西南昌府學開重刊宋本影印），卷一之一，頁13。

但是，沈約考察「詩聲」之和諧聲響，制訂四聲八病，而使聲律有了初步的規則，致使「詩聲之平仄」脫離了與情緒的類應關係，而獨立成爲一客觀普遍之定式。換言之，古樂消失後，詩人的確嘗試將「和」之美學觀念帶入「詩聲」，但是，卻只著重在純粹藝術美，而不提「和情性、美教化」之效用。

明人提倡復古時，所面臨的一個時代正是：古聲已亡，需要重新定音。古聲已亡不僅是指古樂的消失，同時還有「聲」出於自然而然的音韻感也一併消失。明人思考詩聲的問題時，不僅僅考量了藝術美，還試圖藉由聲音尋回詩的本質，賦予聲音原有的功能性——「詩聲」之「感」作用。因此爲了理解明代「詩以聲爲用」的文學語境，有必要釐清詩歌從重「聲義」到「文字義理」之移轉，瞭解聲感在創作觀念上消失的原因與過程，方知明人提出「詩以聲爲用」之意義與價值。據此討論如下：一、「詩樂的關係」：分從「詩樂之『聲』的交疊與差異」以及「詩樂『聲感』教育的實踐」，區辨詩與樂「聲」之異同。在「詩禮樂一體的實踐場域」，「聲感」除了「聲情類應」的原理原則，尚有禮樂結合的「威儀效力」及其「氛圍感染力」。二、「詩的『聲感』作用消失」分從「樂教之『聲感』作用的消失」以及「詩的文字義取代聲義」，釐清「聲感」觀念及在創作實踐消失的原因與過程。三、「以聲論詩而辨體」則從「詩歌自然音韻的消失」及「以聲辨體」兩部分，考察明代詩人所面對的文學語境乃「聲感」之消失，故側重詩之「聲義」，並以「聲」區別詩類與文類。

第一節　詩樂的關係

一、詩樂之「聲」的交疊與差異

遠古時期，詩樂在實踐的過程當中與儀式祭典整合在一起。先民以簡單的節奏，有韻律的踏步，展演詩歌舞樂，表達對祖先、圖騰的膜拜以及禮敬。《呂氏春秋・古樂》記載葛天氏之樂，三人操牛尾投

足以歌，或帝嚳命咸黑作「聲歌」：〈九招〉、〈六列〉、〈六英〉，命人鼓鼙、擊鐘磬，吹苓，配鳳鳥、天翟之舞，〔註6〕載明瞭詩樂舞一體的歷史。據陳奇猷考證，聲歌之「聲」，舊注均作「唐」，唐與康同，唐歌即是康歌，爲歌曲名。「苓」當作「笙」字，乃樂器名。〔註7〕詩舞樂合一時，三者的共通點在於「聲」的節奏，舞蹈的投足配合音樂的節奏而踏步，而詩歌也和著管弦。

因此，從詩樂的發生來看，他們雖分爲文體與樂體，各自有各自的體裁與形式表現，但因爲實際慶典之需要，他們整合彼此的音樂性，在音調節奏上有了共通點。

《周禮・春官宗伯下》清楚紀錄，「詩」爲「樂語」，用以教導國子：

> 大司樂掌成均之灋，以治建國之學政，而合國之子弟焉。凡有道者有德者，使教焉，死則以爲樂祖，祭於瞽宗。以樂德教國子：中、和、祗、庸、孝、友；以樂語教國子：興、道、諷、言、語；以樂舞教國子：舞《雲門》、《大卷》、《大咸》、《大韶》、《大夏》、《大濩》、《大武》。〔註8〕

依據孔穎達注解「樂語」，「興」是「以善物喻善事」。「道」讀作「導」，取導引之義。「諷」直言之，而無吟詠。言、語，是「發端曰言，答述曰語」。〔註9〕「誦」則是詩。孔穎達疏「誦」爲「吟詠以聲節」，他引鄭玄注《禮記・文王世子》所云：「春誦夏弦大師詔之瞽宗」，用以解釋文中之「誦」爲「歌樂」。〔註10〕據此，孔穎達認爲「歌樂即詩也。以配樂而歌，故云歌樂，亦是以聲節之」。〔註11〕詩與其他文

〔註6〕 陳奇猷校釋：〈古樂〉，《呂氏春秋校釋》（臺北：華正書局，1985年），頁285。

〔註7〕 同前註，頁300～301

〔註8〕 《漢讀考》：「經典舜樂字皆作『韶』」。〔漢〕鄭玄注，〔唐〕賈公彥疏，趙伯雄整理：《周禮注疏・春官宗伯》，卷二十二，頁674～677。

〔註9〕 同前註，頁337。

〔註10〕 〔漢〕鄭玄注，〔唐〕孔穎達正義：〈文王世子〉，《禮記》，收入（清）阮元校勘：《十三經注疏》，卷二十，頁393。

〔註11〕 〔漢〕鄭玄注，〔唐〕賈公彥疏：〈春官宗伯下〉，《周禮注疏》，收於

類最重要之區別在於「可依音節吟詠」。上述樂語，「興」為廣義的「譬喻」，「導」有「引導」之意，皆指「言語表達的方法」；而「諷」是「直言」，「言」是「發端」，「語」是「答述」，三者皆為「言語表達的方式」。其中只有「誦」，清楚點出詩的文體特徵在於「吟詠之音樂性」。故，詩樂合一時，「詩」為「樂語」，但同時亦有其獨立之音樂性，而與其他「直言之言語」有所不同。

　　「樂」的音樂性比較容易理解。我們從〈樂記〉談聲、音、樂的組成說起：

> 凡音之起，由人心生也。人心之動，物使之然也，感於物
> 而動，故形於聲。聲相應，故生變，變成方，謂之音。比
> 音而樂之，及干戚、羽旄，謂之樂。〔註12〕

我們已在第二章詳盡討論了聲、音、樂三者的關係，現在簡述如下：「聲」為口中所發出的「單聲」，而「聲」與「聲」同者相和、異者相錯，故產生抑揚高下之變化，猶如五色交錯的文章，而成為歌曲，謂之「音」。「樂」則是在「音」之上，比次歌曲，復以樂器奏之，又加上干戚、羽旄表現舞蹈，而聲容具備。再者，「聲」、「音」、「樂」除卻形式結構之不同，尚可從「道德倫理」之價值意識，區判「音」與「樂」之層次。「音」與「樂」皆有「音調律呂」所以相近，但「樂」乃是「人文化成」之產物，被賦予道德價值，而「音」則屬世俗歌謠。一般民眾皆好感官之樂，唯獨君子能從「樂」通曉其中所蘊含的道德倫理。因此，我們討論詩樂在「聲」上之同異，實際上乃是在「音」的層次，討論兩者在「音調律呂」上的結合，而不涉及「樂」之道德意涵。

　　「樂」之「音樂性」在於音調上賦予節拍，以一定規則組織形成節奏感，藉由彈奏樂器的力道強弱，使音量有洪細層次；或又以人聲或樂器展現音的連接方式，例如斷音、圓滑音。換言之，「樂」的「音樂性」在於強調音調節奏的長短強弱，以及樂器彼此的協調性。

　　　　〔清〕阮元校勘：《十三經注疏》，卷二十二，頁337。
〔註12〕〔清〕孫希旦解：〈樂記〉第十九之一，《禮記集解》（下），卷三十
　　　　七，頁976。

那麼，「詩」的「音樂性」爲何呢？我們可分爲「主觀之吟誦節奏」以及「客觀之格律節奏」兩方面。就「主觀之吟誦節奏」來說，格律形成以前，聲情類應，古詩採自然成韻，音韻感來自內在的情感節奏。當我們浸淫在詩句中，隨之吟誦，呼吸自然隨節停頓，語氣跟隨詩義自然拉揚或加重之。《尙書・舜典》云「聲依永，律和聲也」。〔註13〕「詩聲」乃依照自然之吟詠而製，因此即便「詩」並沒有標明何處爲情緒轉折，抑或哪些字詞該長音抒情或短音急促，但是藉由人聲之吟詠，我們自然與「詩聲」所蘊含的情緒，隨之類應。

就「客觀之格律節奏」來說，詩的字音有平仄抑揚，字與字組織成「音」，詩句便有了「音節」。從「篇章」來說，詩句各部分之關係亦會形成「詩聲」之起承轉合。故詩之「音樂性」有賴字音與各詩句之間的抑揚諧和，猶如「樂」將「雜多的樂器」統一爲「和」聲。《詩經》多以相似句構反覆疊踏，不斷地往還相和，在聽覺上就形成了音樂節奏感。更細部來說，詩的字詞、音節都屬詩的格律節奏。但是，「詩聲」的音樂性還需倚賴實際吟誦，因爲詩的字音平仄固然影響吟誦之徐疾，但是我們仍然會依據「音節」與「音節」之合宜順暢，將詩句調配成適宜的念讀節奏，也就是我們前述所說的「主觀之吟誦節奏」。因此，「詩聲」不僅是「客觀之格律節奏」，還須有「主觀之吟誦節奏」參與，故吟誦之音樂性能引發讀者之「感」。倘若，詩不經吟詠，則缺少「聲感」的作用。

那麼「詩」與「樂」之「音調節奏」如何配合在一起呢？由於古樂已亡，我們不得而知，必須借重相關記載與唐樂來說明詩與樂的結合。

詩樂交疊之處在於「音調節奏」。古樂當中，宮、商、角、徵、羽先是表「音階」，即音樂簡譜之 1、2、3、4、5，然後再衍伸以表「調式」。依據現代音樂知識解釋之，若以宮調類比 C 大調，商調就

〔註13〕〔漢〕孔安國傳，〔唐〕孔穎達正義：〈舜典〉，《尙書》，收入〔清〕阮元校勘：《十三經注疏》，卷三，頁46。

是 D 大調，依序類推。「宮調」的聲音予人和諧雅正的感受，而「角調」之於宮調提高了三度，聽覺上悠揚中帶有險峻。「詩聲」也有「調式」之別，明代人稱之為「聲調」，用以表示「『詩聲』整體風貌」。李東陽曾稱李白（西元 701～762）、杜甫（西元 712～770）之詩為「宮調」，因其「詩聲」端正文雅，為眾聲中最優；而韓愈詩讀起來比較奇險，故為「角調」，〔註 14〕此即是以「調式」之音質類比「詩聲」之音質。

　　《晉書・樂下》提到「詩」與「樂」的組成，可經由兩種方式：第一種由徒歌而被之管弦。第二種因管弦而造歌以被之。〔註 15〕孔穎達疏〈詩大序〉也分上述兩類：初作樂時，先有詩而入於樂；等到制樂之後，則須依樂而作詩。〔註 16〕詩樂結合時，「詩」就是歌辭，因此剛開始作樂時，依據既有的詩作曲；反之，若已有曲調，即須依聲填辭。我們前面已經討論過，詩的字音有平仄抑揚，而樂的曲調也有音之高低。故詩樂結合，音符必須與字音相和，否則容易削弱音響。譬如「沉悶」一詞，「沉」為平聲，「悶」為仄聲，二字音質如同字義低沈下墜，若是製曲時配以高音，除了「悶」為仄聲，唱音要拉高顯

〔註 14〕「詩有五聲全備者少，惟得宮聲者為最優，蓋可以兼眾聲也。李太白、杜子美之詩為宮，韓退之之詩為角，以此例之，雖百家可知也。」〔明〕李東陽：《麓堂詩話》（臺北：藝文印書館據乾隆鮑廷博校刊知不足齋叢書本，1966 年），頁 7。

〔註 15〕「凡此諸曲始皆徒歌既而被之管弦，又有因絲竹金石造歌以被之，魏世三調歌辭之類是也。」〔唐〕房玄齡著，〔清〕吳士鑑、〔清〕劉承幹注：《晉書斠注》（臺北：藝文印書館，1972 年），志十三，樂下，卷二十三，頁 531。

〔註 16〕「原夫作樂之始，樂寫人音，人音有小大高下之殊，樂器有宮徵商羽之異，依人音而制樂，託樂器以寫人，是樂本效人非人效樂，但樂曲既定規矩先成，後人作詩謨摩舊法此聲成文謂之音。若據樂初之時，則人能成文始入於樂，若據制樂之後，則人之作詩必須成樂之文，乃成為音。」〔漢〕毛公傳，〔漢〕鄭玄箋，〔唐〕孔穎達正義：〈關雎序〉，《詩經》，收入〔清〕阮元校勘：《十三經注疏》（臺北：藝文印書館 1993 年據清嘉慶廿年江西南昌府學開重刊宋本影印），卷一之一，頁 13。

得困難外，在聽覺上，也不易聽出「沉悶」二字，易變為「沉門」之音。《文心雕龍・樂府》曾云：「聲來被辭，辭繁難節」，因此李延年曾增損古辭以配合音律。〔註17〕漢魏樂府詩的字數就十分冗長，有些甚至高達二三百字，難以一字一音，按字排聲；若是一聲多字，往往又會淪為念唱，破壞曲調之音樂性。〔註18〕因此，我們可以發現「由徒歌而被之管弦」，樂的曲調往往受限於字音。

「詩」除了字音會影響「樂」之曲調，《文心雕龍・樂府》又指出「詩官採言，樂胥被律，志感絲篁，氣變金石」，「情志」與「辭氣」亦會影響曲調之高低，如情志昂揚，辭氣激越，配上樂曲也高昂，若是情志與辭氣婉轉，配上的樂曲也會婉轉。〔註19〕此處「辭氣」當是側重文字義，而統攝了字的「聲」與「氣」，而「情志」與「聲」之相互關係則是我們在第二章所說的「聲情類應」的作用。

那麼詩的字音與樂的曲調最好的結合方式為何呢？宋代沈括（西元 1031～1095）的《夢溪筆談》認為二者結合之理想的狀態是達到「聲中無字，字中有聲」。〔註20〕「字中有聲」強調字音的發聲，將曲調融入字音中，使字音在曲調中亦能被清楚聽見。而「聲中無字」則是使字音「輕圓」，悉融入曲調之中，使音調轉換時，字音化為音調之聲線。細部來說，則是在歌唱中取消了「字音」，將字拆解成「頭、腹、尾」之音素成分，將之提煉為歌唱之腔調。〔註21〕以往，我們瞭解詩歌的

〔註17〕〔梁〕劉勰著，周振甫注：〈樂府〉第七，《文心雕龍注釋》，頁112。
〔註18〕任半塘：〈歌唱〉，《唐聲詩》（上海：上海古籍，2006 年），頁191。
〔註19〕〔梁〕劉勰著，周振甫注：〈樂府〉第七，《文心雕龍注釋》，頁111，117。
〔註20〕「古之善歌者有語，謂『當使聲中無字，字中有聲』。凡曲，止是一聲清濁高下如縈縷耳，字則有喉唇齒舌等音不同。當使字字舉本皆輕圓，悉融入聲中，令轉換處無磊塊，此味『聲中無字』，古人謂之『如貫珠』，今謂之『善過度』是也。如宮聲字而曲合用商聲，則能轉宮為商歌之，此『字中有聲』也，善歌謂之『內里聲』。不善歌者，聲無抑揚，謂之『念曲』；聲無含韞，謂之『叫曲』。〔宋〕沈括：《夢溪筆談》（臺北：台灣商務印書館，1968 年），頁30。
〔註21〕宗白華解釋「聲中無字」，是在歌唱中把「字」取消，把字解剖為頭、腹尾三個部分，化成為腔，此時「字被否定了，但字的內容在歌唱

文字義，須仰賴「聽音別字」，方知意義。但「聲中無字」則取消了「字義來源」；換言之，即是不著重「聽音別字」，不從「字義」以瞭解「歌曲意義」，而依「聲情類應」原則，將字音之情融入腔調之情，以「聲情」傳達「歌曲意義」。到了唐代，胡樂大量輸入，樂工可以自由運用的曲調相對增加，如此一來，歌辭就不必爲了協曲而增減，也能找到適當的音樂；此外，工伎來不及依聲作辭，也向近體詩取材，入擅長的曲調。〔註 22〕唐代樂工能夠以近體詩直接入曲，是因爲唐詩十分注重「詩聲」之抑揚起伏。明人李夢陽就盛讚唐詩在古樂已亡的情況下，仍然可歌詠，「高者猶足被管弦」。〔註 23〕所謂的「高者」就是從詩本身的「音樂性」去論斷。前述已論及詩的字音、音節皆會影響曲調。如果「詩聲」平庸，配唱起來也難以產生韻致；反之，「詩聲」若鏗鏘高響，那麼被之管弦，將會是一首動聽的歌曲。因此，李夢陽認爲唐詩的音樂性極佳者，可以直接配曲，正是讚許唐詩的聲響錯落有致。任半塘指出唐人歌詩分有粗與細，精者甚至講究字之四聲，注重喉牙吐納的差異。〔註 24〕由此可見，詩樂合一時，雖然「詩」屬於樂曲之辭，但是「詩聲」仍在曲調精微處顯現其「音樂性」。

　　前述已說明詩樂之交疊處在於「音調節奏」。而二者在「聲」相異之處爲何呢？就「樂」來說，製作時只需顧及音調、樂器之相協。但是，「詩」的字音伴隨著字義，因此，「詩聲」往往會受到字義的影響。

　　中國之形聲字佔了「六書」相當大的部分，部首表義，聲部狀聲。但是有些狀聲部分也同時表義，因此相似的字音往往有相通的含意，例如，「洪」、「鴻」、「閎」、「宏」皆有「大」、「寬廣」之義。朱光潛

中反而得到了充分的表達。取消了字，卻把它提高和充實了，這就叫『揚棄』。棄是取消，揚是提高。這是辯證的過程」宗白華：〈中國美學史中重要問題的初步探索〉，《美從何處尋》（臺北縣板橋市：駱駝出版社，1987 年），頁 32。

〔註22〕任半塘：〈歌唱〉，《唐聲詩》頁 173。

〔註23〕〔明〕李夢陽：〈缶音序〉，《空同先生集》（臺北：偉文出版社：1976 年），卷五十二，頁 1462。

〔註24〕任半塘：〈歌唱〉，《唐聲詩》，頁 174。

指出另外有些字音與字義雖然沒有直接關連，但是字音會因為聲母的
發聲部位以及韻母開齊合撮之不同，而使調質產生了象徵性的暗示。
〔註25〕例如「爽朗」與「憂鬱」，兩者意義相反；在聲音上，前者如
同「字義」較為飛揚開闊，後者就顯得低調沉悶。又或者「齷齪」意
指狹隘，其「字音」讀起來如同「字義」，顯得音窄短促而咬牙切齒。

　　格律形成以後，平仄的定式產生。平仄的定式乃是一種普遍客觀
的形式節奏，王力將「詩的節奏」區分為「平仄的節奏」以及「意義
上的節奏」兩種。〔註26〕前者是指平仄的定式，例如「五律平起式」
的平仄規範為：「平平平仄仄，仄仄仄平平」。「仄仄平平仄，平平仄
仄平」。「平平平仄仄，仄仄仄平平」。「仄仄平平仄，平平仄仄平」，
詩的字必須按照基模的平仄格式填入。後者「意義上的節奏」則指字
義的分節。例如「白日依山盡」，依據字義可分節成「白日‖依山‖
盡‖」（二二一）的節奏。我們在吟詠時或許會拉長「依」字抒情，
但絕不會斷成「白‖日依‖山盡」，即使五言詩有「一二二」音節組
合。這是因為若斷成「白‖日依‖山盡」，我們無法藉吟誦辨識詩句
的字義。這是「意義上的音節」受限於字義的證明。「平仄的節奏」
與「意義上的節奏」有固定之模式可循，然而「詩聲」千變萬化之處
卻在於「字聲所組成之節奏」，其細部構成可分為三類：一、音素，
即是聲和韻的問題；二、音性，即是平仄四聲的問題；三、音勢，即
是陰陽清濁的問題。〔註27〕詩人創作即是在此細微處，鍛鍊出各家不
同的「聲調」。我們在第五章會以實際詩例討論之。

〔註25〕朱光潛：〈中國詩的節奏與聲韻的分析（上）──論聲〉，《詩論》（臺
　　　　北縣樹林鎮：漢京文化事業公司，1982 年），頁 173。

〔註26〕王力：〈第一章近體詩‧第六節平仄的格式〉，《漢語詩律學（上）》，
　　　　收入《王力文集》第十四卷（山東：山東教育出版社，1989 年據上
　　　　海教育出版社 1978 年版（第四、五兩章收入第十五卷），原由新知
　　　　識出版社出版），頁 90。王力：〈第一章近體詩‧第十八節五言近體
　　　　詩的句式（下）──不完全句〉，收入《漢語詩律學（上）》，收入《王
　　　　力文集》第十四卷，頁 279。

〔註27〕詳見郭紹虞：〈中國文字可能構成音節的因素〉，《語文通論續集》（上
　　　　海：開明書局，1949 年），頁 128。

　　詩的「聲調」能表情達意，而非純粹客觀不具意義的平仄定式。詩作難以翻譯也在此處。因此，即便勉強譯出字義，卻往往失其韻致，而索然無味。朱光潛曾以《詩經‧采薇》「昔我往矣，楊柳依依；今我來思，雨雪霏霏」為例，「依依」若譯為「在春風中搖曳」，費詞多而含蓄少，況且「搖曳」只是單板的物理性，缺少了「依依」所蘊含的濃厚人情，故「字義」容易翻譯而「聲義」不容易翻譯。〔註28〕「依依」除了字義指楊柳柔弱依偎，不捨離人；其「聲情」也較輕柔溫婉，情意無限。但經過翻譯後，「搖曳」的字音就顯得生硬許多。

　　綜合上述所言，我們可以將「詩聲」歸約以下三種，以區別「樂」的曲調：一、「主觀的吟誦節奏」乃是依主觀情性而發的平仄節奏，如古詩自然成韻，或讀者吟誦詩作時，融入自身情感，而將詩句或連或頓，產生音樂節奏，能夠傳達情感意義。二、「平仄的節奏」乃格律成熟後，客觀而普遍的平仄節奏基模，如平仄譜，它所標示的平仄符號不具意義。三、「意義上的音節」則依循字義而連、頓。

二、詩樂「聲感」教育的實踐

　　《尚書‧舜典》記載舜命夔典樂以教胄子，而聽者感之得「聲義」。孔安國注解「詠其義，以長其言」，吟詠可增加語言的表述作用。

> 詩言志，歌永言，聲依永，律和聲；八音克諧，無相奪倫，神人以和。

> 孔安國傳：詩言志，以導之歌，詠其義，以長其言。〔註29〕

「詩言志」是指詩以語言傳達意向、抱負；「歌永言」是指以唱誦吟詠的方式來傳達語言。接著「聲依永」，「聲」是指五單音：宮、商、角、徵、羽，「聲」乃依據吟詠之節而定。「律和聲」則是指兩個以上的單聲依照一定的規律同時應和，產生抑揚之節奏，而進入「聲成文」的

〔註28〕朱光潛：〈詩與散文〉，《詩論》（臺北縣樹林鎮：漢京文化事業公司，1982年），頁108。

〔註29〕〔漢〕孔安國傳，〔唐〕孔穎達正義：〈舜典〉，《尚書》，收入〔清〕阮元校勘：《十三經注疏》，卷三，頁46。

部分，也就是「音」。「八音克諧」，添加管弦演奏，則已是「樂」的層次。「八音」指的是金、石、絲、竹、匏、土、革、木等八種材質的樂器，例如鐘屬金，簫屬竹。這些樂器相互配合，聲音能夠和諧。「無相奪倫」，「倫」是指倫理，上述八音能夠相互諧理而不交錯爭奪。孔安國傳「詩言志，歌永言」，謂「詩言志，以導之以歌，詠其義，以長其言」。〔註30〕孔安國此言，注意到詩不只有文字義還有「聲義」。他認爲吟唱的方式可以增進語言的表意功用，故曰「長其言」。換句話說，樂曲、吟誦的聲音能夠增添意義或具有輔助效果，能使詩義充分展現。因此，卿大夫的詩樂之「教」非常重視「聲義」，而非僅重視詩的文字義理。由詩樂之「和」，乃至使神人通「感」，而達到彼此和諧。

在「詩樂合一」的原初型態裡，「詩樂」有著共同的終極教育目標，即是達到「和情性、美教化」的功能，尤其「樂」是以「聲感」作爲修養性情的方式，也就是上述所說「詠其義，以長其言」，「聲感」能使意義充分展現，而達到教養之目的。我們在第二章已經闡釋「聲感」之根源性在於「天之性」，混雜了形上觀念與宇宙觀念；而「聲感」理論則是以「和」作爲規範與價值依歸。「聲感」之「所以然」可析分爲兩個部分：一是客觀條件之「物」，二是主體因素的「心、性、情」，人對外境之物有「感」，而發於「音」；另一方面「音」亦可以「感」動人之「心性情」，進而可有「和情性、美教化」之衍外效用。而在「詩樂『聲感』教育之實踐」，我們所側重的是第二序「聲感」之衍外效用。在「詩禮樂一體的實踐場域」中，除了「聲情類應」原理、原則，我們亦考量了禮樂結合的「威儀效力」，及其「氛圍感染力」。所謂的「威儀」，其內涵就是「禮」；即是西周春秋時期君子的行爲態度，因其體現了「禮」，亦等同掌握了當時的規範與價值系統，故其容貌則「有威可畏」、「有象可儀」，而有「威儀」。〔註31〕因

〔註30〕同前註。
〔註31〕楊儒賓：〈儒家身體觀的原型〉，《儒家身體觀》（臺北：中央研究院文哲所，1996 年），頁 31、40。

此，禮樂結合，「禮」之「威儀」則外向內節制，加深「樂」從內心
順服人心之效力。

　　近代樂者江文也曾參與孔廟大晟樂章，雖然儀式也許與古代祭典
已有差異，但是「聲感」本來就是一種「直接參與的感受」，因此藉
由其參加祭孔時，對「詩禮樂一體的臨場感受」，可有助於我們瞭解
「實際儀式祭典」的「威儀效力」與「氛圍感染力」。故從此處談起，
有了先行瞭解後，再進入《禮記》所記載的「聲感之實踐」。

　　江文也認爲「樂音」在祭典儀式裡，醞釀著一種氣氛，此「氣」
猶如媒介，可溝通天地：

　　　　樂音就像一種輕颺的氣體，它輕飄飄、軟綿綿地揚升向天，
　　　　它傳達了地上的願望與祈禱。反過來說，祭祀者通過了樂
　　　　音，體受了某種靈感。此時，漸漸醞釀出某種氣氛，彷彿
　　　　天上與地下之間，可以渾然融成一片。原始時代的人們很
　　　　可能都有這樣的感覺，這是不無可能的。〔註32〕

　　　　沒有歡樂，沒有悲傷，只有像東方「法悅境」似的音樂。
　　　　換句話說，這音樂好像不知在何處，也許是在宇宙的某一
　　　　角落，蘊含著一股氣體。這氣體突然間凝結成了音樂，不
　　　　久，又化爲一道光，於是在乙太中消失了。〔註33〕

江文也所說的「樂音」之「氣」，類似於祭祀時以燒柴、焚香所產生
的「氣體」。《禮記・祭法》曾記載：「燔柴於泰壇，祭天也」，孔穎達
疏：「燔柴於泰壇者，謂積薪於壇上，而取玉及牲置柴上燔之，使氣
達於天也」。〔註34〕此處祭祀之「煙」是一種「氣體」，具向上輕飄之
物理性，因此先民乃至今日皆以焚香繚繞之氣作爲溝通天地、鬼神之
媒介。我們普遍認爲「音」也是一種「氣」的體現。如唐君毅論禮樂，
即言聲出於人之體氣轉動。體氣轉動依隨著人之生理變化，而生理變

〔註32〕江文也：《孔子的樂論》，頁40。
〔註33〕江小韻釋譯〈孔廟的音樂──大成樂章〉，《民族音樂研究》第三輯
　　　　（香港：香港大學亞洲研究中心，1992年），頁301。
〔註34〕鄭玄注，孔穎達疏《禮記・祭法》，《十三經注疏》，頁797。

化亦與情性相依，因此「歌樂所關連之體氣，乃兼連於人之言與行；而其與吾人之生命之關係，及更有切於禮者」。〔註35〕此處之氣爲即爲我們第五章論「聲氣」之「氣質之氣」。若從語言習慣來說，我們日常稱美妙之音樂「餘音繞梁」，以「繚繞」作爲動詞，亦是依據「氣、煙」之物理性進行類比。故，樂音不僅具備「聲情」；同時，在儀式祭典所傳達、凝聚的氣氛，亦是一種「非語言性」之溝通。江文也認爲「樂音」傳達出來的「氣氛」彷彿溝通了「天地」，頓時天、地，甚至包含於其中的個體皆「渾然融成一片」。

　　楊儒賓認爲江文也所提到的「法悅境」是在「天人邊界及理事接緣的靈魂深處」，也就是《禮記‧樂記》所云「樂者，天地之和」，以及「大樂與天地同和」的層次。〔註36〕我們在第二章已討論「樂者，天地之和」而歸約出三種解釋：一、從形式規律而言：個別樂器的音質、音量須以「和、適」爲定準；就音樂之整體來說，演奏的樂器相互融合，卻又不侵犯彼此的音質，形成諧和之秩序。二、就宇宙觀念來說：「和」是「渾然調和的整體」，具有生發萬物之作用。三、從「聲感功能」來說：「樂」之「聲感」消解了情緒跟道德良心的衝突性，可使人性情和順，而能與「和」、「仁」的境界有自然而然會通之點。江文也的看法即是從「宇宙觀念」與「聲感功能」來看待「樂音」之「和」的關係。我們援引了江文也比較抒情感性的說法，來形容「詩禮樂一體」時的「氛圍」乃是個體從心靈深處融入天地之際，且藉由樂音與天地溝通。而在儀式慶典裡，樂音配合著唱詩以及行禮如儀，參與儀式的人往往可以藉由舉止動作以及樂音的引導，帶領身心到平靜沉澱的狀態，進行對這世界的直覺感知。而當自己與外在融合，私自的內心活動停止時，此時物我不分，便融入了宇宙。因此，我們將「聲感」置入「詩禮樂一體」時，其實所觸及的是一種修養性情的方

〔註35〕唐君毅：〈禮記中之禮樂之道與天地之道（下）〉，校訂本《中國哲學原論‧原道篇》（臺北：臺灣學生書局，1986 年），頁 121。
〔註36〕楊儒賓：〈譯者序〉，收入江文也著，楊儒賓譯《孔子的樂論》（臺北：台大出版中心，2004 年），頁Ⅲ。

法，亦是一種境界，其關乎人如何藉由詩禮樂，重新納入天地，恢復感知、物我和諧統一，再從「和」、「渾然調和的整體」往返，看待世界萬殊，以「和」成為這世間種種法的依止。因此，徐復觀認為對於儒家來說，「樂教」是一種人生修養，是永遠的鄉愁，是一種理想世界的展現。詩禮樂可以歸於儒家在政治上的期望。順應人民的情感，藉由音樂教化，使之在鼓舞之中潛移默化，移風易俗。人民以自己的力量完成自己的人格修養，達到社會風俗的和諧。〔註37〕

　　「樂」是文化的產物，具有道德倫理性，樂器、調音等技藝乃是最基礎之事項，故側重在「樂」之「和情性、美教化」的聲感效用。而在慶典儀式裡，「樂」之「聲感」往往與「禮」之「威儀」相結合：

> 樂者，非謂黃鐘、大呂、弦、歌、干、揚也。樂之末節也，
> 故童者舞之。鋪筵席，陳尊俎，列籩豆，以升降為禮者，
> 禮之末節也，故有司掌之。樂師辨乎聲詩，故北面而弦，
> 宗祝辨乎宗廟之禮，故後尸；商祝辨乎喪禮，故後主人。
> 是故德成而上，藝成而下，行成而先，事成而後。是故先
> 王有上有下，有先有後，然後可以有制於天下也。〔註38〕

我們前述辨別「音」與「樂」時，已說明「樂」並非只是「音調歌曲」，而是具有道德價值之理想型態，其參與者也非一般庶眾，而是具有自覺意識之「君子」，換言之，也就是當時的領導階層。因此，「樂」的進行，包含了「禮」的次序。樂師能夠「辨乎聲詩」，即是懂得「樂儀」。《周禮・春官宗伯・樂師》記載樂師之職責乃是「教樂儀，行以肆夏，趨以采薺，車亦如之，環拜以鍾鼓為節」。〔註39〕「肆夏」、「采薺」皆為樂名，樂師以樂之節奏教導君王步行之威儀，在大寢奏「肆

〔註37〕徐復觀：〈由音樂探索孔子的藝術精神〉，《中國藝術精神》（臺北：學生書局，1966年），頁23。

〔註38〕〔清〕孫希旦解：〈樂記〉第十九之二，《禮記集解》（下），卷三十八，頁1011～1012。

〔註39〕〔漢〕鄭玄注，〔唐〕賈公彥疏：〈春官宗伯・樂師〉，李學勤主編：《周禮注疏・春官宗伯》（臺北：臺灣古籍出版有限公司，2001年），卷二十三，頁702～703。

夏」，趨至朝廷則奏「采薺」，君王將至，則撞黃鐘之鐘以告知諸臣。〔註40〕因此，雅樂之演奏，其「聲義」與「禮儀」結合，傳達出「禮儀的訊息」，但是「樂」與「禮」的結合並非僅作爲「機械性」的「傳令工具」。「肆夏」之節奏適合君王於寢宮步行時所用，而「采薺」之節奏則適用於「趨疾步行」，可見樂音之選擇會影響「聲感效果」。此處「聲感效果的區別」即是指不同之音樂曲風、節奏會使人之情緒、舉止與之相類應，而產生差異。故樂師「辨乎聲詩，故北面而弦」，乃是識得詩樂之意涵，其儀文舉止亦與「樂」類應，而知北面以示尊敬。因此，「樂教」之所以可能，其根源性在於「聲感」，但在「實際儀式祭典」裡，「樂」的進行往往伴隨著「禮」，「禮」之「威儀」亦增強了「氛圍感染力」，故云：「德成而上，藝成而下」，上位者與在下位者之階層分明，鄭玄解釋：「聽樂而知政之得失，則能正君、臣、民、事、物之禮也」。〔註41〕因此，「儀文之形式」嚴明而形成「威儀」，由外節制的結果，更加深了「樂」原本「從內使性情順服」的效力。

除了「禮」的威儀效力，「詩舞樂」在原初的型態乃是一體。「德」之美善是一種「抽象概念」，需藉由具體詩舞樂傳達。「詩」乃「樂」之歌辭，「樂」之「聲義」是以「感」方式得之，而不重其文字義；「舞」則是一種「視覺」感受。《禮記・樂記》云：

> 樂者，心之動也。聲者，樂之象也。文采節奏，聲之飾也。君子動其本，樂其象，然後治其飾。是故先鼓以警戒，三步以見方，再始以著往，復亂以飭歸，奮疾而不拔，極幽而不隱，得樂其志，不厭其道，備舉其道，不私其欲。是故情見而義立，樂終而德尊，君子以好善，小人以聽過。故曰：「生民之道，樂爲大焉」。〔註42〕

〔註40〕同前註。

〔註41〕〔清〕孫希旦解：〈樂記〉第十九之一，《禮記集解》（下），卷三十七，頁982。

〔註42〕〔清〕孫希旦解：〈樂記〉第十九之二，《禮記集解》（下），卷三十八，頁1006～1007。

此處所記載的是周代的大武之樂。〔註43〕「樂」有「舞」的肢體張力，就不僅是素樸的「文采節奏」，而顯現其「威儀」。樂舞「奮疾而不拔」，具有奮發迅速之象。「極幽而不隱」是指武王憂慮不得眾心，擔心事情無法完成而情意幽深；故以樂聲連延不絕，以表示武王幽深之情。從一開始鼓聲使氣氛警戒，到武舞「奮疾而不拔」，「樂」始終隨著舞容發揚其義。除了「舞」之視覺，觀者亦從「樂」之緊張、奮發、情意幽深，而得「聲義」。大武之樂的「意義」在於展現武王愛民之情，也樹立武王伐紂之義，因此「樂終而德尊」。大武之樂藉由舞、樂，展現武王之德，本身就隱含教育之意味與目的，而非純藝術之表演；故君子聽此樂能起孺慕之情，而生好善之心；小人樂其欲，則藉由感官聽覺，瞭解合宜之情欲表現，亦能見賢思齊，以調節自己的內心。是故，「樂」之「聲感作用」能夠傳達出「德」之美善。

　　《史記‧孔子世家》記載孔子師襄子學鼓琴，從最基礎「習曲」到知曉「數」，再得其樂曲之「志」，最後得其「為人」「有所穆然深思焉，有所怡然高望而遠志焉」，曰：「丘得其為人，黯然而黑，幾然而長，眼如望羊，如王四國，非文王其誰能為此也」。〔註44〕孔子透徹這首曲子各層次的「聲義」，如同我們前述大武之樂象武王之德，聽者必須完全契入歌曲，才能感通精神。換言之，「禮」、「舞」之威儀僅是從效力來說，「樂教」之根源性仍在於「聲感」，主觀情性必須不斷地來回體會而有所感悟，才能得「聲義」。「聲義」無法從曲數格律等客觀形式上得之。如同徐復觀所言：曲數只是技術上的問題，重點在「志」，也就是曲子背後的精神，惟有將自身之人格向音樂中沉浸，方能掌握樂曲後的人格。〔註45〕因此，「樂」作為一種德行上的修養，必須在審美的過程將自身投入「樂」當中，經過沉浸交融，才能有所「感」，才能理解「樂」之「聲義」。

〔註43〕同前註。
〔註44〕〔漢〕司馬遷著，日‧瀧川龜太郎考證：〈孔子世家〉第十七，《史記會注考證》（臺北：樂天出版社，1972年），卷四十七，頁754。
〔註45〕徐復觀：〈由音樂探索孔子的藝術精神〉，《中國藝術精神》，頁6。

第二節　詩的「聲感」作用消失

一、樂教之「聲感」作用的消失

　　樂教之所以可能，仰賴主體性情之「感」。然而，「聲感」是一種直接參與的感受，倚靠主體情性的藝術涵養，實際在操作上很難普及到一般民眾。因此，徐復觀認爲樂教在社會生活複雜化後，已不容易被執行，也不若禮的觀念顯著。春秋時代，已經逐漸失去樂的「聲感」作用，轉而由「禮」取代了「樂」。〔註46〕荀子〈樂論〉云：「樂合同，禮別異」，〔註47〕《禮記‧樂記》亦云：「樂也者，情之不可變者也。禮也者，理之不可易者也。樂統同，禮辨異」，〔註48〕即是從禮樂的根源性，顯現二者在作用上的差異。「樂」由心生，從內在統合情欲，故曰「統同」；而「禮」由外作，符合萬事之理，又因階層而有分際，故曰：「辨異」。

　　「樂教」沒落後，孔子取徑於「仁」，欲以「仁」活絡「禮」，以此作爲人格修養的直接通路。「仁」就是道德，一種理性自覺。依據徐復觀的詮釋，儒家是以「仁」爲中心，開展出眾多工夫論，如《中庸》的「慎獨」、「誠明」；《大學》的「誠意」、「正心」；孟子的「知言」、「養氣」以及《論語》所說「克己復禮」、「忠恕」；這些都是「仁」的內涵。〔註49〕我們在第二章「儒家的美學體系」，已經辨明，「仁」與「樂」在本質上有自然相通之處。「樂」是實際的感官經驗，基於「聲情類應」原理，從「應然」規創「實然」，遂使聲音具有「道德性」，以「和」爲規範，喜怒哀樂皆發而中節。而「仁」具有惻隱之情，因此能「同情共感」，人遂與天地萬物「和諧爲一」。從「樂」的藝術活動來說，當審美經驗進入了生命深處，能感悟到他者與我渾然無別，我與天地

〔註46〕徐復觀：〈由音樂探索孔子的藝術精神〉，《中國藝術精神》，頁3～4。

〔註47〕〔清〕王先謙：〈樂論篇〉第二十，《荀子集解》，卷十四，頁632。

〔註48〕〔清〕孫希旦解：〈樂記〉第十九之二，《禮記集解》（下），卷三十八，頁1009。

〔註49〕徐復觀：〈由音樂探索孔子的藝術精神〉，《中國藝術精神》，頁36。

萬物為一和諧關係時，其深刻處其實已契入了「仁」。

　　「仁」與「樂」雖在本質上相通，也都藉由高度的道德自律，以達性情之和，但是二者的教養方式卻不相同。「仁」是以「觀念」為基礎，而教人實踐，「樂」卻直接「聲感」，讓人薰陶。因此，我們可以說，在春秋時代，樂的實踐在於相信人之道德自律，藉由聲感，由內和順性情；樂教既失，便僅能仰賴禮教。「禮」是由外在規矩綱紀，向內塑造性情。等到禮崩樂壞後，孔子提出「仁」來活絡流於形式之禮，但「仁」卻已經是一種理論，必須藉由各種工夫論來完成，不再像樂教乃是主體直接參與，在過程當中便直接感化之。

二、詩的文字義取代聲義

　　春秋以前「詩樂合一」，「詩」為「樂」的歌辭，詩的文字義在儀式當中並不被特別突顯出來。大部分在論「樂」時，側重「聲義」，而不取文字之義。大約春秋時，周室衰微，禮崩樂壞，「詩」、「樂」的關係開始有了變化。孔子以「仁」作為本心，但仍視「樂教」為最終的理想。孔子云：「興於詩，立於禮，成於樂」。〔註50〕「成樂」是修養人格的最後階段，但卻已經不是唯一的路徑。孔子談〈關雎〉而云：「樂而不淫，哀而不傷」，〔註51〕是從其曲調來取「聲義」，而非自〈關雎〉的文字義；但同時也見孔子說「不學詩無以言」，〔註52〕此乃側重詩之文字義，以作為外交場合「賦詩言志」或日常生活言談的使用。孔子實際講學時，亦著重在詩的文字義，而云：「小子何莫學夫詩？詩可以興，可以觀，可以群，可以怨。邇之事父，遠之事君。多識於鳥獸草木之名」。〔註53〕上述學詩的目的，都是藉由詩的文字

〔註50〕〔宋〕朱熹注：〈泰伯〉第八《論語集注》，《四書章句集注》（臺北：鵝湖出版社，1984年），卷四，頁104～105。

〔註51〕〔宋〕朱熹注〈八佾〉第三，《論語集注》，《四書章句集注》，卷二，頁66。

〔註52〕〔宋〕朱熹注：〈季氏〉第十六，《論語集注》，《四書章句集注》，卷八，頁173。

〔註53〕〔宋〕朱熹注：〈陽貨〉第十七，《論語集注》，《四書章句集注》，卷

義進行知識上的學習，而應用到外交及生活層面。此時，即是「詩」與「樂」開始分離，而「詩」突顯其語言上之用途。到了孟子「以意逆志」，詩與樂已完全分家，而以文字義為用。從荀子到漢人的引詩皆是如此。〔註54〕

僖公二十七年，楚子及諸侯圍宋，宋公孫固到晉國告急，趙衰認為可以任命郤縠為元帥，指出「臣亟聞其言矣，說禮樂而敦詩書。詩書，義之府也。禮樂，德之則也。德義，利之本也」。《正義》曰：「說謂愛樂之，敦謂厚重之，《詩之》大旨，勸善懲惡，《書之》為訓，尊賢伐罪，奉上以道，禁民為非之謂義。《詩》《書》，義之府藏也」。〔註55〕此處的詩書「義之府」與禮樂「德之則」並舉，「義」應是指人行為正當合宜，所以孔穎達疏「詩之大旨勸善懲惡」，「禁民為非之謂義」。「義」雖未是實指「意義」，但從行文卻可知詩樂已然分途，「詩」與「書」並舉，「禮」與「樂」並舉。禮樂是一，都通達德，只是作用方向不同，「禮」是藉由外在儀式節制行為，「樂」是自內調服性情。「書」則是記載歷史言行之史，其作用在於「尊賢伐罪」；「詩」與「書」並舉，表示二者之功能相似，故孔穎達疏詩為「勸善懲惡」，因此二者皆是「義之府」。換言之，「詩」與「書」皆藏有「使人行為正當合宜的功能」。因為文中「詩」與「樂」分開解釋，此處的「詩」就是指歌辭之文字義，而不具音樂性，因此讀《詩》、讀《書》可知歷史善惡而得勸誡，是就詩辭之文字義立論。因此，「詩書，義之府也」之「義」並非直接解釋為「意義」，而是從功能性指述「詩辭」可用以「勸善懲惡」，此乃重視「詩的文字意義」。

依據《左傳》的記載，「賦詩言志」最早的案例是在僖公二十三年，趙衰隨從重耳拜見秦穆公。此時不再是樂工歌詩，而是卿大夫根

九，頁178。

〔註54〕朱自清：〈詩教〉，《詩言志辨》，頁129。

〔註55〕〔晉〕杜預注，〔唐〕孔穎達正義：〈僖公二十七年〉，《左傳》，收入〔清〕阮元校勘：《十三經注疏》，卷十六，頁267。

據需求，自己歌誦。〔註56〕《左傳・僖公二十三年》記載：

> 他日，公享之。子犯曰：「吾不如衰之文也。請使衰從」。
> 公子賦《河水》，公賦《六月》。趙衰曰：「重耳拜賜」。公
> 子降，拜，稽首，公降一級而辭焉。衰曰：「君稱所以佐天
> 子者命重耳，重耳敢不拜？」〔註57〕

秦穆公宴請重耳。子犯稱趙衰比自己有文辭，由趙衰陪公子重耳赴宴。
公子重耳賦了《河水》，秦穆公賦了《六月》。鄭玄注《河水》，詩義取
「河水朝宗於海，海喻秦」，《六月》則以「尹吉甫佐宣王征伐」比喻「公
子還晉必能匡王國」。〔註58〕趙衰解讀《六月》詩義，認爲這是秦穆公
暗許協助重耳返晉接掌君位；因此，稱「重耳拜謝穆公的恩賜」。《左傳・
襄公十六年》記載晉侯宴享諸大夫，曰：「歌詩必類」。齊國的高厚所歌
之詩「不類」。荀偃怒，且曰：「諸侯有異志矣」。〔註59〕孔穎達《正義》
注「歌古詩，各從其恩好之義類」。此處著重於詩歌表達的「義」，高厚
所歌的詩不屬於恩好的義類，所以被判定是有異志，而後遭到諸侯討伐。

　　朱自清歸納先秦兩漢的「詩言志」，分有「獻詩陳志」、「賦詩言志」、
「教詩明志」與「作詩言志」。漢人以「意」爲「志」；又說志是「心所
念慮」，「心意所趣向」，「詩人志所欲之事」。志的概念蘊含了禮與政教。
〔註60〕因此不論是有特定意義的獻詩、賦詩「斷章取義」，或者以創作

〔註56〕王秀臣：〈周代禮典制度與《詩》的傳播與接受〉，《三禮用詩考論》
　　　　（北京：中國社會科學出版社，2007 年），頁 241。
〔註57〕〔晉〕杜預注，〔唐〕孔穎達正義：〈僖公二十三年〉，《左傳》，收入
　　　　〔清〕阮元校勘：《十三經注疏》，卷十五，頁 253。
〔註58〕同前註。
〔註59〕〔晉〕杜預注，〔唐〕孔穎達正義：〈襄公十六年〉，《左傳》，收入〔清〕
　　　　阮元校勘：《十三經注疏》，卷三十三，頁 573。
〔註60〕朱自清：〈詩言志〉，《詩言志辨》，頁 3。「志」的舉例見 1.《孟子・
　　　　公孫醜上》：「夫志，氣之帥也」。〔宋〕朱熹注：〈公孫醜章句上〉，《孟
　　　　子集注》，《四書章句集注》，卷三，頁 230。2.《孟子・萬章上》「不
　　　　以辭害志」。〔宋〕朱熹注〈萬章章句上〉，《孟子集注》，《四書章句
　　　　集注》，卷九，頁 307。3.《禮記・學記》：「一年視離經辨志」。〔漢〕
　　　　鄭玄注，〔唐〕孔穎達正義：〈學記〉第十八，《禮記》，收入〔清〕
　　　　阮元校勘：《十三經注疏》，卷三十六，頁 649。

立場來談作詩，都著眼於詩之文字義。據朱自清分析，春秋之時，禮樂尚未分家，獻詩與賦詩都還有合樂，重視聽歌的人；而後經歷「禮崩樂壞」，到了漢代〈詩大序〉講「詩者，志之所之也。在心爲志，發言爲詩」，〔註61〕明顯地從作詩的角度來談詩，而不言及樂，顯示此時，「詩」只重「文字義」而不重「聲」了。〔註62〕

王國維亦認爲詩樂在春秋之際，已經分途爲兩個系統：一是古太師氏，樂官的系統，側重在「聲義」部分；二是詩家之詩，著重「文字義」部分，是從士大夫系統傳遞下來。「詩樂合一」之詩，只有樂官還保存著。〔註63〕

到了漢代，樂官無法講明「聲義」，只剩樂曲形式的展演。孔穎達云：「漢興，制氏以雅樂格律，世爲樂官，頗能記其鏗鏘鼓舞，而不能言其義理」。〔註64〕原本人人所習的六藝，不言可喻，所以只記載樂教的義理，以供精進。但是，卻因爲古樂散亡，使得原本人人該熟悉的技藝頓時失傳，我們現在只學了樂教的觀念義理，卻不見施用。

因此，《禮記・經解》提到「溫柔敦厚，詩教也」。此處詩教是以「文字義」爲主，而不言其「聲義」。孔穎達認爲詩依據過失，以委婉的方式來勸諫，不直接陳述事情，故稱「溫柔敦厚」。〔註65〕同時，

〔註61〕〔漢〕毛公傳，〔漢〕鄭玄箋，〔唐〕孔穎達正義：〈關雎序〉，《詩經》，收入〔清〕阮元校勘：《十三經注疏》，卷一之一，頁13。

〔註62〕朱自清：〈詩言志〉，《詩言志辨》，頁21。

〔註63〕「春秋之季已自分途，詩家習其義，出於古師儒，孔子所云言詩誦詩學詩皆就其義言之，其流爲齊魯韓毛四家，樂家傳其聲，出於古太師氏，子貢所問於師乙者，專以其聲言之，其流爲制氏諸家。詩家之詩士大夫習之，故詩三百篇至秦漢具存。樂家之詩，惟伶人世守之，故子貢時尚有風雅頌商齊諸聲，而先秦以後僅存二十六篇，又亡其八篇，且均被以雅名。……永嘉之亂，而三代之樂遂全亡矣」。王國維：〈漢以後所傳周樂考〉，《觀堂集林》（臺北：河洛圖書出版社，1975年），藝林六，卷六，頁121。

〔註64〕〔漢〕鄭玄注，〔唐〕孔穎達正義：〈樂記〉第十九，《禮記》，收入〔清〕阮元校勘：《十三經注疏》，卷三十七，頁662。

〔註65〕〔漢〕鄭玄注，〔唐〕孔穎達正義：〈經解〉第二十六，《禮記》，收

他也在《正義》分判了樂教與詩教的不同，樂教在「以聲音干戚以教人」，詩教是以「詩辭美刺諷刺」。〔註66〕據此，樂教以「聲」，詩教以「言」，已然清楚。

　　阮元（西元 1764～1849）以魏晉朝代作爲斷代，在此之前詩書不尚空義，所說皆在政治言行、著重教化之用：

> 《詩》三百篇，《尚書》數十篇，孔孟以此爲教，故一言一行皆深奉不疑。即如孔子作《孝經》，子思作《中庸》，孟子作七篇，多引《詩》、《書》以爲證據。若曰：「世人亦知此事之義乎？《詩》曰某某即此也。《書》曰某某即此也」……漢興祀孔子，《詩》《書》復出，朝野誦習，人心反正矣。……以晉爲斷，蓋因漢晉以前尚未以二氏爲訓，所說皆在政治言行，不尚空言也。〔註67〕

詩教的傳統從春秋時代開始，爲儒家所深奉不疑，及至漢代經學家，通經致用，仍然在闡揚「溫柔敦厚」之詩教。宋代理學盛行後，雖然道學家也主張「以文載道」，「詩以言志」，但此時詩教已經衰敗，朱自清指出宋人標舉孔子論詩「思無邪」，所重的不是詩而是道。〔註68〕如宋代呂祖謙（西元 1137～1181）提出「詩人以無邪之思作之，學者亦以無邪之思觀之，閔惜懲刺之意自見於言外矣」，〔註69〕著重從作詩者「無邪」之思去讀詩，雖然亦是溫柔敦厚之詩教，但是對象已不在「詩」，而在於人讀詩的心理狀態要「無邪」。

　　因此，「詩樂合一」時乃重視「樂教」的「聲感」功能，用以「和情性、美教化」，詩樂分離後，「詩」遂從文字義以達「溫柔敦厚」之教。「詩教」到了宋代產生變化，一是宋人以議論入詩，而使詩文不

　　　入〔清〕阮元校勘：《十三經注疏》，卷五十，頁 845。

〔註66〕同前註。

〔註67〕〔清〕阮元：〈序〉，《詩書古訓》（臺北：新文豐出版社，1984 年），頁 1。

〔註68〕朱自清：〈詩教〉，《詩言志辨》，頁 139。

〔註69〕〔宋〕呂祖謙：《呂氏家塾讀詩記》，《呂東萊文集》，臺北：臺灣商務印書館，1966 年，卷五。

分，二是詩不再能獨佔「溫柔敦厚」的教育功能，而更論說義理的散文亦可達到「溫柔敦厚」的效應。因此，宋人在創作觀念上忽略了詩「聲感」的作用，不啻「詩的文字義取代聲義」，而到了宋代，「文」亦能以議論義理完成「溫柔敦厚的教育功能」。

第三節 以「聲」論詩而辨體

一、詩歌自然音韻的消失

　　漢代以後，古樂消失。宋代鄭樵在《通志・樂略・樂府總序》指述古樂消失之歷程；因而，提出「樂以詩為本，詩以聲為用」，追溯「詩樂合一」，強調詩之「音樂性」。自齊、魯、毛、韓四家說詩，以及漢代立學官傳授詩之義理，遂使「聲歌」湮沒無聞。此處，「聲歌」是指「合樂之詩」。然而，漢代瞽史之徒尚能歌，直至東漢末年，禮樂蕭條，聲歌之樂也就斷絕。曹操曾得漢雅樂郎杜夔，但杜夔已老，又不常練習樂曲，最後只剩下〈鹿鳴〉、〈騶虞〉、〈伐檀〉、〈文王〉四篇而已。太和末又失其三，左延年只得〈鹿鳴〉一篇而已。至晉朝〈鹿鳴〉一篇又遺失，雅樂就此絕世。〔註70〕漢代大致延續《禮記・樂記》的觀念，但是已無法言明「聲義」。

　　魏晉時期南方與北方音樂相互融合以北方音樂為主，也包含少量南方民間音樂的相和歌；在南方，融雜北方和南方本地的民間音樂清商樂。〔註71〕由於音樂開始多樣化，而「清談」風氣盛行，「聲音」又開始受到重視。魏晉名士回到「聲是否有情」這個關鍵處，進行哲學性上的思辯。我們在第二章探討「聲感的根源依據」時，已做出如下結論：以《禮記・樂記》為主的「聲感」理論乃是從「性－心－物－感－情－聲－音」所形成「聲情類應」的結構關係與作用歷程，自

〔註70〕〔宋〕鄭樵：〈樂府總序〉，《通志》（杭州：浙江古籍出版社，1988年），卷四十九樂一，頁625。
〔註71〕楊蔭瀏：〈三國、兩晉、南北朝〉，《中國古代音樂史稿》，頁145。

人性、實際感官經驗，逆求其根源性在於「天之性」，混雜了形上觀和宇宙觀。而當時執行樂者大都為具道德自覺意識的領導階層，故在「聲情類應」的基礎上，從「應然」規創「實然」，使聲情依據「和」的原理，而達到「和情性、美教化」之效用。

阮籍承繼儒家〈樂記〉之「聲感」理論，推崇雅樂，將「樂之和」上推其根源至「天地之體，萬物之情」，〔註72〕且認同「聲情類應」，故中和之音可用以「去風俗之偏習，歸聖王之大化」。〔註73〕但是嵇康則不然，他提出「聲無哀樂論」，認為「聲音以平和為體，而感物無常。心志以所俟為主，應感而發。然則聲之與心，殊塗異軌，不相經緯。焉得染太和於歡感，綴虛名於哀樂哉？」〔註74〕嵇康重視聲音之藝術美，認為「聲音之和」在於客觀的音調和諧，而非「天地之和」的形上觀念。他認為「和聲無象，而哀心有主」，喜怒哀樂之情在於「心」有所感，而非「聲音」本有「情」。因此，若「聲感」則在於心中本有哀樂之情，故感聲而引發。〔註75〕因此，嵇康之論樂不同於〈樂記〉以「聲情類應」為基礎原則，而是「心之與聲，明為二物」。〔註76〕吳冠宏認為嵇康是以「樂→音→聲」溯源至樂本身之組成要素——「聲」，強調其「聲情異軌」，從而顯現「人情」之「主導性」。〔註77〕

〔註72〕陳伯君校注：〈樂論〉，《阮籍集校注》（北京：中華書局，1987年），頁78。

〔註73〕同前註，頁86。

〔註74〕〔魏〕嵇康：〈聲無哀樂論〉，收入〔清〕嚴可均輯《全上古三代秦漢三國六朝文》（北京：中華書局，1999年），第二冊，全三國文卷四十九，頁1332。

〔註75〕關於阮籍、嵇康之論樂參見牟宗三〈阮籍之莊學與樂論〉及〈嵇康之名理〉二篇。牟宗三：《才性與玄理》八版（臺北：臺灣學生書局，1993年）。

〔註76〕〔魏〕嵇康：〈聲無哀樂論〉，收入〔清〕嚴可均輯《全上古三代秦漢三國六朝文》（北京：中華書局，1999年），第二冊，全三國文卷四十九，頁1331。

〔註77〕吳冠宏：〈當代〈聲無哀樂論〉研究之三種論點商榷〉，《魏晉玄義與聲論新探》（臺北：里仁書局，2006年），頁193、200。

　　雖然，嵇康對「聲是否有情」之思辨，屬哲學上之議題，未見其施用。但是，其言論始終沒有離開「聲音與情性之連結」這個問題。而阮籍也尚不離「聲音」可傳達情性，中和之音可用以修身治世的傳統樂教觀念。等到沈約撰《四聲譜》，提出「四聲八病」，建立聲律的基本規則後，視詩聲為一客觀而普遍的節奏，純粹以「和」作為詩聲的通性。

　　詩的自然音韻原出於人心，依據「聲情類應」的原理，聲音可反映情性，因此〈詩大序〉云：「情發於聲，聲成文，謂之音」。〔註78〕等到客觀格律建立後，詩人可以運用平仄製造和諧聲響，故「音生於心」之保證形同瓦解，「情」可以不必由「心」生，而可以經由平仄基模填字製造。

　　格律形成以前，詩自然成韻而「聲隨情轉」；但是現在卻刻意安排「情隨聲轉」而變得不自然。李攀龍在〈選唐詩序〉即言：「唐無五言古詩而有其古詩」，〔註79〕指出唐代沒有漢魏的五言古詩，但自有唐人的五古。唐人的五古不等同於漢魏之詩，其中的原因之一應在於：唐代五古有了人為的詩歌律。王力指出有些唐代詩人甚至刻意拗救，製造古風式的三平調。〔註80〕因為有這樣的情形存在，李東陽論古詩與律詩時，消極提出「古詩與律不同體，必各用其體，乃為合格，然律猶可間出古意，古不可涉律」。〔註81〕

　　顏崑陽認為人為的、客觀的文體規律逐漸形成後，使得文學的創作「主觀情志衝動而自然流露」的型態轉為「將語言營構當作專業性

〔註78〕〔漢〕鄭玄注，〔唐〕孔穎達疏：〈詩大序〉，《詩經注疏》，收入〔清〕阮元校勘：《十三經注疏》（臺北：藝文印書館，1993年據清嘉慶廿年江西南昌府學開重刊宋本影印），卷一之一，頁13。

〔註79〕〔明〕李攀龍著，李伯齊點校：〈選唐詩序〉，《李攀龍集》（濟南：齊魯書社，1993年），頁375。

〔註80〕王力：〈第一章近體詩‧第九節平仄的特殊形式〉，《漢語詩律學（上）》，收入《王力文集》第十四卷（山東：山東教育出版社，1989年據上海教育出版社1978年版（第四、五兩章收入第十五卷），原由新知識出版社出版），頁130。

〔註81〕〔明〕李東陽：《麓堂詩話》，頁1。

活動」的型態，風騷精神因此淪亡。〔註82〕因此，感官聲響的和諧性取代了「聲情類應」觀念下的「中和之音」。如此一來，不啻朗暢的自然之音消失了，聲感系統在創作上也動搖了根本。

唐代大量引進胡樂，取近體詩爲歌辭，雖然又重回「詩樂合一」，但此時，「聲感」的觀念已有很大的轉變。「詩聲」在唐代有兩層意涵：一是指外部的管弦，二是詩的格律。唐人注重聲音與情感的相應，不論是唱者講究聲音的開合，以傳達婉轉幽暢之情。這些「合樂之詩」廣義地來說，都可看做是「詩以聲爲用」之延續；但是在魏晉之後乃至唐代，「樂府詩」雖有「美刺諷諭」的理念，承繼了〈樂記〉「聲音反映世代」的政教傳統，但事實上所強調的卻是「觀詩辭」而正得失，〔註83〕並非側重於「聲感」功能。因此，詩樂分離後，我們所關心的是「徒詩」之「聲」，也就是不倚靠外部管弦，而從「詩的內部聲音」來建立「詩聲」。因此，從「徒詩」立場來看，唐人基本上是放棄了詩教；也就是說他們懂得運用在格律之內，以字聲之開合洪細、抑揚頓挫來使「詩聲」富有情感，然而卻不再突顯樂教之「聲感」順化情性的功用。

唐人研究「詩聲」著重在語言形式上，張伯偉《全唐五代詩格匯考》指出「詩格」大量出現是在初唐律詩成型的過程，內容多討論詩的格律、病犯和對偶。〔註84〕聲韻的理論大都沿習齊梁，如初唐元兢《詩髓腦》、王昌齡（西元約698～約756）《詩格》；病犯的問題延伸了沈約的四聲八病，從格律擴展到字義、結構等，但藉由長時間的實踐，也修正了嚴格的格律，注意音律及文字的自然性。對偶則是以《文心雕龍·麗辭》所講的言對、事對和正對、反對爲基礎，加以發展。〔註85〕蔡瑜

〔註82〕顏崑陽：〈論沈約的文學觀念：以《宋書·謝靈運傳論》爲主據〉，《六朝文學觀念叢論》（臺北：正中書局，1993年），頁262。

〔註83〕蔡瑜：〈論「聲音之道與政通」的意涵及其在唐詩學中的演繹過程〉，《唐詩學探索》（臺北：里仁書局，1998年），頁306～309。

〔註84〕張伯偉：〈詩格論（代前言）〉，《全唐五代詩格匯考》（西安：陝西人民教育出版社，1996年），頁3。

〔註85〕聲韻、病犯、對偶的舉例與看法詳見張伯偉：〈詩格論（代前言）〉，

認爲唐詩律化的過程即是以積極的態度，將四聲八病之說轉爲「調聲術」，推展平側二元化及黏對交迭的聲律觀，如元兢《詩髓腦》；而王昌齡承繼其說，從詩之整體來看待聲律問題，確立了「先文意後聲律」的主從關係，且不僅重調質，也重視音質之諧調互換。〔註86〕

　　從唐詩選集來看，亦可以發現唐人重視「詩聲」之純粹藝術美，而不以此作爲「和情性、美教化」之用。唐人殷璠強調比興，以及人爲格律與風骨之結合。〔註87〕他在《河嶽英靈集・序》即反對「理則不足，言常有餘，都無比興，但貴輕豔」，而指出「自蕭氏以還，尤增矯飾。武德初，微波尚在。貞觀末，標格漸高。景雲中，頗通遠調。開元十五年後，格律風骨始備矣」。〔註88〕殷璠認爲盛唐時期最具格律風骨，是以「詩聲」帶出情感氣力。是故，我們可見在自然音韻消失後，唐人乃有意識地從格律製造出情感，務使「情隨聲轉」。明人取法盛唐之音即是看重此處。韋縠《才調集》編選唐詩亦以「詩聲」作爲選詩標準，其序言「或閑窓展卷，或月榭行吟，韻高而桂魄爭光，詞麗而春色鬪美。但貴自樂所好，豈敢垂諸後昆？今纂諸家歌詩，總一千首，每一百首成卷，分之爲十目，曰《才調集》」。〔註89〕從序言及書名「才調」可知韋縠十分注重詩的韻調與詞麗，以此選詩。「才」是指才能資質，而「調」則是「格」與「律」兼備。我們可藉唐人王昌齡〈論文意〉解釋之，其云：「凡作詩之體，意是格，聲是律，意高則格高，聲辨則律清，格律全，然後始有調。用意於古人之上，則

《全唐五代詩格匯考》，頁6～9。

〔註86〕唐詩聲律理論之發展，詳見蔡瑜：〈唐詩律化的理論過程〉中〈聲律理論的進展〉一節。蔡瑜：〈唐詩律化的理論過程〉，《唐詩學探索》，頁39、57～58、60。

〔註87〕陳伯海主編：〈唐前期的唐詩研究〉，《唐詩學史稿》（石家莊：河北人民出版社，2004年），頁69。

〔註88〕〔唐〕殷璠：〈序〉，《河嶽英靈集》（臺北：臺灣商務印書館據上海函芬樓借嘉興沈氏藏明刊本，年），頁1。

〔註89〕〔後蜀〕韋縠：〈序〉，《才調集》（臺北：臺灣商務印書館據上海涵芬樓借德化李氏藏述古堂影宋鈔本，1979年），卷首，頁1。引文裡，「魄」與「總」原文爲異體字。

天地之境，洞焉可觀」。〔註90〕此處講格、律、調的關係，將「格」
界定爲詩義，「古文格高，一句見意」，〔註91〕「格」也就是「詩義」，
含納了「主體才性的風貌」，「律」則是字音清濁輕重的規矩，「調」
是格與律兼備，兼具「詩聲」與「詩義」。故，我們可知以「才調」
命名，乃是重視主體才性情意所組成的聲調。

　　宋代人講求格律，但又過拗以致於失去聲調。謝榛認爲作詩者當
以盛唐爲法：

> 七言絕句，盛唐諸公用韻最嚴；大曆以下，稍有旁出者。
> 作者當以盛唐爲法。盛唐人突然而起，以韻爲主，意到辭
> 工，不假雕飾；或命意得句，以韻發端，渾成無跡：此所
> 以爲盛唐也。宋人專重轉合，刻意精錬；或難於起句，借
> 用傍韻；牽強成章：此所以爲宋也。〔註92〕

由此可知，明代人在選擇鍛錬「詩聲」時，認爲宋人過於刻意精錬，
甚至借用傍韻，使聲音失去自然，不如盛唐之渾然無跡。回溯前述，
盛唐人在格律下足功夫，其精要處就是能再反轉回來使音律字音消彌
鍛錬的痕跡，而使聲情關係自然渾成。

　　上述學習唐音之理念亦見於李夢陽〈缶音序〉，其云：「詩至唐，
古調亡矣，然自有唐調，可歌詠，高者猶足被管弦，宋人主理，不主
調，於是唐調亦亡」。〔註93〕李夢陽判定魏晉六朝以後聲律逐漸形成
規律，因此，到了唐代，古聲已亡，而唐詩當中水準較高的還可以被
之管弦；到了宋，詩偏向義理，而不重聲調，連唐調也滅亡。李夢陽
所云之「古調」並非外在的樂曲，而是詩「自然朗暢的聲調」。而「唐

〔註90〕舊題爲王昌齡所作。〔唐〕王昌齡：〈論文意〉，《詩格》，收入張伯偉
　　　　編撰《全唐五代詩格校考》（西安：陝西人民教育出版社，1996年），
　　　　頁138。胡問濤、羅琴校注：《王昌齡集編年校注・詩格》亦依據張
　　　　伯偉《全唐五代詩格校考》，故本文採用張伯偉之考證版本。
〔註91〕同前註。
〔註92〕〔明〕謝榛著，宛平校點：《四溟詩話》（北京：人民文學出版社以
　　　　《歷代詩話續篇》爲底本，據海山仙館叢書補足，1998年），卷一，
　　　　頁13。
〔註93〕〔明〕李夢陽：〈缶音序〉，《空同先生集》，卷五十二，頁1462。

調」又是什麼呢？平仄格律是客觀之定式，「格律」不等於「調」，故依同一平仄基模所作之詩卻可有不同「聲調」。「聲調」是透過主體情性，在平仄譜的規則內，以字音的開合洪細爲基礎，在音節、整體的篇章結構，製造出輕重緩急長短之聲。因此「聲調」不會是普遍皆準的「通性」，而是各自具有的姿態色澤，如此「聲調」才能與「情意」類應，方足以興發感人。

唐詩的特徵就在於「諷誦時的高響」，〔註94〕從「意」來講唐調是氣象恢弘；從「音」來講唐調是音韻高響。李夢陽稱唐詩「高者猶足被管弦」，乃是認可唐代「詩聲」的音樂性極高，足以搭配歌曲旋律；而認爲宋代過份講究格律，以議論入詩，不符合明人理想中的聲情關係，而判定「唐調」亦亡。

我們歸納李夢陽之言，「詩歌自然音韻的消失」其實包含了兩個階段：一是從魏晉到唐代，自然的音韻消失，人爲的詩歌律取而代之；然而，唐人造詣精進，使聲調猶不離自然。二、宋代的詩人過份求拗，破壞了「聲調」，遂使逼近自然的「人爲的聲調美」亦喪失。

許學夷在《詩源辯體》同樣提到：

> 元嘉五言，再流而爲永明，然元嘉體雖盡入俳偶，語雖盡入雕刻，其聲韻猶古，至玄暉休文則風氣始衰，其習漸卑，故其聲漸入律，語漸綺靡，而古聲漸亡矣。〔註95〕

齊朝「詩聲」漸漸入「律」，語漸綺靡，因而「古聲」漸亡。梁朝時，「梁簡文及庾肩吾之屬，則風氣益衰，其習愈卑，故其聲盡入律、句雖入律而體猶未成。語盡綺靡而古聲盡亡矣」。〔註96〕「詩聲」完全入「律」，有了規則，因此，「古聲」盡亡。因此許學夷認爲當「詩聲」趨於人爲格式化，也就不再承襲古聲。就許學夷之說，其所謂「古聲盡亡」並非指「詩樂合一」時之古樂，而是針對詩本身的音樂性而論，故云：「聲漸入律」、「聲盡入律」。許學夷源自《詩經》之詩歌自然成

〔註94〕劉中和：《杜詩研究》（臺北：益智出版社，1985 年），頁 12。
〔註95〕〔明〕許學夷著，杜維沫校點：《詩源辯體》，卷八，頁 121。
〔註96〕同前註，卷九，頁 128。

韻的傳統，來指述「自然音韻的消失」。當詩聲完全操縱在嚴格的格律規則，也就失去源出自然性情的類應關係；如此一來在創作上容易使格律平仄僅僅純爲感官響聲，而忽略了聲感的功能。

王文祿《詩的》即指出「聲音」之「感」的重要，而云：「六經有《詩》。《詩》樂章也。尙聲，聲音之妙，足以感乎天人，西域咒不譯，樂雖亡詩存，即樂存也」。〔註97〕詩是「樂章也，尙聲」，標舉出《詩經》「詩樂合一」的重樂傳統，「聲音」的功用在於「感乎天人」。「詩」不可或缺的要素是「聲音」，因爲「聲音」包含著情意，且具有「感」的功能。王文祿舉出「西域咒不譯，樂雖亡詩存，即樂存也」，認爲西域的咒語沒有經過翻譯，而保留了原本唸誦的音調，雖然無法以「樂」配唱，但是只要「詩存」則「樂存」。這是甚麼原因呢？道理就在於：「西域咒不譯」，因爲不直接翻譯其義，而保有了原本唱誦的自然韻律，此自然韻律就是文體本身的「內在音樂性」；因此即便外在的樂曲消亡了，但是只要還保留了「詩」自有的「音樂性」，那麼「詩聲存在」，也就等同「樂」也存在。此深意可追索前述我們所討論的「詩樂的關係」，「詩」與「樂」各有各自的音樂性，二者在實際慶典上結合時，彼此的音樂性必須相諧，如沈括所言「字中有聲，聲中無字」，故只要「詩」的音樂性被保留下來，也等同「樂」的音樂性亦被保留了。

綜合上述所論，明代的文學家所反覆申論的重點在於：即便漢代，樂官就已無法明確講出詩的「聲義」，但是「古聲」眞正滅亡不在於「合樂」之「樂」的消失，而是魏晉時代「平仄格律」的產生。「詩聲」格律化使得原本該出於自然情感的音樂性消失了，取而代之的是規則化之定式。但是對於這些詩人而言，缺乏情感意義的聲音，不能算是詩的聲音，「詩」若沒有「聲義」就不能稱做是「詩」。因此他們疾呼「古聲已亡」，「詩」岌岌可危，而格律化後的詩，又以唐詩

〔註97〕〔明〕王文祿：《詩的》，周維德集校：《全明詩話》（濟南：齊魯書社，2005 年），第二冊，頁 1539。

猶不離自然，尤勝宋詩。從明人的論述來看，他們認定古聲已亡，遂將音樂性從外部管弦移置到「詩」的「聲調」，即便詩已格律化，但在他們心中仍然認爲可以取法唐音，從人爲格律重新找回詩的本質，使之自然天成，因此學習「唐音」便是重振詩體，銜接「詩樂合一」的途徑。

二、以聲辨體

明代面臨古聲已亡，需重新定音。「古聲已亡」不僅是詩歌用以合樂的樂曲已經失傳，還有詩原來不假雕飾，自然成韻的那個音樂性也消失了；故明代詩人以「聲」辨「詩體」，試圖找回詩的本質。此處的「體」包含二種意義：一是文類之「體」，即「體製」；二是體貌，即個別作家、時代不同之「體」。明人「以聲辨體」即是從「體」考慮了詩之文學特徵，重視其審美藝術。謝榛曾以〈長門賦〉與〈悼李夫人賦〉爲例，解釋《漢書》「不歌而誦謂之賦」之語，而云此二賦：「情詞悲壯，韻調鏗鏘，與歌詩何異？」〔註98〕這說明瞭詩歌的特質在於「聲調」，因此，「賦」雖在體製上與「詩」有所別，但當其「韻調」清脆悅耳時，實質上猶如歌詩之「調」，故說二者無異。

明代詩人中，首推李東陽脈絡性地以「聲」區別詩與文。宋代散文十分進步，因此文章不但負載了表情達意的功能，還延伸至教化之用。「文以載道」引起廣大效應，如楊時《龜山集》將詩教之「溫柔敦厚」移植至散文，而云：「爲文要有溫柔敦厚之氣，對人主語言及章疏文字，溫柔敦厚尤無不可」。〔註99〕朱自清認爲宋代之時，六經都成了「載道」之文，而「文」這個範疇包含了「詩」，於是「文以載道」代替了詩教，而且總攬「六藝之教」。〔註100〕

〔註98〕〔明〕謝榛著，宛平校點：《四溟詩話》，卷一，頁 11。
〔註99〕〔宋〕楊時：《龜山集》（臺北：臺灣學生書局，1974 年）卷十，語錄，頁 471。
〔註100〕朱自清以楊時《龜山集》爲例，說明詩教的功能爲散文所取代。參見朱自清：〈詩教〉，《詩言志辨》，頁 141。

　　因此李東陽在《麓堂詩話》首先質問了一個根本的文學問題:「什麼是詩」?宋代理學過份重視「道」而使得詩文不分,以及明初臺閣體盛行,放在上述文學語境下,「什麼是詩」這個問題就顯得特別具有意義。李東陽認為「詩在六經中,別是一教,蓋六藝之樂也」,也就是說,詩之所以為詩,必要有音樂性,而藉此來區分《書》、《禮》、《樂》、《易》、《春秋》的區別。李東陽云:

> 詩在六經中,別是一教,蓋六藝中之樂也。樂始於詩,終於律。人聲和則樂聲和,又取其聲之和者,以陶寫情性,感發志意,動盪血脈,流通精神,有至於手舞足蹈而不自覺者。後世詩與樂判而為二,雖有格律而無音韻,是不過為俳偶之文而已。使徒以文而已也,則古之教何必以詩律為哉?〔註101〕

「樂始於詩,終於律」指述「詩樂合一」的原初型態,而「格律」的產生,終止了「詩」原出於人心性情的音樂性,故李東陽云:「人聲和則樂聲和,又取其聲之和者,以陶寫情性,感發志意」,這即是《尚書·舜典》所云:「聲依永,律和聲」,〔註102〕「樂聲」出於「人聲」,「人聲」又本乎「人心之感」,故依據「聲情類應」,「詩聲」可以用來「陶寫情性,感發志意」。但是李東陽認為「格律」乃一客觀而普遍的定式,缺乏上述的「聲感」功能,故云:「雖有格律,而無音韻,是不過為俳偶之文而已」,以「聲」作為區判詩、文體的要素。因此,李東陽認為「詩」之為「詩」在於其重要的文體特徵「聲」。廖可斌指出李東陽隱約觸及到中國古典審美理想和古典詩歌審美特徵的主要內容,但是他並沒有自覺意識到此點。〔註103〕但從李東陽的行文脈絡看來,他將「詩」與「樂」判而為二之根據在於:詩僅僅「有格律,而無音韻」,實際上已是就詩體之「體」進行討論,自覺到文類之體的形成要素。

〔註101〕〔明〕李東陽:《麓堂詩話》,頁1。
〔註102〕〔漢〕孔安國傳,〔唐〕孔穎達正義:〈舜典〉,《尚書》,收入〔清〕阮元校勘:《十三經注疏》(臺北:藝文印書館,1993年據清嘉慶廿年江西南昌府學開重刊宋本影印),卷三,頁46。
〔註103〕廖可斌:〈茶陵派〉,《復古派與明代文學思潮(上)》,頁140。

　　李東陽在〈春雨堂稿序〉亦同樣闡明「以聲辨體」的理念，其云：「夫文者言之成章，而詩又其成聲者也」，〔註104〕強調以「聲音」區別詩、文之體。對李東陽來說，「聲調」內具情感，同時也具有流通動蕩的作用，而非只是形式上的音節，故他在《麓堂詩話》表示，若「詩」無法以「聲」使人有「陶寫情性，感發志意」作用，那麼「古之教何必以詩律爲哉？」。這個「詩以聲爲用」的觀念即是承繼了《禮記・樂記》，聲音可表達情感，以及具有「和情性、美教化」的衍外效用。李東陽論詩大抵承繼了儒家的詩樂觀念，他比純粹「談言志」，更進一步從詩歌的特徵來談「什麼是詩」，希望重回到詩的源頭，確立詩聲的審美特質與其體用，以此來對治明初詩風的凋弊。因此，李東陽十分注重詩歌的聲調，他推崇李白、杜甫，主要就是從聲調方面著眼，通過對各時代聲調特徵的體認，注意到不同詩體需對應不同的聲調，不同時代亦有不同的聲調，從而建立詩體的審美觀。但是李東陽並不主張完全復古，而是體察古詩，特別是《詩經》在「聲感」上的特質，以此爲「原則」而自由創造屬於自己作品的聲調。

　　明代陳第（西元 1541～1617）《讀詩拙言》論聲之流變時，亦能辨認出詩聲因時代地域不同而有所區別，其云：

> 一郡之內，聲有不同，繫乎地者也；百年之中，語有遞轉，繫乎時者也。況有文字而後音讀，由大小篆而八分，由八分而隸，凡幾變矣，音能不變乎？所貴誦詩讀書，尚論其當世之音而已矣。〔註105〕

誦詩特別重視原音，是因爲在創作時詩人已考量了聲感，讀者只有從當時的音韻吟誦，才能出顯現出其聲調之美及聲義。陳第以文字變異來說明，聲音經歷時間流變，地域隔閡，當然會有不同。其說觸及了詩聲之體貌，有個別作家、時代不同之「體」，從文學社會學來說，「藝術是社

〔註104〕　〔明〕李東陽：〈春雨堂稿序〉，《懷麓堂稿》（臺北：台灣學生書局，1975 年），懷麓堂文後稿，卷之三・序，頁 2393。

〔註105〕　〔明〕陳第：《讀詩拙言》，周維德集校：《全明詩話》（濟南：齊魯書社，2005 年），第三冊，頁 2187。

會的產物」，故每個時代有其文學世代，形式幾乎不離當時的語言模式。

李東陽以「詩聲」分辨詩的時代格調，顯然也涵有「藝術是社會文化情境的產物」這個觀念，文學形式之產生不脫離「社會」的制約：

> 詩必有具眼，亦必有具耳。眼主格，耳主聲，聞琴斷知爲第幾弦，此具耳也。月下隔窗辨五色線，此具眼也。費侍郎廷言嘗問作詩，予曰：「試取所未見詩，即能識其時代格調，十不失一，乃爲有得。」〔註106〕

李東陽自述能辨詩之時代格調，他認爲必須從「格」與「聲」來辨別，每個時代的人們性情。李東陽曾對費廷言云：若拿未見過之詩篇，亦遂能立即辨別所屬的時代，而十不失一，從不出錯。他也曾從詩之格、詩之聲辨別出唐代白居易詩而無誤。〔註107〕因此，李東陽認爲眞正識得詩者，必定是如同他自己所云：「具眼」、「具耳」，能從「遣詞用字」與「聲調」來辨別時代與作者各別的差異。李東陽又云：

> 漢魏、六朝、唐、宋元詩各自爲體，譬之方言，秦晉吳越閩楚之類，分疆畫地，音殊調別，彼此不相入。此可見天地間氣機所動，發爲音聲，隨時與地無俟區別而不相侵奪，然則人圍於氣化之中，而欲超乎時代土壤之外，不亦難乎？
>
> 〔註108〕

上述論述可見〈樂記〉的影響，〔註109〕〈樂記〉以及《左傳》的伶州鳩皆闡述了聲音繫乎社會之治亂，這是基於「藝術是社會文化情境的產物」的觀念，觀「詩聲」可知當地風土民情、世道之盛衰。從歷時性的來說，每個時代的詩都是獨立的詩體，各具面目；從地域性來說，即使同一個時代，分疆劃地，語調差異，彼此亦完全不相入。我

〔註106〕〔明〕李東陽：《麓堂詩話》，頁4。

〔註107〕「費侍郎廷言嘗問作詩，予曰：『試取所未見詩即能識其時代格調，十不失一，乃爲有得』」。「費即掩卷問曰：『請問此何代詩也？』予取讀一篇，輒曰：『唐詩也』，又問何人？予曰：『須看兩首』，看畢曰：『非白樂天乎』。於是二人大笑，啓卷視之，蓋《長慶集》，印本不傳久矣」。同前註，頁3～4。

〔註108〕同前註，頁20。

〔註109〕李東陽亦自言「觀〈樂記〉論樂聲處，便識得詩法」。同前註，頁5。

們可以說李東陽在「以聲辨體」上，如同他自己所言的「乃爲有得」，因此在他的論著裡，強調聲音之於詩的重要性，不斷談及自身的實踐。一般論及李東陽，只帶過他注重格調的部分，但是卻沒有深掘其背後所含詩樂合一，聲音承載情感，反映時代的意義。就李東陽而言，其「詩以聲爲用」之「用」也擴展到文學批評上頭。

　　明代詩人討論「詩聲」承襲自〈樂記〉：「凡音之起，由人心生也。人心之動，物使之然也，感於物而動，故形於聲」；「聲情類應」的觀念深植於他們的內心。明人認爲文字義理過於盛行，而使詩失去「感」的作用，因此，他們以「聲」論詩辨體，從詩的文學特質「聲」，看到了另一種表述的可能，而欲以聲爲用，重回「聲感」的系統，從藝術涵養「感」人之性情。如此一方面，可顧及詩的聲調美，另一方面也能維持溫柔敦厚的詩教傳統。古樂消失後，明人「詩以聲爲用」之「聲」已不取合樂之管弦，而是從詩本身之音樂節奏，去找尋「詩聲」，重回「詩樂合一」之理想。

第四章　聲調美與詩教的調和

　　「詩樂合一」時，詩的聲音原本是指「合樂的管弦」。古樂已亡後，「詩聲」回到詩本身字音、音節所產生的「聲調」。明人所要追求的「聲調」，不在於格律，這個共同的普遍形式；而在於「聲調」所帶來的平仄抑揚之美以及溫柔敦厚之教化。

　　我們在前面幾章已指出「聲調」是一種「有意義的形式」，乃「內容與形式之整合」，故所謂「聲義」即是聲調之「感」所喚起的感覺。從第一序來說，「聲調」之「感」的自體功能在於傳達情感，以及使人有感，此時「聲調美」可以是「純粹藝術美」，不帶有任何目的性；從第二序來說，「聲調」之「感」的衍生效用為「和情性、美教化」，此時「聲調美」乃是「美善合一」，具規範性與價值性。「聲調美與詩教的調和」即是基於道德自覺及深刻美感經驗，從第一序的聲感功能，繼而擴展為第二序的教化效用，而兼具美善。

　　「聲調」可成為詩教的一種途徑，乃是依循〈樂記〉「聲感」的觀念。聲律被制訂以前，音由心生，聲音與主體情性相類應。在這樣的情境下，閱讀者吟詠詩作，將自身融入作品當中，「聲調」也將呼喚讀者的情性，進而起「感」的作用。

　　明人大量討論「詩聲」，觸目所及，詩論中都是關於格律、聲調、音韻、格律以及格調等詞彙。他們實際編纂唐詩選，師法唐音「聲隨情轉」。在文學的歷史脈絡裡，他們知曉「古聲已亡」，宋人忽略了「聲

感」的功能；在現實文學環境方面，他們面對「文以載道」的強勢論述，「詩」不再獨佔「溫柔敦厚」的教育功能。因此，明人重新找尋詩的文體特點，並且「以聲辨體」；從美感經驗之深處與「善」相結合。因此明人所強調的「聲調美」不僅具有純粹之藝術美，並且能與個體性情之美相聯繫，亦不離開社會之文化情境。換言之，「詩以聲爲用」的論述，整合了純粹藝術美、個體性情美以及社會秩序美三者，銜接過去〈樂記〉「音律反映世道」的傳統，以此恢復「聲感」的教化功能。

「聲調美與詩教的調和」圍繞的問題在於：明代詩人面對上述的文學環境，如何建立「詩以聲爲用」這個傳統詩學觀念，兼顧詩體的聲調美與詩教之用。針對上述問題，我們分爲以下四個部分加以論述：

一、『『詩以聲爲用』之說及其回應」：宋代鄭樵提出「詩以聲爲用」之說，引發支持與駁斥。鄭樵追索「詩樂合一」的傳統，重視「聲義」，認爲「詩」的傳統是「以聲爲用」。明代詩人多引用鄭樵之說或與之觀念相通。

二、「格律與聲調的區別」：分從「聲詩」、「聲調」、「聲律、格律與聲調」以及「格調與聲調」等四部分進行辨析，釐清「詩體的內部音樂性」。

三、「聲調與世道之正變」：從明代廣爲流傳，成爲大眾學習範本的唐詩選《唐音》談起，分從「『音律反映世道』的重新體認」以及從「世道與詩體正變的交互影響」，討論詩人如何避免「音律隨世變」、「音律反映世道」的觀念過於僵化，從而兼顧詩的聲調美與詩教之用。

四、「聲調的功能在『興』」：聲調所帶來人興感功能在於吟詠之味，吟詠能喚起情境，故能使人興感。當時的讀者多半具有作者的身分，因此我們可由讀者之「作品興象」與創作者之「作者感物起情」兩方面，探究「聲調」在閱讀與創作上的興感功能。

第一節　「詩以聲爲用」之說及其回應

　　「詩以聲爲用」這個觀念是在宋代鄭樵《通志・樂略》被提舉出來。他在〈祀饗正聲序論〉刻意抬高「詩聲」，認爲「漢儒以義理求詩，別撰樂詩以合樂」，有違孔子本意；甚至說出「有聲斯有義，與其達義不達聲，無寧達聲不達義」〔註1〕的策略性語言。鄭樵在〈樂府總序〉一文尤其認爲「仲尼編詩爲燕享祀之時，用以歌而非用以說義也。古之詩，今之辭曲也。若不能歌之，但能誦其文，而說其義，可乎？」，〔註2〕而這一席話引來日後王魯齋的責難。明人王志長《周禮註疏刪翼》曾摘錄鄭樵《通志・樂略・樂府總序》之言，其引文清楚顯現鄭樵認爲古詩「用以歌而非用以說義」以及「聲失則義起」的觀念。〔註3〕此處之「義」乃指詩的「文字義」而言。明人陸深不僅抄選鄭樵「詩以聲爲用」之言，〔註4〕亦撰寫〈重刻《唐音》序〉而云：「宋人宗義理而略性情，其於聲律，尤爲末義」，〔註5〕明白指出宋人過於重視詩之文字義，而拘泥於聲律形式，抽離了「聲情類應」的關係，不知「詩聲」首重在「聲感」，而不在於平仄定式。明人除了陸深、張次仲、王志長曾摘錄鄭樵之言，李東陽、李夢陽、謝榛、譚浚、張次仲〔註6〕以及朱朝瑛等也都與鄭樵「重聲義」的觀念相通。

〔註1〕　〔宋〕鄭樵：〈祀饗正聲序論〉，《通志》（杭州：浙江古籍出版社，1988年），卷四十九樂一，頁633。

〔註2〕　〔宋〕鄭樵：〈樂府總序〉，《通志》，卷四十九樂一，頁625。

〔註3〕　〔明〕王志長：《周禮註疏刪翼》（臺北：臺灣商務印書館，1983年據文淵閣四庫全書），卷十四，頁97_492，97_493。

〔註4〕　「鄭漁仲謂：『樂以詩爲本，詩以聲爲用』，又謂『古之詩今之詞曲也。若不能歌之，但能誦其文而說其義可乎？不幸世儒義理之說日勝而聲歌之學日微』」。〔明〕陸深：〈續停驂錄上〉，《儼山外集》（臺北：臺灣商務印書館，1983年據文淵閣四庫全書），卷十五，頁885_77。

〔註5〕　〔明〕陸深：〈重刻《唐音》序〉，〔元〕楊士弘編選，〔明〕顧璘點評：《唐音評注》，附錄，頁898。

〔註6〕　張次仲在〈學詩小箋總論〉皆引錄了鄭樵與王魯齋之言。〈學詩小箋總論〉可說對歷來詩經之討論做了資料性的抄錄。鄭樵與王魯齋對「聲是否有義」持相反意見，張次仲將二者並列，雖沒有進一步提出自己對此論題的意見；但在此文後段自述其作詩、讀詩觀念，

一、鄭樵首倡「詩以聲爲用」之說

鄭樵在〈樂府總序〉首先指出：「古之達禮」爲燕、享、祀；而「古之達樂」爲風、雅、頌，其云：

> 列十五國風，以明風土之音不同；分大、小二雅，以明朝
> 廷之音有間；陳周、魯、商三頌之音，所以侑祭也。〔註7〕

鄭樵在行文間明確標舉詩樂的用途：「風」昭示了各地的風俗民情、地理環境之與詩聲的關係；「大小雅」乃分別演奏於朝廷與燕享的不同詩樂；「頌」用於祭祀神靈祖先的詩樂。由此可知，鄭樵的觀念源自「詩禮樂一體」。他明白表示：「禮樂相須以爲用，禮非樂不行，樂非禮不舉。自后夔以來，樂以詩爲本，詩以聲爲用，八音、六律爲之羽翼耳」。〔註8〕「樂」以「詩」作爲根本依據，「詩」則倚靠「聲」傳達情感。根據語脈，此處「聲」是相對於文字義而言，泛指外部管弦與人聲之吟詠。

鄭樵重視「詩樂合一」的原初型態，提出「詩」要有「聲義」方能表達「完整的意義」，其云：

> 仲尼編詩爲燕享祀之時，用以歌而非用以說義也。古之詩，
> 今之辭曲也。若不能歌之，但能誦其文，而說其義，可乎」？
>
> 〔註9〕

鄭樵以孔子編詩爲例，指出古詩在「禮」的儀式裡，乃用以「歌」，著重「以聲爲用」，而不在文字義理之用。我們在第三章「詩樂在『聲感』教育的實踐」論及在「詩禮樂一體的實踐場域」裡，詩樂之教養功能主要是依據「聲情類應」以及禮樂結合所產生的「威儀效力」與「氛圍感染力」。因此，若是「詩」失去了「聲音」之「感」，單純「誦其文」豈能朗讀出「意義」？

卻與鄭樵之意有會通處。故本文將張次仲歸類於與鄭樵「重聲義」的觀念相通。詳見本章第四節「聲調的功能在『興』」。
〔註7〕〔宋〕鄭樵：〈樂府總序〉，《通志》，卷四十九樂一，頁625。
〔註8〕同前註。
〔註9〕同前註。

　　我們從鄭樵之言可提舉出兩個相當重要的觀念：一是鄭樵在此處以「聲」嚴格區別了詩、文之體，其云：「若不能歌之，但能誦其文，而說其義，可乎」，即表示，「詩」一旦失去音樂性，無法吟唱，也就不能再稱之為「詩」，而變成「文」。二是「詩」分有「文字義」與「聲義」，鄭樵云：「若不能歌之，但能誦其文，而說其義，可乎？」聲音乃「有意義的形式」，能夠表達「詩義」。所以在「詩樂合一」的觀念下，「聲義」與「文字義」俱全，「意義」方能完整呈現。換言之，若僅透過詩句理解「文字義」，而缺少了「聲義」，則不足以體會到「完整的詩義」。

　　鄭樵在《六經奧論》所言亦呼應上述說法：

> 孔子言詩皆取詩之聲，不曾說詩之義如何。如曰：「〈關雎〉樂而不淫，哀而不傷」，夫子喜魯太師之樂，音節中度，故曰樂矣，而不及於淫。哀矣，而不及於傷，皆從樂奏中言之，非以序別其關雎之文義。又曰：「師摯之始，關雎之亂」皆樂之聲也，非獨〈關雎〉之義如此，序詩者取以為〈關雎〉之義，則非矣。大抵古人學詩，最要理會詩之聲，夫子曰：「人而不為〈周南〉、〈召南〉，其猶正墻面而立」，為之為義亦作之意，既謂之作則翕純皦繹，有聲有器，非但歌詠而為周南召南之為正。如三年不為樂，不圖為樂之至於斯之為，謂之作者，皆樂之聲也。〔註10〕

鄭樵認為「古人學詩最要理會詩之聲」。他指出孔子論詩著重在「詩聲」，而不曾解說詩之文字義。故孔子從詩的「合樂之聲」論〈關雎〉「樂而不淫，哀而不傷」，乃是著重其「聲感」功能，而非以文字義立論。鄭樵特別強調，孔子「不曾說詩之義如何」，此處「詩之義」乃是指「文義」而言，鄭樵之說明更證實了他將「詩義」區分為「文字義」與「聲義」。換言之，鄭樵認為漢代經學家偏重詩的文字義理，實非以「聲」用詩之傳統。鄭樵多援引孔子所言以證己說，其〈關雎

〔註10〕〔宋〕鄭樵著，福建文史研究社校訂：〈關雎辨〉，《宋鄭夾漈先生六經奧論》（臺北：臺北市閩南同鄉會，1975年據國立中央圖書館特藏舊抄本），頁106。

辨〉云:「師摯之始,關雎之亂」,語出《論語‧泰伯》:「師摯之始,
關雎之亂,洋洋乎!盈耳哉」。朱熹(西元 1130～1200)訓解此句,
而云:「師摯,魯樂師名摯也。亂,樂之卒章也」。〔註11〕「亂」是樂
曲的末章,順此而言,鄭樵認爲孔子是從詩之合樂論〈關雎〉。「翕純
皦繹」一詞語出《論語‧八佾》:「子語魯大師樂,曰:『樂其可知也:
始作,翕如也;從之,純如也;皦如也,繹如也;以成』」。〔註12〕從
音樂的演奏過程以論合樂之詩乃五音調和不相爭奪,節奏分明而相續
不絕。「翕純皦繹」乃形容「詩之聲」具有「和」的特質。鄭樵稱「既
謂之作則翕純皦繹,有聲有器,非但歌詠而爲周南召南之爲正」,「有
聲有器」乃指聲之體用,詩之聲不僅可歌詠,而且因爲具有「翕純皦
繹」的和諧之音,故顯現「正聲」之價值。我們在第一章已說明「聲
義」多半具有「表達情感意義」的自體功能,而且具有「象徵性意義」。
例如在中國文化傳統裡,「宮調」不僅僅是音階調式,而且代表了「聲
音之正」,涵有和諧雅正之情感,而可爲教。因此,鄭樵引《論語‧
陽貨》:「人而不爲〈周南〉、〈召南〉,其猶正墻面而立」,〔註13〕而云:
「既謂之作則翕純皦繹,有聲有器」,是要指出詩聲「和」的教育功
能。鄭樵云:「有聲有器」,從聲之體用指出「有聲有器」,其「器用」
之自體功能則可「歌詠」。而「非但歌詠而爲周南召南之爲正」,即是
將其自體功能再推而擴之,延伸以「正聲」之歌詠作爲教化之用。

　　我們歸納鄭樵之說爲下列三點:一、鄭樵「重聲義」,乃是在「詩
禮樂一體」的觀念下,提出「詩以聲爲用」之說。二、「詩以聲爲用」
之「用」乃是「吟誦歌唱」所帶來的「聲感」功能。「聲感」即是「聲
音的意義」,具有價值性。三、鄭樵刻意抬舉「詩聲」,而不重文字義,

〔註11〕〔宋〕朱熹注:〈泰伯〉第八《論語集注》,《四書章句集注》(臺北:
　　　　鵝湖出版社,1984 年),卷四,頁 106。
〔註12〕〔宋〕朱熹注:〈里仁〉第四《論語集注》,《四書章句集注》,卷二,
　　　　頁 68。
〔註13〕〔宋〕朱熹注:〈陽貨〉第十七《論語集注》,《四書章句集注》,卷
　　　　九,頁 178。

乃策略性操作；其目的在於突顯出「聲義」的重要，進而指出後世只解釋了詩之文字義理，而罔顧「聲義」，即是偏離了「詩樂合一」的原初型態，遂終無法眞正掌握「詩義之完整」。

二、王魯齋對「詩以聲爲用」的回應

鄭樵策略性地提振「詩聲」的意義與用途，而不提文字義之重要，引發了同朝代王魯齋的責難；但兩人屬於不同世代，〔註14〕而無從交集論辯。王氏認爲鄭樵的說法簡直本末倒置，只論樂而不論詩之義。〔註15〕其後，元代馬端臨《文獻通考》認爲「義理之說日勝，則聲歌之學日微」的問題點不在於義理之說，義理之說不足以害事，而是樂師難以傳習其數。〔註16〕馬端臨認爲聲歌逐漸衰微，是因爲實際上「曲數」不傳所致，而無關乎義理之說。馬端臨從客觀的外在條件，指出聲歌失落之「所以然」；但卻沒有眞正明白鄭樵提出「聲義」的用意。而王魯齋之批評，顯然與鄭樵在「何謂『意義』」這個概念上，有著不同見解。王魯齋云：

> 近世儒者乃謂「義理之説勝，而聲歌之學日微，古人之詩用以歌，非用以説義也。不勝歌之，但能誦其文，而説其義，可乎？」究其爲説，主聲而不主義，如此則雖鄭衛之聲，可薦於宗廟矣！天作清廟可奏於宴豆之間矣！可謂捨本而逐末！凡歌聲悠揚於喉吻，而感動於心思，正以其義爲耳！苟不主義，則歌者以何爲主，聽者有何可味？豈足以薰蒸變化人之氣質，鼓舞動盪人之志氣哉？〔註17〕

〔註14〕鄭樵（西元1104～1160），王柏（西元1197～1274），字會之，號魯齋。

〔註15〕〔宋〕王柏：〈風雅辨〉，《魯齋集》，收入王雲五主編：《叢書集成初編》（臺北縣板橋市：藝文印書館，1966年據金華叢書本），頁43。

〔註16〕〔元〕馬端臨：〈樂考十四‧樂歌〉，《文獻通考》（杭州：浙江古籍出版社，1988年），卷一百四十一，頁1246。

〔註17〕〔宋〕王柏：〈風雅辨〉，《魯齋集》，頁43～44。〈風雅辨〉引近世儒者之言，爲鄭樵〈樂府總序〉。引文「不勝歌之，但能誦其文」，鄭樵原文爲「不能歌之，但能誦其文」。

王魯齋認爲鄭樵僅重視「聲音形式」之表現卻不重視「內容意義」。「形式」與「內容」的關係，我們已在第一章辨明，指出「形式」不離「內容」。而王魯齋的說法預設了「形式」與「內容」在意義上是斷然二分，只知有「語言文字意義」，卻不明白在存有觀念下，「聲音」乃是「有意義的形式」，即鄭樵所云「有聲有器」之「體用」觀念。

王魯齋云：「究其爲說主聲而不主義，如此則雖鄭衛之聲可薦於宗廟矣」，他認爲鄭樵過於重視聲音，而忽略詩歌的內容意義；如果這樣則原本難登大雅之堂的鄭、衛之聲，則可以堂而皇之地在宗廟演奏。在王魯齋的觀念裡，詩歌的內容意義來源是「詩歌的文字義」，而非「聲音」。「鄭衛之聲」所指的是被於管弦的鄭風、衛風民歌，民歌具有歌詞供樂者演唱，而非純粹爲曲調。因此王魯齋說：「苟不主義，則歌者以何爲主？聽者有何可味？豈足以薰蒸變化人之氣質」。歌者所演唱的就是歌詞，若是沒有了文字，那麼何需歌者？而聽者又如何能夠玩味歌曲？王魯齋之言認定詩歌的意義性是來自於歌詞。

換言之，王魯齋認爲如果忽略了歌詞文字，純粹就演奏管弦而言，則鄭衛民歌便失去意義，而徒有旋律，無法分辨鄭衛歌曲之屬性。上述的認知是忽略了「聲義」，沒有體會到說話乃至樂曲的表現會因節奏快慢、音調高低、聲量洪細等，產生「聲感」的效果。而「感」的效果，就是樂曲的意義。因此，王魯齋認爲曲調只是純粹的感官快感，缺乏意義性。

王魯齋之說的疏忽，卻是鄭樵等人用力之處。鄭樵正是注意到「聲音之感」，而認爲詩歌不單只有「文字義」在作用，因此側重說「聲義」。

鄭樵與王魯齋的說法實爲兩個不同的立足點，因此無法對焦討論。鄭樵並非如王魯齋所言，忽略詩歌的意義。從〈樂略〉、《六經奧論》看來，鄭樵事實上是在「詩樂合一」的概念之下，闡述「古人學詩最要理會詩之聲」，如此才能促使「意義」完整，發揮該有的功能性。鄭樵雖未清楚定義「聲義」，但當他質疑「古之詩，今之詞曲也。若不能歌之，但能誦其文，而說其義，可乎？」，單就誦念文字不能

真正傳達意義，事實上便隱含了「詩樂合一」的概念，故詩聲不僅是聲音形式，而且含有情意，聲音之情意不是如同語言文字之概念表述，而是聲音本身之「感」，惟有「聲義」與「文字義」相互涵攝，「詩義」才能被完整理解。

清代陸隴其《四書講義困勉錄》亦認為要活看鄭樵之說：

> 鄭氏謂：「仲尼編詩用以歌，而非用以說義也。」此句須活看，非謂不說義也。但詩必聲與義俱備，非單說義也。然聖人教人學詩，亦有單說義者，此又是言詩之別法。〔註18〕

因此，當鄭樵側重講詩之聲時，並非不重義，反而是在眾人因古樂已亡，而忽略「詩聲」之重要時，回溯詩樂一體的傳統。而這傳統的意義在於，抓緊了一個精神所在：「詩」有「聲」才是完整義。明人譚浚《說詩》清楚指出「情之發，莫切乎音。音之適，莫深乎義」。〔註19〕譚浚此言很能理解所謂「義」不僅僅是「語言文字意義」，而可以從事物存在之「用」來解釋其功能意義，「音之適」本身就有很深的意義。「適」即是《呂氏春秋‧適音》所云「音亦有適」，「以適聽適則和矣」，〔註20〕以聽覺之「適」制訂音量大小與音質之清濁；而和諧之音具有生發之作用。「音之適當」則能發揮「情意」，故云：「莫深乎義」。

綜合上述所論，鄭樵提出「詩以聲為用」在於強調「聲義」之重要，其說從「詩樂合一」的原初型態，指述詩之「合樂」，而重「詩聲」之「用」──具有傳達情感的功能，以及感化人心之效用。明代詩人確切地承接這個觀念，並且將詩之「合樂」轉移至「詩體內部」，而以「聲調」起情，達溫柔敦厚之教。

〔註18〕〔清〕陸隴其：《四書講義困勉錄》（臺北：臺灣商務印書館，1983年據文淵閣四庫全書版），卷十二，頁19。

〔註19〕〔明〕譚浚：《說詩》，周維德集校：《全明詩話》（濟南：齊魯書社，2005年），第三冊，頁1805。

〔註20〕陳奇猷校釋：〈適音〉，《呂氏春秋校釋》（臺北：華正書局，1985年），頁272～273。

第二節　格律與聲調的區別

一、聲　詩

「聲詩」之始，可遠溯於舜的朝廷樂官。明代程敏政（西元 1445～1499）〈詩壇叢韻序〉記載「聲詩之說始於虞廷，而備於孔子之所刪定其義」，〔註 21〕說明「聲詩」起於舜，備於孔子之刪訂詩三百。此處「聲詩」皆是追溯詩三百之「詩樂合一」，而指詩之合樂。鄭樵「蓋詩者樂也，古人以聲詩奏之樂，後世有不能法祖，怠於政者，則取是詩而奏之，以申警諷，故曰作作之爲義」。〔註 22〕此處「聲詩」也同於前面所述，意指詩三百是合樂的詩歌。

唐代因爲燕樂的傳入，歌辭配歌以唱的情況最爲盛行。任半塘將這些民間、祭祀、近體詩入樂之詩歌統稱爲「聲詩」。他將「聲詩」定義爲：「合樂合舞之近體歌詞」，其云：唐聲詩爲「結合聲樂、舞蹈之齊言歌詞──五、六、七言之近體詩，及其少數之變體；在雅樂、雅舞之歌辭之外，在長短句歌辭之外，在大曲歌辭以外，不相混淆」。〔註 23〕而「聲詩」之「聲」必須包含「誦聲」、「歌聲」、「樂聲」、「舞聲」。〔註 24〕因此，「近體詩」配曲而歌之「聲詩」雖亦有詩體之音樂性，可供吟誦；但就完整義而言，其更側重於外部管弦、舞蹈之音樂性。故任半塘說：「唐人吟詩，尚求商、徵之應，何況合樂、合舞、有宮調、有曲牌之歌詩，豈能降赴節爲呼嘯，貶合奏爲吟哦乎」，〔註 25〕其言的確側重於詩之「合樂」，而貶低僅有吟詠之音節。在上述定義下，「聲詩」之「聲」以曲調爲主，而與

〔註 21〕〔明〕程敏政：〈詩壇叢韻序〉，《篁墩文集》（臺北：臺灣商務印書館，1983 年據文淵閣四庫全書版），第四冊，卷二十三，頁 9。

〔註 22〕〔宋〕鄭樵著，福建文史研究社校訂：〈關雎辨〉，《宋鄭夾漈先生六經奧論》，頁 106。

〔註 23〕任半塘：〈範圍與定義〉，《唐聲詩》（上）（上海：上海古籍，2006 年），頁 46。

〔註 24〕任半塘：〈範圍與定義〉，《唐聲詩》（上），頁 22。

〔註 25〕見前註，頁 21。

「徒詩」之吟詠相區別。

任半塘對「聲詩」的解釋其實是延續《詩經》「詩樂合一」的傳統，而以管弦之「合樂」為「聲」。我們在第三章曾引述王國維之說，指出「詩樂合一」之詩多保存在樂官系統，而不同於文人之詩重文字義。唐代樂府詩亦多承襲樂官系統，而采詩歌被管弦，且看重正得失之效用，廣義來說皆屬「詩以聲為用」。但是，在魏晉之後乃至唐代，「樂府詩」雖有「美刺諷諭」的理念，然而事實上所強調的卻是「觀詩辭」而正得失，[註26] 並非以「聲感」立論。明人前七子李夢陽、何景明、王廷相（西元 1474～1544）、徐禎卿（西元 1479～1511）、邊貢（西元 1476～1532）均有大量的樂府詩創作，[註27] 但大多已不入樂。明人殷雲霄（西元 1480～1516）〈古樂府序〉即云：「樂之入人之深。……詩，樂之聲也，余愛漢魏諸樂府，故錄其詞，噫茲其詞焉而已耳，其聲弗可知也，況三代之音也哉」，[註28] 因此若樂府詩不具「聲感」功能，除卻體製之外，則與徒詩無異。明人高棅選編《唐詩品彙》亦不特別將樂府詩獨立為一類，即是因為唐人述作者多，達樂者少，因此隨五七言古今體分類。[註29]

但是明人大量創作樂府詩，而追溯《詩經》，因而帶動對聲律之

[註26] 蔡瑜：〈論「聲音之道與政通」的意涵及其在唐詩學中的演繹過程〉，《唐詩學探索》（臺北：里仁書局，1998 年），頁 306～309。

[註27] 李夢陽之樂府詩創作，計有：〈雜調曲〉七十二首，〈琴操〉五首，〈楚調歌〉十首，〈鐃歌曲〉三首，〈詠史〉十一首，〈短調歌〉四首，〈古調歌〉十五首。何景明之樂府詩創作，計有：〈樂府詩染調〉八十一首。徐禎卿之樂府詩創作，計有〈樂府〉五十首。王廷相之樂府詩創作，計有〈樂府體〉五十八首，〈琴操體〉四首。邊貢之樂府詩創作，計有〈樂府〉四十首。王九思之樂府詩創作，計有〈古樂府〉十六首。以上統計參見黃卓越：〈前七子樂府詩製作與明中期的民間化運動〉，《明中後期文學思想研究》（北京：北京大學出版社，2005 年），頁 64。

[註28] 〔明〕殷雲霄：〈古樂府序〉，《石川文槁》（臺北縣：莊嚴文化事業，1997 年四庫全書版），頁 58_93。

[註29] 〔明〕高棅：〈凡例〉，〔明〕高棅選編：《唐詩品彙》（上海：上海古籍出版社，1982 年據辭書出版社藏明汪宗尼校定本影印），頁 14。

重視,卻可與明代「詩以聲爲用」觀念作爲相互參照。黃卓越指出,明人喜愛漢魏樂府的原因在於有「樂」,前七子在弘正之際推展樂府詩,除了重視樂府之聲律問題,亦觸及了聲樂所具有的「群體性風化功能」。〔註30〕我們可見《禮記‧樂記》、《詩經》以及《尚書》「歌永言,聲依永」之「重聲義」,影響了樂府詩以及明代「詩以聲爲用」觀念。何景明〈古樂府敘例〉提到左氏《古樂府》以「音調類詞」,因而可從「詞」可見其「音聲」,〔註31〕這個說法即是根源於「歌永言,聲依永」,詩聲與樂聲二者相互涵攝;因此即便古樂已經消失,卻可在「詩聲」看到「樂之音聲」的保存。這個觀念亦見於我們在第三章所討論過的王文祿《詩的》,其云:「六經有《詩》。《詩》樂章也。尚聲,聲音之妙,足以感乎天人,西域咒不譯,樂雖亡詩存,即樂存也」,〔註32〕此即是從「詩與樂之『聲』的交疊」,認爲「詩」本身之音樂性可通「樂」之音樂性。

我們延伸何景明與王文祿的思考,不難想見,詩之聲可保有樂之音聲,事實上即是在探問「以聲調爲樂是否可能」。這個問題早在齊梁時就開始醞釀。朱光潛認爲齊梁聲律運動的起因,即是因爲詩人面對外在的樂調消失,而就律詩本身的音樂性下功夫,換言之也就是從平仄抑揚著手文字讀音的聲律。〔註33〕因此,在古樂消失後,聲詩之「合樂之聲」則轉移到詩內部的「聲調」。

明人對「聲詩」的理解除了遠溯「詩樂合一」的《詩經》,以此指稱合樂之詩;另一「聲詩」用法實屬朱光潛所述,乃是指詩本身之

〔註30〕黃卓越:〈前七子樂府詩製作與明中期的民間化運動〉,《明中後期文學思想研究》,頁66。

〔註31〕〔明〕何景明:〈古樂府敘例〉,〔明〕何景明著,李叔毅等校:《何大復集》(河南:中山古籍出版社,1989年),頁602。

〔註32〕王文祿生卒不詳,嘉靖十年(西元1531年)舉人。〔明〕王文祿:《詩的》,周維德集校:《全明詩話》(濟南:齊魯書社,2005年),第二冊,頁1539。

〔註33〕朱光潛:〈中國詩何以走上「律」的路(下)〉,《詩論》(臺北縣:漢京文化事業公司,1982年),頁233。

聲律、吟詠諷誦，而非入樂。不過，用「聲詩」指稱《詩經》，是因為詩歌可以被歌管弦，有樂之聲，故稱爲「聲詩」。然而，失去古樂後，後世稱「徒詩」爲「聲詩」有何意義呢？

　　宋濂〈題危雲林訓子詩後〉云：「古之人教子，多發爲聲詩。何哉？詩緣性情，優柔諷詠，而入人也最深」。〔註34〕宋濂使用了「聲詩」與「詩」兩個字詞，由後者「詩」之「優柔諷詠」來說明爲什麼古人多用「聲詩」教子。而「聲」變成是形容詞，有聲音的詩，對價於詩「緣性情」、「優柔諷詠」、「入人也深」。宋濂的論述觀念源自「詩樂合一」以及〈詩大序〉爲人所熟知的詩教功能。此處突顯了詩以「聲」感人。因此，即便沒有了外在的樂曲，「優柔諷詠」也是「聲」之表現。宋濂於另一處的「聲詩」用法，亦持相同用法。〈故奉訓大夫僉提刑按察司事王府君墓銘〉云：「府君嗜讀書，知彝倫大義。習爲聲詩，音節韻趣皆有法」。〔註35〕此處「聲詩」，「音節韻趣」是爲「聲」之所在。因此，「聲詩」一詞的用法，除了稱呼《詩經》爲有聲歌的詩；即使後世，詩不再被歌管弦，「聲詩」仍被沿用，來稱後世無管弦之詩，用以記住、強調詩乃有「聲」的歷史，有「聲」的特質。

　　明代文人使用這個字詞時，清楚地意指「聲詩」，是以突顯詩的音節、韻律，藉由吟誦諷詠所形成的音樂感。綜合上述，我們可以說：明代稱爲「徒詩」爲「聲詩」，是爲了強調詩的音樂性，而詩的音樂性也不再只是外部的管弦。古樂已亡後，詩的「聲音」需要被重新尋找。明人認爲詩的音樂性在於音節、音韻所組成的「聲調」。在平仄格律的規則裡，可產生聲調之個別差異，由此開展「聲調美」與「聲義」。

二、聲　調

　　何謂「聲調」呢？我們可從李東陽對「聲調」的定義說起，再論

〔註34〕〔明〕宋濂：〈題危雲林訓子詩後〉，《宋濂全集》（杭州：浙江古籍出版社，1999年），第二冊，翰苑續集之六，頁882。

〔註35〕〔明〕宋濂：〈故奉訓大夫僉提刑按察司事王府君墓銘〉，《宋濂全集》，第二冊，翰苑別集卷二，頁991。

及相關衍生字詞——格律、格調，進而釐清「聲調」的意涵。李東陽
云：

> 今之歌詩者，其聲調有輕重、清濁、長短、高下、緩急之
> 異。聽之者不問而知其爲吳爲越也。漢以上古詩弗論，所
> 謂律者，非獨字數之同，而凡聲之平仄，亦無不同也。然
> 其調之爲唐爲宋爲元者，亦較然明甚。此何故耶？大匠能
> 與人以規矩，不能使人巧。律者，規矩之謂，而其爲調則
> 有巧存焉。〔註36〕

上述這段引文牽涉了幾個重要的關鍵字：「聲調」、「律」、「聲」、「調」。
「聲之平仄」的「聲」的意思不是現代聲韻學所說，「聲」代表聲母，
「韻」代表韻母；而是指「字音」。此處「調」的用法等同於「聲調」。
這段話在論及格律、聲調時，都將被再提及，以茲對話。

李東陽解釋「聲調」具有「輕重、清濁、長短、高下、緩急」等
聲音表現。這些聲音表現有賴於平仄抑揚。古人論詩講「音節」便是
在單句的住腳字下功夫，使其頓挫有節。所謂「音節」我們已在第一
章予以簡單定義，「音節」可分有「平仄的節奏」以及「意義上的節
奏」；前者是依據客觀的平仄格律；後者則是依據文字義而或連或斷。
換言之，「聲調」就是由字音、音節與聲音之篇章結構所組成。字音
本身有平仄抑揚、清濁、輕重之別；而音節也有抑揚、長短、高下、
緩急；乃至聲音篇章亦講究起承轉合。《師友詩傳續錄》記載字音之
清濁，如同「通同清情」四字，「通、清」爲清，「同、情」爲濁。〔註
37〕以聲源來說，振動聲帶者濁音，不振動到聲帶者爲清音。平仄四
聲之抑揚，謝榛舉「東、董、棟、篤」爲例，分別對應「平、上、去、
入」。「東」字乃平平直起，氣舒且長，聲音揚起；「董」字上轉，氣
咽促然易盡，聲音屬抑；「棟」字去而悠遠，氣振越高，聲音揚起；「篤」

〔註36〕〔明〕李東陽：《麓堂詩話》，頁14。
〔註37〕〔清〕劉大勤：《師友詩傳續錄》，收入〔清〕郎廷槐等編：《師友詩
傳錄》（臺北縣板橋市：藝文印書館，1966年據清曹溶輯桃越增訂學
海類編本，補劉大勤《師友詩傳續錄》），頁1。

字下入而疾，氣收斬然，其聲抑。〔註38〕以現代的語言學觀念來說，「聲調」是以音高（pitch）爲主要特徵，與長短、升降也有關係。〔註39〕藉由平聲、仄聲的錯綜組合，使得語句時而舒緩，時而短促，有升有降，而產生「音節」變化。

我們在第二章討論儒家美學體系時，已經討論過「和」乃是詩聲之規範與價值，兩兩對立而和諧就是一種「聲調之美」。在「和」的層次，聲音渾然一體，無法聽見各殊之別，例如詩句皆爲同聲字，顯現不出音節，故需同異互見，才有聽覺之變化。故字音、音節透過「抑揚、輕重、清濁、長短、高下」等兩兩對立之結構，以詩人的「才氣性情」驅使音節、安排聲響，使「平仄格律」產生具體的聲調色澤，方才有一家有一家之「聲調」。

「聲調」即是從「詩聲」的觀點，綜合作品整體的風貌。所以詩人的天生「才氣性情」不同，聲調也就會有風貌上的差異；再推擴言之，「藝術是社會文化情境的產物」，社會文化情境會產生一時代的「心靈模式」，〔註40〕例如建安時期因爲戰亂，風俗衰敗，故詩梗概多氣。另一方面，地理環境、風俗亦會形成一民族性，而使區域風貌有所差異，例如南北朝文學之不同。因此，侯雅文將「調」分爲二類：一是由時代、地域形成互別的「群體調式」，二是因性情或個殊的稟賦，表現在行爲舉止，所呈現出來的風姿氣度。〔註41〕李東陽論李白、杜甫詩而云：「李太白、杜子美之詩爲宮，韓退之之詩爲角」；〔註42〕即

〔註38〕〔明〕謝榛著，宛平校點：《四溟詩話》，卷三，頁77。

〔註39〕王力：〈導言〉，《漢語詩律學（上）》，收入《王力文集》第十四卷，頁7～8。

〔註40〕依據顏崑陽的定義，「心靈模式」乃指「諸多個別主體對應於同一價值性之文化現象而引生之感情經驗、意志趨向、觀念思維，凡此精神性之心理活動皆表現出共同特徵而形成固定規模型式之存在現象。」參見顏崑陽：〈論漢代文人「悲士不遇」的心靈模式〉，《漢代文學與思想學術研討會論文集》（臺北：文史哲出版社，1991年），頁210。

〔註41〕侯雅文：〈論李夢陽以「和」爲中心的詩學體系（之一）〉《東華人文學報》第八期（2006年1月），頁107。

〔註42〕〔明〕李東陽：《麓堂詩話》，頁7。

是從詩人「才氣性情」之個殊論其聲音風貌，故一家有一家之聲調。李東陽又云：「然其調之爲唐爲宋爲元者，亦較然明甚」，〔註43〕則是從社會情境論一時代風貌，因此風貌表現於「聲調」，就會有「唐調」、「宋調」、「元調」等「群體調式」之別。同樣的用法亦見於李夢陽〈缶音序〉，其云：「詩至唐，古調亡矣，然自有唐調」，〔註44〕又云：「至其爲聲也，其剛柔異而抑揚殊，何也？氣使之也。是故秦魏不貫調，齊衛各擅節，其區異也」。〔註45〕李夢陽使用「唐調」一詞與李東陽的用法相同，皆指一時代風貌之聲調；而「秦魏不貫調，齊衛各擅節，其區異也」，是指同一戰國時期的秦、魏兩國因地域不同，而聲調則互別而不貫通；齊國與衛國也各有擅長之節奏音節，而不相屬。

　　從上述可知，「聲調」乃是作品之整體風貌，爲「內容與形式之整合」，故有具體的個殊色澤。明人在談「調」時，總離不開吟詠，〔註46〕即是因爲「吟詠」能使詩句所安排的「聲調」朗現，此時主體情性投入詩聲當中，聲情類應，喚起「聲調」之興感。

　　綜合上述所論，我們可以爲「聲調」下個簡單的定義：「聲調」是在「平仄的音節」當中運用字音之輕重抑揚、句式中詞的連、斷所形成之「意義上的音節」；以及句與句之間輕重連斷的變化所構成的「整體的聲音風貌」。從個別詩作來看，爲一體貌；而從時代區域來看，則有「群體調式」之別。因此，「聲調」所呈現出來的是以詩聲綜合作品的「整體風貌」，用於個體則有李白、杜甫詩之「宮調」，韓愈詩之「角調」，此爲「詩聲的體貌」。而李夢陽論及「唐調」、「宋調」、「元調」的「調」則是「群體的聲調風貌」，歸納了諸多個別「調」的體貌，而有一普遍規範性，能概括爲時代地域性的特性，因此亦涵有「聲調的體式」之義。

〔註43〕〔明〕李東陽：《麓堂詩話》，頁14。

〔註44〕〔明〕李夢陽：〈缶音序〉，《空同先生集》（臺北：偉文出版社：1976年），卷五十二，頁1462。

〔註45〕〔明〕李夢陽：〈張生詩序〉，《空同先生集》，卷五十一，頁1444。

〔註46〕簡錦松：〈復古派〉，《明代文學批評研究》（臺北：學生，1989年），頁259。

三、聲律、格律與聲調

　　漢魏以前的古詩是自然成聲，六朝才有了「律」。「律」所指的是作詩的聲音規則。《詩經》沒有規律的字音變化，例如「關關雎鳩」四字都是平聲，沒有平仄的變化，李東陽曾聽人唱〈關雎〉、〈鹿鳴〉，但因為沒有曲子配合，只能徒誦，所以他覺得聽到的只是四字平引長聲，缺乏高下緩急的音節，其云：「古詩歌之聲調節奏，不傳久矣。比嘗聽人歌〈關雎〉、〈鹿鳴〉諸詩，不過以四字平引為長聲，無甚高下緩急之節，意古之人不徒爾也」。〔註47〕古詩雖然缺乏規律的字音變化，但因為詩樂合一，藉由與樂曲相配，詩吟唱起來仍具音樂性，但古樂亡後，詩只剩字音，因此若詩本身缺乏抑揚變化，那麼徒誦起來便失去音樂性。

　　所以當詩失去外在管弦之諧韻後，詩的字音顯得格外重要，這促使詩必須追求自身的聲調，制訂出規範，以維持吟詠時之聲調美，進而引發聲情。因此，李東陽直言「律者，規矩之謂」。劉熙載解釋「律」是「取律呂之義，為其和也：取律令之義，為其嚴也」。〔註48〕因此，「聲律」涵有「和諧義」與「規則義」。所謂「和諧義」主要是依據沈約「若前有浮聲，則後須切響。一簡之內，音韻盡殊；兩句之中，輕重悉異」〔註49〕的原理原則而制訂；也就是劉勰《文心雕龍‧聲律》所云：「異音相從謂之和，同聲相應為之韻」。〔註50〕「異音相從」是指平聲、仄聲交錯運用，「平平」之後要有「仄仄」，再接著「平平」；換言之即是「前有浮聲，則後須切響」，兩兩對立卻又顯現「異質要素的統一」，此謂之「和」。「同聲相應為之韻」則是指韻母相同，以求反覆之韻律。郭紹虞解釋「同聲相應之韻」可分為「聲韻相同的同

〔註47〕〔明〕李東陽：《麓堂詩話》，頁11。
〔註48〕〔清〕劉熙載：《詩概》，《藝概》（臺北：華正書局，1988年），頁72。
〔註49〕〔梁〕沈約：〈宋書謝靈運傳論〉，郭紹虞主編：《中國歷代文論選》（臺北：華正書局，1991年），上冊，頁172。
〔註50〕〔梁〕劉勰著，周振甫注：〈聲律〉第三十三，《文心雕龍注釋》（臺北：里仁書局，1984年），頁630。

音字」、「等呼相同的疊韻字」、「僅分四聲而不別等呼的半疊韻」以及
「四聲也不分的平仄通韻」與變格的「雙聲韻」。〔註51〕

　　「聲律」是關於詩的聲音規則，但是古詩雖沒有「聲律」的觀
念，卻偶然會諧律，例如「青青河畔草，鬱鬱園中柳。盈盈樓上女，
皎皎當牕牖。娥娥紅粉妝，纖纖出素手」，平仄相諧，且詩句中的第
二字與第四字也四聲相異，使得節奏鮮明；但在永明以前，「諧韻」
並非是常態，大多數的詩多犯「上尾」與「鶴膝」，影響詩聲之和諧。
〔註52〕因此，魏晉之詩雖偶有合律者，但皆非自覺有意之作，直到
梁朝沈約刻意針對詩聲之抑揚頓挫，找到諧律的形式，再經過長時
間的創作實踐與觀念的思辨，才逐漸將「和諧」與「規律」整合在
一起，形成「格律」之規範。因此，「聲律」泛指詩的聲音規則，但
尚未形成一種規格化，故自然音韻也是一種「聲律」，而「格律」則
是平仄與押韻都已規則化而定格了。

　　明人謝榛是如此理解「聲律」，其云：

　　　今學之者，務去聲律，以爲高古；殊不知文隨世變，且有
　　　六朝、唐、宋影子，有意於古，而終非古也。〔註53〕

　　　建安之作，率多平仄穩帖，此聲律之漸；而後流於六朝，
　　　千變萬化，至盛唐極矣。〔註54〕

〔註51〕郭紹虞：〈中國文學中音節問題〉，《語文通論續集》（上海：開明書
　　　　局，1949 年），頁 2。
〔註52〕所謂「上尾」、「鶴膝」即指沈約所説的「八病」之二。「八病」是指
　　　　「平頭、上尾、蜂腰、鶴膝、大韻、小韻、旁紐、正紐」。所謂「上
　　　　尾」是指五言詩第五字與第十字同聲。但若第一聯兩字押韻者不在
　　　　此限。「鶴膝」是指五言詩第五字與第十五字同聲。聲病之討論與解
　　　　釋詳見日・弘法大師著，王利器校注：〈文二十八種病〉，《文鏡秘府
　　　　論校注》（北京：中國社會科學出版社，1983 年），頁 400～458。宋
　　　　晉時期詩作犯「上尾」、「鶴膝」之例與聲病之探討又參見日・高木
　　　　正一著，鄭清茂譯：〈六朝律詩之形成〉（下），《大陸雜誌》（第十三
　　　　卷第十期，1956 年 11 月），頁 332～334。
〔註53〕〔明〕謝榛著，宛平校點：《四溟詩話》，卷一，頁 3。
〔註54〕同前註。

謝榛談到當代學詩的人，認爲一定要去除聲律，才能倣效古詩。但是，文學深受時代的影響，也染雜了不同朝代的觀念，終究難以復返。此處「務去聲律」的「聲律」是相對古詩之自然音韻而言，指的是六朝以後，人爲所制訂的聲律規則。接著，謝榛認爲建安之時，「聲律」剛開始發展，故詩聲多「平仄穩帖」；等到六朝方千變萬化，有錯綜之聲響，盛唐之時發展達到極致。因此謝榛所云「聲律」即是就是平仄與押韻的作詩規律。

李東陽云：「所謂律者，非獨字數之同，而凡聲之平仄，亦無不同也」，從「律」來看作詩，每首詩都依照平仄格律的共識作詩，不只字數相同，聲音平仄也都格式化。接著又云：「然其調之爲唐爲宋爲元者，亦較然明甚」，即便格律相同，但卻可有聲調之別，進而區辨「群體的聲調風貌」，顯現唐調、宋調、元調的不同。「詩聲」能夠在固定的平仄譜當中，產生千變萬化之錯綜聲響，原因在於我們前述所說「聲調」的組成有字音、音節以及篇章結構等；雖然每個詩人都依據相同的平仄格律，但卻因爲字音尚有抑揚、清濁、平上去入之別，音節亦有抑揚、輕重、長短、高下之節。再加上句式有「意義上音節」的不同以及拗救與押韻等變化；因此雖然平仄格律相同，但經過詩人操縱之，則有複雜的變化，而產生個殊的聲調。

「字音、音節、篇章結構之變化」乃是李東陽區別「格律」與「聲調」之處，其云：

> 大匠能與人以規矩，不能使人巧。律者，規矩之謂，而其
> 爲調則有巧存焉。〔註55〕

「律者，規矩之謂」是規定好的字音平仄、節奏，如前述所說的字數、平仄之相同，即便平起、仄起、首句押韻與否，都僅是微小變化。因此，「律」是一種普遍的聲音規則，而「調」則存「巧」；這個「巧」係就聲調形成之「動力因」來說，也就是詩人「才氣性情」運用字音、音節、篇章結構之巧。所以李東陽認爲「律詩」必須要有固定之規格，

〔註55〕〔明〕李東陽：《麓堂詩話》，頁14。

法度既定，則有了「和諧」與「規律」之美感基礎；但又不能僅固定於法，而要「或溢而爲波或變而爲奇」，〔註56〕「波瀾變化」係指詩聲的表現，換言之即是上述詩人運用字音、音節之「巧」。

從上述詩論的基礎，我們可以這麼說「聲調」與「格律」的差別在於：「聲調」是在「格律」的規矩上，求新求變，臻進自己對詩創作的理想實踐。是以，「聲調」乃是從詩聲綜合作品的整體風貌。

四、格調與聲調

承上所論，我們可以比較清楚明人使用「聲調」時的意涵。那麼另一常見字詞「格調」呢？「聲調」與「格調」的用法時有混用，但相同者，二者皆偏重於「調」。不過，「格調」的範疇比較大，可涵括「聲調」在內。

「調」有三義，一爲「才調」，即由「主體才氣性情」所成之風貌；二爲「意調」，即由詩之「情志」所成之風貌；三爲「聲調」，即由「詩聲」所成之風貌。但是這三者在實際作品並不能分割，而僅就論述上有所側重而已。探究三者的關聯性，則「聲調」與「意調」之根源皆來自「主體的才氣性情」。故王世貞《藝苑卮言》云：

> 才生思，思生調，調生格。思即才之用，調即思之境，格
> 即調之界。〔註57〕

所謂「思」是主體才氣性情的發用，亦即創作時的想法、構思，融合外在客觀材料（事、義）與主觀材料（情風），再加上語言形式，而實現爲作品，而「調」就是「思」所實現之作品的「境」。而「格」又是什麼？依據顏崑陽的看法，唐代時期對「格」大都視之爲「形式技巧的法式」，宋代以後，則可約分出「形式技巧法式」、「內容範型」、

〔註56〕「律詩起承轉合不爲無法但不可泥，泥於法而爲之則撐拄對待，四方八角無圓活生動之意。然必待法度既定從容閒習之餘，或溢而爲波或變而爲奇，乃有自然之妙，是不可以彊致也，若並而廢之亦烏以律爲哉？」〔明〕李東陽：《麓堂詩話》，頁10～11。

〔註57〕〔明〕王世貞：《藝苑卮言》，周維德集校：《全明詩話》（濟南：齊魯書社，2005年），第三冊，頁1888。

「品級」這三種用法；論及詩「格」則繼承了漢魏六朝人物品鑒的「風貌」觀念，大都以個別主體的才性作爲基準。〔註58〕王世貞解釋「格」即「調」之界。「界」則有「界限」之意，指事物一定的範圍。因此，我們可說「格」是別異，分殊出每個「調」的界限，即是「境」的範型，例如雄渾、平淡、高古等，而且內含價值判斷，形成上下品級。因此，「聲調」有個體之調的差異，亦有群體之調的不一，乃是因爲彼此有區分之「界限」，故王世貞云：「格即調之界」。「格」有「法式」、「範型」、「品級」之義；「調」則依此產生別異。

王世貞所云：「才生思，思生調，調生格」之「調」包含了「思」所產生的「意調」，一般是指「文字義」之「情志」所構成的風貌；以及「詩聲」所形成的「聲調」，即詩聲所綜合的作品整體風貌，而二者之根源要素皆來自「個體的才氣性情」。因此，「格調」之「調」乃是總體的概念；分解來說，則包括「意調」與「聲調」，具有價值、品級之高低。

在明代「詩以聲爲用」的論述下，「聲」是指「詩的內部聲音」，因此我們辨別出「聲律」、「格律」、「聲調」以及「格調」的差別，有助於我們理解明人在談論詩聲時，所用的詞義爲何？綜合這一節的討論，「聲詩」以「聲」爲命名，主要是突顯詩的音樂性。在「詩樂合一」的原初型態，「聲詩」之「聲」主要是指詩之「合樂」；齊梁以後，「聲詩」之「聲」則移轉至詩的內部聲音，也就是「聲調」。「聲調」是以詩聲綜合詩之「整體風貌」，故「聲調」有體貌之義；而同一時代區域亦產生「群體的聲調風貌」，又因具有普遍之規範性，故可謂「聲調之體式」。「聲律」泛指詩的聲音規則，但尚未形成規格化；而「格律」則是平仄與押韻都已規則化而有定式。「格調」之範疇較「聲調」來得廣，包含了「聲調」與「意調」，具有「法式」、「範型」、「品

〔註58〕顏崑陽：〈中國古典文學批評術語疏解〉，《六朝文學觀念叢論》，頁373～374。關於「格」的解釋，又可分爲「樣態」、「規範」、「等差」三種。另見顏崑陽：〈論「文體」與「文類」的涵義〉，《清華中文學報》第一期（2007年9月），頁32。

級」之義，區別出「調」與「調」的不同。

第三節 聲調與世道正變

一、「音律反映世道」的重新體認

前面我們已經瞭解到「聲調」乃作品完成後的「整體風貌」或「群體的聲調風貌」；當「聲調」反映時代時，一個時代有一個時代的調，如有唐調、宋調、元調之別。明人在談「音律反映世道」這個觀念時，「音律」一詞非指平仄格律，而是「聲調」之意。「世道」泛指「社會的狀態、風氣」。

「音律反映世道」的觀念主要承繼〈樂記〉〔註59〕與〈詩大序〉。〔註60〕先秦儒家認爲「音由心生」、「感物而動」，故依據「聲情類應」以及「藝術是社會文化情境的產物」的原則原理，「音律」跟隨「世變」，音律具有「聲情」，可反映出社會治亂。世道之正、變即是指社會之治、亂。〈樂記〉雖然揉雜了秦漢之際的道家與陰陽家，但談到音與世道的對應關係，其基本的態度仍屬儒家的教育體系，重視「聲感」的作用，而論「聲音之道與政通」。換言之，審樂的目的不在於建立一套美學標準，但卻不抹煞藝術情感與技巧，而以「聲感」達到群己關係之和諧。上述的態度亦見於〈詩大序〉，現代學者張亨從〈詩大序〉即指出儒家從道德教化的目的來論詩，並不忽略詩的情感及藝術性，其云：

〔註59〕《禮記‧樂記》：「凡音者，生人心者也。情動於中，故形於聲，聲成文，謂之音。是故治世之音安以樂，其政和；亂世之音怨以怒，其政乖；亡國之音哀以思，其民困。聲音之道，與政通矣」。〔清〕孫希旦解：〈樂記〉第十九之一，《禮記集解》（下）（臺北：文史哲出版社，1990 年），卷三十七，頁 978。

〔註60〕〈詩大序〉：「情發於聲，聲成文，謂之音。治世之音安以樂，其政和；亂世之音怨以怒，其政乖；亡國之音哀以思，其民困。故正得失，動天地，感鬼神，莫近於詩。先王以是經夫婦，成孝敬，厚人倫，美教化，移風俗」。〔漢〕鄭玄注，〔唐〕孔穎達疏：〈詩大序〉，《詩經注疏》，收入〔清〕阮元校勘：《十三經注疏》，卷一之一，頁 13～15。

　　從道德教化的觀點把詩的效用推展到極致，卻並不抹煞情
　　感質素和必須的藝術技巧。尤其是完整的論及到詩的本
　　身、讀者和作者三方面的問題，而擴及整個的社會層面。
　　並且注意到作品和時代社會變移的關係，以及作者在反映
　　社會文化問題中所做的努力。〔註61〕

基本上，明人即是持此態度看待「詩以聲爲用」，因此詩教與聲調美
並不衝突，更確切來說，在儒家的美學體系裡，美善乃是合一，既是
個人也是群體社會。我們已在第二章「體用相即」以及「儒家美學的
體系」討論過上述觀念。「樂教」即是以「正聲之和」令人感到愉悅，
內心平和柔順，應「感」而起教化之效。其「聲感」次第過程乃是從
「聲調藝術美」到「個體性情美」，再擴之爲「社會秩序之美」。〈詩
大序〉所傳達的「風雅」之詩更是如此，其詩體必須是「心物交用、
群己不二、情志融合」而「聲應宮商、辭依比興」。〔註62〕因此，就
「詩」而言，〈詩大序〉云：「治世之音安以樂，其政和；亂世之音怨
以怒，其政乖；亡國之音哀以思，其民困」，這幾句是「音律隨世變」、
「音律反映世道」；「故正得失，動天地，感鬼神，莫近於詩」這幾句
是「詩本身的自體功能」，由上述「音律反映世道」推論而來，以此
觀察治亂得失；「先王以是經夫婦，成孝敬，厚人倫，美教化，移風
俗」，這幾句是從上述自體功能再衍外而作用於政教，具有「下刺上」
及「上化下」兩種用途。〔註63〕因此，綜合上述，「音」與「世道」
的雙向關係應爲：（一）、從作詩者而言，音反映現實政教之治亂，故
下以風刺上；（二）、從用詩者而言，政教者以「音」去教化百姓，而
「改變」現實，故選擇「正聲」，上以風化下。

〔註61〕張亨：〈《論語》論詩〉，《思文之際論集——儒道思想的現代詮釋》（臺
　　　　北：允晨文化出版社，1997 年），頁 80。
〔註62〕顏崑陽：〈從〈詩大序〉論儒系詩學的「體用」觀〉，《第四屆漢代文
　　　　學與思想學術研討會論文集》（臺北：政治大學中國文學系，2003
　　　　年），頁 29～30。
〔註63〕儒系「風雅」之詩的「自體功能」與「衍外效用」說法，參見顏崑
　　　　陽：〈從〈詩大序〉論儒系詩學的「體用」觀〉，同前註。

　　元末楊士弘所編選的《唐音》就是秉持上述儒家「音律隨世變」、「音律反映世道」的觀念立論。《唐音》的編選，從書名不稱唐「詩」，而是以「音」作爲詩的表徵，即可知道此選集是爲了突顯「詩聲」之重要。《唐音》在元末至明代廣爲流行，宋訥（西元 1311～1390）曾記載《唐音》印出來時，「天下學詩而嗜唐者，爭售而讀之」。〔註64〕而明代有許多選刻本、注本，同時也引發了一連串從聲音學習唐詩的風潮。〔註65〕楊士弘《唐音》是以「音律純厚」分判出「始音」、「正音」、「遺響」三個類型，提供給作詩者學習。從「始音」、「正音」、「遺響」即可見其品級、價值之高下。「始音」所錄只有唐初四傑：王勃（西元約 650～約 676）、楊炯（西元約 650～約 693）、盧照鄰（西元約 634～673 以後）、駱賓王（西元約 619～約 684）四人。楊士弘云：「自六朝來正聲流靡，四君子一變而開唐音之端……然其律調初變，未能皆純，今擇其粹者，列爲唐詩始音」，〔註66〕由此可知「始音」乃是選擇「開唐音之端」，卻音律猶未純者。「正音」的選錄是以「音律純厚」且「性情之正」作爲標準，楊士弘云：「學詩者先求於正音，得其情性之正」，〔註67〕「專取乎盛唐者，欲以見音律之純，係乎世

〔註64〕〔明〕宋訥：〈《唐音》緝集序〉，〔元〕楊士弘編選，〔明〕顧璘點評《唐音評注》（保定：河北大學，2006 年），頁 897。

〔註65〕明刻《唐音》版本計有：《唐音》十一卷本明初刻本，明初魏氏仁實堂《唐音》十卷刻本，洪武二十二年建安博文堂刻本《唐音》十四卷本，正統七年道立書堂刻本《唐音》十一卷本，成化二十三年躎溪書堂《唐音》十卷刻本，嘉靖元年金臺汪諒《堂恩》十四卷本，明刻重修藍印本《唐音》十卷，《唐音》二十二卷本。明代人有張震輯注、顧璘評點、顏潤卿緝釋，陸深〈重刻《唐音》序〉、周履俊〈評點《唐音》序〉等。王夢弼《唐詩別刻》是自《唐音》挑選三百六十首而成。康麟倣效《唐音》的編選目次，明代尚有《唐音類選》、《重選唐音大成》，高棅《唐詩品彙》更是在編選體裁上受到影響。以上《唐音》刻本、注、評及影響，資料來自於陶文鵬、魏祖欽整理點校，〔元〕楊士弘編選，〔明〕顧璘點評：《唐音評注》（上海：上海古籍出版社，1982 年據辭書出版社藏明汪宗尼校定本影印），頁 2～9。

〔註66〕〔元〕楊士弘：〈唐詩始音目錄並序〉，〔元〕楊士弘編選，〔明〕顧璘點評：《唐音評注》，頁 1。

〔註67〕〔元〕楊士弘：〈唐音遺響目錄並序〉，〔元〕楊士弘編選，〔明〕顧

道之盛」。〔註68〕而「遺響」用「響」而不用「音」，顯見與「正音」、「始音」有別。「音」與「響」都是「聲音」，但「音」是「精實的聲音」，「響」是「虛浮的聲音」，而「響」又是附於「音」；故「遺響」有「音之遺」的意思。〔註69〕據此，我們可知「始音」、「正音」及「遺響」三者，以「正音」最具價值，而「遺響」居末。

　　楊士弘《唐音》為彰顯「詩聲」，以「聲調」分期，並認同「音律反映世道」的傳統樂論。從「詩以聲為用」的論述來看，他在〈序〉中即已標舉出「詩以聲為用」的兩種途徑：（一）詩可用以吟詠情性（二）詩可用以教化人心。另外，《唐音》亦歸納了「群體的聲調風貌」，從聲調之分期，發展出正變觀；並選以「盛唐之音」作為「聲調的體式」。我們先從《唐音》論其「音律反映世道」的理念，再推擴至明人對此觀念的延續。楊士弘〈唐音姓氏並序〉及〈唐詩正音目錄並序〉云：

　　楊士弘〈唐音姓氏並序〉：
　　　於是審其音律之正變，而擇其精粹，分為《始音》、《正音》、
　　　《遺響》，總名曰《唐音》，凡十五卷，共詩一千三百四十
　　　一首。始於乙亥，成於甲申。嗟夫！詩之為道，非惟吟詠
　　　情性、流通精神而已，其所以奏之郊廟，歌之燕射，求之
　　　音律，知其世道，豈偶然也哉？〔註70〕

　　楊士弘〈唐詩正音目錄並序〉：
　　　唐初稍變六朝之音，至開元天寶間始渾然大備，遂成一代
　　　之風，古今獨稱，唐詩豈不然邪，是編以其世次之先後，
　　　篇章之長短，音律之和諧，詞語之精粹，類分為卷，專取
　　　乎盛唐者，欲以見音律之純，係乎世道之盛。附之以中唐、

　　　璘點評：《唐音》，頁 629。
〔註68〕〔元〕楊士弘：〈唐詩正音目錄並序〉，〔元〕楊士弘編選，〔明〕顧
　　　璘點評：《唐音評注》，頁 74。
〔註69〕「遺響」與「始音」、「正音」之區別見蔡瑜：〈《唐音》析論〉，《漢
　　　學研究》第十二卷第二期（1994 年 12 月），頁 263。
〔註70〕〔元〕楊士弘：〈唐音姓氏並序〉，〔元〕楊士弘編選，〔明〕顧璘點
　　　評：《唐音評注》，頁 8。

> 晚唐者，所以棄其遺風之變而僅存世也。故自大曆以降，
> 雖有卓然成家，或論於怪，或迫於險，或近於庸俗，或窮
> 於寒苦，或流於靡麗，或過於刻削，皆不及錄，是以皇甫
> 茂政而下止得二十三人以及晚唐三家，體製音律相近者附
> 焉，曰唐詩正音，凡六卷，通六十九人共詩八百八十五首，
> 學詩因其聲音，審其製作，則自見矣。〔註71〕

楊士弘此處的「音律」的「音」隱含「聲情」，「音律」不純然爲聲音
的外在規律，而是前述所說的「聲調」，換言之即是「詩聲」所表現
的作品整體風貌。因此，我們可以「求之音律，知其世道」。「音律」
隱含有「聲調的整體風貌」之意，所以楊士弘將詩作分期時，是先依
閱讀經驗，歸納「初盛唐」、「中唐」以及「晚唐」之「群體的聲調風
貌」，區分出「始音」、「正音」、「遺響」三個類型，將一家一家的作
品歸入三個類型中，再依作品的體製音律加以類別。

　　從〈唐音姓氏並序〉及〈唐詩正音目錄並序〉，我們可知楊士弘
編選《唐音》存有「音律隨世變」的觀念，更精確來說即是「音律反
映世道」所內在的關鍵性因素，故其云：「詩之爲道，非惟吟詠情性、
流通精神而已」，「求之音律，知其世道」。這幾句話點明了「詩以聲
爲用」的兩種途徑：（一）詩可用以吟詠情性（二）詩可用以教化人
心。故「音」不僅僅是被動反映現實政教之治亂；更可基於「音律之
純，係乎世道之盛」，而積極主動提供「詩聲典範」的學習，選擇「正
聲」，上以風化下。

　　虞集（西元 1272～1348）〈唐音序〉及宋訥〈唐音緝集序〉也都
肯定了上述「音律反映世道」的理念，其云：

虞集〈唐音序〉：

> 襄城楊伯謙好唐人詩，五言、七言古詩、律詩、絕句以盛
> 唐、中唐、晚唐別之，凡幾卷，謂之《唐音》。音也者，聲
> 之成文者也，可以觀世矣。然用意之精深，豈一日之積

哉？……噫，先王之德盛而樂作，跡息而詩亡，繫於世道
之升降也。風俗頹靡愈趨於下，則其聲文之盛不得不隨之
而然，必有特起之才，卓然之見，不繫於習俗之所同，則
君子尚之，然亦鮮矣。〔註72〕

宋訥〈唐音緝集序〉：

然詩之體，有賦有比有興，觀體可得而見。詩之音清濁高
下、疾徐疏數之節，與夫世之治亂、國之存亡，審音可得
而考。……唐三百年詩之音幾變矣，文章與時高下，信哉！
襄城楊伯謙，詩好唐，集若干卷，以備諸體，仍分盛中晚
爲三，世道升降，聲文之成，安得不隨之而變也。總名曰：
唐音。〔註73〕

從引文之「語言的字面義」可以清楚明白，虞集與宋訥的論述都秉持
著「音律隨世變」、「音律反映世道」的看法。如虞集云：「風俗頹靡
愈趨於下，則其聲文之盛不得不隨之而然」，以及宋訥云：「唐三百年
詩之音幾變矣，文章與時高下，信哉」；兩人皆認爲楊士弘《唐音》
反映了國家興衰和音律的對應關係。不過，「音律反映世道」的對應
關係，不像詩之「賦比興」，可從語言文字探知；而需詳細審求音律
才可得，故虞集云：「詩之音清濁高下、疾徐疏數之節，與夫世之治
亂、國之存亡，審音可得而考」。

蘇伯衡（西元約 1314～約 1376）〈古詩選唐序〉亦贊同「音律隨
世變」、「音律反映世道」。他認爲盛唐、中唐及晚唐的區別不在於詩的
「體製」上有所差異或見其高下，而是在於「音律」有品級、價值之別：

夫惟詩之音繫乎世變也，是以大小《雅》、十三《國風》出
於文武成康之時者，則謂之正雅、正風；出於夷王以下者，
則謂之變雅變風。風雅變而爲騷些，騷些變而爲樂府，爲選
爲律，愈變而愈下，不論其世而論其體裁可乎？李唐有天下

〔註72〕〔元〕虞集：〈唐音原序〉，〔元〕楊士弘編選，〔明〕顧璘點評《唐
　　　　音評注》，凡例前，頁 1。

〔註73〕〔明〕宋訥：〈《唐音》緝釋序〉，原刊於宋訥《西隱集》，後收入〔元〕
　　　　楊士弘編選，〔明〕顧璘點評：《唐音評注》，附錄，頁 896～897。

> 三百餘年，其世蓋屢變矣，有盛唐焉，有中唐焉，有晚唐焉。
> 晚唐之詩，其體裁非不猶中唐之詩也；中唐之詩，其體裁非
> 不猶盛唐之詩也。然盛唐之詩，其音豈中唐之詩可同日語
> 哉？中唐之詩，其音豈晚唐之詩可同日語哉？〔註74〕

蘇伯衡雖然認同「音律反映世道」的觀念，但他卻以爲楊士弘是不知審音，沒有清楚劃分「音」與「世道」的對應關係，其云：「盛時之詩不謂之『正音』，而謂之『始音』，衰世之詩不謂之『變音』，而謂之『正音』。據此，蘇伯衡判斷楊士弘是以「體裁」論，而非以「音隨世變」論。〔註75〕關於這個問題，現代學者陳國球認爲楊士弘雖然說過「專取乎盛唐，欲以見其音律之純，係乎世道之盛，附之以中唐晚唐」，但關於「係乎世道之盛」只是門面話，其宗旨仍在「音律之純」，著重於詩的藝術性，也就是楊士弘序中所云：「審其音律正變，而擇其精粹」。〔註76〕陳國球會作如此判斷，是將楊士弘所云，「音律之純」與「音律之精粹」看做是「純粹藝術之美」，而忽略事實上楊士弘所秉持的是儒家「美善合一」的聲調之美。

據此，我們回到楊士弘《唐音》再做檢視。楊士弘〈唐詩正音目錄並序〉云：

> 自大曆以降，雖有卓然成家，或論於怪，或迫於險，或近
> 於庸俗，或窮於寒苦，或流於靡麗，或過於刻削，皆不及
> 錄。〔註77〕

楊士弘所要的學習範本係經過篩選，「正音」並不只是純粹以詩體之藝術價值之高低來作評比，而是隱含著「溫柔敦厚的詩教」標準，合情適性，這才是儒家「美善合一」的聲調美。楊士弘界劃「正音」的

〔註74〕〔明〕蘇伯衡：〈古詩選唐序〉，《蘇平仲集》（臺北縣板橋市：藝文印書館，1966 年），卷四，頁 30～31。

〔註75〕〔明〕蘇伯衡：〈古詩選唐序〉，《蘇平仲集》，卷四，頁 31。

〔註76〕陳國球：〈唐詩選本與復古詩論〉，《唐詩的傳承——明代復古詩論研究》（臺北：臺灣學生書局，1990 年），頁 233。

〔註77〕〔元〕楊士弘：〈唐詩正音目錄並序〉，〔元〕楊士弘編選，〔明〕顧璘點評：《唐音評注》，頁 74。

年代有兩種方式：

一是〈唐詩正音目錄並序〉所云：

> 唐初稍變六朝之音，至開元天寶間始渾然大備，遂成一代
> 之風。〔註78〕

二是〈唐詩遺響目錄並序〉所云：

> 故開元大曆之間，溫柔敦厚之教發爲音聲，渢渢乎有雅頌
> 之遺，皆足以昭著千載，何其盛歟。〔註79〕

引文所論皆是「盛唐詩聲」，卻有天寶與大曆劃限時間的分別；但基本上是以開元天寶這段時間係爲最興盛的時期。〔註80〕故上述唐代宗大曆年間那些作者，雖然有「十才子」卓然成家，以重視「音律形式」著稱，但過於「怪」、「險」、「庸俗」、「靡麗」、「刻削」不足以爲法，皆不錄於「正音」，這是因爲其「詩聲」沒有達到「美善合一」之故。楊士弘在〈唐詩遺響目錄並序〉，更清楚闡明這樣的觀念：

> 故開元大曆之間，溫柔敦厚之教發爲音聲，渢渢乎有雅頌
> 之遺，皆足以昭著千載，何其盛歟。後雖多有不及，然皆
> 研精覃思，以成其言，亦不可少也。余既編唐詩正音，今
> 又採其餘者，名曰遺響，以見唐風之盛與夫音律之正變。
> 學詩者先求於正音，得其情性之正，然後旁採乎此，亦足
> 以益其藻思，觀者詳之。〔註81〕

楊士弘雖然主張「音律反映世道」，但他編選這本書，不僅只是爲了

〔註78〕同前註。

〔註79〕〔元〕楊士弘：〈唐音遺響目錄並序〉，〔元〕楊士弘編選，〔明〕顧璘點評：《唐音》，頁629。

〔註80〕蔡瑜認爲楊士弘將「唐初到盛唐」定爲一個階段，起迄年代爲武德至天寶末（西元618──756）；但是嚴羽、方回以及明人高棅則將「盛唐」下限訂於大曆初年與天寶末年略有十五年的差異。「開元天寶」以及「開元大曆」之下限皆存在楊士弘的觀念中。蔡瑜文中大曆初年（西元766）至天寶末年有十五年的差異應爲十年之誤植。「中唐」則主要是天寶至元和間（西元756～806～820）。「晚唐」則是元和至唐末（西元806～820～907）。參見蔡瑜：《唐音》析論，252～253。

〔註81〕〔元〕楊士弘：〈唐音遺響目錄並序〉，〔元〕楊士弘編選，〔明〕顧璘點評：《唐音》，頁629。

標顯出每個世代的不同種藝術風貌；而是在他心中拿捏著「溫柔敦厚」的儒家美學標準，選擇出具有「情性之正」之「正音」，作為首要的研習對象。〈唐詩遺響目錄並序〉引文之「正音」是指「開元到大曆」年間「溫柔敦厚」之「聲」，但前述〈唐詩正音目錄並序〉卻批評大曆以降的詩作或「怪」，或「險」，或「庸俗」，或「寒苦」，或「靡麗」，或「刻削」，而有所貶抑。這看似衝突，不過《唐音》之編選原本就預留了一個彈性，也就是中唐、晚唐亦有入正音者，只是愈趨近晚唐則愈少這樣的情況；而同一作者也會因音律之高下，而見於「正音」或「遺響」。因此「聲調風貌」很難依實際的年代來清楚區分，尤其處在時代界劃的邊緣上。故我們可以說「盛唐」下限有天寶末年到大曆初年這十年的差異，對楊士弘來說可能是一個模糊地帶，而難以依準。除卻年限上的對應問題，楊士弘基本上是以「盛唐之音」為「正」，這是因為「盛唐之音」係「溫柔敦厚之教發為音聲，渢渢乎有雅頌之遺」，盛唐之音聽起來有著悠揚的樂聲，作為學詩的典範，其可以為「教」，亦可以為「法」。楊士弘以「音律之精純」作為標準，一方面可以顧及到詩的音樂性，保有其藝術美；另外一方面，也避免了詩以直言載道的弊病，而可以「聲感」行為教化之用。

　　楊士弘雖然在序文已屢次表明自己製作《唐音》，乃是為了呈現「音律反映世代」，而行溫柔敦厚之教化；但是後人卻不這麼解讀，這是因為在《唐音》的編次裡，並非很整齊地劃分「始音」、「正音」、及「遺響」所對應的時代。也就是說，同一作家會有作品分屬於不同世代之音，例如崔顥（西元約 704～約 754）、杜牧之（西元 803～約 852）、陳羽等人（西元約 733～？）皆具列在「正音」與「遺響」。其原因在於，「音律隨世變」乃是主要的準則，實際上音律並非完全由世道所決定，而是有「主體才氣性情」的能動性，故虞集〈唐音序〉方云：「必有特起之才，卓然之見，不繫於習俗之所同」。這句話已經點出接下來我們會談到的論題：在楊士弘《唐音》所區分「始音」、「正音」「遺響」三個聲調類型，世代參次互見，即是以盛唐為主的正音，

也有中唐、晚唐之詩；此原因即在於虞集所指出，詩人有「不繫於習俗之所同」的能動性。

　　「音律反映世道」並不是一整齊斷裂的分期，而是容納了文學發展的「不齊一性」。所謂「不齊一性」是指楊士弘意識到，聲調之世代的不齊一以及作者一生創作的不齊一。「音律」雖可反映「世道」，但同一作者往往會隨著思想、環境之轉換，而促使創作風格改變，更何況身處同一世代，細部尚有環境的生長差異，如何能造就如出一轍的文學作品來？是故，楊士弘所謂「音律反映世道」有其彈性空間，而非機械式的對應關係。楊士弘從自己的閱讀經驗，歸類出「始音」、「正音」、「遺響」三個類型。「始音」是以唐初四子為主，共九三首；「正音」屬於唐初盛唐，有四百二十五首、中唐四百零九首、晚唐五十一首；「遺響」屬於唐初盛唐者，有七十三首，中唐一百三十四首、晚唐二百三十七首。〔註82〕現代學者陳國球認為雖然初、盛唐在分期的數量中是最多，但就整體計算來說，卻是中晚唐數量大於初盛唐，這計算是出乎楊士弘的考量外，因為「專取乎盛唐」只是卷首的話而已。陳國球認為楊士弘卷首所說並不一定是作者真實的想法，而有可能只是一種門面話；相較之下，《唐音》這本書所呈現的結果更值得採信。〔註83〕不過，雖然以《唐音》詩作的總數量來說，合計是以中晚唐最多；但若僅從數量之歸納法來斷定，恐怕會失其真，因為就「正音」這足以為法的類型來說，仍是以初唐盛唐之質量最重，從文學歷程來說，詩體愈是發展成熟，當然詩人所創作的數量亦會增多；但是，這並不表示詩的質素必然提高。因此，我們必須正視的是楊士弘所挑選「正音」的部分，此處的確專取盛唐之質素，乃是由於盛唐之音方能符合「音律之純厚」與「性情之正」。

〔註82〕《唐音》選錄唐詩情況統計，根據陳國球：〈唐詩選本與復古詩論〉，《唐詩的傳承——明代復古詩論研究》，頁227。

〔註83〕陳國球：〈唐詩選本與復古詩論〉，《唐詩的傳承——明代復古詩論研究》，頁227。

　　就各聲調之世代來說，「正音」雖以「盛唐」居多，卻又涵蓋了初、盛、中、晚唐，這是什麼原因呢？我們可知分期歸納只是求一約略的「群體的聲調風貌」，再將趨近於那個聲調之世代的作品納入，因此往往蘊含著文學發展的「不齊一性」。我們分列出「正音」的五言古詩與五言律詩予以說明：

五言古詩：

　　（1）初盛唐：作者極多，音律參差，各成其家。所以可法
　　　　者六人，共一百一十九首。

　　（2）中唐：中唐以來作者多，獨韋、柳追陶、謝，可與前
　　　　諸家相措而觀。

五言律詩：

　　（1）初盛唐：唐初作者雖多，選其精純者十四人。

　　（2）中唐：中唐以來，作五言律詩亦多。選其音律近盛唐
　　　　者一十九人。〔註84〕

楊士弘在五言古詩部分，他說盛唐作者「音律參差，各成其家」，這幾句話表示他注意到了聲調之世代的「不齊一性」。接著，他選「中唐」的作者是因爲可以跟「前諸家相措而觀」，這代表「中唐」跟「盛唐」在聲調風貌上有「延續性」。在五言律詩部分，中唐時，律詩的發展比較成熟，作者也較多，因此選入的五言律詩亦多，這樣情形同樣也出現在七言律詩的選錄上。

　　因此，我們可以發現，楊士弘在選編《唐音》時，非常清楚地知道「詩體的發展過程」以及「音律反映世道」的「延續性」與「不齊一性」。所謂「延續性」是指詩體發展過程當中，聲調風貌有世代之連續，而非憑空而出；而「不齊一性」是指「主體才氣性情」之能動性，而在聲調之世代中，有個殊之表現，甚至開啓新的聲調世代。如前述虞集〈唐音序〉所云：「風俗頹靡愈趨於下，則其聲文之盛不得不隨之而然，必有特起之才，卓然之見，不繫於習俗之所同」，就是

───────────────

〔註84〕〔元〕楊士弘：〈唐詩正音目錄並序〉，〔元〕楊士弘編選，〔明〕顧
　　　璘點評：《唐音評注》，頁72。

看出這點。因此，元末到明代之「音律反映世道」的文學觀，絕不是一種機械性的對應，也不是固執於詩教、音隨世變的口號之下。如此，我們可以去想像，到了元末明初，他們的確是重新省思「詩聲」，如何才能呈現「美善合一」之聲調美，而且考量了上述「詩體的發展過程」以及「音律反映世道」的「延續性」與「不齊一性」。在這樣的思維底下，「音律反映世道」並非如一般所誤解爲一口號，或不看重文學之藝術表現，反而是有其深層的文化底蘊在作用——即是既要有詩之美道，亦要有詩之聲調美。

「詩體的發展過程」以及「音律反映世道」的「延續性」與「不齊一性」的觀念亦見於王世懋（西元 1536～1588）《藝圃擷餘》，其云：

> 唐律由初而盛，由盛而中，由中而晚。時代聲調故自必不可同。然亦有初而逗盛，盛而逗中，中而逗晚者，何則？逗者，變之漸也，非逗，故無驟變。如四詩之有變風變雅，便是《離騷》遠祖。……至於大曆十才子，其間豈無盛唐之句？蓋聲氣猶未相隔也。學者固當嚴於格調，然必謂盛唐人無一語落中，中唐無一語入盛，則亦固哉其言詩矣。〔註85〕

王世懋這段話非常清楚表達了，時代聲調只是分期的大略，分初、盛、中、晚不是絕對的斷裂。他將時代與時代間變遷的灰色地帶，稱之爲「逗」，也就是「變之漸」。王世懋贊成嚴於用「格調」去辨識各世代的風貌；但卻認爲更要注意，世代風貌的區分，並非那麼一刀兩斷，故云：「學者固當嚴於格調，然必謂盛唐人無一語落中，中唐人無一語入盛，則亦固哉其言詩矣」。這段話可以再特別注意的是，世代與世代間的風貌是相互滲透，也就是不只是盛唐的風貌會帶到中唐，而中唐的風貌也在盛唐醞釀形成，這是由於「聲氣猶未相隔也」。直到整個時代已經完全過去，則一切不復返，亦如在《唐音》裡，我們可以發現晚唐時代選入盛唐之正音的作品就已相當少了。

〔註85〕〔明〕王世懋：《藝圃擷餘》（臺北縣板橋市：藝文印書館，1966 年據學海本校定），頁 4～5。

陸深在〈重刻《唐音》序〉提到：「獨於初唐之詩無正音，而所謂正音者，晚唐之詩在焉。又所謂遺響者，則唐一代之詩咸在焉，豈亦有深意哉？」。〔註86〕陸深僅講到這樣世代參差的編排，應該是有深刻的用意。然而他並沒有再闡述自己是否理解到此點。李東陽大概是明代人中，最全面切中楊士弘所構思的詩學理念者。他讚許楊士弘《唐音》乃最有選詩之識。李東陽舉了四本唐詩選，認爲楊士弘《唐音》勝過宋代周弼《三體唐詩》、宋代趙章泉、韓潤泉《選唐詩》（又名《章泉潤泉二先生選唐詩》）以及金元年間元好問《唐詩鼓吹》。李東陽云：「選詩誠難，必識足以兼諸家者，乃能選諸家；識足以兼一代者，乃能選一代。一代不數人，一人不數篇，而欲以一人選之，不亦難乎？選唐詩者，惟楊士弘《唐音》爲庶幾」。〔註87〕

李東陽主張以「詩聲」爲教，以「詩在六經中，別是一教」區別出《詩經》與其他學習經典的不同之處在於獨特的「聲感」教化。「蓋六藝中之樂也」，銜接詩樂合一的傳統，藉由詩歌吟詠以形成獨特的教化方式。〔註88〕如此，一方面秉持儒家詩教的論述；另一方面也避免了明初文以載道的窘境，獨立出詩的審美特徵，同時亦兼顧了教化的效用。〔註89〕李東陽以聲辨體，指出漢魏、六朝、唐、宋元詩各自爲體，也就是說「音律隨世變」；而秦晉吳越閩楚亦因地域不同而「音殊調別」，彼此不相入。李東陽認爲上述乃是「音律」受限於時代地域的關係。〔註90〕此說認同了「音律反映世道」之論述。基於上述「音

〔註86〕〔明〕陸深：〈重刻《唐音》序〉，〔元〕楊士弘編選，〔明〕顧璘點評：《唐音評注》，附錄，頁898。

〔註87〕原文稱楊士弘爲「楊士宏」。〔明〕李東陽：《麓堂詩話》（臺北：藝文印書館據乾隆鮑廷博校刊知不足齋叢書本，1966年），頁11。

〔註88〕李東陽「以聲論詩而辨體」參閱第三章第三節之論述。

〔註89〕黃保眞、成復旺、蔡鍾翔合著：《中國文學理論史：明代時期》（臺北：洪葉文化，1994年），頁59。

〔註90〕「漢魏、六朝、唐、宋元詩，各自爲體，譬之方言，秦晉吳越閩楚之類，分疆畫地，音殊調別，彼此不相入。此可見天地間氣機所動，發爲音聲，隨時與地，無俟區別而不相侵奪，然則人囿於氣化之中，

律」反映「現實」的原理，我們可見李東陽在〈春雨堂詩稿〉和《麓堂詩話》，特別突顯詩的「聲感」，以吟詠作爲獨特的教化方式，歸納其說，即爲「詩以聲爲用」的兩種途徑：（一）從作者來說，音律具有聲情；人歌吟詠嘆時，便有流通動盪性情的作用。（二）從使用者說，詩與其他五經以文章記述考證得失不同，詩乃是以「聲」之特質流通動盪人心，以此「考得失、施勸戒、用於天下」。〔註91〕李東陽「詩以聲爲用」的看法與楊士弘以「聲」切入世道，以此「吟詠性情，流通精神」以「行溫柔敦厚之教」的理念係爲一致。再看張次仲亦是如此思維，其云：

> 詩播於音，音從政變著爲樂章，精誠相感，陳得失以爲勸誠，誠能用詩之善道，聽嘉樂之正音，予善伐惡舉無不當，可使天地效靈，鬼神降福也。臣下作詩所以諫君，君上用詩所以化下，合於宮商相應之文而不直言其過，使知過而悔感，而不切微動，若風風行草偃。〔註92〕

「音從政變著爲樂章」，即是「音律隨世變」，因此可從音律鑑別世道之興衰，而以聲爲用，陳得失以爲勸誠。故，詩以「樂聲」相「感」，美刺諷諭委婉而不直言；「聽嘉樂之正音，予善伐惡舉無不當」，也就是我們前述講「音律反映世道」，而以「聲感」作爲勸誠，可使人潛移默化，沒有直述之不當，而符合溫柔敦厚之教。因此，「聲感」的力量在於人心，而非外在之強制，故云：「使知過而悔感」，即是基於「聲情類應」，人歌吟詠嘆時，便產生動盪性情的作用。以作詩者來說，「詩聲」可反映現實，吟詠情性，而下以風刺上；而從用詩者來

而欲超乎時代土壤之外，不亦難乎？」〔明〕李東陽：《麓堂詩話》，頁20。

〔註91〕「詩在六經之中，別是一教。蓋六藝中之樂也。樂始於詩，終於律，人聲和則樂聲和，又取其聲之和者，以陶寫情性，感發志意，動盪血脈，流通精神，有至於手舞足蹈而不自覺者」〔明〕李東陽：《麓堂詩話》，頁1。

〔註92〕〔明〕張次仲：〈學詩小箋總論〉，《待軒詩記》，收入中國詩經學會編輯：《詩經要籍集成》第十五冊，卷首，21。

說，君上則以「正聲」，上以風化下，而收風行草偃之效。

明代另一重要的唐詩選本是高棅《唐詩品彙》，而後高棅又專取精粹之正音，選編《唐詩正聲》。高棅《唐詩品彙》在編排上直接採納了楊士弘的觀點，以聲調分期；在立意上，具有吟詠情性以及教化人心兩種「以聲爲用」的途徑。他在〈總敘〉末段寫道：「誠使吟詠性情之士，觀詩以求其人，因人以知其時，因時以辯其文章之高下。詞氣之盛衰本乎始，以達其終，審其變而歸於正，則優游敦厚之教，未必無小補云」。〔註93〕這段話表明了知人論世、文隨世變；其中「審其變而歸於正」雖是指「詩體之正變」，然而高棅卻表明此可爲「優游敦厚之教」所用，這二者之關連應當是基於「詩聲」之「聲情類應」，是故「正聲」能有「聲感」之教化效用。高棅在《唐詩正聲·凡例》追溯詩之「聲感」，而云：

> 詩者聲之成文也，情性之流出也。情感於物，發言而爲聲，故感有邪正，言有是非，唯君子養其浩然，端其眞宰。……
> 題曰正聲者，取其聲律純完而得性情之正矣。〔註94〕

高棅從實際感官經驗來說「聲感」的根源性，認爲「感有邪正」，這個「感」是「心」之感，受到氣質之性影響而有明暗之別，故感亦有邪正。高棅從「聲音」未取得語言形式之前，而且是心感外物發爲情之時，即端正人心，其云：「唯君子養其浩然，端其眞宰」，係從孟子善養浩然之氣立論，使其具有道德自覺之心。《唐詩正聲》的編選乃是基於上述儒家美學的觀念，故高棅指出「正聲」即是「聲律純完而得性情之正矣」，聲正而性情亦正。此說即是依據聲情類應的原則，使聲音具有道德性，以「應然」規創「實然」。在高棅的詩學觀念裡，正聲不僅具備音律完純之聲調美，同時亦整合了性情之美，遂能以此

〔註93〕〔明〕高棅：〈唐詩品彙總敘〉，〔明〕高棅選編：《唐詩品彙》（上海：上海古籍出版社，1982年據辭書出版社藏明汪宗尼校定本影印），頁10。

〔註94〕〔明〕高棅：〈唐詩正聲凡例〉，《唐詩正聲》，明嘉靖間刻本，卷首，頁2。

感人，而收溫柔敦厚之效。

　　我們從《唐詩品彙》的編排及實際內容來檢視。從編排的目次以及〈凡例〉，可以發現，他所謂的「體製」是指古詩、律詩、絕句，以及五言、七言等格律。〔註95〕在各體製內，再依「唐世次文章高下」定立：正始、正宗、大家、名家、羽翼、接武、正變、餘響、傍流諸品目。「世次高下」大致上是以初唐爲正始，盛唐爲正宗、大家、名家、羽翼，中唐爲接武，晚唐爲正變餘響。〔註96〕在高棅的定義中，開元、天寶間的詩作「神秀聲律，粲然大備」，因而足以學者爲楷式。〔註97〕因此，從體製依「唐世次文章高下」來看，高棅實存在著「音律隨世變」的觀念。

　　從〈五言古詩敘目〉、〈七言絕句敘目〉以及〈七言絕句敘目〉，我們可見其「音律反映世道」的分判標準：

　　〈五言古詩敘目〉之「正宗」列有陳子昂及李白：

陳子昂

　　其音響沖合，詞旨幽邃，渾渾然有平大之意，若公輸氏當巧而不用者也，故能掩王盧之靡韻，抑沈宋之新聲，繼往開來，中流砥柱。〔註98〕

李白

　　詩至開元天寶間神秀聲律，粲然大備。〔註99〕

〈五言絕句敘目〉「接武」列韓愈、柳宗元、劉禹錫等人

　　中唐雖聲律稍變而作者接跡之盛尤過於天寶諸賢。〔註100〕

〔註95〕〔明〕高棅：〈唐詩品彙凡例〉：「五七言古今體分別類從，各爲卷，卷內始立姓氏，因時先後而次第之。」〔明〕高棅：〈唐詩品彙凡例〉，〔明〕高棅選編：《唐詩品彙》，頁14。

〔註96〕同前註。

〔註97〕同前註。

〔註98〕〔明〕高棅：〈五言古詩敘目〉，〔明〕高棅選編：《唐詩品彙》，頁47。

〔註99〕同前註。

〔註100〕〔明〕高棅：〈五言古詩敘目〉，〔明〕高棅選編：《唐詩品彙》，頁390。

〈七言絕句敘目〉「正變」列李商隱、杜牧、許渾、趙嘏、溫庭筠

> 開成以來作者互出而體製始分，若李義山、杜牧之、許用
> 晦、趙承祐、溫飛卿，五人雖興象不同，而格律之變一也。

〔註101〕

由上述引文可見，高棅編排《唐詩品彙》最重要的依據是以「音律」區分而不以「興象」、「情意」分高低，如李白是以其「神秀聲律，粲然大備」，陳子昂主要是以「音響渾和」而列於「五言古詩正宗」。韓愈、柳宗元、劉禹錫等人則是因「聲律稍變」，故有作者之「接跡」，而列於「五言絕句接武」。在「七言絕句正變」的李商隱、杜牧之等人雖興象、情意不同，但因爲他們都屬於同一世代，〔註102〕同樣反映格律之變，而將他們同列於「正變」。高棅明確表示將不同情意風貌的詩作列舉一起，是依據聲調之世代，可見心中秉持「音律反映世道」的標準。

高棅在〈總敘〉稱「審音律之正變」以及讚揚盛唐「聲律粲然」，將「音律」與「聲律」二詞混用。但是，「音律」與「聲律」的定義將影響我們看待高棅實際選編唐詩的立意，是以體製之形式美，做出文學評價？抑或跟隨楊士弘《唐音》的看法，蘊含了「音律反映世道」，進而認同音律可起教化之用？一般對「聲律」的用法有二：（一）、指客觀的格律，如平仄譜，（二）、用以代稱高低短長疾徐的「聲調」。高棅在〈凡例〉提到唐代樂府詩，有新立題目者，「其聲律未必盡被於絃歌也」。〔註103〕「格律」可以披於弦歌，就非客觀的平仄體製，而當是指高低疾徐的「聲調」。

〔註101〕〔明〕高棅：〈七言絕句敘目〉，〔明〕高棅選編：《唐詩品彙》，頁429。

〔註102〕李商隱（西元約813～約858），杜牧之（西元約803～約852），許渾（西元？～858），趙嘏（西元806～853），溫庭筠（西元約812～870）。

〔註103〕〔明〕高棅：〈唐詩品彙凡例〉，〔明〕高棅選編：《唐詩品彙》，頁14。

　　〈五言律詩・餘響〉記載「開成後作者愈多而聲律愈微，故自朱
慶餘而下以盡唐末，通得三十九人，擇其詩之純者，共一百八十二首
為餘響。」在這段話裡，必須注意的是「聲律愈微」以及「詩之純者」。
「聲律愈微」之「微」作衰弱解，倘若「聲律」指的是客觀的格律定
式，則不會與世俱微，只有「高低疾徐的聲調」才會受到作者以及世
代影響，逐漸失去聲調而至於衰微。因此，高棅選入餘響的「詩之純
者」，並非意指那批詩作具有美好的聲調，因為已然是「格律愈微」
的狀態，這個「詩之純者」之純，就不會只是以作品本身的格律來讚
揚其為精純之美。此處「純」應該是從詩聲切入而全面包含詩體，非
單指格律形式之純，而是「詩」之純美。「純」從《論語・八佾》來
解釋，「子語魯大師樂，曰：『樂其可知也：始作，翕如也；從之，純
如也；皦如也，繹如也；以成』」〔註104〕朱熹解釋「純」，「和也」，
引謝氏之說「五音合矣，清濁高下，如五味相濟而後和，故曰純如」。
〔註105〕「純」最基本是要能聲音相諧，即是聲調之和，更深一層解
釋純之美、和之美，則要從荀子〈樂論〉：「不全不粹不足以謂之美」
論起。宗白華解釋：「粹是去粗存精」。「全」就是做到孟子所說的「充
實之謂美，充實而有光輝之謂大」。〔註106〕朱熹解釋孟子之言就是〈樂
記〉所說，「和順積中，而英華發外」，美在其中，而發於事業，乃至
德業之盛。〔註107〕這是儒家美學對於樂聲之和、樂聲之美的看法，
隱含道德性。所以在「格律愈微」的情況下，挑選「詩之純」，意指
在這批音樂性愈來愈弱的詩作中，去粗存精，擇取還保有格律和諧，
並且詩作因作者內在人格和順積中而英華發外，美善合一。同樣的用
法亦見《唐詩正聲・凡例》，其云「正聲者，取其聲律純完而得性情

〔註104〕〔宋〕朱熹注：〈里仁〉第四，《論語章句集注》，《四書章句集注》
　　　　（臺北：鵝湖出版社，1984年），卷二，頁68。
〔註105〕同前註。
〔註106〕宗白華：〈中國藝術裏表現的虛與實〉，《美從何處尋》（臺北縣板橋
　　　　市：駱駝出版社，1987年），頁250。
〔註107〕同前註。

之正者矣」。〔註108〕「聲律純完」必可得「性情之正」，因此乃是「美善合一」之聲調美。現代學者蔡瑜亦認爲高棅之格律主張，皆扣緊了「聲情合一」及「情正聲正」的觀念，音聲之自然、純完本於「溫柔敦厚」的詩教觀念。〔註109〕

　　高棅與楊士弘皆以音律反映世道，但卻同樣力圖消解掉「音律反映世道」之機械性，如高棅在《唐詩品彙·凡例》特別說明「一二成家特立與時相異者，將不以世次拘之」；〔註110〕在《唐詩正聲·凡例》亦云：

> 以正聲採取者，詳乎盛唐也。次初唐中唐元和以還間得一二聲律近似者，亦隨類收錄。若曰以聲韻取詩，非以時代高下而棄之，此選之本意也。〔註111〕

因此，楊士弘《唐音》與高棅《唐詩品彙》都沒有嚴格地遵守「音律隨世變」的規則，四唐與正宗、大家、名家並非整齊的對應關係，每個品目皆橫跨了初、盛、中期。現代學者陳國球據此認爲高棅對品目與四唐的配合沒有硬性規定，可顯現他是按照具體的文學評價作出判斷，而非大而化之的世道評價。〔註112〕然而，在本文的論述下則是認爲：儒家的詩教乃至於反映世道，並非與詩之審美對立。聲調世代的「延續性」與「不齊一性」恰恰是對「音律反映世道」的重新體認，如此一來避免了文以載道的僵化，卻又能調和聲調美與詩教。

　　誠如前面我們所說，楊士弘、高棅等人以音律編選唐詩乃至明人論述「詩聲」存有溫柔敦厚的詩教觀，兼顧了詩體之聲調美。他們以詩文學爲主，但這不意味著原本儒家詩教的部分就隱遁成爲口號；反

〔註108〕〔明〕高棅：〈凡例〉，《唐詩正聲》，明嘉靖間刻本，卷首，頁2。
〔註109〕蔡瑜：〈高棅選詩準則析論〉，《高棅詩學研究》（臺北：國立臺灣大學出版委員會，1990年），頁148～149。
〔註110〕〔明〕高棅：〈唐詩品彙凡例〉，〔明〕高棅選編：《唐詩品彙》，頁14。
〔註111〕〔明〕高棅：〈凡例〉，《唐詩正聲》，明嘉靖間刻本，卷首，頁3。
〔註112〕陳國球：〈唐詩選本與復古詩論〉，《唐詩的傳承——明代復古詩論研究》，頁249。

而是以詩之「聲感」回歸到儒家的美學以及體用相即之「用」。在這個架構下，標選出來的詩聲自然兼有「美善」而可以吟詠情性以及教化人心，而達到「藝術美」、「個體性情」以及「社會秩序」三者合一之「美」、「和」。

二、世道與詩體正變的交互影響

　　從「音律反映世道」延伸出來的問題就是「正變」。前述已經說過「音律」與「世道」並非是一機械性的對應關係，而是必須顧及「主體才氣性情」的能動性；但是作者生活在社會情境裡，亦不可能不受到「世道」的影響，因此「音律」乃是社會與作者的內外因素的交互影響。是故，處於同一時代的氛圍裡，卻有詩人超越時代，卓然而出，而有「變」的產生。

　　因此，當我們在談「詩體正變」時，亦隱含世道之正變的影響。所謂「世道正變」從解詩的角度來看，即是傳統所說的「風雅正經」與「變風變雅」。〈詩大序〉云：

> 至於王道衰，禮義廢，政教失，國異政，家殊俗，而變風變雅作矣。國史明乎得失之跡，傷人倫之廢，哀刑政之苛，吟詠情性以風其上，達於事變而懷其舊俗者也。故變風發乎情，止乎禮義。〔註113〕

相對於「正」，「變」就是新變，指的是〈詩大序〉所謂「達於事變而懷其舊俗者也」，也就是「政教衰」、「綱紀絕」之亂世；而不是《易傳》「窮則變，變則通，通則久」的哲學；即便對於風雅來說，有意無意應用了這個哲學。〔註114〕「變風變雅」的價值是「變而不失其正」，還可以「正人心，端世教」。〔註115〕因此，「風雅正變」主要是

〔註113〕〔漢〕毛公傳，〔漢〕鄭玄箋，〔唐〕孔穎達正義：〈關雎序〉，《詩經》，收入〔清〕阮元校勘《十三經注疏》（臺北：藝文印書館1993年據清嘉慶廿年江西南昌府學開重刊宋本影印），卷一之一，頁16～17。

〔註114〕朱自清：〈正變〉，《詩言志辨》台四版（臺北：臺灣開明書局，1982年），頁165～166。

〔註115〕同前註，頁157～158。

以作品反映時代之治亂:「風雅正經」則是太平治世的反映,而「變風變雅」則是世代衰亂的反映。「詩體正變」受到世道影響,如前述所說盛唐之世安康強盛,其「音」亦多溫柔敦厚;但明人以聲論詩辨體時,所側重的是詩本身,即便詩作的確受到世道影響,但並不是為了突顯其背後的社會治亂。〔註116〕

不過,若從用詩者的角度來看,勢必得面對世道與音律的交互作用,也就是在問,為何他們要特別突顯出「正聲」,而欲以此達到「溫柔敦厚」的教化作用。當進入「聲感」第二層的衍外作用時,「音律」就不僅僅是靜態地反映世道,而是在「音律之純,係乎世道之盛」的理解上,欲以「正聲」之「感」達到政教目的,進而「改變」現實。故選擇「正聲」即預設了其「正向」教育百姓的功能,據此,「世道」與「詩體正變」產生交互影響。

楊士弘與高棅在唐詩選本以聲調分期,皆強調「審音律之正變」,高棅云:「唯近代襄城楊伯謙氏唐音集類,能別體製之始終,審音律之正變,可謂得唐人之三尺矣」。〔註117〕從這段話,我們可以知高棅與楊士弘編選唐詩側重在「體製」之源流與「音律」之正變,其立足點在於詩本身之音律,也就是「詩體之正變」。這也就是我們前述一再說明,楊士弘與高棅事實上是從文學藝術的角度出發,但他們亦審查到音律與世道的雙向關係,因此提出以音律觀察世道,下以風刺上;而又以音律行溫柔敦厚之教,上以風化下。據此,世道與詩體正變不是一種靜態的反映,而是具有動態的積極義,換言之,也就是「正聲」可以「感」化現實亂世,而達到治世之用;而「餘響」、「遺響」之作,存其變,亦可以下以風刺上,進而起諷諫之用。

所謂「正」即是「雅正」,現代學者王夢鷗解釋儒者一派的「雅」含有「正派」、「正式」之意,接近古典意;其性質是「溫純寬和」,

〔註116〕 「風雅正變」與「詩體正變」的區別可參閱朱自清《詩言志辨》的〈正變〉一節,以及蔡瑜:〈高棅選詩準則析論〉,《高棅詩學研究》(臺北:國立臺灣大學出版委員會,1990年),頁158。
〔註117〕 〔明〕高棅:〈唐詩品彙總敘〉,〔明〕高棅選編:《唐詩品彙》,頁10。

型態是「端方典正」，分量是「淵博深厚」。〔註118〕換言之，「雅正」乃兼具美善。元人楊士弘評在「正音」評陳子昂云：「唐興，承徐庾遺風，至子昂始變正雅」。〔註119〕高棅在「五古正宗」亦以「雅正」評陳子昂，〔註120〕而以「雅正沖澹」評張九齡。〔註121〕現代學者蔡瑜認爲其「雅正」之意是從作品的精神主旨及語言藝術表現上，具有「委婉興喻」的風貌。〔註122〕楊士弘《唐音》分列出始音、正音、遺響，在楊士弘的架構中，是以盛唐之正音爲首要學習對象，其云「遺響」是爲了「以見唐風之盛與夫音律之正變」，〔註123〕從〈唐音遺響目錄並序〉來看，其「變」指的是「句律未甚純美」〔註124〕、「一偏之失」〔註125〕、「音律流靡」，〔註126〕乃是與「正音」之「正」對舉。高棅之「變」則稍微複雜，因爲其「正變」一詞並非是詞聯「正與變」，而是組合式的合義複詞，可拆解成「正中之變」與「變中之正」。高棅在各五、七言古今詩體當中，依據實際的世道情況與聲調風貌，細分「正中之變」、「變中之正」，將詩體正變與世道之正變結合在一起；換言之，詩體起變與世道變遷有著密切關係。

〔註118〕王夢鷗：〈中國藝術風格試論〉，《文藝論談》（臺北：學英文化事業公司，1984 年），頁 3、10。

〔註119〕〔元〕楊士弘：〈五言古詩序目〉，〔元〕楊士弘編選，〔明〕顧璘點評：《唐音評注》，頁 77。

〔註120〕「唐興文章承陳隋之弊，子昂始變雅正」。〔明〕高棅：〈五言古詩序目〉，〔明〕高棅選編：《唐詩品彙》，頁 47。

〔註121〕「雅正沖澹，體合風騷」。〔明〕高棅：〈五言古詩・正始下・張九齡〉，〔明〕高棅選編：《唐詩品彙》，五言古詩卷之二，唐詩品彙二，頁 70。

〔註122〕蔡瑜：〈高棅選詩準則析論〉，《高棅詩學研究》，頁 160。

〔註123〕〔元〕楊士弘：〈唐音遺響目錄並序〉，〔元〕楊士弘編選，〔明〕顧璘點評：《唐音評注》，頁 629。

〔註124〕郎君胄等八人之作品已錄正音，但「其句律雖未甚純美，而其意調工致有不可棄者，再列於此云」。同前註，頁 630。

〔註125〕「中唐以來雖皆卓然成家，然不能不墮於一偏之失，如李之險怪、盧之泛溢、孟之寒苦、元白之近俚」。同前註。

〔註126〕「惜其音律流靡，若賈之清刻、溫之麗縟，尚不合乎正音，況其下者乎」。同前註。

　　高棅在〈五言古詩敘目〉之「正變」認爲：「唐詩之變漸矣。隋氏以還一變，而爲初唐貞觀垂拱之詩是也，再變而爲盛唐開元天寶之詩是也，三變而爲中唐大曆貞元之詩是也，四變而爲晚唐元和以後之詩是也」。〔註127〕唐詩有詩體四變，其「變」依附初唐、盛唐、中唐、晚唐之時間分期。

　　高棅在〈七言古詩敘目〉之「正變」列有王建、張籍，提到漢武帝立樂府官乃至唐代樂府古題、即事名篇都具有美刺諷上之用，而王建、張籍有古歌謠之遺風且具有「諷義」，因而將二者列爲正變，其云：

> 漢武帝立樂府官，采詩以四方之音，被之聲樂，其來遠矣，後世沿襲，古意略存，或因意命題，或學古敘事，尚能原閨門袵席之遺而達之於宗廟朝廷之上。去古雖遠，猶近唐世，述作者多，繁音日滋，寓意古題刺美，見事者有之即事名篇，無復倚傍者有之。大曆以還古聲愈下，獨張籍王建二家體制相似，稍復古意，或舊曲新聲或新題古義，詞旨暢通，悲歡窮泰，慨然有古歌謠之遺風，皆名爲樂府。雖未必盡被於弦歌，是亦詩人引古以諷之義歟，抑亦唐世流風之變而得其正也歟。今合二家詩五十七首爲正變，後之審音者倘采聲以造樂，二子其庶乎？〔註128〕

高棅在〈凡例〉說，樂府不另分爲類，因爲唐人述作者多達樂者少，因此隨五七言古今體分類。〔註129〕因此，樂府詩作與五言七言古詩、近體詩混選不分。文中講到「大曆以還古聲愈下，獨張籍王建二家體制相似，稍復古意，或舊曲新聲或新題古義」，「古聲愈下」可以有兩種解釋：一是配之管弦的古樂越來越衰微，二是樂府「詩聲」的音樂性趨弱。張籍、王建的樂府詩在古聲愈下的情況，因體製含具古意，

〔註127〕〔明〕高棅：〈五言古詩敘目〉，〔明〕高棅選編：《唐詩品彙》，頁51。

〔註128〕〔明〕高棅：〈七言古詩敘目〉，〔明〕高棅選編：《唐詩品彙》，頁269。

〔註129〕〔明〕高棅：〈凡例〉，〔明〕高棅選編：《唐詩品彙》，頁14。

沿用舊曲新作或以新題目談古代事義，尚有古歌謠之遺風。即便詩作
不一定能實際被歌管弦，但詩人引古以諷，於唐代世變當中可稱得其
「正」。高棅特別在敘目表明選取張籍、王建二家，是基於二者的立
意具有古詩歌之諷義精神，可追溯漢代樂府，亦可供後代審音者采聲
造樂。高棅選擇張籍、王建樂府詩除了體製「稍復古意」還考慮其「引
古以諷之義」，但此處之「義」是從「文字義」而言，如〈詩大序〉
所云「達於事變而懷其舊俗者也」，當政教綱紀衰絕之時，能起端世
教、撥亂反正之用。這是因爲樂之「聲義」已經消失，只剩下「文字
義」的作用。不過，從高棅之言看來，張籍、王建已具備一定的聲調
水準可供采聲，我們在「以聲論詩辨體」以及「聲詩」部分已論及「古
樂已亡」後，詩人認爲「詩存則樂存」，其原因在於詩樂合一時，「詩
的音樂性」會與「樂的音樂性」諧律疊合，故高棅云：「後之審音者
倘采聲以造樂」，其「聲」即是指詩之「音律」。但是，不同於近體詩
之「聲」在詩體內部；樂府詩之「聲」側重在詩之「合樂」，因此當
古樂消失，其聲感的力量就顯薄弱，而變成從文字取義。

　　高棅〈五言古詩敘目〉之「正變」列有韓愈與孟郊（西元 751～
814）二人。韓愈及孟郊可作爲「正中之變」與「變中之正」的例證，
其云：

韓　愈

　　橫鶩別驅汪洋大肆而莫能止者，又秋懷數首及暮行河堤上
　　等篇，風骨頗逮建安，但新聲不類，此正中之變也。〔註130〕

孟　郊

　　其詩窮而有理，苦調淒涼，一發於胸中而無吝色，如古樂
　　府等篇諷詠久之，足有餘悲，此變中之正也。〔註131〕

韓愈詩之「正」在於其詩聲「氣勢」如汪洋閎肆之滂薄，具有建安風
骨，氣多梗概；然而，其詩聲多奇險不同於古音之樸實，故說韓愈是

〔註130〕　〔明〕高棅：〈五言古詩敘目〉，〔明〕高棅選編：《唐詩品彙》，頁51。
〔註131〕　〔明〕高棅：〈五言古詩敘目〉，〔明〕高棅選編：《唐詩品彙》，頁51。

「正中之變」。而孟郊因個人遭遇困窮而語調多苦澀淒涼，此本非「雅正」之音，但高棅認爲其詩「一發於胸中而無吝色」，足以使人諷詠產生同感。因此，孟郊詩風猶如古樂府具有諷詠美刺的價值，故說其爲「變中之正」。〔註132〕因此，我們可以發現不論「正中之變」與「變中之正」，其「正」皆在於「性情之正」。韓愈雖用韻多奇險而爲「變」，但其「音」有建安風骨，依據「聲情類感」，其「性情」亦是具有風骨，可茲學者爲教、爲法。而孟郊「苦調淒涼」，若從「正聲」之標準，未免失去「中節」；但從「可吟詠情性」的角度來說，卻因其「音」發於直接坦率而無吝色，因其「性情之眞」而通「性情之正」，〔註133〕故能以「下以風刺上」，反映現實之感，而得「正」。

　　高棅在「七言律詩敘目」所言，亦可與上述論述相互參照。七言律詩部分，高棅選有李商隱、許渾、劉滄詩，指出「三子者雖不足以鳴乎大雅之音，亦變風之得其正者矣。今合其詩凡四十九首爲「正變」。〔註134〕高棅表明選取李商隱、許渾、劉滄等人的詩作，是爲了「變風之得其正者」。高棅選擇這些作品乃是基於變風變雅以刺上而得其正的傳統，蘊含詩教之意。他在〈五言古詩敘目〉又云：「李白、杜甫以鳴盛世之音」，〔註135〕則是將「音律之盛」等同「盛世之音」，將音與世道相連結而不分，是故「以鳴盛世之音」即有「發揚」盛世與正音的雙重意涵。換言之，最理想的狀態即是處於「盛世之音」，此時性情必然純正，則可達到如高棅〈總敘〉所言，音律之純正對「優游敦厚之教，未必無小補」。

〔註132〕 韓愈詩「正中之變」與孟郊「變中之正」參閱蔡瑜：〈唐詩品彙析論〉，《高棅詩學研究》，頁72。
〔註133〕 徐復觀認爲，感情愈接近純粹而不雜有個人利害關係時，則愈接近感情的原型，亦愈能表達共同人性的某一面。因此「性情之眞」，必然近於「性情之正」。徐復觀：〈傳統文學思想中詩的個性與社會性問題〉，《中國文學論集》五版（臺北：臺灣學生書局，2001年），頁88～89。
〔註134〕 〔明〕高棅：〈七言律詩敘目：李商隱、許渾、劉滄〉，〔明〕高棅編選：《唐詩品彙》，頁707。
〔註135〕 〔明〕高棅：〈五言古詩敘目〉，〔明〕高棅選編：《唐詩品彙》，頁50。

徐獻忠（西元 1469～1545）在《唐詩品》裡，分期談詩時，皆由「聲調音節」講論各時期的特徵，據此分判出正變始末：

　　太宗時期：意主渾融，音節舒緩，不傷宮徵之致，其爲當代之祖
　　　　　　　何疑焉？

　　唐朝初期：作者覽物臨遊，類多散調，不勝《雅》《頌》之義。
　　　　　　　然究其音節，莊嚴渾厚，調之口吻，清濁流通，亦庶
　　　　　　　乎律呂之諧矣。

　　開元以還：舒緩之情漸流爲深密之致，而模寫之言始盛矣。夫太
　　　　　　　始之音尚微，故黃鐘之宮謂之含少。

　　元和而下：調變音殊，意浮文散。其上者，格氣猶存，詞旨漓薄；
　　　　　　　其下者，調卑詞促，心靈流蕩。

　　元和以後：固皆所謂變聲也，然《國風》之旨，裁於風教，發於
　　　　　　　性情，唱於人倫，合於典義，雖不盡屬弦歌之品，要
　　　　　　　皆有君子之道。持是而觀，雖晚唐諸子，或能登茲採
　　　　　　　錄，亦可存其變焉！〔註 136〕

徐獻忠認爲元和以後，皆屬「變聲」，但因「發於性情」，且仍有「君子之道」。因此，徐獻忠認爲這些詩可「存其變」的原因在於其「變」中亦有「正」，發於性情之正，猶有國風之旨，符合風教，因而可「持是而觀」。另外，稱其「雖不盡屬弦歌之品」，則點出他在顧及變風變雅的傳統外，也沒有失守美學的立場。這樣的看法與高棅談正變的立場相似。我們可以說，當詩人採取「詩以聲爲用」的路徑後，他們自覺地不再機械性地將文學對照出時代正變，或者僅僅將文學視作政教附庸。

　　明人重視詩之聲調，以聲感行教化之用，減少了文以載道所產生的弊病。他們在選擇「正聲」是以「性情之正」與「音律純厚」作爲判準，但在他們的思考理路中，「音律純厚」乃是「音由心生」，故能得「性情之正」；不過明人也考量到「音律」若非純厚，也有可能是因

─────────────────────

〔註 136〕〔明〕徐獻忠：《唐詩品》，頁 1275～1276。

爲發於性情之眞,而不暇顧及聲律,則「性情之眞」亦通「性情之正」。

是故,在「詩體正變」的判準中,雖然是以音律來分「雅正」與否,但究其根源,「雅正」之音與性情以及世道有很大的關係。如上述所說的孟郊即是因遭遇困窮而語調悲苦,遂使人能產生同感而吟詠情性,抒解一世代之憂苦。這已經具有「和情性」的教化功能。而同樣地,「正聲」係含蓄深厚而具「性情之正」,其溫柔敦厚之聲,可以作爲學詩之法,亦可以感化人之性情。而從「聲調」分判出「正變」,等同整理出何者爲正宗的學習典範。因此,當我們進入「詩以聲爲用」的脈絡系統,「音律」與「世道」關係就不會是一靜態的反映論;而是以「聲感」爲用,使「溫柔敦厚」具有實踐力。

第四節　聲調的功能在「興」

前面我們討論的是「聲調」在詩體批評上的用途,這一節則是切入閱讀者與作品之間,討論「聲調」如何產生閱讀上的意義。明代中期「調」的觀念,在吟詠時融入閱讀者的情感,因此這個時期談「格調」者,不再只是指述字句的平仄現象,而持近於「興象」之義來論音節。〔註137〕

「聲調」的功能在於引發讀者之興感。談到此處時,必須再回過頭審視我們所談論的「詩以聲爲用」脈絡。當明人在談「聲調」時,往往預設著「音律反映世道」的觀念;同時「聲調」也被期許合情適性,表現出「溫柔敦厚」的特質。如宋人眞西山《文章正宗・綱目》云:「三百五篇之詩,其正言義理者蓋無幾,而諷詠之間,悠然得其性情之正,即所謂義理也」,〔註138〕即是從讀者之「聲調興感」來闡明「聲義」。眞西山(西元 1178－1235)認爲詩三百並沒有直言義理,但藉由諷詠的音調,能調和情性,使人悠然得性情之正,故「聲義」

〔註137〕簡錦松:〈復古派〉,《明代文學批評研究》,頁 259。
〔註138〕〔宋〕眞德秀:〈文章正宗綱目〉,〔宋〕眞德秀編:《文章正宗》(臺北:臺灣商務印書館,1981 年據四庫全書),頁 5。。

即是「義理」所在。如此，我們來談「聲調」以「興」來引生意義時，就不會偏離它背後的語境，而變成脫離社會意義的純粹形式美。

一、何謂「興」？

明代的「興」義為何呢？顏崑陽考察先秦至六朝「興」義的演變，認為興義完成於六朝，之後的解釋也不離開此三類。（一）、先秦時期是「讀者感發志意」的「興」義，孔子所說「興」義是「閱讀效果」，用以「感發志意」，能夠使讀者主體與所感之詩作對象之間，以一「具體情境」引觸心有所感，而產生的「情境連類」。（二）、東漢時期，「興」轉變為結合「作者本意」與「語言符碼」的「託喻之義」，如王逸《楚辭章句》所言「依《詩》取興，引類譬喻」。（三）、六朝時期，「興」轉變為「作者感物起情」與「作品興象」之義。此時是從作品語言位置來說「興」，「作品」本身的興象能夠觸使讀者在閱讀後仍感到餘味無窮，這種藝術效果，如同鍾嶸所說的「文已盡而意有餘，興也」。〔註139〕

承前面所述，明代對「興」義的理解位置，是延續六朝「作者感物起情」與「作品興象」這兩種發言位置來解釋「興」。以「作者感物起情」來說，這是創作動機，談到的是作者與作品之間；從「作品興象」來說，當作品經由作者「以景涵情」具體成為作品後，作品便脫離作者，成為完足的整體。此時，關係位置變成讀者與作品之間，明人從詩聲所談的「興」就是從作品本身感發與作者意圖無關。〔註140〕

我們從明代「詩以聲為用」的觀點來談「興」，是站在「作品興象」來說，也就是聲調所說的體貌，換言之，即是從讀者與作品之間，談聲調如何傳情及教化。但是「作者感物起情」與「作品興象」只是發言位置不同，並非截然二分。因為當時的讀者多半具有作者的身

〔註139〕顏崑陽：〈從「言意位差」論先秦至六朝「興」義的演變〉，《清華學報》新二十八卷第二期（1998年6月），頁143～172。

〔註140〕「作者感物起情」與「作品興象」的解釋詳見顏崑陽：〈從「言意位差」論先秦至六朝「興」義的演變〉，頁168。

分,透過聲調起興的閱讀經驗,亦能從吟詠詩作當中,直接以詩契得興感的詩法,轉換成「作者感物起情」。聲調之美在於「吟詠之味」。此處便是明人經由「讀者」的閱讀反映,以此來學習「聲調美」,聲調若有了吟詠之味,則能興感起情,則言有盡而「聲義」無窮。

二、聲調如何起興

「聲調起興」是透過「感」的作用,讀者吟詠詩作時,藉由聲調之抑揚開合變化,感興詩中的情緒與說話的姿態,在聲調往復當中,不斷將自身經驗、體悟,熔煉到詩中。

我們在第二章討論「詩禮樂一體的實踐場域」時,已經指出,「聲感」是一種直接感性、參與的藝術活動,藉由聲氣之凝聚,讀者置身於一種興感的「氛圍」。陳世驤從「興祭」當中注意到詩歌的「聲感」效果,作過如下細緻的解釋:

> 在形式方面,所有的興都帶著襲自古代音樂辭藻和「上舉歡舞」所特有的自然節奏,這兩種因素的結合構成「興」的本質。興是及時流露的,甚至包括筋肉和想像兩方面的感覺。注意詩中頻仍的疊字和擬聲句,我們似乎聽得見一首帶有「興」在詩中散佈的主調,而且我們似乎被整個包容了進去。注意詩裡頭韻和腳韻的大量使用,這些音韻的展現好像要使整首詩爲之震盪,我們看得出「興」是這種詩歌之所以特別形成一種抒情文類的靈魂。〔註141〕

在陳世驤的理解與詮釋中,遠古時代的社會生活,「興」是一種朗誦,運用雙聲疊字、擬聲句、反覆吟誦等,壯大聲音的情感效果,將聲音帶入詩的內容,這種整體氣氛的營造,也就是聲調的體貌。音樂是一種直接感性的藝術活動。我們在吟誦詩作,感受聲音時,不自覺地會被聲音所牽引,整個人投入進去,四肢不自主地跟著音節和拍,此時我們的心與聲調同氣,身處於一個心靈軌道上,音樂與我融合爲一

〔註141〕陳世驤:〈原興:兼論中國文學特質〉,《陳世驤文存》二版(臺北:志文出版社,1975年),頁249。

體，這也就是宇宙觀念下的聲氣通感，自身氣質之性與聲音之氣相互類應，而有所感通。因此，我們可以說「聲調起興」在於，聲調形成一種「氛圍」，有助我們在「情境」裡，將自身投入，滋長詩義。如孔安國（西元前約 156～約前 74）傳「詩言志，歌永言」，而云：「詩言志，以導之歌，詠其義，以長其言」。〔註142〕詩聲能滋長詩義，即是讀者感其聲音所凝聚的「氛圍」。

那麼，聲調之閱讀所形成的「氛圍」是什麼呢？「氛圍」即是吟詠之情境。所謂「情境」即是「情景交融」，其原理原則在於要有眞實的內在情感，才能使「景」不爲「異物」方能生感起情，產生物我同一之「境」。〔註143〕「吟詠」之所以能起情，也是根源於內在情感作用，方產生「聲情類應」之「感」。但是，「吟詠之情境」所指的已經不是「情景」所指的外在的人事物，而是上述我們所說讀者將自身投入聲調當中，相互共感，所產生的氛圍、情境。

我們可藉由張次仲所言，討論吟詠之情境。張次仲將「讀者」當作是「新的作者」，從「作者感物起情」的角度，檢視讀者如何從吟詠當中，契得興感之詩法：

> 讀詩之法，宜虛心熟讀，涵詠尋繹，自然和氣從胸中流出其妙處有不可得而言者，不得安排措置自立臆說，亦不宜粘定舊解，看得不流動也。惟在吟詠諷誦間，觀其委曲折旋之意，如吾自作此詩，自足以感發吾心……先熟讀本文，玩味其語氣千遍萬過，方得見其中好處，其中好處方出，方見得精徹而無遺耳。〔註144〕

張次仲所言「熟讀涵詠尋繹自然和氣，從胸中流出其妙處」，即是讀者之「聲調起興」。但是聲調能起興感，並非一吟而得，而必須是「熟讀涵詠」，所謂涵詠即是默記於心，不斷地在心中揣摩體會

〔註142〕　〔漢〕孔安國傳，〔唐〕孔穎達正義：〈舜典〉，《尚書》，收入〔清〕阮元校勘：《十三經注疏》，卷三，頁46。

〔註143〕　參見蔡英俊：〈「情景交融」的理論探源〉，《比興、物色與情景交融》（臺北：大安出版社，1986年），頁64、90。

〔註144〕　〔明〕張次仲：〈學詩小箋總論〉，《待軒詩記》，頁31。

其「情境」，此時必伴隨著吟誦聲，故張次仲云：「惟在吟詠諷誦間，
觀其委曲折旋之意」，「如吾自作此詩，自足以感發吾心」。其「委
曲折旋」之意不僅僅是文字義之「比興」，而是須經由「吟詠諷誦」，
將自己當作是新的作者，從吟詠當中體味；換言之，即是我們前述
所說的「詩義」之完整，有賴「文字義」與「聲義」相結合。張次
仲從讀者之閱讀起興，將讀者置換成新的作者，從吟詠之語氣進行
再創作，其觀念或許來自我們在第二章所討論的朱朝瑛。張次仲在
〈學詩小箋總論〉，錄有朱朝瑛《讀詩略記‧總論》全文，兩人曾
就文學觀念有過討論。〔註145〕朱朝瑛認爲「作品完成」後，其「意
義」仍有浮動，歌者可任意藉由腔調改變其「聲義」，甚至經過「傳
播」後，「聲義」可與「辭義」不相侔，其云：「然在歌者或可變易
其聲，而非所語於作者也」。〔註146〕因此，閱讀者可以重新詮釋作
品，這不僅僅是指一般「詩評之詮釋」，而是吟誦本身就是一種詮
釋過程，亦是意義的再創造。從聲音的功能性來說，「聲義」即是
「聲感」之作用。因此，讀者之「興感」除了物色比興之辭，還須
有「聲調之感」相互牽引。其原因在於：「聲依永」、「音由心生」，
音節之安排不僅僅是平仄格律之和諧響聲而已，而是詩人透過「聲
情類應」的原則，將聲調之長短、抑揚、高下、疾徐賦予「詩聲」
有「雄渾」、「高古」、「莊嚴」、「婉約」等具體的色澤；因此讀者吟
詠「聲調」，能將之具體化爲帶有情感之語氣，宛如有一「氛圍」、
「情境」呼喚。

　　王夫之評阮籍〈詠懷詩〉之十二時，便指出詩聲宛如一氛圍、情
境，可興、可觀、可群、可怨，其云：

　　　唯此宵宵搖搖之中，有一切真情在內，可興，可觀，可群，

　　　可怨，是以有取於詩。然因此而詩，則又往往緣景，緣事，

〔註145〕「予友朱康流說詩簡該雋永，予嘗質難。今錄其《讀詩略記‧總
　　　　論》」。〔明〕張次仲：〈學詩小箋總論〉，《待軒詩記》，頁37。
〔註146〕〔明〕朱朝瑛：〈論詩樂〉，《讀詩略記》（臺北：臺灣商務印書館，
　　　　1970年四庫全書版），頁4，

　　緣已往，緣未來，終年苦吟而不能自道。以追光躡景之筆，
　　寫通天盡人之懷，是詩家正法眼藏。〔註147〕

蕭馳認爲「宵宵」在此處應爲狀聲詞，如韓愈、孟郊有「靈瑟時宵宵」
之用法，而「搖搖」則是「狀搖曳之態」；因此「宵宵搖搖」是刻畫
阮籍〈詠懷詩〉之十二的聲情宛如「秋風動樹，一片颯然的氛圍」。
〔註148〕此處的「聲情」當是從「聲調」綜合整首詩的整體風貌。由
聲調之感，凝聚出如風搖動的秋天氛圍。

　　張次仲認爲吟詠之「氛圍」、「情境」，促使讀者穿越文字義，而
重新體會「音隨遇成節，及乎有感而動」的創作情境：

　　當其天然而發，如孩笑谷音，隨遇成節，及乎有感而動，
　　如水衝石激，觸目生心，此在作者難於明言，而讀者亦不
　　能遽曉也。是不必假象造語以釋之，引繩切墨以究之，而
　　當息心靜氣以觀之，亦若啓其天機而調其六情者。蓋義類
　　紛披而紬繹宜閒，物色錯陳而析辭尚簡，使其味津津，欲
　　吐情曄曄若新，則達人妙悟不於此見耶。〔註149〕

張次仲承續「音由心生」的觀念，當外境現前，「觸目生心」心理產
生變化而有情意，此時情景交融產生一「氛圍」、「情境」，遂發於「詩
聲」。此處，作者及讀者難以明言、遽曉之處即是在於「感物而動」
之「外境之氛圍」。因爲創作的發生，若不是經由刻意安排，而是出
於自然而然，此時靈感、詩辭及詩聲往往是同一時間迸發，皆源自「外
境之氛圍」而直接感性，難分先後。故張次仲認爲從讀者的角度來說，

〔註147〕阮籍〈詠懷詩〉第十二首「開秋兆涼氣，蟋蟀鳴床帷。感物懷殷憂，
　　　　悄悄令心悲。多言焉所告，繁辭將訴誰？微風吹羅袂，明月耀清輝。
　　　　晨雞鳴高樹，命駕起旋歸」。〈詠懷詩〉第十二首及評語見〔清〕王
　　　　夫之：《古詩評選・五言古詩》，收入傅雲龍、吳可主編：《船山遺
　　　　書》（北京：北京出版社，1999 年據上海太平洋書店版，參校曾刻
　　　　本），總書第八卷，古詩評選卷四，頁 4764。
〔註148〕蕭馳：〈詩樂關係論與船山詩學架構：兼論傳統詩學與中國思想中
　　　　超形上學〉，《抒情傳統與中國思想：王夫之詩學發微》（上海：上
　　　　海古籍出版社，2003 年），頁 200。
〔註149〕〔明〕張次仲：〈學詩小箋總論〉，《待軒詩記》，頁 45。

惟有重造「外境之氛圍」，才能感悟其詩之情境，故云：「使其味津津，欲吐情曄曄若新」，其味津津即是指「興味之濃厚」，吐情曄曄若新，則指讀者重新體悟其情，萌發出新的滋味。其「外境氛圍之重造」不在於文字義之紛陳，而在於我們前述所言「惟在吟詠諷誦間觀其委曲折旋之意」，「如吾自作此詩自足以感發吾心」，因此其云：「紬繹宜閒」、「析辭尙簡」即是預留了讀者「觀其委曲折旋」而起興的空間。

既然閱讀方式不在於詳細分析義類，又言「析辭尙簡」，那麼當讀者知其文字義後，如何使這些內容之概述，回復到一有機體的狀態，使人「吐情曄曄若新」呢？其方法就是「吟詠諷誦」，「吟詠」所帶來的「聲感」能使讀者再造「氛圍」，而彷彿有一情境可感；因此，張次仲不特重詩的文字義表達了甚麼，而在於讀者透過文字義之掌握，藉由吟誦萌發出濃厚之興味，彷彿回復原初「聲情類應」、「感物而動」的狀態，又成了新的作者感物起情，故云：「吐情曄曄若新」。

李東陽亦云「惟有所寓託形容摹寫，反復諷詠」才能感發情思：

> 詩之爲妙固有詠歎淫泆三復而始見，百過而不能窮者。
> 〔註150〕

> 蓋正言直述則易于窮盡而難於感發，惟有所寓託，形容摹寫，反復諷詠，以俟人之自得；言有盡而意無窮，則神爽飛動，手舞足蹈而不自覺，此詩之所以貴情思，而輕事實也。〔註151〕

「詩有三義，賦止居一，而比興居其二。所謂比與興者，皆託物興情而爲之者也。」這段話，他是以「感物起情」來理解比興，在創作手法上，藉由外在的景物來起情。但後面講到「惟有所寓託，形容摹寫，反復諷詠，以俟人之自得；言有盡而意無窮」，就是從整體完成後的「作品興象」，以反復諷詠，而得言外之意。聲調所帶來的興感功能，此足以流通人之精神，激盪情志。如《麓堂詩話》一開頭所說，詩聲可以「陶寫情性，感發志意，動盪血脈，流通精神」。

〔註150〕〔明〕李東陽：《麓堂詩話》，頁13。
〔註151〕〔明〕李東陽：《麓堂詩話》，頁8。

　　李夢陽引王叔武的話，以街上匹夫爲例，詩歌即便沒有文辭修飾，聽者依然能從聲調之詠嘆或急促當中，感受到「興」。這段話之大意同樣也出現在〈詩集自序〉中：〔註153〕

　　　　王子曰：詩有六義，比興要焉！夫文人學士，比興寡而直
　　　　率多，何也？出於情寡而工於詞多也。夫途巷蠢蠢之夫，
　　　　固無文也，乃其謳，咢，呻也，吟也，行咶而坐歌，食呹
　　　　而寤嗟，此唱而彼和，無不有比興焉，無非其情焉，斯足
　　　　以觀義矣，故曰：詩者，天地自然之音也。李子曰：雖然，
　　　　子之論者風耳。夫雅頌不出於文人學士手乎？王子曰：是
　　　　音也，不見於世久矣，雖有作者，微矣！〔註154〕

文中欲指出的重點不在於那些文人作詩是否運用比興，而是告訴我們「其謳，咢，呻也，吟也」的聲感力量能使人興感。街上那些未受教育的販夫走卒，當他們歌唱應和時，吟誦或者低聲細語，抑或哀嘆，這些發聲缺乏華麗辭藻，也沒有講究文字義之比興，卻自然充滿情感，而能使人感發，這是由於出自眞情之故。李夢陽揭示了自然之音能夠具有「聲感」功能，在於其性情之眞。出自性情之眞的聲音本身就因爲「聲情類應」具足，因而夠感人，這個「聲感」的作用就是「興」。因此，李夢陽把「比興」之作用，從文字義給釋放了，他認爲「無不有比興焉，無非其情焉，斯足以觀義」，可以不從風、雅、頌之內容而得，其唱和所產生的「聲調」即具「聲情」、「聲義」，則有「比興」之效用。劉熙載《詞概》云「詞也者，言有盡而音意無窮也」。〔註155〕「言有盡而音意無窮」關鍵即在吟唱所帶來的「興感」，能使讀者在吟誦唱和時，從作品整體引發自身的情感，而滿溢出作者意圖之外。

〔註153〕李夢陽〈詩集自序〉指出說者是王叔武。「曹縣蓋有王叔武云其言
　　　　曰：「夫詩者，天地自然之音也，今途咢而巷謳勞呻而康吟，一唱
　　　　而群者，其眞也，斯之謂風也。孔子曰：禮失而求之野，今眞詩
　　　　乃在民間，而文人學子顧往往爲韻言，謂之詩。」〔明〕李夢陽：〈詩
　　　　集自序〉，《空同先生集》（臺北：偉文出版社：1976年），卷五十，
　　　　頁1436。
〔註154〕〔明〕李夢陽：〈詩集自序〉，《空同先生集》，卷五十，頁1437～1438。
〔註155〕〔清〕劉熙載：《詞概》，《藝概》，頁106。

　　前述我們都從「作品興象」，以讀者的角度來談「聲調的功能在『興』」，但在討論張次仲之言時，已經指出讀者在閱讀作品時，將自身投入，藉由吟誦之語氣，重新詮釋作品之「聲義」，此時「聲義」與「文字義」有相互牽引的作用。而這種吟詠本身就是一種詮釋，讀者把自己也置於作者的位子，理解此詩作之情意，再吟詠表現出來。在吟詠的過程中，同時亦是感動著自己。如現代學者葉朗解釋「興」，主體為對象所「感動」的同時，又為這個正在「感動」著的自我所感動。〔註156〕而當時的讀者多半具有作者的身分，他們透過聲調起興的閱讀經驗，瞭解「聲調美」在於吟詠之味，因此格外重視聲調所帶來人興感功能。故從創作者的角度來說，對於「作品興象」之體會可轉換成「作者感物起情」。

　　李東陽從作者的創作角度，認為長篇詩必須要有節奏，有操，有縱，有正，有變。若「平鋪穩布，雖多無益」。〔註157〕換句話說，相對於文字義，聲音並非沒有作用。寫作者對待「詩聲」不要只求穩當，一首詩的聲調要有抑揚起伏，在吟詠過程中才有情緒之高低變化，帶來聲感的力量。李東陽又云：杜甫詩頓挫起伏，變化不測，讓人感到可駭可愕，關鍵在於「音響與格律相稱」。〔註158〕字音依平仄格律卻又有開合洪細與音節長短的變化而形成特殊音響，在吟誦時有助於興感的效用。李東陽這些觀念，都指向一點：聲調在吟詠的過程中十分重要，它足以帶動這首詩所要傳達的情緒，如杜甫詩之聲響令人可駭可愕。

　　李東陽從「作者起情」的角度，講究聲調之情境。他評溫庭筠〈商山早行〉名句「雞聲茅店月，人跡板橋霜」，認為一般人論此詩，僅止於言意之表，指出了「羈愁野況」，「緊關物色」等評論，卻沒有注意到音韻的效果。此「音韻」即是指「聲調」而言。李東陽評溫庭筠詩，而云：

〔註156〕葉朗主編：〈審美感興〉，《現代美學體系》（臺北：書林出版有限公司，1993 年），頁 170。
〔註157〕〔明〕李東陽：《麓堂詩話》，頁 6。
〔註158〕〔明〕李東陽：《麓堂詩話》，頁 6。

　　　音韻鏗鏘，意象具足，始爲難得，若強排硬疊，不論其字面
　　　之清濁，音韻之諧咔，而云我能寫景用事，豈可哉？〔註159〕

李東陽將音韻與意象對舉，似乎是指「音韻鏗鏘而意象具足」，然而，
從語法上來看，也有可能是音韻與意象爲二者並列。我們看到下文從
「若強排硬疊……」至語末，皆是談聲，而沒有論及字的意象。詩中
這些詞組看似是一個一個獨立的景物，構成場景，前後沒有邏輯關
係；但是，在李東陽的文意當中，這些詞是不可以擅自強排硬疊的，
因爲這些詞並不是只擔任了物色的字義，還須顧及字面之清濁以及音
韻之和諧。若是作詩沒有涵蓋上述，「而云我能寫景用事，豈可哉？」。
我們看李東陽整段話，皆是談聲，最後直言若沒有注重音韻，那麼可
以稱自己會「寫景用事」呢？據此，我們可以推測李東陽事實上認爲
音韻，也就是聲調，乃參與「寫景用事」之內，而非摒除在詩義之外。
若是「詩聲」沒有好好處理，內容意義也就會大打折扣。換言之，李
東陽認定聲調能「興」、能「感」，營造出詩之情境、氛圍。

　　不過，詩聲爲什麼能具有意義？詩人爲什麼能敏銳感受到差異
呢？其背後層層疊疊積累了群體的文化意識。這又回到我們前幾章所
說，在中國的文化傳統裡，善樂者皆能識得聲義，宮商角徵羽不僅僅
是聲音調式而已，而是與情感有所類應、亦可解讀出其象徵意義。此
章「聲調美與詩教的調和」的討論在於突顯出「詩以聲爲用」的觀念
乃是兼具藝術美以及溫柔敦厚之詩教。先秦時期「詩樂合一」，樂教
本身就是以藝術的力量來完成性情之修養；而後詩樂分途，「詩聲」
從詩之「合樂」移置爲詩體「內部的音樂性」，也就是「聲調」。詩人
基於「詩樂合一」的認知，而意識到「完整的詩義」乃是具足「聲義」
及「文字義」。故「詩聲」不僅僅是聲音形式而已，而是具有表情達
意之「聲義」。

　　從文學的發展上來說，詩歌經歷六朝聲律之產生，乃至唐代而有
格律之規範，此時「音由心生」的根源性產生動搖，聲可以不必由心

〔註159〕〔明〕李東陽：《麓堂詩話》，頁6。

而出，可以從客觀的平仄格律製造。再至宋代對詩聲的拗變及過度強調文義，詩體的種種限制以及作者意圖過於膨脹，使得「聲情類應」所產生「興感」消失了，詩作而少了直接感動的要素，讀者也就沒有參與作品的空間。這個問題一直到明初都還未解決。

　　那麼，如何去解決上述的困境呢？宋代鄭樵曾追索《詩經》，提出「詩以聲爲用」的說法，明人承襲之。他們重視詩體的內部聲音，這個「聲音」不再只是客觀之格律，而是能夠流蕩情志，具有色澤的「聲調」。明人大量地編輯唐詩選本，以「音」標題，又在詩論中暢談「聲調」。他們一方面談詩的聲調美，另一方面卻沒有放棄過詩教，以及音律隨世變的文學觀念。也就是說，在他們的理解裡，詩從來不是脫離作者、脫離世代，遺世而獨立的美學文本。無形之中，明代詩人所做的是調和「聲調美與詩教」。因此，從「聲調與世代正變」裡，我們看到了「對『音律反映世道』的重新體認」。當他們從「詩以聲爲用」的理解進入後，就不再機械性地認定文學必定準確地反映出時代正變，或者僅僅將文學視作政教附庸。明人希望實踐詩之聲調美，同時也兼顧溫柔敦厚。他們雖然以詩的文學性爲優位，但這不意味著原本儒家詩教的部分就僅僅淪爲序言的裝飾品；反而是以聲音回歸到儒家美學，在此架構下，評價、挑選適合作爲學習典範的詩作，其結果自然兼有聲調美與詩教，而實踐「和」之理想。「聲調的功能在興」也就是在上述架構下，從「作品興象」與「作者感物起情」兩方面，進行實際的閱讀與創作。如是瞭解「詩以聲爲用」，才不會脫離中國詩學「體用相即」，「儒家美學的觀念系統」的文化脈絡，而誤解爲西方論述下的純粹形式美。

第五章　兩種聲情路徑：自然之音與人爲詩歌律

　　六朝時期，「詩聲」從自然成韻走向人爲格律。到了唐代，雖然近體的聲律已漸定型，但是唐詩卻還保持豐富的音樂性，節奏精妙者甚至可直接配樂歌唱。元代楊士弘編纂《唐音》是以「音」而非以「情意」評判詩的高低，突顯了「音」的重要性。

　　明代師法唐詩，著重在詩的音樂性，詩話談及唐詩幾乎不離「聲調」。「以聲遞情」、「以聲鍊字」是這個時代的詩學課題。根據孫琴安《唐詩選本題要》記載，康麟《雅音會編》收集唐詩三千八百餘首，「取詩之同韻者，以類從類」，而不以詩體或作家排列，包含周弼《三體唐詩》、趙章泉、韓潤泉《選唐詩》（又名《章泉潤泉二先生選唐詩》）、元好問《唐詩鼓吹》、楊士弘《唐音》、高棅《唐詩品彙》以及許仲孚《光嶽英華》爲底本，〔註1〕按韻編次。張可大《唐詩類韻》也將律詩「依韻類聚」做爲學者誦習之用。〔註2〕由此可見明代學者「以聲習詩」的需求。

　　我們在前面篇章已處理過唐音之「音」以及明代人如何看待「聲調」。唐「音」是指「聲調」。「聲調」是一種從「詩聲」的觀點綜合

〔註1〕　孫琴安：《唐詩選本提要》（上海：上海書店，2005 年），頁 83～84。
〔註2〕　同上註，頁 140～141。

作品整體的風貌，推擴言之，則指是一家，甚至一時代之詩的整體風貌。明代談「聲調」，不只是在談平仄格律，而是持近於「興象」之義來論音節。所謂「興」就是起情，讀者藉由吟詠，由聲調觸發情感。因此，聲調被視爲詩之「有意義的形式」。

就「聲情類應」而論，格律固定前，古詩自然成韻，當時「聲隨情轉」。唐代制訂人爲詩歌律以後，詩人開始刻意安排，在固定的平仄譜裡，製造出抑揚頓挫的聲情，此時「情隨聲轉」，各家有各家的聲調。明代詩人學習唐詩就是希望能練得「情隨聲轉」，又不見鑿痕，使聲情重返自然而不造作的狀態。

實際上如何學習呢？明代詩人勢必得面對幾個基本問題：聲音的構成包含了哪些主觀、客觀成分？什麼樣的聲音能起興遞情？而就人爲格律來說，如何在固定的平仄裡，製造「聲情類應」的詩聲？

針對上述學習問題，本文分爲三個部分進行論析：

一、「聲與氣」。聲氣可分爲作者主觀面與作品客觀面。（一）、就作者主觀面而言，氣爲主體個殊的氣質之性，爲本所固有。由心感外物而發出聲音，聲受到氣影響，此爲聲音未取得語言形式之前。（二）、就作品客觀面而言，明人作詩時，往往藉由參照唐詩，從篇章結構、字音鍛鍊，使「詩聲」鏗鏘響亮，情隨聲轉，帶出作品的氣力、氣勢。此爲聲音取得形式之後，聲氣不離，氣由聲所表現。

二、「自然之音」。明代詩人務求聲調「情隨聲轉」，從聲表現出性情；而「自然之音」爲最終的創作理想。他們分從（一）、觀念上的自然之音；（二）、具第一義之作品的自然之音，以探討自然之音如何可學？以及明代詩人捨漢魏之自然，而就唐音之自然的原因。

三、「人爲詩歌律」從客觀格律著手，分從「字關抑揚」、「音節要響」、「從篇章結構安排音響」與「明人學習唐音的範例」進行討論。「聲調」不離主觀的才氣性情，因此我們論及人爲詩歌律時，並非指述客觀的平仄規矩，而是主體情性如何驅使字音，以成爲「聲調」；評論者透過「聲調」綜合體悟，指導如何師法唐音。

第一節　聲與氣

　　聲調爲詩的體貌時，包含整首詩的字、音節、篇章結構等音響效果。除卻客觀的格律，從主觀的部分來說，創作者的才氣性情十分重要。唐君毅認爲「聲」出自體氣之轉動，體氣轉動又與生理變化與心之情志變化相依。〔註3〕換言之，我們可以說作者的「才氣性情」驅使這些字句在固定的格律裡，發出錯綜音響，展現個殊風貌。

　　「才氣性情」可分爲「性、心、情」與「才、氣」兩組觀念來討論，再從中辨明彼此的關係。「性、心、情」這組概念，我們已在第二章處理過。「性」是人生而有之，在未感狀態下，內含萬理。人有是性，然後有形，有形然後有心，心感物而動，則產生性之欲。性之欲就是所謂的情。因此我們說好惡喜怒哀樂愛敬等情緒都是從情而言之。若就儒家的心性論而言，荀子認爲此「心」是感官知覺之心，而孟子所說之「心」則純爲道德自覺之心。就〈樂記〉的「聲感」系統來說，「聲情類應」是基於「心」是感官知覺之心，而有其自體功能；但是若從其「和情性、美教化」之衍生效用來說，則須有相當的「道德自覺」，方能受其「感」而能「反情和志」。故〈樂記〉所教導的對象主要是具有道德自覺之「君子」，而非一般習於感官之欲的庶眾。

　　「氣」的解釋甚爲複雜，粗略可分爲「宇宙天地萬物之氣」、孟子所講的「浩然之氣」、宋明理學專講的「氣質之性」，以及「作品語言之氣」四種。「宇宙天地之氣」使萬物有形，人受天地之氣而生。孟子所講的「浩然之氣」是一種道德勇氣，即由道德自覺所發動的生命力。宋明理學所講的「氣質之性」是在良心善性與心之間又補充了氣質之性。氣有清濁，人若不善乃氣之作用使然。楊儒賓認爲「氣質之性」就本質來說，「只有一種氣化流行下貫人身所致的人性。由氣而質而外顯爲知覺，這是氣質之性的展示性內涵」。〔註4〕因此變化氣

〔註3〕　唐君毅：〈禮記中之禮樂之道與天地之道（下）並論孝經之孝道〉，《中國哲學原論》三版（臺北：臺灣學生書局），原道篇，卷二，頁119。
〔註4〕　楊儒賓：〈氣質之性的問題〉，《儒家身體觀》（臺北：中央研究院文

質得靠爲學、修養，但是氣質之性極難變化。「作品語言之氣」，如氣勢、氣力，主要是就語言修辭、音韻、內容架構等等，統整起來的氣勢力量。

上述四種氣當中，與創作有直接關係的是「氣質之性」以及「作品語言之氣」。創作時，「氣質之性」施及作品，會受到語言修辭、音韻、內容架構影響，產生「作品語言之氣」。此「作品語言之氣」類似作品風貌之意。

謝榛云：「自古詩人養氣，各有主焉。蘊乎內，著乎外，其隱見異同，人莫之辨也」。〔註5〕此處之「養氣」非指孟子之浩然之氣，而是指「氣質之性」，因此各有其主。「蘊乎內，著乎外」指的就是上述所說「氣質之性」貫注至作品後，產生的「作品語言之氣」。盛唐諸家各自培養自己的氣，展現出來就有：「雄渾」、「秀拔」、「壯麗」、「古雅」、「老健」、「清逸」等語言之氣。詩人內在氣質不同，顯露於外時，就形成不同的作品風貌。

我們常說每個作家都有各自的「才氣」，「才氣」合用時，是指才受到氣之清濁的影響，而有「昏明強弱之稟不齊」。〔註6〕什麼是「才」呢？朱子解釋「才猶材質，人之能也」。〔註7〕人之「資質才能」受到氣的影響，而有所不齊。

朱子進一步解釋才、氣、性、情之間的關係：「以性而言，則才與情本非有不善也。特氣質之稟不齊，是以才有所拘，情有所徇，而不能一於義理耳。至於性則理而已矣，其純粹至善之德，不以氣質之美而多加，不以氣質之惡而爲有損，特其蔽之厚薄有不同耳」。〔註8〕從「性」

哲所，1996 年），頁 410。
〔註5〕 〔明〕謝榛著，宛平校點：《四溟詩話》，卷三，頁 69。
〔註6〕 〔宋〕朱熹注：《中庸章句》，《四書章句集注》（臺北：鵝湖出版社，1994 年），頁 32。
〔註7〕 〔戰國〕孟子著，〔宋〕朱熹注：〈告子章句上〉，《孟子集注》，《四書章句集注》卷十一，頁 328。
〔註8〕 〔宋〕朱熹著，日・友枝龍太郎解題：《孟子或問》（日本東京：中文出版社，1977 年據景正保四年（1647）刊本影印），頁 9。

之本體來看，「才」與「情」原本沒有不善；而因爲每個人所稟的氣質不一，所以「才」受到限定，而「情」也有所偏求。「心」受到氣質影響亦有明暗之分。徐復觀認爲孟子從「性善」談「心」，「心」的四種活動即是「情」，孟子云：「乃若其情，則可以爲善矣」〔註9〕的「情」即指惻隱、羞惡、是非、辭讓之心。「心」介於「性」與「情」之間，從「心」往上推一步即是「性」；從「心」向下落一步即是「情」。「情」含有「向外實現的衝動、能力，即是『才』」。是故，「性」、「心」、「情」、「才」，都是環繞著「心」，分屬不同層次。徐復觀引述張橫渠「心統性情」之語，認爲孟子應當是「心統性、情、才」。心是善，性、情、才便都是善的。〔註10〕徐復觀對心、性、情、才」的見解與朱熹之說相同。

綜合上述，「才氣性情」包含天生所受的「性」、心感物而發的「情」、「資質才能」以及「氣質之性」，這四者中居於關鍵，使個體產生差異的是「氣質之性」。

「才氣性情」貫注到作品的各組織中，就有「氣韻」、「辭氣」、「聲氣」等不同層面。其中需要辨駁的是「氣韻」一詞，「氣韻」有「韻」字，而「韻」原義是指「聲響」。據徐復觀研究，「韻」到了魏晉，挪借到品鑑人物，轉爲「風神」之義。經過上述觀念的轉折後，「韻」所包含的也就是一個人神形合一的姿貌。〔註11〕因而，「氣韻」解釋作「氣勢與風姿韻致」。〔註12〕明人用「氣韻」一詞多在書法、繪畫上，用以指稱人的神情風姿。例如陳謨（西元1305～1400）〈贈寫眞李約禮序〉：「人固以全體論骨法神情氣韻，坐立當無不肖似，乃名國藝郭令公女，指前畫得趙郎形貌後，畫兼得其性情語笑」，〔註13〕王

〔註9〕　〔戰國〕孟子著，〔宋〕朱熹注：〈告子章句上〉，《孟子集注》，《四書章句集注》卷十一，頁328。

〔註10〕　「心、性、情、才」的討論參見徐復觀：〈從性到心——孟子以心善言性善〉，《中國人性論史》（臺北：臺灣商務印書館，1969年），頁174。

〔註11〕　同前註，頁176。

〔註12〕　徐復觀：〈釋氣韻生動〉，《中國藝術精神》（臺北：臺灣學生書局，1966年），頁162、165、176。

〔註13〕　〔明〕陳謨：〈贈寫眞李約禮序〉，《海桑集》（臺北：臺灣商務印書

直（西元 1379～1462）〈題蕭于喬南歸序〉：「吾邑蕭於喬以寫真得名……所摹寫既得其形似，又與其風神氣韻而盡得之」，〔註14〕宋濂〈跋王獻之保母帖〉：「此帖乃獻之親書於甎而又晉工刻之……所以精神氣韻夐然不侔也」。〔註15〕上述「氣韻」一詞與神情、風神、精神連用而為同義詞，表示書法、繪畫之「氣質」、「精神姿態」。

「氣韻」一詞用於文學可見宋濂〈答章秀才論詩書〉稱「元白近於輕俗，王張過於浮麗，要皆同師於古樂府，賈浪仙獨變入僻以矯豔於元白。劉夢得步驟少陵而氣韻不足，杜牧之沈酣靈運而句意尚奇」。〔註16〕但是，從前後文脈，無法明確判定「劉夢得步驟少陵而氣韻不足」所指的「氣韻」是否從「聲調」立論。我們若從「聲調」來推想，劉禹錫詩倣效杜甫，而宋濂評之「氣韻不足」，可能的原因是什麼？一般認為杜甫詩的作品語言之氣為「沉鬱頓挫」。〔註17〕楊義解釋「沉鬱頓挫」之表現為「有節奏的抑揚起伏和盤曲轉折。它涉及詩歌的內結構和外結構，涉及內結構上的沉重的充實感，以及外結構上有控制的騷動感和彈性」。〔註18〕若從「聲調」切入杜甫詩之「沉鬱頓挫」，可援引葉嘉瑩之說，葉嘉瑩認為杜甫「寫玉華宮之荒寂，則以上聲馬韻給予人一片沉悲哀響」，〔註19〕詩句「杖藜歎世者誰子」悲慨極深，

館，1973），第一冊，卷五，頁 29。

〔註14〕〔明〕王直著，王禛編：〈題蕭于喬南歸序〉，《抑菴文集》（臺北：臺灣商務印書館，1983 年），卷三十六。

〔註15〕〔明〕宋濂：〈跋王獻之保母帖〉，《宋濂全集》（杭州：浙江古籍出版社，1999 年），第二冊，芝園前集卷五，頁 1251。

〔註16〕〔明〕宋濂：〈答章秀才論詩書〉，《宋濂全集》，第一冊，潛溪後集卷之四，頁 208。

〔註17〕「沉鬱頓挫」語出杜甫：〈進鵰賦表〉：「臣之述作，雖不能鼓吹六經，先鳴數子，至於沉鬱頓挫，隨時敏捷，揚雄、枚皋之徒，庶可企及也」。杜甫：〈進鵰賦表〉，《杜工部文集》（臺北：新文豐出版社，1988 年），叢書集成續編一八三，卷一，頁 81_479。

〔註18〕楊義：〈杜甫抒情的共振原理〉，《李杜詩學》（北京：北京出版社，2001 年），頁 656。

〔註19〕葉嘉瑩：〈論杜甫七律之演進及其承先啟後之成就（代序）〉，《杜甫〈秋興〉八首集說》（臺北：桂冠書局，1994 年），頁 5。

尤其「者」字收束，即為頓挫有力，心情之悲痛全在「者」字之「音節拗澀停頓中表現出來」。〔註20〕故其「沉鬱頓挫」之聲響使詩有了苦澀凝悲之情感。而據上述所論，回看劉禹錫學少陵而氣韻不足。此處「氣韻不足」應可有二個層次：一、就作品語言之氣而言，劉禹錫從字面步驟杜甫，卻沒有從聲音去逼近其感情意境，因而氣韻不足。二就創作者「人之氣質」、「人之精神姿態」而言，劉禹錫與杜甫之才氣性情不同，因此其落實到作品上，劉禹錫之氣無法等同杜甫之氣，故云「不足」。

從「作品之聲調」論「氣韻」一詞若僅有宋濂之例證，則顯薄弱，也許尚有其他例見，有待被發掘。故「氣韻」之「韻」雖有「聲響」之本意，但經挪用至「氣韻」後，多指「人之氣質」、「人之精神姿態」。因此，我們從「聲調」詮釋「氣韻」一詞，試圖探求其可能，但卻不特別強調從「作品之聲調」解釋「氣韻」一詞。

因此，我們前述「氣韻」、「辭氣」、「聲氣」等不同層面之用詞，與「詩以聲為用」最為相關的是「聲氣」。我們將先辨析聲與氣的主客觀關係，再從「聲氣」一詞，討論明代詩人如何理解語言作品中的「聲氣」。

一、聲與氣的主客觀關係

進行探析前，我們必須先辨明現實世界中的作者與詩中的作者，以利接下來討論聲與氣的主客觀關係。格律被制訂之前，詩歌自然成韻，聲音與內在情感連結緊密，也就是〈樂記〉所言「唯樂不可以為偽」。〔註21〕此時「聲情類應」，作者真情流露出口成聲時，聲隨情轉，我們可以說這首詩表達了作者的心聲。

到了唐代，格律發達成熟，詩人可以穠纖合度地調配出自己想要傳達的聲情，此時情隨聲轉，作品不見得完全貼合創作者的真情，我

〔註20〕同前註，頁 49。
〔註21〕〔清〕孫希旦解〈樂記〉第十九之二，《禮記集解》（下）（臺北：文史哲出版社，1990 年），卷三十八，頁 1006。

們只能說所閱讀到的是詩中作者,而非現實世界中的那位詩人。另一方面從讀者與作者之間來看,讀者帶著自己的生命經驗與情感來閱讀作者,又更顯複雜,也許溢出作者意圖之外,或者根本不指向作者。

我們這樣辨析作者與作品之間的關係,是爲了釐清聲與氣的主客觀因素。若從作者主體面來看,聲受到氣影響,在未取得形式之前,心受氣質之性影響而感於物,發爲情,而有聲。若從作品客體而言,「氣」進入語言層次時,則屬於「作品語言之氣」。詩人可以藉由鍛鍊語言所涵的「詩聲」,使作品表現某種氣力、氣勢。這其中分混雜了作者之氣的自然流露與語言形式操作。

二、聲 氣

我們前面解釋「氣」爲氣質之性,有個殊之差別。從文學來論氣,就是指作者氣質之性施於作品上的結果。詩人氣質之性感物而動,發而爲情,而後藉語言將「情」表現爲作品。氣質之性各殊,因而即便同一景物或情志,表現於作品,也會產生殊異的聲氣。是故,聲氣來自於「氣質之性」感物而產生「情」,而「情」形諸於「語言」,而由語言所構成的作品本身就含有可被讀者感受的「聲氣」。落實到「語言層次」的「聲氣」,其關係就不是「氣質之性」與「聲」有先後主從之關係;而是「聲氣不離」,「氣」從「聲調」而得,可說是「聲之氣」。因此,明人在談「聲氣」有兩個層次:一是在未取得語言形式前,氣質之性與聲音具有影響關係,二是取得語言形式後,從字音、音節句式、篇章結構之聲調所產生的氣力、氣勢。「氣」爲「聲」所表現的結果,則「氣」不能影響「聲」。因此,不論「聲隨情轉」的自然之音,或是「情隨聲轉」的人爲詩歌律在產生過程雖有「情」或「聲律」決定先後的關係,但取得語言形式後,二者皆同爲「聲氣」。

李東陽云:「蓋文章之與事業,大抵皆氣之所爲。氣得其養,則發而爲言,言而成文爲聲者,皆充然而有餘」,[註22] 李東陽在「聲

〔註22〕〔明〕李東陽:〈黎文僖公集序〉,《懷麓堂稿》(臺北:台灣學生書局,1975年),懷麓堂文後稿,卷之四・序,頁2443。

氣」進入語言層次之前，從創作主體論氣質之性之培養。「氣得其養，則發而為言，言而成文為聲者」，從上述可知，氣尚未成聲，也未進入語言文字，此時「氣質之性」可藉由為學、修養而有所改變。因此，究其根本，文章之音節係為主體才氣性情所驅遣，因此文章事業當然受到氣質之性所影響，故李東陽云：「蓋文章之與事業，大抵皆氣之所為」，是從「未取得語言形式之前」，就聲氣之根源性來說。

徐禎卿在《談藝錄》所言很能代表「聲氣」取得語言形式前、後的兩個層次，其云：

> 情者，心之精也。情無定位，觸感而興。既動于中，必形於聲。故喜則為笑啞，憂則為吁歔，怒則為叱咤。然引而成音氣，寔為佐引音成詞，文寔與功。蓋因情以發氣，因氣以成聲，因聲而繪詞，因詞而定韻，此詩之源也。〔註23〕

「聲」與「氣」乃是一動態歷程。從宇宙論來說，人為萬物之一，秉「宇宙天地萬物之氣」而有各人之氣質。此氣質所成之性，即為氣質之性。而「心」受氣質之性影響，觸感而興，即為「情」；「情」發而為「聲」；此時「聲情類應」，故云：「喜則為笑啞，憂則為吁歔，怒則為叱咤」，「聲」受到「氣質之性」所決定。但在取得形式之後，「聲成文」謂之「音」，就已進入語言文字形式，此時「音氣，寔為佐引音成詞，文寔與功」。換言之，徐禎卿非常清楚地辨識到這兩個層次，在未取得語言形式之前，「聲」乃受「氣質之性」所決定；但落實於語言文字後，詩人「引音成詞」，此時之「氣」乃「作品語言之氣」。「聲氣」則從字音、句式音節、篇章結構所構成的聲調所顯現。

李夢陽〈張生詩序〉云：「夫詩發之情乎？聲氣其區乎？正變者時乎？夫詩言志，志有通塞則悲歡以之，二者小大之共由也。至其為聲也，則剛柔異而抑揚殊何也，氣使之也」。〔註24〕李夢陽認為「聲」

〔註23〕〔明〕徐禎卿著，〔明〕周履靖校正：《談藝錄》（臺北縣板橋市：藝文印書館，1966年據夷門廣牘版），二卷五十二。

〔註24〕〔明〕李夢陽：〈張生詩序〉，《空同先生集》（臺北：偉文：1976年），卷五十，頁1444。

受到「氣質之性」所驅策，而「氣質之性」有清濁之分，因此落實到「作品語言之氣」亦受其影響，而聲音始有剛柔抑揚之別，這抑揚剛柔之「聲」會形成某種氣韻，就是「聲氣」。是故，「詩聲」與「主體才氣性情」是從主觀面而言，「聲」受到「氣質之性」的影響，「氣」為先出，而後有「聲」。然而，當「聲」藉由「語言形式」表現出來，則「氣」隱涵於抑揚剛柔的「聲調」中了，是為「聲氣」。

陳沂（西元 1469～1538）《拘虛詩談》云：「昌黎詩有氣，聲調不降，但少紆徐吟詠之味」，〔註25〕又評杜牧、許渾、劉滄、李商隱「聲氣衰弱，字意尖巧，吟詠無餘味，賞鑒無警拔」。〔註26〕此處陳沂用「聲氣」一詞是從客觀的「作品語言之氣」言之，混雜了作者之氣與語言形式之操作。「昌黎詩有氣，聲調不降」，乃指昌黎詩有氣勢，因此尚維持詩之聲調。為什麼這麼說呢？我們前述已說「作品語言之氣」乃綜合語言修辭、音韻、內容架構之組成，因此作品若顯現整體氣勢，往往可以支撐其形式、內容之不足處，故稱「聲調不降」。但是陳沂認為其「聲調」少了「紆徐吟詠之味」，就不是從取得語言形式之前，論「氣質之性」與「聲」的對應。因為若「聲調」僅為「氣質之性」所決定，那麼「詩聲」如其「人之氣」，亦是一種從性情所發的自然之音，則「聲依永」，自有其音節；就不需批評其詩少了「紆徐吟詠之味」。因此，顯然陳沂已經進入人為詩歌律的「聲調美」觀念，涉及了字音、句式音節、篇章的音樂性，而批評韓愈詩少了聲調悠緩之美感。而陳沂批評杜牧「聲氣衰弱，字意尖巧，吟詠無餘味」，其「聲氣」亦是從作品語言的客觀層面，評其聲氣衰弱而無吟詠之味。因此，我們可見語言作品之「聲氣」影響聲調美，而其「美」在於「吟詠之味」。此處便是明人經由「讀者」的閱讀反映，以此來學習「聲調美」，聲調若有了吟詠之味，則能興感起情，言有盡而音意無窮。

上述我們講「聲氣」都是就詩體的「聲音」言之。朱熹評〈關雎〉

〔註25〕同前註，頁 677。
〔註26〕同前註。

時，則將「聲氣」看作是管弦之聲氣。朱熹云

> 性情之正、聲氣之和也……詩人性情之正，又可以見其全
> 體也。獨其聲氣之和，有不可得而聞者，雖若可恨。然學
> 者姑即其詞而玩其理以養心焉，則亦可以得學詩之本矣。
> 〔註27〕

《詩經》本為合樂之詩，但漢代以後古樂不傳，故朱熹云：「獨其聲
氣之和，有不可得而聞者」，因此朱熹將聲氣之聲歸於管弦。而明人
許學夷引其言，再重新解釋「聲氣」。

> 風人之詩既出乎性情之正，而復得於聲氣之和，故其言微
> 婉而敦厚，優柔而不迫，為萬古詩人之經。朱子說〈關雎〉
> 云：「獨其聲氣之和，有不可得而聞者。」蓋指樂而言。予
> 謂樂之聲氣本乎詩，詩之聲氣得矣，於樂有不聞可也。世
> 之習舉業者，牽於義理，狃於穿鑿，於風人性情聲氣了不
> 可見，而詩之真趣泯矣。〔註28〕

朱熹認為〈關雎〉得性情之正，從內容上尚可知其「德如雎鳩，摯而
有別」；然而，卻遺憾無法得知聲樂之和為何。許學夷卻提出不同觀
點，云：「予謂樂之聲氣本乎詩」，強調詩本身即含有聲音，不必再外
求於管弦。許學夷此言是就「詩樂分離」以及「詩有聲調」的文學現
況言之。他批評歷來談論詩都太過「牽於義理，狃於穿鑿」，反而忽
略詩人之「性情聲氣」，因此詩自然純真的趣味也跟著消減。換言之，
許學夷認為「詩聲」就是「性情聲氣」所在，不假外求，即便原本詩
所合樂之樂曲，無法再聽聞，也不影響讀詩的趣味。因此，許學夷評
「聲氣」係由「作品語言之氣」的「自然之音」論之，這是一種接近
自然的「聲氣」，因而聲音能反映詩人之性情。

　　綜合上述所論，我們辨別「聲」與「氣」的主觀、客觀層面的目
的在於釐清「聲調」構成的主客觀性。從作者主觀而言，在取得語言

〔註27〕〔宋〕朱熹：〈詩卷第一・關雎〉，《詩經集註》（臺北：華正書局，
　　　　1996 年），頁 2。
〔註28〕〔明〕許學夷著，杜維沫校點：《詩源辯體》（北京：人民文學出版
　　　　社，1998 年），卷一，頁 2。

形式之前，「聲」受「氣質之性」所決定。進入語言層次後，客觀的作品揉雜了作者之氣，以及可從聲音形式進行操作的部分，形塑成「作品語言之氣」。「自然之音」是先有情，而後有聲律，此乃「聲隨情轉」，不假造作；這是一種接近自然的「聲氣」。「人爲詩歌律」則是先有聲律，而後有情，此乃「情隨聲轉」；這是另一種人爲定制的「聲氣」。明代人學習唐音，是以「自然之音」爲理想，而從人爲詩歌律做爲途徑，學習如何「情隨聲轉」，重回「聲情類應」的詩歌理想型態。

第二節　自然之音

　　明代詩人務求「聲調」能「情隨聲轉」。因此，「自然之音」所流露的眞性情成爲詩歌創作的理想。「自然之音」受到崇尚是因爲有眞實的情感、有道德意義，即「性情之眞」、「性情之正」。徐復觀曾深刻解釋「性情之眞」與「性情之正」。他說感情近於純粹而少雜有特殊個人利害，就愈接近情感的原型，欲能夠表達共同人性的某一方面。所以「性情之眞」必會近於「性情之正」。性情之正從修養而來，性情之眞則是經過感情不知不覺地淨濾純化，即便是勞人思婦也可因自身的遭遇而得性情之眞。〔註29〕「自然之音」一方面延續〈詩大序〉「情動於中而形於言」這一脈說法；更深一層來說，純正而發的自然之音契合了「性即天理」這個宋明以來的哲學思維，因此自然之音始終被詩人置於高位。在「詩以聲爲用」的觀念脈絡裡，明代詩人重視聲音，自然的聲情仍是最終的想望。他們以聲音切入創作，唐音成爲學習典範。然而「已完成格律」的唐音在明代人的眼裡，有自然之音嗎？與漢魏之自然又有何不同？下述分從一、觀念上的自然之音，二、第一義作品的自然之音，呈現明代詩人對學習自然之音的看法。

〔註29〕徐復觀：〈傳統文學中詩的個性與社會性問題〉，《中國文學論集》五版（臺北：臺灣學生書局，2001 年），頁 88～89。

一、觀念上的自然之音

　　我們在第二章「儒家美學的觀念體系」已討論過儒家美學是廣義之美，可包含了崇高、悲壯等風貌。而唐人司空圖《詩品》採「韻外之致」及「味外之旨」〔註30〕的審美觀念將詩歸類成二十四種「風貌意境」：〔註31〕雄渾、沖淡、纖穠、沈著、高古、典雅、洗煉、勁健、綺麗、自然、含蓄、豪放、精神、縝密、疏野、清奇、委曲、實境、悲慨、形容、超詣、飄逸、曠達、流動〔註32〕等二十四種。

　　若從「創作論」歸約上述二十四種風貌意境，可概括成兩大美的理想意境：一是「自然之作」，二是「雕琢之作」。「自然之作」一詞可用《詩品》中「自然」與「疏野」作爲詮釋。「自然」是自然而然，天成不矯飾，〔註33〕其詞是相對於「雕琢」而言；「疏野」是率眞、任性自然，〔註34〕其詞亦與「雕琢」相對。而「雕琢之作」則可用「洗煉」與「綺麗」二詞作爲詮釋，意指「精熟」〔註35〕及「本然之文綺

〔註30〕「味外之旨」及「韻外之致」是一般對司空圖詩論之認知。黃景進認爲「韻外之致」、「味外之旨」是深層「意」，也就是文章的內涵情意。黃景進：〈中晚唐的意境論〉，《意境論的形成——唐代意境論研究》（臺北：學生書局，2004年），頁217。「韻外之致」、「味外之旨」語出自司空圖〈與李生論詩書〉。〔唐〕司空圖著〈與李生論詩書〉，收入郭紹虞主編《中國歷代文論選精選》（臺北：華正書局，1991年），上冊，頁490～191。

〔註31〕黃景進認爲「詩境」是「對詩所提供特殊經驗的通稱，有時爲了強調詩境的特殊性，詩境會轉變爲風貌類型的同義語」。黃景進：〈結論〉，《意境論的形成——唐代意境論研究》，頁233。

〔註32〕〔唐〕司空圖著，郭紹虞集解：《詩品集解》（北京：人民文學出版社，1963年）。

〔註33〕《皋解》：「此言凡詩文無論平奇濃淡，總以自然爲貴。」《淺解》：「自然則當然而然，不知其所以然而然」。《楊解》：「猶恐過於雕琢，淪入澀滯一途，縱使雕繢滿目，終如翦綵爲花，而生氣亡矣。故進之以自然。」參見郭紹虞集解：〈自然〉，《詩品集解》（北京：人民文學出版社，1963年），頁19。

〔註34〕《皋解》：「此乃眞率一種。任性自然，絕去雕飾。」《臆說》：「疏野，謂率眞也。」參見〔唐〕司空圖著，郭紹虞集解：〈疏野〉，《詩品集解》，頁28。

〔註35〕《淺解》云：「凡物之清潔出於洗，凡物之精熟出於煉」，《臆說》云：

光麗」。〔註36〕這兩種美的理想意境，可以說是在創作入徑上有別；但同爲中國傳統文化所認可之「美」。清人劉熙載（西元 1813～1881）曾指出疏野是一種詩之「美」；〔註37〕而在本文第二章也已論及中國亦以「兩兩相對而形成雕飾附麗」是爲「美」。我們將上述兩種美的理想意境落實於詩作論之。

「自然之作」與「雕琢之作」之分可以顏延之與謝靈運之詩做爲範例。鮑照曾評論謝詩：「初發芙蓉，自然可愛」，而顏詩「鋪錦列繡，亦雕績滿眼」。〔註38〕鍾嶸《詩品》云：「湯惠休曰『：謝詩如芙蓉出水，顏詩如錯采鏤金』」。〔註39〕而嚴羽評論謝靈運之詩是「透徹悟」，〔註40〕所謂「透徹悟」是從皎然《詩式》：「但見性情，而不覩文字」所轉換而來，〔註41〕意思是指詩人熟讀作品而求悟入乃得詩法，〔註42〕因此其詩作能從造詣入但卻不見創作鑿痕，因此宛如自然之作。我們綜合上述所

「不洗不淨，不鍊不純」。參見〔唐〕司空圖著，郭紹虞集解：〈洗鍊〉，《詩品集解》，頁 14。

〔註36〕《淺解》云：「文綺光麗，此本然之綺麗，非同外至之綺麗」。《皋解》：「此言富貴華美，出於天然，不是以堆金積玉爲工。」〔唐〕司空圖著，郭紹虞集解：〈綺麗〉，《詩品集解》，頁 17～18。

〔註37〕「疏野。野者，詩之美」。〔清〕劉熙載：《詩概》，《藝概》（臺北：華正書局，1988 年），頁 53。

〔註38〕〔唐〕李延壽：〈顏延之傳〉，《南史》（臺北：中華書局據武英殿本校刊，1965 年），第二冊，列傳第二十四，卷三十四，頁 3。

〔註39〕〔梁〕鍾嶸著，陳慶浩編：《鍾嶸詩品集校》（法國：法國國立巴黎第八大學出版，1977 年），卷中，頁 74。

〔註40〕嚴羽：「謝靈運至盛唐諸公，透徹之悟也」。〔宋〕嚴羽著，郭紹虞校釋：〈詩辨〉。《滄浪詩話》（北京：人民文學出版社，1961 年），頁 12。

〔註41〕郭紹虞指出嚴羽「透澈之悟」本於皎然《詩式》「兩重意已上，皆文外之旨。若遇高手如康樂公，覽而察之，但見性情，不覩文字，蓋詣道之極也」。同前註，頁 16。參見〔唐〕釋皎然：〈重意詩例〉，《詩式》，收入張伯偉編撰《全唐五代詩格校考》（西安：陝西人民教育出版社，1996 年），卷一，頁 210。

〔註42〕關於嚴羽之「熟讀」、「悟入」以及「詩法」參見黃景進：〈以禪喻詩的主要內容〉，《嚴羽及其詩論之研究》（臺北：文史哲出版社，1986 年），頁 156～162。

言，可知謝靈運的「自然之作」雖然是如初發芙蓉，自然可愛；但是，畢竟仍是指「經過鍛鍊後」的詩創作，只因其作品能再現自然之性情，卻不讓人看見雕琢之痕跡，而稱之爲「自然」，並非眞正沒有「雕琢」。如同前述詮釋「雕琢之作」爲「洗鍊」及「綺麗」，其眞義在於「出於精熟」與「本然之文綺光麗」，而非外至之造作。由外至之造作者，則如前人評顏延之爲「鋪錦列繡」、「雕繢滿眼」；此已然是等而下之的「雕琢之作」。換言之，不論是「自然之作」或「雕琢之作」其理想的美感意境都是以「不假雕飾」與「出於自然性情」爲最終理想。因此，宗白華認爲中國人雖然懂得駢麗之美，但仍認爲「初發芙蓉」之「自然」勝過「錯采鏤金」之「雕琢」；在藝術表現上，多著墨於表現自己的思想性情與人格特質，而非僅致力於文字之雕琢。〔註43〕

　　從詩美學而論，「自然」與「雕琢」都只是作詩取徑，最終亦將導向人之心、性、情。杜甫講究格律，自言「新詩改罷自長吟」，〔註44〕一首詩的完成必經過反覆錘鍊，吟詠再三。但是，他也說「由來意氣合，直取性情眞」，〔註45〕作詩在於眞情流露，直抒胸臆。然而，這二者並不衝突；杜甫詩之成功就在於他推敲每個字詞與格律，深刻地將字詞的格律鍛鍊爲詩情，入於無跡而不見鑿痕，因此，反而讓人感到流暢、眞誠。葉嘉瑩說韓愈有意學杜甫之奇險，而以文句入詩，但卻是在字句上爭奇，而無法在情感意境上取勝；杜甫則是在音節頓挫中表現情感，以拗澀之語寫抑鬱艱苦之情，使聲情相合。〔註46〕

　　就創作來說，「自然」之美因其出於「不假雕飾」、「出於自然性情」，而成爲中國美學之理想意境。但是，「雕飾之作」若造詣入於無

〔註43〕宗白華：〈中國美學史中重要問題的初步探索〉，《美從何處尋》，頁 5。
〔註44〕〔唐〕杜甫著，錢謙益箋注：〈解悶〉，《杜詩錢注》（臺北：世界書局，1965 年），頁 342。
〔註45〕〔唐〕杜甫，錢謙益箋注：〈贈王二十四侍禦契四十韻〉，《杜詩錢注》，頁 296。
〔註46〕葉嘉瑩：〈論杜甫七律之演進及其承先啓後之成就（代序）〉，《杜甫〈秋興〉八首集說》（臺北：桂冠書局，1994 年），頁 49～50。

跡，則亦屬「自然」之範疇。此受老莊思想影響，〔註47〕如《莊子‧
應帝王》：「彫琢復朴」〔註48〕及〈山木篇〉：「既彫既琢，復歸於朴」。
〔註49〕

　　明代對自然之音的認知除了上述的美學觀念外，亦紮根於宋明理
學對心性、天理的討論。胡居仁（西元 1434～1484）在〈流芳詩集
後序〉提到詩從何而來？自然之音如何產生？這些問題他都有過完整
詳盡的論述。胡居仁是宣德末年到成化末年間的學者，世稱敬齋先
生。他是位思想家，主要在書院講授儒學，以心性義理爲主。他居處
的時代是第一次復古運動醞釀前不久，與李東陽（西元 1447～1516）
約略同一時期，對於文學發展觀念來說，具有時代性之參考。張次仲
與李夢陽對於自然之音的看法，大抵上也不離開胡居仁之說。因此我
們以胡居仁所言，作爲討論的開端：

> 詩有所自乎，本於天，根於性，發於情也。蓋天生萬物，
> 惟人最靈，故有以全乎天之理，而萬事萬物莫不該焉！當
> 其未發而天地萬物之理森然具於其中而無朕兆之可見者，
> 性也，心之體也；萬物之來惺然而感乎內，沛然而形於外
> 者，情也，心之用也。由其理無不備故感無不通，既感無
> 不通，則形於外者必有言以宣之，情不自已，則長言之，
> 又不自已，則詠歌之，既形於詠歌，必有自然之音韻，詩
> 必叶韻，所以便詠歌也，詠歌發於性，性本於天，此詩之
> 所自，學詩者所當知也。〔註50〕

〔註47〕老子反對「人爲虛飾之美」，莊子則以「無人爲虛飾」，「樸素合道的
　　　　大美」，作爲理想中的美。但若人爲雕飾是順著藝術對象的本質及原
　　　　有形象，而使之作本色的表現，則藝術重返樸素的自然境界，謂之
　　　　「第二自然」。參見顏崑陽：〈莊子藝術精神之體性〉，《莊子藝術精
　　　　神析論》（臺北：華正書局，1985 年），頁 149～150。
〔註48〕〔清〕郭慶藩：〈應帝王第七〉，《莊子集釋》（臺北縣樹林鎮：漢京
　　　　文化事業公司，1983 年），卷三下，頁 306。
〔註49〕〔清〕郭慶藩：〈山木第二十〉，《莊子集釋》，卷七上，頁 677。
〔註50〕〔明〕胡居仁：〈流芳詩集後序〉，《胡敬齋先生文集》（臺北：藝文
　　　　印書館據清康熙張伯行編輯同治左宗棠增刊正誼堂全書本影印，
　　　　1966 年），頁 1。

胡居仁從天、性、情三個層次說明「詩何以產生」，這樣的說法承襲自〈樂論〉「人生而靜，天之性也。感於物而動，性之欲也」，以及〈樂記〉的「聲感」理論。我們已在第二章對「聲感」之根源性做過討論。「聲感」是以「心－物－感－情－聲－音」的歷程所形成，混雜了形上觀念與宇宙觀念，人與天有類應的關係，而從「音」、「聲」逆溯其所以「發生」之根源性因素，最終以「天之性」作爲根源。胡居仁承襲這樣的看法，認爲天地萬物之理都本於「天之性」，詩人因心感萬物而有「情」。而從「情」到「聲」的敘述則依據〈詩大序〉的脈絡，「言之不足而歌詠之」。從引文的語法可以發現，胡居仁以堅定的語氣表示所歌詠的詩作「必有自然之音韻」。這是爲什麼呢？〈詩大序〉只講了「在心爲志，發言爲詩」，在這一脈絡，解釋了眞性情之可愛，自然之音之彌足珍貴，以達風行草偃之詩教。胡居仁將詩之所由，推至天理後，得到最根源的保證。道理是一，落實到每個萬事萬物，個殊必定會同於一，而且和諧。因此由性情所發出來的聲響，相應則爲自然之音節，而必定格律和諧。

張次仲在《待軒詩記》也持相同看法。「心有所喜怒，言不能無悲懽，動於心而發於口，有自然之理致，有自然之音響，天機自動，天籟自鳴，此詩之所以作也，原於天理之固有，出於天趣之自然，作之者應口出聲，賦之者隨宜應用」，而且「不必有定句，句不必有定字，言從理順，聲和韻協，固無所謂義例也」。〔註51〕

張次仲的說法仍爲「性即天理」，依此「天－性－情－聲」的順序理則，人心所發類應「自然之理」，便必爲「自然之音節」。因此，張次仲也同胡居仁之說，聲響是自然而然，由內而發，同於天理，故不需刻意著墨，便可言從理順，亦不必同「格律」，拘泥於字數音韻，而因其內具天理之和，發顯出來自然則有和諧之音韻。

〔註51〕〔明〕張次仲：〈學詩小箋總論〉，《待軒詩記》，收入中國詩經學會編輯《詩經要籍集成》（臺北：學苑出版社據乾隆三十年（1765 年）四庫全書本），第十五冊，卷首，頁 31。

從理則來說，可以明白何謂「自然之音」，但到底「自然之音」在實際詩作「聽起來」是什麼子呢？李夢陽在〈詩集自序〉曾有一段紀錄他與王叔武的對話。王叔武說這些路邊沒有知識的愚夫所唱和出來的就是天地之音，就是詩，「其謳，咢，呻也，吟也，行呫而坐歌，食咄而寤嗟，此唱而彼和，無不有比興焉，無非其情焉，斯足以觀義矣，故曰：詩者，天地自然之音也」。〔註52〕在王叔武之定義下，只要心有所感，自然而然地喜怒哀樂，發而爲聲，或呻吟或歌唱，不假造作，聽起來就會是眞感情，就能使聽者興發而產生意義，這些都屬於天地自然之音。那些愚夫所唱和之聲，因爲非有私欲，純粹感性而發，因此接近情感的原型，而爲天地自然之音，具「性情之眞」與「性情之正」。

二、第一義作品的自然之音

前述闡明瞭明代人對自然之音的觀念，是依據「天－性－心－情－聲」這一理則，從而詩必然是自然之音，必定能格律和諧。但是，這是一種理念上的想望，實際在操作上沒有法則可依循。明代人崇尚唐詩，是因爲唐音高響鏗鏘，具有詩的藝術美。但從自然之音來看，漢魏古詩律化的程度極低，更貼近自然，何以明代詩人選擇以唐詩作爲學習典範呢？這就觸及實際的「學習」問題。

明代對唐詩的看法，多受嚴羽《滄浪詩話》的影響。嚴羽《滄浪詩話》提到：「漢魏晉與盛唐之詩，則第一義」，「漢魏尚矣，不假悟。謝靈運至盛唐諸公，透徹之悟也」。〔註53〕第一義是借佛經所說，由「二諦」的用語而來。第一義諦（眞諦）是與世俗諦相對。佛教各派對二諦解釋不盡相同，《大般涅盤經》云：「佛性者，名第一義空，第一義空名爲智慧」。〔註54〕在我們的討論裡，簡約而言之，第一義所

〔註52〕〔明〕李夢陽：〈詩集自序〉，《空同先生集》，卷五十，頁1437～1438。
〔註53〕〔宋〕嚴羽著，郭紹虞校釋：〈詩辨〉，《滄浪詩話校釋》（北京：人民文學，2006年），頁11～12。
〔註54〕印順：《印度佛教思想史》修訂版（新竹縣竹北市：正聞出版社，2005年），頁289。

指的是「最根本、重要、透徹、眞實」。而什麼是「透徹悟」呢？嚴羽詩論用佛家之乘果宗派比喻詩之等級，「透徹悟」是從「範圍深淺」而論，相對於「分限之悟」與「一知半解」，即是經由熟參而圓融透徹地瞭解詩歌藝術的特殊規律。〔註55〕

許學夷借用了嚴羽之說，指出漢、魏詩是自然而然，不假悟入；漢、魏、盛唐之詩都是第一義，而盛唐諸公「領會神情，不倣形跡」是透徹悟。〔註56〕許學夷認爲漢、魏古詩與盛唐律詩，都是無跡可求，但是漢、魏無跡本乎天成，盛唐無跡乃造詣而入。〔註57〕許學夷區判了漢魏與盛唐之別，又針對一般人模倣盛唐詩可得，初唐卻不可得，提出看法：

> 或問予：「子嘗言初唐五七言律，氣象風貌大備，至盛唐諸公則融化無跡而入於聖，然今人學盛唐或相類，而學初唐反不相類者，何耶？」曰：「融化無跡得於造詣，故學者猶可爲，氣象風貌得於天授，故學者不易爲也。唐人詩貴造詣，故與論漢魏異耳」。〔註58〕

漢魏之詩自然而然、無跡可循，「氣象混沌，難以句摘」；〔註59〕王夫之即特別推崇漢魏之詩，即是基於其「以心之元聲」的觀念，而貶斥盛唐之後的五言近體。〔註60〕到了盛唐的無跡可循，已經是循造詣所致。雖然漢魏與盛唐都屬於第一義，但就學習的難易度來說，前者困難了許多。基於同樣的理由，初唐也較盛唐難學。許學夷點出初唐格律還未成

〔註55〕黃景進：〈以禪喻詩的主要內容〉，《嚴羽及其詩論之研究》（臺北：文史哲出版社，1986 年），頁 164、169。

〔註56〕〔明〕許學夷著，杜維沫校點：《詩源辯體》（北京：人民文學出版社，1998 年），卷十七，頁 181。

〔註57〕同前註，卷十四，頁 154。

〔註58〕〔明〕許學夷著，杜維沫校點：《詩學辯體》，卷十四，頁 154。

〔註59〕〔宋〕嚴羽語。嚴羽著，郭紹虞校釋：〈詩評〉，《滄浪詩話校釋》，頁 151。

〔註60〕蕭馳：〈詩樂關係論與船山詩學架構：兼論傳統詩學與中國思想中超形上學〉，《抒情傳統與中國思想：王夫之詩學發微》（上海：上海古籍出版社，2003 年），頁 191。

熟，古、律混淆，楊士弘在作為學習範本的《唐音》將初唐四子標為「始音」，而不名古、律，他認為這是相當正確的作法。〔註61〕

那麼，到底漢魏、初唐之自然可不可學呢？許學夷認為不可以倉促學之，要專習凝領直到琢磨了神與境，才不會淪為抄襲。〔註62〕他又以自身學習陶淵明詩的經驗來說明平淡之難學。因為平淡之詩過於自然平易，「不失之淺易，則傷於過巧」，許學夷自稱少時曾學陶淵明百餘篇，但大都顯得淺易，而快七十歲的時候再為之，又覺像白居易，失之巧。於是絕筆，不再倣效陶淵明。〔註63〕許學夷通過了自身的學習經驗，而認為漢魏與初唐不可倉促學之，而盛唐詩可以藉由用功而學得。

王行（西元 1331～1395）在〈唐律詩選序〉談及律詩因格律失去自然音韻，但即便如此，他認為在格律嚴謹的情況下，仍然可以藉由技巧來達到「擬自然」：

> 降及李唐，所謂律詩者出，詩之體遂大變，謂之律詩者，以一定之律律夫詩也，以一定之律律之，自然蓋幾希矣。自然尠而律既嚴，則不能不計其工拙也。計其工拙又烏能不為之取捨哉？故曰不得不然也。雖不得不然，其間固有法焉！蓋拙而渾樸同乎工，工而刻畫同乎拙，終不遺夫自然也，此取捨之大要也。〔註64〕

文中指出格律一出後，詩的字韻平仄都需合乎規定，幾乎失去了自然。但未加修飾而渾厚樸實跟精緻巧妙是相同，精巧而仔細描摩到像

〔註61〕〔明〕許學夷著，杜維沫校點：《詩源辯體》，卷十四，頁 153。

〔註62〕「學漢魏詩，惟語不足以盡變。其興象不同，體裁亦異，固天機妙運無方爾。譬如學古人畫，苟一筆不類，便非其人；若必摹倣某幅而為之，則是臨畫，非作畫也。故凡學漢魏詩，必果如出漢魏人手，至欲指似某篇，無跡可求，斯為盡變。此非專習凝領，而神與境會，弗能及也。」同前註，卷三，頁 50。

〔註63〕「予少時初學靖節，終歲得百餘篇，率淺易無足採錄。今間一為之，又不類白、蘇矣。白、蘇學陶而失之巧。因遂絕筆不復為也」。許學夷完成《詩源辯體》時約莫七十歲。同前註，卷六，頁 107。

〔註64〕〔明〕王行：〈唐律詩選序〉，《半軒集》（臺北：臺灣商務印書館，1972 年據四庫全書）卷六，頁 1～2。

是未經雕刻的樣子，都不失自然。王行看法就跟許學夷看待盛唐是一樣的，盛唐造詣精熟到語言渾然，形跡俱融，因此不失自然。這樣的想法也替明代學習盛唐之自然，開啓了一條路數。因此，呼應我們前述「觀念上的自然之音」，「雕飾之美」乃是「出於精熟」，若從造詣入於無跡，則亦屬「自然」之範疇。

　　由此，我們可以說，學習自然之音有兩種進路：第一種是由主體才氣性情所帶動的自然之音。閱讀者唯有藉由涵詠，以自身才氣情性、學識以悟；例如陶淵明之自然。第二種則是由人為的格律著手，經由不斷學習浸淫，將自然之音拆解成可學習強致，例如盛唐之自然。這兩種方法都能達到詩歌第一義的理想。明代師法唐音採取了第二種進路，從人為詩歌律開始。然而不論如何，終點仍是希望能夠無跡，能泯去格律的鑿痕，逼近自然性情，才能算是好詩。

第三節　人為詩歌律

　　格律成熟以前，古詩的聲色和諧婉轉，漢人五言詩體皆委婉，而語言皆悠圓，有天成之妙。〔註65〕不論是沈約所制訂的四聲八病，或到了唐人制訂格律，格律都是依循著「和」這個傳統美感。然而，唐人不僅僅停留在「和」的「通性」，而是從字音、音節、結構鍛鍊出個殊的聲色，故各家敲打出不同的響亮聲響和悠遠玩味的興象，使得聲響與興象同樣能起情，傳達出詩的意境。

　　劉中和在《杜詩研究》提及中唐不如盛唐，晚唐不如中唐，而宋代之後又不及唐，原因出在「諷誦時的音響」。他認為以朗誦的方式吟詠王之渙〈出塞〉千遍以上，愈可發覺「黃河遠上白雲間」此句，聲音愈吟聲調越高，從男中音變成男高音，甚至須到女高音方能將詩作吟出。〔註66〕因此，「高響入雲」可說是唐詩以「音」取勝於其他朝代詩作之處。李白、王昌齡之七絕、崔顥黃鶴樓詩也同樣「高響」

〔註65〕〔明〕許學夷著，杜維沫校點：《詩源辯體》，卷四，頁72。
〔註66〕劉中和：《杜詩研究》（臺北：益智，1985年），頁12。

著稱。杜甫早年走「沉鬱頓挫」的音調，而晚年〈登高〉（風急天高猿嘯哀）卻也鳴高音響。〔註67〕

明代累積前朝的格律觀念，人爲詩歌律不再只是一套該被遵守的平仄規矩，而是循著唐人的腳步，思索如何靈活地操作四聲、使用陰陽洪細的音質，使聲音有高低短長響沉的變化。他們細膩地注意到五音在聲音傳送時，會有氣音之摩擦、清濁之清亮重濁，而可藉此製造出聲音之情緒，猶如「聲情類應」時，「聲」之發聲部位與音質會受到「情」的影響。

據此，我們討論人爲詩歌律的重點，不在於固定的格律，而在於活活潑潑能表情達意的「聲調」。劉績（西元？～1393）《霏雪錄》談到唐人詩「一家自有一家聲調，高下疾徐皆合律呂，吟而繹之，令人有聞韶忘味之意」。〔註68〕這個「聞韶忘味」就是「興」的作用，言有盡而音意無窮。李東陽也說過聲調不是指字數之同，或平仄的規矩，而是「輕重、清濁、長短、高下、緩急之異」。〔註69〕職是之故，我們談的不是律呂規矩，而是聲調如何有高下疾徐之變，而使人能體味起興的方法。又因明人進行創作，不是自然成音，而是有法可學，所以稱作「人爲詩歌律」。謝榛《四溟詩話》中，有相當多關於聲調與實際詩作的例子，我們將多舉用謝榛對杜甫詩的評語，來檢視明人如何學習唐音。

我們先簡單定義將使用到的聲韻學術語。五音、陰陽、開合洪細以及平上去入。在中古音中，「詩聲」的陰陽開合洪細，是以聲音的開口大小訂定四等音。「陰陽」是由聲音收尾時是否帶有鼻音來判斷。陽聲韻帶有鼻音，鏗鏘響亮。「清濁」由反切上字決定，震動到聲帶者爲濁音。而「洪細」，江永（西元 1681～1762）《音學辨微》解釋「音韻有四等，一等洪大，二等次大，三四皆細，而

〔註67〕同前註。
〔註68〕〔明〕劉績：《霏雪錄》（臺北縣板橋市：藝文印書館，1966 年據古今說海本），卷下，頁 11。
〔註69〕〔明〕李東陽：《麓堂詩話》，頁 14。

四尤細」。〔註70〕一二等稱爲洪音，三四等稱爲細音。依據謝榛的看法，平仄四聲有清濁抑揚，如東董棟篤四字。「東字：平平直起，氣舒且長，其聲揚也；董字上轉，氣咽促然易盡，其聲抑也；棟字去而悠遠，氣振愈高，其聲揚也；篤字下入而疾，氣收斬然，其聲抑也」。〔註71〕

我們在討論詩，五音的發音位置也會影響聲音，傳統聲韻學將五音分爲脣、舌、牙、齒、喉以及多加了一個舌齒音。其中需再辨明的是牙與齒。依據董同龢的解釋，齒分齒頭與正齒。齒頭舌尖塞擦音與擦音，正齒捲舌，舌尖面混合或舌面的塞擦音與擦音。牙則是指舌根音。〔註72〕所以按照發音前後位置排序，應該是「脣、舌、齒、牙、喉」。

我們先以傳統聲韻學來詮釋「黃河遠上白雲間」爲例，說明什麼是唐音高響，再分從字、音節、篇章結構，進入明人師法唐詩之音的例子。

本文詩句的反切陰陽洪細皆依據中古音《廣韻》與《韻鏡》。〔註73〕以下先將「黃河遠上白雲間」分類，便於討論時參照：

詩句	黃	河	遠	上	白	雲	間
陰陽	陽聲韻	陰聲韻	陽聲韻	陽聲韻	陰聲韻	陽聲韻	陽聲韻
清濁	濁音	濁音	清濁音	濁音	濁音	次濁音	清音
開合	合口	合口	合口	開口	開口	合口	開口
洪細	洪一等	洪一等	細三等	細三等	洪二等	細三等	洪二等
五音	喉音	喉音	喉音	齒音	脣音	喉音	牙音

〔註70〕〔清〕江永著，渭南嚴氏校訂：《音學辨微》，收入《音韻學叢刊》第十一冊（臺北：廣文書局，1987 年），頁 19。

〔註71〕〔明〕謝榛著，宛平校點：《四溟詩話》，卷三，頁 77。

〔註72〕董同龢：《漢語音韻學》五版（臺北：文史哲出版社，1979 年），頁 116～117。

〔註73〕〔宋〕陳彭年等修：《廣韻》（臺北：臺灣中華書局，1966 年據遵義黎氏古逸叢書覆宋重修本）。〔宋〕張麟之：《韻鏡》，收入《等韻五種》二版（臺北：藝文印書館，1981 年據享祿戊子覆宋本）。

平上去入	平聲	平聲	上聲	去聲	入聲	平聲	平聲
反切上字系聯	匣類	匣類	喻類（云母）	禪類（章系）	並類	喻類（云母）	見類
韻類	唐韻	歌韻	阮韻	漾韻	陌韻	文韻	山韻

　　就詩句的響度而言，除卻「河」、「白」，其餘皆是響聲。詩句兼具平上去入四聲，因此聲音清脆嘹亮；但上述只是響度而已，並非「高響」。我們得從頭分析詩句的旋律，才能明白「高響」所在。「黃河遠上白雲間」可拆解爲「黃河∥遠上∥白雲間」，是二二三的節奏，一開始「黃河」就是喉音洪聲一等爆聲而出，平聲舒緩拉長，維持相同力道，顯現氣勢。「遠」字短促音，聲音稍爲下降，聲音往內收。「上」字去聲揚，從喉部提升到齒部，開口音，聲音推了出來。「遠」到「上」，聲音由促盡到悠揚，形成像是拋物線似的軌跡。「遠上」在整個詩句裡，是略低一點的音階，爲接下來奮起躍升作預備。「白雲間」橫跨的五音弧度很大，從唇降到喉，再拉高至牙音。「白」字唇音，聲音洪二等，入聲短促使剛剛從喉音到齒音的聲線有力量頓挫往上。「雲」字從上一字的唇音直落回喉音，「合口細三等」平聲，在七言中聲響最淡最收而輕拉長音，聲音雖小但金聲清脆。最後「間」字，直接從喉音抽高至牙音，響脆清音，開口呼陽聲，聲音像是從口中鑽出，拉長音後發散。

　　「黃河遠上白雲間」聲音在經過這七字時，聲音頓挫跌宕。「黃河遠上白雲間」的音節，以「間」爲最高音。重複朗誦時，容易變成以「間」爲基準點；而開頭「黃」爲開口音，促使重複朗誦時，不自覺拉拔高音；每重複一次調曲；猶如唱歌之發聲練習「Do Mi So Mi Do」不斷升半音上去。一個音階接一個音階，不斷層層高疊上去。這就是爲什麼劉中和會說「黃河遠上白雲間」愈吟聲調越高，而以此作爲唐調高響入雲的證明。

　　對於唐音高響有了初步認識後，接下來我們從字、音節、篇章結構的音響進行分析，這三者互見影響。最後以「學習唐音的範例」討論明人在詩作上的學習成果。

一、字關抑揚

謝榛《四溟詩話》指出詩需要擇韻。若秋、舟，平易之類，作家自然出奇；若眸、甌，粗俗之類，諷誦而無音響；若鍭、搜，艱險之類，意在使人難押。〔註74〕因此，作詩要避免艱難、無響聲的字類。又如韻腳字需要注意字音是否爲「響」，如杜牧之〈開元寺水閣〉詩云：「六朝文物草連空，天澹雲閒今古同。鳥去鳥來山色裏，人歌人哭水聲中。深秋簾幕千家雨，落日樓臺一笛風。惆悵無因見范蠡，參差煙樹五湖東」。謝榛認爲此詩上三句落腳字，皆「自吞其聲」，「韻短調促」，而無抑揚起伏之聲調美；因此將「深秋簾幕千家雨」改易爲「深秋簾幕千家月」，以及「落日樓臺一笛風」改爲「靜夜樓臺一笛風」。〔註75〕謝榛改詩，不是爲了意境，而是在於字音所產生之聲調。在謝榛的認知中聲調美優於字義，因此對於字音的選擇便特別講究。他曾說凡是字相異而意義相同者，要仔細分辨，「先格律而後義意，用之中的，尤見精工」，舉例「禽不如鳥，翔不如飛，莎不如草，涼不如寒：此皆格律中之細微。作者審而用之，勿專於義意而忽於格律也」。〔註76〕就字義來說，每組的意義是相通的，甚而前字較後字文雅。然而，以聲響而言，前字多爲平聲較緩，後字仄聲居多，誦讀起來則較前字精神。謝榛如此要求字音，並非僅是從純粹感官之聲響作爲考量，而是考慮了音節乃字音所組成，欲使音節具有豐富之節奏，而能帶出情感，就必須從最細微處計較。我們在下一部分「音節要響」即可見謝榛如何從音節發揚情意。

大抵上來說，平上去入需適當地錯綜於詩句，讓聲音有了抑揚頓挫，詩才會具有流動的聲線。但詩也並非一定如此，才能警策引人。李東陽特別指出全用仄字與全用平字的特例；如「輕裾隨風還」五字皆平；「桃花梨花參差開」，七字平，兩者皆純用平字而聲調相諧協。又如杜

〔註74〕〔明〕謝榛著，宛平校點：《四溟詩話》，卷一，頁9。
〔註75〕〔明〕謝榛著，宛平校點：《四溟詩話》，卷三，頁78。
〔註76〕同前註，卷三，頁95。

甫有「壁色立積鐵」、「業白出石壁」五字皆入而不覺凝滯。〔註77〕《騷壇秘語》亦云：「詩有全篇平聲字者，全篇仄字者，但詠之不覺其然？於是又知，非謂用平反字韻也」。〔註78〕這是什麼原因呢？因為字除了平仄之外，還有聲母、韻母與五音開合，因此即便全用仄，仍然還是有音的前後位置與開合洪細的差別，放在音節上，便產生音階。

詩人的確特別講究字音的平仄，這是因為它是詩聲的最小單位，從字的平仄置換甚至可刻意製造出古風的聲調。王力即指出有一種拗救的特殊形式，是為了讓格調更高古。此種情況是出句腹節下字拗，落句腹節上字救，詩人為了避免句中共有四個平聲，而在第三個字必須是平的情況下，對句的第一個字則用仄，造成孤平拗救，如此可使詩的格調更高古，〔註79〕例如王維〈歸嵩山作〉之頸聯：「流水如有意，暮禽相與還」，原本五言的頸聯平仄形式為「仄仄平平仄，平平仄仄平」，而王維詩出句腹節下字「有」，改平為仄；落句腹節上字「相」改仄為平相救；這是為了避免落句有四個平聲字，而將落句第一字「暮」改平為仄。

但是上述寫法畢竟屬少數，李東陽等人的提點，傳達出一種靈活的聲調觀念，也就是說雖然字需抑揚，但卻並非一味求響；還需考慮音節以及整首詩預設的音響效果。例如前述李東陽所舉的詩句純用平字或純用仄字，卻不影響詩聲的流暢感，這是因為字音只是最小單位，而字與字音之間以及節奏所組成的音節變化，都亦影響聲調之聲線，因此不能拘泥於字的平仄，而要隨之應變。如同我們前述的拗救

〔註77〕〔明〕李東陽：《麓堂詩話》，頁 20。

〔註78〕〔明〕周履靖：《騷壇秘語》（臺北：藝文印書館，1966 年據明萬曆周履靖輯刊夷門廣牘本），下卷，卷三，頁 47。原文「非謂用平反字韻也」，從語脈來說，應是「非謂用平仄字韻也」。周維德集校本則從「非謂用平仄字韻也」。〔明〕周履靖：《騷譚秘語》，周維德集校：《全明詩話》（濟南：齊魯書社，2005 年），第三冊，頁 2232。茲錄據原文，但以「平仄字韻」作解釋。

〔註79〕王力：〈第一章近體詩‧第九節平仄的特殊形式〉，《漢語詩律學（上）》，收入《王力文集》第十四卷，頁 130～132。

之特殊用法，即是從整首詩的音響效果，來調整字音的平仄。因此，如果詩義需要，即便全平或全仄也可相協，只要考量音節以及整體詩聲之聲線，即不妨礙讀誦的流暢。

　　我們在討論字的抑揚時，還需注意「虛字」與「實字」所形成的詩聲效果。李東陽曾說詩用實字易，用虛字難，盛唐人善用虛字，「開合呼喚悠揚委曲」，都在虛字。〔註 80〕這是從聲音細故末節來說聲情之微妙。虛字與實字通常以詞性來辨別，虛字實字也不離平仄洪細五音，但它們多處於詩中情緒轉折處，字音助長了詩義。

　　實字可分為名詞、動詞、形容詞、代名詞、副詞；而虛字是相對而言，可分為介詞、助詞、連詞、嘆詞。但「實字」與「虛字」是就詞性而論，而非從平上去入，如何能感覺到聲音的差別呢？針對這個問題，謝榛在《四溟詩話》已有論述，他說凡多用虛字便是「講」，宋調之根本就在「講」。〔註 81〕我們知道虛字放在詩中，原本能助長語氣，不至於因為實字太多而造成呆板，使情感凝滯。但是太多虛字「如」、「而」、「並」等，就像散文議論一樣，少了詩的精鍊。謝榛認為虛字極難學成，要靈活用，一般初學者不宜多用。他歸納出，七言近體在初唐句法比較嚴謹，實字疊用，虛字單使，沒有草率不切實的毛病；〔註 82〕到了中唐則虛字愈多，多用虛則格調漸下，意繁而句弱。杜甫則用實字，實字多，則意簡而句健。〔註 83〕

〔註80〕「詩用實字易，用虛字難，唐人善用虛，其開合呼喚悠揚委曲皆在此，用之不善，則柔弱緩散，不復可振，亦當深戒此」。〔明〕李東陽：《麓堂詩話》，頁 10。

〔註81〕「凡多用虛字便是講，講則宋調之根，豈獨始於元白」。〔明〕謝榛著，宛平校點：《四溟詩話》，卷四，頁 122。

〔註82〕「七言近體，起自初唐應制，句法嚴謹。或實字疊用，虛字單使，自無敷演之病」，同前註。

〔註83〕「律詩重在對偶，妙在虛實。子美多用實字，高適多用虛字。惟虛字極難，不善學者失之。實字多，則意簡而句健；虛字多，則意繁而句弱」。〔明〕謝榛著，宛平校點：《四溟詩話》，卷一，頁 19。

　　杜甫〈九日藍田崔氏莊〉:「藍水遠從千澗落,玉山高並兩峰寒」。謝榛評這首詩的虛字工而有力。〔註84〕虛字是用在出句的「從」,落句的「並」,二者使用的位置相同,都在第四字情緒轉折處。我們以出句爲例:「從」字介詞,「自……」、「由……」的意思,平聲鍾韻從母,細音三等,齒音濁音。從詩句來看,一吟誦到「從」字,聲音從前面「遠」上聲,這個有點短促的頓點,舒緩了口氣,從齒間轉拉了長聲,氣舒而平,經由聲音的拉長揚起,「從」字合口鍾韻聲音比較沉穩,瘦長而堅實,有力地延伸了詩句中藍水的距離。「千」字平聲齒音次清音,聲音比「從」的濁音再清亮些也較輕,相對來說,聽覺上,「千」比「從」要再高一些。「從」字拉長形成距離感後,「千澗落」音高逐漸爬升,「澗」牙音、洪音、去聲,相對於「千」字平聲齒音次清音,「澗」字更爲響亮,但音階較低,而「落」舌齒音,入聲字疾速收,聲音始產生力道。自「千」到「落」,聲音從高處向下直墜,就像瀑布猛烈奔騰的聲音。

　　我們從「字關抑揚」可知,字音是聲調的最小單位,詩人主要從詩聲的整體安排與音節去設想字的抑揚平仄、響度,甚至亦講究「虛字」、「實字」之調配。「字音」是詩聲之細故末節,但亦從此處顯見其精微。

二、音節要響

　　胡應麟在《詩藪》內編提到「律詩全在音節,格調風神盡具音節中」,他認爲李夢陽與何景明之間相駁書,討論的就是音節如何傳情的方法問題。〔註85〕「格調」之「調」範疇較大,包含了「意調」與「聲調」,「格」有「界限」之意,區別個體之調與個體之調的差異。

〔註84〕　〔明〕謝榛著,宛平校點:《四溟詩話》,卷四,頁122。

〔註85〕　「律詩全在音節,格調風神盡具音節中。李、何相駁書,大半論此」。〔明〕胡應麟:〈近體中・七言〉,《詩藪》(臺北:廣文書局,1973年據國立中央圖書館藏明崇禎五年延陵吳國琦等重刊《少室山房全集》),內編,頁315。

而「風神」從人物品鑒而來，指人之風采神韻。因此，胡應麟所言「格調風神盡具音節中」，即是指音節能產生個殊之格調，而有個殊之情意，因此音節使詩有了具體的色澤，如同人之風采神韻。李夢陽與何景明對音節的作法有不同意見。何景明強調「音節」從主觀情性而發，也就是強調「聲」由「氣質之性」所決定，其云：「夫聲以竅生，色以質麗。虛其竅，不假聲矣；實其質，不假色矣。苟實其竅，虛其質，而求之聲色之末，則終於無有矣」；〔註86〕並以筏喻，認爲「舍筏則達岸矣；達岸則舍筏矣」。〔註87〕是故，何景明之說即是從「音由心生」，而求「自然之音」，而不強調從形式鍛鍊，其「法」其實即是從自身之學養體悟來說，而非眞有「法」，故其云：「僕則欲富於材積，領會神情，臨景構結，不倣形跡」。〔註88〕李夢陽則批評何景明「舍筏登岸」之說，而從「作品語言之氣」之客觀面立論，講求詩聲之鍛鍊，其云：「規矩者，法也。僕之尺尺而寸寸之者，固法也」，又云：「不泥法而法」，〔註89〕故李夢陽認爲作詩該由「活法之規矩」來鍛鍊音節，而其「法」具體來說即是依據「和」爲理想型態，而制訂成可供學習之法則，大抵上依據「前疏者後必密，半闊者半必細，一實者必一虛，疊景者意必二」的法則。〔註90〕接著，他從上述共通性之法，落實到「音節」之實踐，引沈約之言，而云「『前有浮聲則後須切響，一簡之內，音韻盡殊，兩句之中，輕重悉異』，即如人身以

〔註86〕〔明〕何景明：〈與李空同論詩書〉，〔明〕何景明著，李叔毅等校：《何大復集》（河南：中洲古籍出版社，1989 年），卷三十二，頁577。

〔註87〕同前註，頁 576。

〔註88〕同前註，頁 575。

〔註89〕〔明〕李夢陽：〈駁何氏論文書〉，《空同先生集》（臺北：偉文：1976年），卷六十二，頁 1736、1738。

〔註90〕〔明〕李夢陽：〈再與何氏書〉，《空同先生集》，卷六十二，頁 1742。關於李夢陽以「和」爲中心思考，而制訂出「二元對立調和」的法則，參見侯雅文：〈李夢陽以「和」爲中心的詩學體系（之二）——以「二元對立調和」的法則爲基礎而規創的詩歌創作理論〉，《東華人文學報》第十二期，（2008 年元月），頁 85～143。

魄載魂，生有此體，即有此法也」。〔註91〕李夢陽用「如人身以魄載魂」來形容音節之體用，可見音節可承載「詩之風采神韻」，換言之即是音節能傳達「聲情」、「聲義」。

那麼什麼是「音節」呢？所指的就是詩的快慢節奏。詩可析分為兩種節奏：平仄的節奏以及意義上的節奏。從平仄上來說，是以兩個音為一節，最後一個音獨自成為一節。平聲所佔的聲音比較長。五言詩每句三節，如「平——平——‖仄－仄－‖平——」，七言詩每句四節，如「平——平——‖仄－仄－‖平——平——‖仄－」。〔註92〕通常在詩句的第二、四、六會是節奏點。另外，還有一種則是「意義上的節奏」，「意義上的節奏」與詩句「平仄的節奏」不一定相符，但是通常對仗的句子，意義上的節奏與平仄的節奏會相符；而對仗的「出句」與「落句」，其「意義上的節奏」也必須相同。〔註93〕平仄的節奏通常是二二一，而意義上的節奏往往是二一二，一一三、一三一，二三，三二，四一，一四等。例如，「蟬聲——集——古寺」是二一二；「明月——松間——照」是二二一；「色——因林——向背」是一二二；「門——看五柳——識」是一三一；「雲——薄——翠微寺」是一一三；「側身——千里道」是二三；「泉聲咽——危石」是三二；「鵲巢松樹——遍」是四一；「喜——無多屋宇」是一四。但是上述意義上的節奏並非必然要作如此分析，例如「泉聲咽——危石」亦可以析成「泉聲——咽——危石」的二二一節奏。〔註94〕

胡應麟在《詩藪》提到「古詩自有音節。陸謝體極俳偶，然音節與唐律迥不同」。〔註95〕胡應麟所講的「古詩自有音節」指的是自然

〔註91〕〔明〕李夢陽：〈再與何氏書〉，《空同先生集》，卷六十二，頁1742。。
〔註92〕王力：〈第一章近體詩‧第六節平仄的格式〉，《漢語詩律學（上）》，收入《王力文集》第十四卷，頁90。
〔註93〕王力：〈第一章近體詩‧第十八節五言近體詩的句式（下）——不完全句〉，《漢語詩律學（上）》，收入《王力文集》第十四卷，頁279、284。
〔註94〕「意義上的節奏」之舉例與解釋參見王力：〈第十八節：五言近體詩的句式（下）——不完全句〉，同前註，頁279～283。
〔註95〕〔明〕胡應麟：〈古體中‧五言〉，《詩藪》，內編，頁121。

形成音節。什麼是「自然形成音節」呢？這與自然成韻相關。人在心爲志，發言爲詩時，一切出於自然時，詩句是隨著內在的情感節奏起伏，自然而然地脫口而出，此時詩句的節奏點恰好就會是情緒的頓點轉折處，每首詩的音節各不相同。就像是我們閱讀散文，語氣該停頓之處，逗點；語氣完結處，句點。即便我們能從字面上瞭解字義，但藉由吟誦，我們卻可以更知道文章的口氣、情緒起伏以及重點所在。「古詩自有音節」就是因爲它大多從內而出，而不是在紙上調勻呼吸，所以自有音節。我們可以說，「古詩自有音節」它是平仄的節奏與意義上的節奏自然合一，也就是前面提到的「聲隨情轉」。所以胡應麟說即便陸機、謝靈運詩作已經多徘偶，但它的音節仍與唐律不同；換言之，在陸、謝詩中，平仄的節奏與意義的節奏尚未分家。直到格律形成，平仄有了規矩，詩人按譜操練，此時「情隨聲轉」，若不是特別到家，往往平仄歸平仄，跟不上情緒，遂使平仄上的節奏與意義上的節奏分離。

　　音節的抑揚頓挫有賴主體情性不斷吟誦來調節。杜甫自言「新詩改罷自長吟」，〔註96〕就是藉由不斷地朗誦來體會詩的旋律。李東陽亦云：「古所謂『聲依永』者，謂有長短之節，非徒永也，故隨其長短，皆可以播之律呂，而其太長太短之無節者，則不足以爲樂」。〔註97〕我們在第二章「詩與樂的關係」已討論，「詩樂合一」時，樂之聲是依據吟詠之音節來定其聲，而「詩」本身就有字音、音節乃至篇章結構所產生的音樂性。二者在實踐的過程中，因實際上的需要，結合彼此的音樂性。因此，詩本身的音樂性愈強，即愈能與「樂」之曲調相結合，達到「字中有聲」、「聲中無字」的理想。而唐詩就是本身音樂性極強，故稱爲唐「音」。李東陽追溯古代「聲依永」之傳統，強調詩體之音樂性最重要在於「音節」，而「音節」之制訂不能僅靠格調之定式，其心法來

〔註96〕〔唐〕杜甫著，錢謙益箋注：〈解悶〉，《杜詩錢注》（臺北：世界書局，1965年），頁342。
〔註97〕〔明〕李東陽：《麓堂詩話》，頁3。

自「往復諷詠」，故其云，若字字摹倣古詩之聲，則「非惟格調有限，亦無以發人之情性，若往復諷詠久而自有所得，得於心而發之乎聲，則雖千變萬化，如珠之走盤自不越乎法度之外」。〔註98〕

　　既然「音節」如此重要，那麼詩人是如何具體處理「音節」呢？李夢陽、李東陽以及謝榛皆是依據「和」之美學通則，「兩兩對立而和諧」，詩聲既要和諧平穩，但又因兩兩對立之結構產生美感張力，使得「音節」產生能勾攝情緒的力量。如前述李夢陽引沈約之說「浮聲則後須切響，一簡之內，音韻盡殊」，即是依此原則。李東陽亦云：

> 長篇中需有節奏，有操有縱，有正有變，若平鋪穩布，雖多無益。唐詩類有委曲可喜之處，惟杜子美頓挫起伏變化不測，可駭可愕，蓋其音響與格律正相稱。〔註99〕

李東陽明確指出「節奏」在於「有操有縱」、「有正有變」，這就是「兩兩對立而和諧」之結構，有了節奏，方有「音節」。李東陽認爲詩聲若皆「平鋪穩布」則無益於詩，我們前述已說過，「和」是一共通性，要使「聲調」各有色澤面目，才能起情感人；因此，「杜子美頓挫起伏變化不測」是就其音節之變化超乎聽覺慣性，而突顯出聲調之色澤，故能使人有「可駭可愕」之感。「可駭可愕」是對其聲調的直接感受，那麼何以能如此呢？李東陽指出關鍵性在於「音節」，因爲杜甫詩「音響與格律正相稱」，換言之也就是我們前述所說「意義上的節奏」與「平仄的節奏」相疊合，故能同時加強節奏點，如此而能使音節鮮明，撼動人之聽覺。李東陽亦指出杜甫特別喜用倒字倒句，這使得詩特別勁健，如「風簾自上鈎」，「風窗展書卷」，「風鴛藏近渚」，風字皆倒用。其中「風將颯颯亂帆秋」尤其驚人。〔註100〕「倒字倒句」影響最大的是在念讀的效果上，仄字短促勁起，同時「風」排在第一字，有違正常語法，帶來陌生化之衝擊，遂使耳目一新。

〔註98〕〔明〕李東陽：《麓堂詩話》，頁3。
〔註99〕同前註，頁6。
〔註100〕〔明〕李東陽：《麓堂詩話》，頁34～35。

不同於李夢陽與李東陽在「和」中求「變化」，謝榛談「音節」則側重「抑揚之和諧」之「和諧」；因此相對於「變化不測」之音節，謝榛或許更欣賞「抑揚變化所帶來的均衡和諧之音節」。故謝榛云：「平仄以成句，抑揚以合調」，當聲音揚多抑少時，整個聲調聽起來會比較調勻，若是抑多揚少，則調子顯得急促。〔註 101〕他舉了杜常〈華清宮〉、王昌齡〈長信秋詞〉以及劉禹錫〈再遊玄都觀〉爲例，提供了學習音節調配時，該從聽覺留意抑揚相濟，才能讓詩聲平穩和諧。謝榛評杜常〈華清宮〉詩：「朝元閣上西風急，都入長楊作雨聲」，出句有二個入聲，抑揚相稱，歌唱起來則爲和調。王昌齡〈長信秋詞〉，他認爲抑聲過多：「玉顏不及寒鴉色，猶帶昭陽日影。」出句四入聲相接，抑之太過；落句一入聲，歌則疾徐有節。劉禹錫〈再遊玄都觀〉「種桃道士歸何處，前度劉郎今又來」，出句去聲相接，揚之又揚，歌則太硬；落句則平穩。〔註 102〕

　　從上述例證可見謝榛的確側重於「平穩和諧」之音節，他認爲聽起來疾徐有節而又諧和，才是理想的詩聲。然而，實際上「平穩和諧」這只是最基本的要求。另一方面，一首詩是否要抑少而揚多才算是一首好詩，其實也未必然；重要的是平上去入放置的位置是否得當，其中變化萬千，牽涉到這首詩的情意爲何，抑揚頓挫能否讓意義有推波助瀾的效果。故詩聲不只是孤立地講求一己和諧地響聲著而已，還必須與情意配合。杜甫之所以被明代詩人重視，在於他能夠使詩「情隨聲轉」，聲音能驅使意義的興發。以下將以實際詩作來細論音節的抑揚。

　　前面論字音時，談到杜甫〈九日藍田崔氏莊〉：「藍水遠從千澗落，玉山高並兩峰寒」，已經牽涉到了音節的範圍。出句的平仄節奏是「平——仄－∥仄－平——∥平——仄－∥仄－」，原本七字仄起

〔註 101〕「夫平仄以成句，抑揚以合調。揚多抑少則調勻，抑多揚少則調促。」　〔明〕謝榛著，宛平校點：《四溟詩話》，卷三，頁 78。

〔註 102〕劉禹錫〈再遊玄都觀〉一詩，謝榛《四溟詩話》稱〈再過玄都觀〉。同前註。

的句子第一字應該是仄，第三字應是平，杜詩此句卻以「拗」出之；
但在落句相對位置，也隨著換了平仄以「救」之，原本第一字該平
聲的改爲仄聲，第三字該仄聲改爲平聲，這一聯成了拗救。這首詩
出句的意義節奏和平仄節奏是一致。爲了方便討論，我們把平仄的
聲長也標示進去，「藍——水－‖遠－從——‖千——澗－‖落
－」。第一個音節「藍」平聲揚，舌齒音，聲音像是從口中拋拉出一
個弧度，談韻、來母、陽聲、洪一等，聲音響亮帶柔。「水」齒音、
清音、細三等、合口呼，聲音收了進來。第二個音節「遠」更把聲
音往裏縮，喉音、次濁，聲音維持細三等。到了「從」字這個節奏
點轉回平聲，拉長音，推了出去，舒緩口氣，有力地延伸了「藍水」
到「千澗」的距離。

　　從第一音節「藍——水－」到第二音節「遠－從——」，聲音的
線條自「藍」拉長、揚聲，「水」聲音壓低收了進來，「遠」字銜接
了前面的聲量，維持細音，聲音都還沒有太大的變化。這都算是承
接第一小節，直到第二小節的「從」字一轉，開始醞釀新的感受，
而爲第三小節及第四小節蓄勢。「千」字平聲、齒音、次清音，跟前
面「遠」的發聲位置相通，清音「千」比濁音「從」再清亮些；所
以當「千」拉長音時，像是自「從」字的高度，聲音再度上揚逐漸
爬升，到了千字最頂端。「澗」字牙音、上聲，聲音往下直墜，到「落」
字喉音、入聲，更是疾收。因此，第二與第三小節的第一個字，各
自承接了前面的聲音情緒，第二字各爲轉折，從音節妥貼地安排了
聲音的走勢。

　　綜合上述，「音節要響」主要是依據「和」的美學通則，下降到
具體分殊的音節上，以「兩兩對立而和諧」之結構，「有操有縱」、「有
正有變」，產生「音節」之變化。而我們可以將「音節」分有「意義
上的節奏」與「平仄的節奏」，當二者之節奏相疊合時，即能加深音
節之鮮明度。因此，詩聲要有其色澤面目，而能興感起情，活靈活現，
其關鍵處即在「音節」。

三、從篇章結構安排音響

上述我們已經從最小單位的字音，以及字與字所組成的音節來論詩的音響。現在則從「篇章結構」來論述。就本文而言，聲音的「篇章」是以句爲單位，依據詩句的起承轉合來看聲音的組織，究竟是如何安排聲音的抑揚頓挫開合，以達最佳效果。「結構」是就整體而言，如何搭配聲音，使之組織嚴密。

律詩有起承轉合之法，「起」所指的是首聯，「承」所指的是頸聯，「轉」指的是腹聯，「合」指的是尾聯。謝榛說律詩起承轉合也有四聲，「歌則揚之抑之，靡不盡妙」，以子美〈送韓十四江東省親〉爲例：「兵戈不見老萊衣，嘆息人間萬事非」，此如平聲揚。「我已無家尋弟妹，君今何處訪庭闈？」，此如上聲抑。「黃牛峽靜灘聲轉，白馬江寒樹影稀」，此如去聲揚。「此別應須各努力，故鄉猶恐未同歸」，此如入聲抑。〔註103〕

謝榛從平上去入來看起承轉合，並非從四聲數量的多寡來定奪，例如首聯「兵戈不見老萊衣，嘆息人間萬事非」，詩句上的節奏爲「平平入去上平平，去入平平去去平」，符合七律的平起式，沒有一字更動平仄。我們可以確定謝榛並非以平上去入的多寡來論之。謝榛的論法比較像從「詩聲」的體貌——「聲調」來品味。詩有整首的聲調，細部而言，每句也有每句的聲調。因此，在論詩句的抑揚時，必須回到古人所說的吟詠再三，去感覺字音情緒的流動。當然在瞭解詩義的情況下，聲義與字義必須相輔相成。

前面已經比較詳細地從「字」與「音節」論述如何製造「聲情」。我們此處談杜甫〈送韓十四江東省親〉的聲調篇章，就從整體綜合地來談各聯的平上去入。經由放入閱讀者的情感，不斷吟誦，這首詩的聲調開始與詩義結合，並產生起情的作用。首聯「兵戈不見老萊衣，嘆息人間萬事非」，其發音位置多在唇與舌齒，聲音是比較前面，多陰聲字，聲響輕而圓緩。聽覺注意力會放在出句最後一個意義節奏「老

〔註103〕〔明〕謝榛著，宛平校點：《四溟詩話》，卷三，頁77～78。

萊衣」，以及落句最後一個意義節奏「萬事非」。「老」與「萬」各自為句中的節奏點，前者上聲抑，後者去聲揚。「老」字抑而後者接「萊衣」都是平聲揚，「萬」字接「事」雖都是去聲揚，但音階愈低，到了「非」唇音輕聲拉長，相較於前面的聽覺，「非」顯得飛揚。回到字義上來看，首聯在感嘆這時代，人們遭逢戰亂而無法奉侍父母親，而今一切都已陷入不正常的狀況了。這兩句在突顯「老萊衣」與「萬事非」，同樣聽覺重心也恰好下在出、落句的最後三個字，所以我們在朗誦時自然特別會加強這三個字的情緒，因而在聽覺上會感受到平聲揚。

接著，頸聯「我已無家尋弟妹，君今何處訪庭闈」，相對於前一聯，「我已」語氣一轉，大聲迸出，「我」字上聲、洪音一等，「已」細音三等，顯得「我」字突出，自己現況就是孤單一人，落句「君今何處訪庭闈」聲音更抑。頸聯以近乎口語的方式來念唱，直接表達悲哀的心情；此聯從「我」字一出，幾乎愈吟愈哽咽，實為上聲的作用。

腹聯「黃牛峽靜灘聲轉，白馬江寒樹影稀」，相對於前一聯，轉寫到景物以舒緩情緒，但也持續烘托短暫相聚的離愁氣氛。相較於前聯，「黃牛峽靜‖灘聲轉」，「四三」的意義節奏把語氣給放慢了，「灘聲轉」音階比前面「黃牛峽」再高一些，「灘聲」二字念起來有如水衝到灘彎，再迴流漸小轉速的感覺。落句「白馬江寒‖樹影稀」，延續前面的「四三」節奏，「白」「馬」「江」三字都是洪聲二等，「寒」字增強為洪一等，「白」、「江」、「樹」各音都比前個字音再略高上揚，逐漸拉高音階，因此氣振聲揚，為去聲調。最後一節「樹影稀」音量皆收為細三等，醞釀下一聯。

尾聯「此別應須各努力，故鄉猶恐未同歸」，對比前一聯的音高聲揚，出句「此別應須各努力」為「上入‖平平‖入上入」，整個聲調以「上」、「入」抑聲居多，聲音顯得短促，尤以「各努力」這一音節，抑又抑，聲音絕斷；落句「故鄉猶恐未同歸」，雖無入聲，其聲調卻延續上一句的聲音情緒，而無法再開展出來，而為抑調。試讀「未同歸」，聲調為「去平平」，然而置之尾聯，吟誦卻絲毫沒有聲揚而緩

長之感，反倒是，「未」、「同」、「歸」每個字音更覺短促，各不相連，聲音情緒幾近像在嘴中嗚咽，不忍說出。

　　上述對〈送韓十四江東省親〉的平仄詮釋，也許未盡謝榛之意。但謝榛認爲「詩聲」也須如文章一樣有「起承轉合」的運用，其理當是無疑。聲調對於詩句的起興有推波助瀾的效果，而王文祿亦認爲杜甫特別經營聲調之篇章，故而能使「音意」急切，如「古城疏落木，荒戍密寒雲」，「疏」與「密」二字是詩眼。如果「密」字出句呼，「疏」字落句應，則音意俱緩；而杜甫採用「疏」字出句呼，「密」字落句應，音意急切而緻得起。〔註104〕所謂「音意」即是聲調所帶予人之「情意」，也就是本文所講的「聲義」所包含的「聲情」。

　　我們再以〈送韓十四江東省親〉爲例說明「聲義」與「篇章」之關連。我們前述所講首聯「兵戈不見老萊衣，嘆息人間萬事非」，聲揚緩長，頸聯「我」字倏然洪聲迸出，首聯轉到頸聯「我」字幾乎是從內心喊出來般，整句愈吟愈哽咽促然，這就是聲音的頓挫。劉中和在講杜甫的「沉鬱頓挫」時，認爲「頓挫」是掌握詩姿態的關鍵，與詩之神情氣勢相關，茲引其說：

> 詩的神情氣勢，正在進行中，忽一停頓挫折，似乎立即發生音響，其聲砰然。在一頓挫之後，於是變化立現：或繼續進行，或反而折回，或倏然轉向，或放而徐緩，或由分而合，由合而分，或由正而反，由反而正。故一頓挫之間，發生音響，而亦發生姿態；現出變化，而亦現出精神。〔註105〕

我們可以發現杜甫詩的確是如此，從聲調的抑揚開合變化，進出詩中的情緒與說話的姿態，這就是聲調起興，用以傳神。尾聯「各努力」，聲調抑之又抑之，聲音短促，形成低沈凝重的氣氛。「白馬江寒 ‖ 樹影稀」描寫相逢場景，氣氛舒緩帶些感傷，白馬江寒皆爲開口，「樹」字一轉爲合口，聲量從前兩節的洪音調至細聲，詩句的聲調逐階拉高

〔註104〕〔明〕王文祿：《詩的》，周維德集校：《全明詩話》（濟南：齊魯書
　　　　社，2005 年），第二冊，頁 1536。
〔註105〕劉中和：《杜詩研究》，頁 17。

聲亮，到「寒」字，洪音一等，最後一節「樹」字合口收音再變化，「樹影稀」爲齒音、喉音，皆爲細三等，猶如弦之低吟，從開闊豪氣到低吟，聲音漸收到喉內，爲下一聯的抑調作蓄勢。

最後，「結構」是就整體而言，如何搭配聲音，使之組織嚴密，首尾相連。謝榛說「起句當如爆竹，驟響易徹；結句當如撞鐘，清音有餘」。〔註106〕從整體結構來說，首尾要聲響呼應，起句如雷聲響徹，勾起情緒，結句如撞鐘，清音繞樑而有餘韻。聲音漸歇，感受卻持續發酵。〈送韓十四江東省親〉的「詩聲」從篇章起承轉合之層次分明。從閱讀的聲響來感受，一句扣一句，一聯扣一聯，承先啓後，緊貼著詩的情緒起伏變化。

四、明人學習唐音的範例

我們前面舉例說明瞭何謂高響的唐音，再從謝榛評杜甫詩，歸納出「字關抑揚」、「音節要響」以及「從篇章結構安排音響」三部分，以實例解說明人學習唐詩音響的方法。然而，聲調並非是按格律填入平仄、押對韻腳，就能產生效果。因此，明人之「擬作」常被譏笑只是學到皮毛而已；這正是前後七子在一波波復古的理想中，遭到質疑之處。

在「明人學習唐音的範例」，我們選了林鴻〈送高郎中使北〉之擬郎君胄〈送彭將軍〉來討論。明末崇禎年間的鍾淵映認爲林鴻〈送高郎中使北〉相似於郎士元〈送彭將軍〉。〔註107〕此處選擇以林鴻爲例是因爲他是閩中詩派之首，閩中詩派專以盛唐爲宗。林鴻所著的《鳴盛集》受到當時詩壇所注目，其〈送高郎中使北〉之體式、修辭皆明顯相似於郎士元〈送彭將軍〉，而且〈送高郎中使北〉經過朱彝尊挑選，收錄於《明詩綜》，應可代表林鴻師學唐音的成果。

〔註106〕〔明〕謝榛著，宛平校點：《四溟詩話》，卷一，頁30。
〔註107〕林鴻〈送高郎中使北〉詩末小評，收入〔清〕朱彝尊編《明詩綜》（上）（臺北：世界書局，1962年），卷十，頁22。

郎士元，字君冑，唐代大曆十才子，《唐音》編〈送彭將軍〉爲正音，其餘尚有五言律詩四首，七言律詩兩首，七言絕句兩首皆收正音，惟〈塞下曲〉收於遺響。〔註108〕〈送彭將軍〉列爲正音，可見符合唐音的典範，因此我們選擇〈送高郎中使北〉擬〈送彭將軍〉來作爲範例討論。詩作茲引如下：

郎士元〈送彭將軍〉

　　雙旌漢飛將，萬里獨橫戈。春色臨關盡，黃雲出塞多。

　　鼓鼙悲絕漠，烽戍隔長河。想到陰山路，天驕已請和。〔註109〕

林鴻〈送高郎中使北〉

　　漢使臨邊日，天驕已請和。看花辭紫陌，犯雪渡交河。

　　水草流行帳，雲沙想玉珂。誰知清漠北，婁敬策居多。〔註110〕

這兩首詩的平仄、洪細、清濁、五音、反切上字及韻母，詳見本文附錄一。從詩句上可以輕易看出，林鴻詩的首聯落句直接挪用了郎士元的尾聯落句「天驕已請和」。兩詩同樣都押了歌韻。我們從這些顯而易見的擬作痕跡，確認林鴻有意倣效郎士元〈送彭將軍〉。但兩首詩的內容卻大相徑庭，恰恰借用了漢代對匈奴兩種不同的外交，以喻示對出使者的期望。郎士元描述的是李廣戰戍沙場，令匈奴聞風喪膽而請和；其詩題「送彭將軍」，讚揚也並期許「彭將軍」猶如「飛將軍」一樣威震要塞。林鴻描述的是漢代多靠和親策略，而使匈奴請和；以期待高郎中出使，能夠完成任務不戰而和。「婁敬」是漢代郎中，賜姓「劉」，又稱劉敬，獻策主張對匈奴和親。〔註111〕

〔註108〕　五言律詩四首：〈送彭將軍〉、〈送韋湛判官〉、〈送別錢起〉、〈送張南史〉。七言律詩兩首：〈寄韋司直〉、〈贈王季友秋夜宿露臺見寄〉。七言絕句兩首：〈聽鄰家吹笙〉、〈柏林寺南望〉。上述八首詩都收入在《唐音・正音》；而收入《唐音・遺響》則有〈塞下曲〉。〔元〕楊士弘編選，〔明〕張震輯注，〔明〕顧璘評點：《唐音評注》（保定：河北大學，2006年）。

〔註109〕　〔元〕楊士弘編選，〔明〕張震輯注，〔明〕顧璘評點：《唐音評注》，頁359。

〔註110〕　〔清〕朱彝尊編：《明詩綜》（上），卷十，頁22。

〔註111〕　〔漢〕司馬遷著，日・瀧川龜太郎考證：〈劉敬叔孫通列傳〉第三

此詩雖為擬作，但在格律上，林鴻並非亦步亦趨。郎士元〈送彭將軍〉是平起式首句不押韻，首聯出句第三與第四字平仄互換形成當句拗救，頸聯出句第一個字不論平仄，改仄為平。腹聯出句第一個字改平為仄。此句雖可不論平仄，但落句卻仍改仄為平相救。林鴻〈送高郎中使北〉仄起式首句不押韻，頸聯出句「看花」，「看」平仄兩用，不算改平為仄；尾聯「婁敬」，「婁」為平聲，依譜改仄為平。除此之外，全詩按照平仄譜，沒有拗救。

郎士元〈送彭將軍〉與林鴻〈送高郎中使北〉，這兩首詩在意義的節奏上也不盡相同，郎士元詩的意義節奏：「首聯」為（二三，二三）；「頸聯」為（二二一，二二一）；「腹聯」為（二一二，二一二）；尾聯為（二三，二三）。林鴻詩的意義節奏：「首聯」為（二一二，二三）；「頸聯」為（二一二，二一二）；「腹聯」為（二一二，二一二）；尾聯為（二三，二三）。其中；「頸聯」與「腹聯」使用的「意義上的節奏」完全不同；而「首聯」則在出句上有差異。

在聲調上，郎士元〈送彭將軍〉音圓流轉，聲響有致，並伏貼著詩義。首聯出句鏗鏘，落句「萬里‖獨‖橫戈」，由第一小節細三等，後兩節轉洪聲，聲響漸大，音穩而有力，顯出詩中李廣自信之氣魄。頸聯出句，人走到邊關盡頭，「詩聲」顯現情緒之泰然，落句「黃雲出塞多」，吟誦多次，可以發現聲音猶如上戰場般，往前奔衝。腹聯聲音轉為悲壯。尾聯「想到‖陰山路」聲音逐漸爬高，聲揚氣盛，至「路」字才略低，如李廣力守邊疆，不教胡馬度陰山之概。落句「天驕已請和」氣定而聲漸緩，如戰事底定而舒解了緊張情緒。

相較於郎士元〈送彭將軍〉的聲調表現，林鴻〈送高郎中使北〉的聲調過於四平八穩，例如中間兩聯對仗句的「意義節奏」皆為（二一二），顯得變化不夠，不若郎士元中間兩聯（二二一，二二一。二一二，二一二），比較錯綜變化。林鴻首聯出句「漢使臨邊日」的五

十九，《史記會注考證》（臺北：樂天出版社，1972年），卷九十九，頁1111。

音位置雖有高低，但搭上聲母，整個字音聽起來偏低不響，尤其「臨」字無力，宛若踏陷。落句「天驕已請和」也呈現舒緩；因而，首聯顯得音平沒有姿態。頸聯出句聲音開始鮮活有了動態，落句「犯雪渡交河」有意製造出氣勢，但又稍顯僵硬。腹聯大概是整首詩中，聲音表現最好的部分。「水草流行帳」，漠北逐水草而遷居，反覆朗誦，聲音十分滑順，如行雲流水，有達到詩義如水流般移動的效果。落句「雲沙想玉珂」聲音帶有黏性，營造出想念之情，有如邊疆回望朝廷。尾聯「誰知 ‖ 清漠北」，「婁敬 ‖ 策居多」聲音多帶感嘆；只是落句音響有些失衡，吟誦時，「策」字易讀成獨立的音節，變成「婁敬 ‖ 策 ‖ 居多」，然而「策居多」卻該同爲一詞。因此，落句「婁敬策居多」所下的節奏點顯現不出詩義。

上述從聲調來論林鴻〈送高郎中使北〉與郎士元〈送彭將軍〉，二者內容不同，音響的安排上也理應相異。〈送彭將軍〉顯現威武，「詩聲」氣勢如虹。而〈送高郎中使北〉則不戰以和，聲調平穩。

典範難以超越，自古皆然。錢謙益對於明代學習唐詩的風潮，即相當不以爲然。他在《列朝詩集小傳》批評「膳部之學唐詩，摹其色象，按其音節，庶幾似之矣。其所以不及唐人者，正以其摹倣形似，而不知由悟以入也」。〔註112〕林鴻曾任「禮部精膳司員外郎」，〔註113〕故世稱「林膳部」。錢謙益批評林鴻不懂學詩該從「悟」入，須求直接融通，而非摹擬音節形式。李東陽亦批評「林子羽《鳴盛集》專學唐，……蓋皆極力摹擬，不但字面句法，並其題目亦效之。開卷驟視，宛若舊本。然細味之，求其流出肺腑，卓爾有立者，指不能一再屈也。」〔註114〕李東陽認爲林鴻極力摹似，從題目到字面句法都倣效唐詩，雖「宛若舊本」，但是卻缺乏「流出肺腑」，彌足珍貴的情感。

〔註112〕〔清〕錢謙益：〈高典籍棟〉，《列朝詩集小傳》（臺北：世界書局，1965年）上冊，乙集，頁180。

〔註113〕〔清〕張廷玉：〈列傳・文苑二・林鴻〉，《明史》，卷二百八十六，列傳第一百七十四，頁7335。

〔註114〕〔明〕李東陽：《麓堂詩話》，頁7～8。

　　回顧前述所討論，人爲詩歌律最終的目的是回歸到聲情相和，求「性情之眞」與「性情之正」。內在情感、氣質之性需要藉由聲音才能迸發出來，詩作愈富有音樂性，即能負載愈多的情感，也愈有感染力。盛唐之音即是如此。郎士元〈送彭將軍〉聲調音圓流轉而氣勢如虹，更重要的是「詩聲」伏貼著詩義，一同運作。這就是情感之聲義。

　　林鴻在韻腳和字句的使用上倣效了郎士元，雖然可見林鴻詩之平仄與立意不同於郎士元，當有屬於自己的想法；但就聲情來說，林鴻之詩相較於郎士元，聲響過於平淡，明顯有所不足，而少了些聲感的作用。

　　「聲調」是一種綜合作品整體由聲音所形成的體貌，創作者的主體才氣性情通過抑揚、節奏的聲音展演出作品風貌。明代在談「調」，幾乎不是在談客觀的平仄格律，而是在論「詩聲」如何發出「興感」之用，使言有盡而音意無窮。

　　在「兩種聲情路徑」中，我們看到明代詩人學習唐音，考慮了主觀的才氣情性以及客觀格律兩部分，分從自然之音與人爲詩歌律的路徑，希望最終能夠再現自然之聲情。他們探索如何讓詩在定式的平仄譜中，驅使字音抑揚頓挫，激盪出錯綜的音響，展現個殊風貌。謝榛、李東陽對「詩聲」特別有體悟。李東陽曾說，以聲求詩，是他獨得的秘訣，〔註 115〕而杜甫詩頓挫起伏，令人驚愕的原因就在於其音響與格律正相稱。〔註 116〕有聲調才有情感，當字音、音節、整體的音響與格律相合時，音樂性就愈強，猶如樂曲可感人性情，令人驚愕。

〔註115〕「予初求聲於詩，不過心口相語，然不敢以示人。聞潘言始自信以爲昔人先得我心。天下之理出於自然者，固不約而同也。趙撝謙嘗作《聲音文字通》十二卷未有刻本，入內閣而亡其十一，止存總目一卷。以聲統字，字之於詩，亦一本而分者。於此觀之，尤信門人輩有聞予言，必讓予曰：莫太洩漏天機否也」〔明〕李東陽：《麓堂詩話》（臺北：藝文印書館據乾隆鮑廷博校刊知不足齋叢書本，1966 年），頁 7。

〔註116〕「長篇中需有節奏，有操有縱，有正有變，若平鋪穩布，雖多無益。唐詩類有委曲可喜之處，惟杜子美頓挫起伏變化不測，可駭可愕，蓋其音響與格律正相稱」。〔明〕李東陽：《麓堂詩話》，頁 6。

　　明人師學唐音，雖舉出若干細部可學之法，然而要將音節抑揚使喚成聲調，卻還是得通過主體才氣性情。對於這不可說之處，他們也只能苦心地說，不需拘於字句，而要吟詠再吟詠，如此才能捉摸到聲音的姿態。謝榛提供學者三法，以抓住那難以言說的詩魂：「熟讀之以奪神氣，歌詠之以求聲調，玩味以裒精華。得此三要，則造乎渾淪，不必塑謫仙而畫少陵也」。〔註117〕李東陽對於學習唐音，有很深刻的理解。他說李白〈遠別離〉、杜甫〈桃竹杖〉皆「極其操縱」，但如果按照古人聲調去摹擬卻得「和順委曲」，會這樣是因爲初學者未到火候，不明白其中的道理。〔註118〕從林鴻學郎士元之詩，得聲調平穩，印證李東陽之言，或許太過抹煞林鴻學唐的努力；但我們仍可從中得知，要使音節和順，比較容易，因爲平仄之定式本身就聲音相諧，但若要使音節抑揚頓挫，讓聲調迴盪著情意，那就必須倚靠個人才氣、體悟。李東陽在《麓堂詩話》一再強調吟詠再吟詠，才能求得詩的韻味，如此手舞足蹈，樂不可支。〔註119〕這是因爲感悟無法從詩學方法，依樣畫葫而得；只能從最基本卻是最要緊的方法「吟詠」來契入，以探知深奧的關鍵。

　　若說才氣本於天賦，那可強致而得嗎？七十歲仍習詩的許學夷，給了門生這樣的回答，他以筋力譬喻：「市井逐末之人，負擔不逾區釜，而田野之夫，負擔則一石也。蓋由童而習之，強致然耳。使田野

〔註117〕〔明〕謝榛著，宛平校點：《四溟詩話》，卷三，頁80。

〔註118〕「今泥古詩之成聲，平側短長句句字字摹倣而不敢失，非惟格調有限亦無以發人之情性。若往復諷詠久而自有所得，得於心而發之乎聲，則雖千變萬化如珠之走盤，自不越乎法度之外矣。如李太白〈遠別離〉、杜子美〈桃竹杖〉皆極其操縱，曷嘗按古人聲調而和順委曲，乃如此故初學所未到，然學而未至乎是亦未可與言詩也」。〔明〕李東陽：《麓堂詩話》，頁3。

〔註119〕「詩之爲妙固有詠歎淫泆三復而始見，百過而不能窮者」。〔明〕李東陽：《麓堂詩話》，頁13。「蓋正言直述則易于窮盡而難於感發，惟有所寓託形容摹寫，反復諷詠，以俟人之自得，言有盡而意無窮，則神爽飛動，手舞足蹈而不自覺，此詩之所以貴情思，而輕事實也」。〔明〕李東陽：《麓堂詩話》，頁8。

之子而從市井之人，終身豈能負一石哉？」〔註 120〕許學夷之譬喻，乃是認爲「能力」是「經由反覆訓練」而得，故能力之增強在於「迫使」。換言之，學詩不重在先天才氣之別，而取決於「人爲之努力」。是故，我們看到李東陽、許學夷、謝榛瞭解自然之難學，才氣之難得，他們期勉後進學習詩作，先自可尋的方法開始，從最基礎的規律不斷浸淫涵詠，強致而行，終究得其全貌。這是學習「情隨聲轉」的必經過程。

《史記》記載孔子向師襄學鼓琴，從「數」開始學習，再得其「志」，最後得其「樣貌」，「有所穆然深思焉，有所怡然高望而遠志焉」，最後得其爲人，「非文王其誰能爲此也！」〔註 121〕。明代人學習唐音，從格律到聲調，從詩家聲調到世代聲調，希冀以「聲」再使詩之創作風行草偃，想必也是如孔子習琴的過程，如此這般想望吧！

〔註 120〕 〔明〕許學夷著，杜維沫校點：《詩源辯體》，卷十七，頁 178。
〔註 121〕 〔漢〕司馬遷著，日・瀧川龜太郎考證：〈孔子世家〉第十七，《史記會注考證》（臺北：樂天出版社，1972 年），卷四十七，頁 754。

第六章 結 論

　　明代「詩以聲爲用」的提出是爲了對治宋代以來在創作觀念上忽略了詩的「聲感」作用。「詩以聲爲用」之「用」即是「聲感」,「聲感」乃是一種主體直接感性、參與,其性質近乎於藝術活動。「聲感」觀念立基於「體用相即」的觀念上,「詩聲」爲「體」,其「用」爲「感」。「聲感」源自人法天道的宇宙觀、形上思維,其根源之依據乃推至「天之性」,天地萬物與我同爲一類,故能「應感」。聲感系統最重要的思想來源即是《禮記・樂記》。《禮記・樂記》總攬了秦漢諸子之應感思維,建立起「聲情類應」的原理原則;而明人「詩以聲爲用」即是在「聲情類應」的基礎上,探討詩聲如何傳情、如何溫柔敦厚。在明人「詩以聲爲用」的觀念下,「聲調」具有「聲義」,兼具了聲調美與詩教功能,使詩回復「詩樂合一」時的「聲感」作用。歸結本文之論述,簡要如下:

　　一、「聲感」的根源依據在於:(一)、實際的感官經驗:依據心理、人性得到「聲情類應」的觀念,並混雜了形上思維及宇宙觀念,其根源性乃推至人有「天之性」,故人與天地萬物之間形成一「類感」之原理原則,從而建立起「性－心－物－情－聲－音－樂」的「聲感」結構歷程。(二)、從文化層次規創「聲感」理論之規範與價值:聲音

具有道德性，以「和」作爲規範與價值所在。依據「聲情類應」的原理原則，以「應然」規創「實然」，「樂」以「和」爲貴，「聲情」皆發而「中節」，故君子能「反情以和志」。

二、「聲感」的作用分爲兩個層次：（一）、「聲音」的自體功能乃「聲情類應」之雙向作用。從「音由心生」，「心感外物」來說，「聲音」可以傳達情感；另一方面，「聲音」亦能使「心」有所「感」。（二）、「聲音」的衍生效用是在「聲情類應」的基礎上，以「聲感」進行人格教養，而能「和情性、美教化」。但是，此一衍生效用必須在具有「主體道德自覺」或有「深刻的美感經驗」，才有此效用。明人承襲「聲感」之說，故「詩以聲爲用」之「用」，亦有兩層作用：（一）、依據「聲情類應」的原理原則，欲使詩有「聲感」，而達到「情隨聲轉」；（二）、使詩聲具有傳達情感之聲調美，亦有溫柔敦厚之教。

三、「聲感」作用在「詩禮樂一體的實踐場域」中，除了「聲情類應」原理原則，還有禮樂結合的「威儀效力」，及其「氛圍感染力」。「聲調」能使人「興感」即是基於「聲情類應」以及「吟詠」所醞釀的「外境的氛圍」。「聲調」的音樂性愈強，就愈能喚起情感；換言之，聲感的作用也就愈強。詩人從「作品興象」之閱讀，而習得「聲調的功能在『興』」，再將之轉換成「作者感物起情」之創作。

四、「聲感」作用受到忽略是因爲「格律平仄」的制訂，以及「文字義取代了聲義」。「詩樂合一」時，「聲義」來自詩之「合樂」，「聲義」也就是「聲感」的作用。詩樂分途後，漢儒已不明「聲義」而側重詩之「文字義」。六朝時，「詩聲」從外部管弦移置「詩體內部」，聲律有了初步的規則，但客觀的「平仄」卻脫離了「聲情類應」的聲感系統。詩樂分離後，「詩」從文字義取得「溫柔敦厚」之教。但是宋人卻過份講求格律，以議論入詩，使得詩文不分，於詩作實踐上亦減損了「聲調」之「感」。

五、明人從「詩聲」辨別詩文類以及各家詩體，藉創作與批評的實務經驗，發現聲調實繫於各時代之風土民情。是故，明人重回「聲

感」系統，乃是體認到聲調能承載情感與反映時代；因此側重詩的審美特徵「聲」。此舉回應了宋代、明初「詩文不分」，以及「詩教功能可由論說義理的散文所替代」的文學語境。

六、從「聲調」之客體來說，它不僅僅是客觀的平仄格律，而是透過主體的才氣性情安排字音、句式音節、篇章結構的音響，使之富有聲情，蘊涵雄渾、高古、婉約等具體色澤。因此「聲調」乃是從詩聲綜合作品整體風貌，如一體貌。不過，主體才氣性情又不離社會文化的制約，因此一時代有一時代的「聲調」，稱之爲「群體的聲調風貌」。

七、「音」與「世道」的雙向關係爲：（一）、從作詩者而言，音反映現實政教之治亂，故下以風刺上；（二）、從用詩者而言，政教者以「音」去教化百姓，而「改變」現實，故選擇「正聲」，上以風化下。

八、「音律反映世道」乃是因爲「聲調」受到世代、地域之風俗文化影響，表現出來則有「音殊調別」。故「詩體」之「正變」，亦隱含世道的影響。明人理解「音律」與「世道」的關係並非是一機械性的對應，而考量了「主體才氣性情」的能動性，因此在《唐音》、《唐詩品彙》選本容納了文學發展的「延續性」與「不齊一性」。所謂「延續性」是指詩體發展過程當中，聲調風貌有世代之連續，而非憑空而出；而「不齊一性」是指「主體才氣性情」具有能動性，而在聲調之世代中，有各殊之表現，甚至開啓新的聲調世代。

九、從用詩者來說，「音律」不僅僅是靜態地反映現實，而是積極地以「正聲」之「感」達到「改變」現實之目的。故選擇「正聲」即預設了其「正向」價值與教化動力。因此，「世道」與「詩體正變」乃是互有影響。

十、「聲調美」乃是兼有美善，具備「性情之正」與「音律純厚」。明人在儒家美學的架構下，試圖從詩的審美特徵——聲調，兼融聲調美與詩教。從唐詩選本以及詩話皆可見，他們選取「盛唐之音」作爲

典範，即是因為唐詩含有豐富的音樂性，極能感人，且因世道之盛而音律純厚，故可以為法，亦可以教。明人強調吟詠之味，以「聲調」恢復詩的「聲感」功能，避免了文以載道的僵化，同時也整合了藝術美與溫柔敦厚之詩教。

十一、理想的聲情關係必須是「音由人心生」，「聲隨情轉」，如此聲與情類應，方能感人。這個理念深深影響「詩以聲為用」，因此即便從格律平仄鍛鍊聲情，也必須不斷往復向「心」探測其「聲感」，方能拿捏字音、句式音節如何涵「情」。

十二、從具體實踐來說，明人學習唐詩乃希望從客觀格律著手，練得「情隨聲轉」而不見鑿痕，而讓「聲情」重返自然而不造作的狀態。明人從聲氣主客觀的關係，及字音、句式音節、篇章結構之音響，層層逼近唐詩之「音」，思量主體情性如何驅使字音，以成「聲調」。詩人從批評轉為創作實踐，不斷從格律浸淫涵詠，強致而行，從格律到聲調，從詩家聲調到世代聲調，其目的即是在於使「詩」恢復「聲義」，滋長情意。同時，作為有一道德自覺之士人，也願以詩聲之美善，向外擴充，實踐群體社會之責任。

主要引用及參考資料

一、古代典籍

〔漢〕許慎著,〔清〕段玉裁注:《新添古音說文解字注》增修版,臺北: 紅葉文化,1999 年。

〔漢〕鄭玄注,〔唐〕賈公彥疏,趙伯雄整理:《周禮注疏‧春官宗伯》, 臺北:臺灣古籍出版有限公司,2001 年。

〔宋〕陳彭年等修:《廣韻》,臺北:臺灣中華書局,1966 年據遵義黎氏 古逸叢書覆宋重修本。

〔宋〕鄭樵著,福建文史研究社校訂:《宋鄭夾漈先生六經奧論》,臺 北:臺北市閩南同鄉會,1975 年據國立中央圖書館特藏舊抄本。

〔宋〕朱熹:《四書章句集註》,臺北:鵝湖出版社,1984 年。

〔宋〕朱熹:《詩經集註》,臺北:華正書局,1996 年。

〔宋〕呂祖謙:《呂氏家塾讀詩記》,臺北:新文豐出版社,1984 年據墨 海金壺本排印。

〔宋〕張麟之:《韻鏡》,收入《等韻五種》二版,臺北:藝文印書館, 1981 年據享祿戊子覆宋本。

〔明〕張次仲:《待軒詩記》,收入中國詩經學會編輯《詩經要籍集成》 第十五冊,臺北:學苑出版社據乾隆三十年(1765 年)文淵閣四 庫全書本。

〔明〕朱朝瑛:《讀詩略記》,臺北:臺灣商務印書館,1970 年據文淵閣 四庫全書本。

〔明〕王志長：《周禮註疏刪翼》，臺北：臺灣商務印書館，1983 年據文淵閣四庫全書。

〔清〕陸隴其：《四書講義困勉錄》，臺北：臺灣商務印書館，1983 年據文淵閣四庫全書版。

〔清〕江永著，渭南嚴氏校訂：《音學辨微》，收入《音韻學叢刊》，臺北：廣文書局，1987 年，第十一冊。

〔清〕孫希旦：《禮記集解》，臺北：文史哲出版社，1990 年。

〔清〕阮元：《詩書古訓》，臺北：新文豐出版社，1984 年。

〔清〕阮元校勘：《十三經注疏》，臺北：藝文印書館，1993 年。

王夢鷗：《禮記校證》，臺北：藝文印書館，1976 年。

〔春秋〕左丘明著，〔吳〕韋昭注：《國語》臺三版，臺北：中華書局據士禮居黃氏重雕本校刊，1983 年。

〔漢〕司馬遷著，日‧瀧川龜太郎考證：《史記會注考證》，臺北：樂天出版社，1972 年。

〔漢〕班固著，〔唐〕顏師古注：《漢書》，北京：中華書局，1962 年。

〔唐〕李延壽：《南史》，臺北：中華書局據武英殿本校刊，1965 年。

〔唐〕房玄齡著，〔清〕吳士鑑、〔清〕劉承幹注：《晉書斠注》，臺北：藝文印書館，1972 年。

〔宋〕鄭樵：《通志》，杭州：浙江古籍出版社，1988 年。

〔元〕馬端臨：《文獻通考》，杭州：浙江古籍出版社，1988 年。

〔清〕錢謙益：《列朝詩集小傳》，臺北：世界書局，1965 年。

〔清〕張廷玉：《明史》據武英殿本校刊聚珍倣宋版影印，臺北：中華書局，1965 年。

〔清〕潘介祉：《明詩人小傳稿》，臺北：國立中央圖書館印行，1986 年。

〔秦〕呂不韋著，陳奇猷校釋：《呂氏春秋校釋》，臺北：華正書局書局，1985 年。

〔漢〕劉向：《說苑》，臺北：臺灣商務印書館，1983 年據文淵閣四庫全書版。

〔宋〕沈括：《夢溪筆談》，臺北：臺灣商務印書館，1968 年。

〔宋〕朱熹著，〔宋〕黎靖德編：《朱子語類》，臺北：正中出版社，1973 年。

〔宋〕朱熹著,日・友枝龍太郎解題:《孟子或問》,日本東京:中文出版社,1977 年據景正保四年(1647)刊本影印。

〔明〕劉績:《霏雪錄》,臺北縣板橋市:藝文印書館,1966 年據古今說海本。

〔明〕陸深:《儼山外集》,臺北:臺灣商務印書館,1983 年據文淵閣四庫全書。

〔明〕黃道周:《榕壇問業》,臺北:廣文書局,1975 年。

〔清〕顧炎武著,陳垣校注:《日知錄校注》,合肥:安徽大學出版社,2007 年。

〔清〕王先謙集解:《荀子集解》五版,臺北:藝文印書館,1988 年。

〔清〕郭慶藩:《莊子集釋》,臺北縣樹林鎮:漢京文化事業公司,1983 年。

〔梁〕劉勰著,周振甫注:《文心雕龍注釋》,臺北:里仁書局,1998 年。

〔梁〕鍾嶸著,陳慶浩編:《鍾嶸詩品集校》,法國:法國國立巴黎第八大學出版,1977 年。

〔唐〕王昌齡著,胡問濤、羅琴校注:《王昌齡集編年校注》,成都:巴蜀書社,2000 年。

〔唐〕杜甫著,錢謙益箋注:《杜詩錢注》,臺北:世界書局,1965 年。

〔唐〕杜甫:《杜工部文集》,臺北:新文豐出版社,1988 年。

〔唐〕司空圖著,郭紹虞集解:《詩品集解》,北京:人民文學出版社,1963 年。

〔唐〕殷璠:《河嶽英靈集》,臺北:臺灣商務印書館,1979 年據上海函芬樓借嘉興沈氏藏明刊本。

〔後蜀〕韋縠:《才調集》,臺北:臺灣商務印書館,1979 年據上海涵芬樓借德化李氏藏述古堂影宋鈔本。

〔宋〕楊時:《龜山集》,臺北:臺灣學生書局,1974 年。

〔宋〕朱熹著,徐德明、王鐵校點:《晦庵先生朱文公文集》,收入《朱子全書》,上海:上海古籍出版社,2002 年,第肆集。

〔宋〕真德秀編:《文章正宗》,臺北:臺灣商務印書館,1981 年據文淵閣四庫全書版。

〔宋〕王柏:《魯齋集》,臺北縣板橋市:藝文印書館據金華叢書本,1966 年。

〔宋〕嚴羽著,郭紹虞校釋:《滄浪詩話校釋》,北京:人民文學出版社,2006 年。

〔元〕楊士弘編選，〔明〕顧璘點評：《唐音評注》，保定：河北大學，2006年。

〔明〕宋濂：《宋濂全集》，杭州：浙江古籍出版社，1999年。

〔明〕蘇伯衡：《蘇平仲集》，臺北縣板橋市：藝文印書館，1966年。

〔明〕陳謨：《海桑集》，臺北：臺灣商務印書館，1973年據文淵閣四庫全書版。

〔明〕王行：《半軒集》，臺北：臺灣商務印書館，1972年據文淵閣四庫全書版。

〔明〕高棅選編：《唐詩品彙》，上海：上海古籍出版社1982年據辭書出版社藏明汪宗尼校定本影印。

〔明〕高棅：《唐詩正聲》，明嘉靖間刻本。

〔明〕王直著，王禎編：《抑菴文集》，臺北：臺灣商務印書館，1983年。

〔明〕胡居仁：《胡敬齋先生文集》，臺北：藝文印書館，1966年據清康熙張伯行編輯同治左宗棠增刊正誼堂全書本影印。

〔明〕程敏政：《篁墩文集》，臺北：臺灣商務印書館，1983年據文淵閣四庫全書版。

〔明〕李東陽：《麓堂詩話》，臺北：藝文印書館，1966年據乾隆鮑廷博校刊知不足齋叢書本。

〔明〕李東陽：《懷麓堂稿》，臺北：臺灣學生書局，1975年。

〔明〕陳沂：《拘虛詩談》，周維德集校：《全明詩話》，濟南：齊魯書社，2005年，第一冊。

〔明〕徐獻忠：《唐詩品》，周維德集校：《全明詩話》，濟南：齊魯書社，2005年，第二冊。

〔明〕李夢陽：《空同先生集》，臺北：偉文出版社：1976年。

〔明〕殷雲霄：《石川文槁》，臺北縣：莊嚴文化事業，1997年四庫全書版。

〔明〕徐禎卿著，〔明〕周履靖校正：《談藝錄》，臺北縣板橋市：藝文印書館，1966年據夷門廣牘版。

〔明〕何景明著，李叔毅等校：《何大復集》，河南：中洲古籍出版社，1989年。

〔明〕楊慎：《升菴詩話》，臺北：臺灣商務印書館，1966年據函海本排印。

〔明〕謝榛著，宛平校點：《四溟詩話》，北京：人民文學出版社，1998年以《歷代詩話續篇》爲底本，據海山仙館叢書補足。

〔明〕李攀龍著，李伯齊點校：《李攀龍集》，濟南：齊魯書社，1993 年。

〔明〕周履靖：《騷壇秘語》，臺北：藝文印書館，1966 年據明萬曆周履靖輯刊夷門廣牘本。

〔明〕周履靖：《騷壇秘語》，周維德集校：《全明詩話》，濟南：齊魯書社，2005 年，第三冊。

〔明〕王文祿：《詩的》，周維德集校：《全明詩話》，濟南：齊魯書社，2005 年，第二冊。

〔明〕王世懋：《藝圃擷餘》，臺北：藝文印書館，1966 年據學海本校定。

〔明〕陳第：《讀詩拙言》，周維德集校：《全明詩話》，濟南：齊魯書社，2005 年，第三冊。

〔明〕胡應麟：《詩藪》，臺北：廣文書局，1973 年據國立中央圖書館藏明崇禎五年延陵吳國琦等重刊《少室山房全集》。

〔明〕許學夷著，杜維沫校點：《詩源辯體》，北京：人民文學出版社，1998 年。

〔明〕譚浚：《說詩》，周維德集校：《全明詩話》，濟南：齊魯書社，2005 年，第三冊。

〔清〕王夫之著，舒蕪校點：《薑齋詩話》，北京：人民文學出版社，1998 年。

〔清〕王夫之著，傅雲龍、吳可主編：《船山遺書》，北京：北京出版社，1999 年據上海太平洋書店版，參校曾刻本。

〔清〕葉燮著，霍松林校注：《原詩》，北京：人民文學出版社，1979 年。

〔清〕朱彝尊編：《明詩綜》，臺北：世界書局，1962 年。

〔清〕劉大勤：《師友詩傳續錄》，收入〔清〕郎廷槐等編：《師友詩傳錄》，臺北縣板橋市：藝文印書館，1966 年據清曹溶輯桃越增訂學海類編本，補劉大勤《師友詩傳續錄》。

〔清〕沈德潛編：《明詩別裁集》，臺北：廣文書局，1970 年。

〔清〕沈德潛編：《唐詩別裁集》，上海：上海古籍出版社，1979 年。

〔清〕沈德潛著，霍松林校注：《說詩晬語》，北京：人民文學出版社，1979 年。

〔清〕翁方綱：《石洲詩話》，收入郭紹虞編選，富壽蓀校點：《清詩話續編》，上海：上海古籍出版社，1999 年。

〔清〕嚴可均輯：《全上古三代秦漢三國六朝文》，北京：中華書局，1999 年。

〔清〕劉熙載：《藝概》，臺北：華正書局，1988 年。

郭紹虞主編：《中國歷代文學論著精選》，臺北：華正書局，1991 年。

張伯偉：《全唐五代詩格校考》，西安：陝西人民教育出版社，1996 年。

二、現代中外文論著專書

王力：《漢語詩律學（上）》，收入《王力文集》第十四卷，山東：山東教育出版社，1989 年據上海教育出版社 1978 年版（第四、五兩章收入第十五卷），原由新知識出版社出版。

王秀臣：《三禮用詩考論》，北京：中國社會科學出版社，2007 年。

王國維：《觀堂集林》，臺北：河洛圖書出版社，1975 年。

王夢鷗：《文藝論說》，臺北：學英文化事業公司，1984 年。

任半塘：《唐聲詩》，上海：上海古籍，2006 年。

印順：《印度佛教思想史》修訂版，新竹縣竹北市：正聞出版社，2005 年。

朱光潛：《詩論》，臺北縣樹林鎮：漢京文化事業 公司，1982 年。

朱光潛：《文藝心理學》十七版，臺北：開明書局，1985 年。

朱自清：《詩言志辨》臺四版，臺北：開明書局，1982 年。

江文也著，楊儒賓譯：《孔子的樂論》，臺北：臺大出版中心，2004 年。

牟宗三：《中國哲學十九講》，臺北：臺灣學生書局，1983 年。

牟宗三：《才性與玄理》八版，臺北：臺灣學生書局，1993 年。

吳冠宏：《魏晉玄義與聲論新探》，臺北：里仁書局，2006 年。

李安宅：《意義學》，上海：上海書店，1989 年據商務印書館 1935 年版影印。

李澤厚、劉綱紀主編：《中國美學史》，北京：中國社會科學出版社，1984 年。

李澤厚：《中國古代思想史論》，臺北：三民書局，1996 年。

宗白華：《美從何處尋》，臺北縣板橋市：駱駝出版社，1987 年。

韋政通主編：《中國哲學辭典大全》，臺北：水牛出版社，1994 年。

唐君毅：《中國哲學原論‧原道篇》三版，臺北：臺灣學生書局，1978 年。

唐君毅：《哲學總論》，臺北：臺灣學生書局，1978 年。

唐君毅：《中國文化之精神價值》，南京：江蘇教育出版社，2005 年。

孫春青：《明代唐詩學》，上海：上海古籍出版社，2006 年。

孫琴安：《唐詩選本提要》，上海：上海書店，2005 年。

徐復觀：《中國藝術精神》，臺北：學生書局，1966 年。

徐復觀：《中國人性論史》，臺北：臺灣商務書局，1969 年。

徐復觀：《兩漢思想史》增訂版，臺北：臺灣學生書局，1976 年。

徐復觀：《中國文學論集》五版，臺北：臺灣學生書局，2001 年。

袁震宇、劉明今：《明代文學批評史》，上海：上海古籍出版社，1991 年。

高友工：《中國美典與文學研究論文集》，臺北：臺灣大學出版社，2004
年。

張亨：《思文之際論集──儒道思想的現代詮釋》，臺北：允晨文化出版
社，1997 年。

梁漱溟：《東西文化及其哲學》，臺北：臺灣商務印書館，2002 年。

郭紹虞：《語文通論續編》再版，上海：開明書局，1949 年。

郭紹虞：《中國詩的神韻格調及性靈說》二版，臺北：華正書局，2005
年。

郭紹虞：《中國文學批評史》，臺北：文史哲出版社，2008 年據 1937 年
版本。

陳世驤：《陳世驤文存》二版，臺北：志文出版社，1975 年。

陳伯海主編：《唐詩學史稿》，石家莊：河北人民出版社，2004 年。

陳國球：《唐詩的傳承：明代復古詩論研究》，臺北：臺灣學生書局，1990
年。

陳國球：《情迷家國》，上海：上海書店出版社，2007 年。

勞思光：《新編中國哲學史》（一），臺北：三民書局，1991 年。

勞思光：《新編中國哲學史》（二）增訂九版，臺北：三民書局，1999 年。

曾春海：《嵇康：竹林玄學的典範》，臺北：萬卷樓圖書公司，2000 年。

黃卓越：《明永樂至嘉靖初時詩文觀研究》，北京：北京師範大學出版社，
2001 年。

黃卓越：《明中後期文學思想研究》，北京：北京大學出版社，2005 年。

黃保眞、成復旺、蔡鍾翔合著：《中國文學理論史·明代時期》，臺北：
洪葉文化，1994 年。

黃景進：《嚴羽及其詩論之研究》，臺北：文史哲出版社，1986 年。

黃景進：《意境論的形成──唐代意境論研究》，臺北：臺灣學生書局，
2004 年。

楊松年：《王夫之詩論研究》，臺北：文史哲出版社，1986 年。

楊義：《李杜詩學》，北京：北京出版社，2001 年。

楊蔭瀏：《中國古代音樂史稿》，北京：人民音樂出版社，1981年。

楊儒賓：《儒家身體觀》，臺北：中央研究院文哲所，1996年。

葉朗主編：《現代美學體系》，臺北：書林出版有限公司，1993年。

葉嘉瑩：《迦陵談詩二集》，臺北：東大圖書公司，1985年。

葉嘉瑩：《杜甫〈秋興〉八首集說》，臺北：桂冠書局，1994年。

董同龢：《漢語音韻學》五版，臺北：文史哲出版社，1979年。

廖可斌：《復古派與明代文學思潮》，臺北：文津出版社，1994年。

熊十力：《原儒》，北京：中國人民出版社，2006年。

熊十力：《體用論》，北京：中國人民出版社，2006年。

趙沛霖：《興的源起——歷史積澱與詩歌藝術》，臺北：明鏡文化事業有限公司，1988年。

劉中和：《杜詩研究》，臺北：益智出版社，1985年。

劉昌元：《西方美學導論》二版，臺北：聯經出版公司，1994年。

蔡英俊：《比興、物色與情景交融》，臺北：大安出版社，1986年。

蔡瑜：《高棅詩學研究》，臺北：臺灣大學出版，1990年。

蔡瑜：《唐詩學探索》，臺北：里仁書局，1998年。

鄭毓瑜：《六朝藝術理論中之審美觀研究》，臺北：國立臺灣大學中國文學研究所博士論文，1990年5月。

鄭毓瑜：《六朝情境美學》，臺北：里仁書局，1997年。

鄭毓瑜：《文本風景：自我與空間的相互定義》，臺北：麥田出版社，2005年。

蕭馳：《中國抒情傳統》，臺北：允晨文化事業公司，1999年。

蕭馳：《抒情傳統與中國思想：王夫之詩學發微》，上海：上海古籍出版社，2003年。

簡錦松：《明代文學批評研究》，臺北：學生書局，1989年。

顏崑陽：《莊子藝術精神析論》，臺北：華正書局，1985年。

顏崑陽：《六朝文學觀念叢論》，臺北：正中書局，1993年。

龔鵬程：《文學批評的視野》，臺北：大安出版社，1990年。

龔鵬程：《文學散步》，臺北：學生書局，2003年。

中村元著，徐復觀譯：《中國人之思維方法》修訂版，臺北：臺灣學生書局，1991年。

弘法大師著，王利器校注：《文鏡秘府論校注》，北京：中國社會科學出

版社，1983 年。

瓦倫汀（C. W. Valentine）著，潘智彪譯：《實驗審美心理學》（臺北：商鼎文化出版社，1991 年），下冊，音樂、詩歌篇。

克萊夫・貝爾（Clive Bell）著，周金環、馬鐘元合譯：〈什麼是藝術〉，《藝術》，臺北：商鼎文化出版社，1991 年。

克魯契（Penedetto Croce）著，正中書局編審委員會重譯：《美學原理》，臺北：正中書局，1947 年。

柯林伍德（R.G Collingwood）著，周浩中譯：《藝術哲學大綱》，臺北：水牛圖書出版公司，1975 年。

韋勒克（Wellek）、華勒（Warren）著，王夢鷗譯《文學論》再版，臺北：志文出版社，2000 年。

達達基茲（Wladyslaw Tatarkiewicz）著，劉文潭譯：《西洋六大美學理念史》，臺北：聯經出版公司，1989 年。

鈴木虎雄著，洪順隆譯：《中國詩論史》再版，臺北：臺灣商務印書館，1979 年。

羅伯特・埃斯卡皮（Robert Escarpit）著，蔡淑燕譯：《文學社會學》，臺北：遠流出版社，1990 年。

羅伯特・奧迪（Robert Audi）英文主編，王思迅主編：《劍橋哲學辭典》，臺北：貓頭鷹出版社，2002 年。

蘇珊・朗格（Susanne. K. Langer）著，劉大基等譯：《情感與形式》，臺北：商鼎文化出版社，1991 年。

三、單篇論文

江文也著，江小韻釋譯：〈孔廟的音樂——大晟樂章〉，收入劉靖之主編：《民族音樂研究：江文也研討會論文集》，香港：香港大學亞洲研究中心與香港民族音樂學會聯合出版，第三輯，1992 年，頁 301～307。

吳宏一：〈沈德潛的格調說〉，《幼獅月刊》四十四卷第三期（1976 年 9 月），頁 87～92。

林朝成：〈嵇康〈聲無哀樂論〉初探〉，收入淡江大學中國文學研究所主編《文學與美學》，臺北：文史哲出版社，1992 年，第三集，頁 189～217。

侯雅文：〈論李夢陽以「和」為中心的詩學體系（之一）〉《東華人文學報》第八期（2006 年 1 月），頁 89～122。

侯雅文：〈李夢陽以「和」為中心的詩學體系（之二）——以「二元對立調和」的法則為基礎而規創的詩歌創作理論〉，《東華人文學報》第十

二期,(2008 年元月),頁 85～143。

俞玉茲:〈江文也年譜〉,收入劉靖之主編:《民族音樂研究:江文也研討會論文集》,香港:香港大學亞洲研究中心與香港民族音樂學會聯合出版,第三輯,1992 年,頁 29～58。

高木正一著,鄭清茂譯:〈六朝律詩之形成〉(下),《大陸雜誌》第十三卷第十期(1956 年 11 月),頁 330～338。

高柏園:〈阮籍〈樂論〉的美學意義〉,收入淡江大學中國文學研究所主編《文學與美學》,臺北:文史哲出版社,1992 年,第三集,頁 163～188。

陳鼓應:〈王弼體用論新詮〉,《漢學研究》第二十二卷第一期(2004 年 6 月),頁 1～20。

蔡瑜:〈《唐音》析論〉,《漢學研究》第十二卷第二期(1994 年 12 月),頁 245～269。

鄭毓瑜:〈阮籍的音樂審美觀〉,收入淡江大學中國文學研究所主編《文學與美學》,臺北:文史哲出版社,1990 年,頁 65～84。

鄭毓瑜:〈先秦「禮(樂)文」之觀念與文學典雅風貌的關係——中國文學審美論探源之一〉,收入呂正惠、蔡英俊主編《中國文學批評》,臺北:臺灣學生書局,1992 年,第一集,頁 145～179。

顏崑陽:〈論先秦儒家美學的中心觀念與衍生意義〉,收入淡江大學中國文學研究所主編《文學與美學》,臺北:文史哲出版社,1992 年,第三集,頁 405～440。

顏崑陽:〈從「言意位差」論先秦至六朝「興」義的演變〉《清華學報》新二十八卷第二期(1998 年 6 月),頁 143～172。

顏崑陽:〈從〈詩大序〉論儒系詩學的「體用」觀〉,收入國立政治大學中國文學系主編《第四屆漢代文學與思想學術研討會論文集》,臺北:國立政治大學中國文學系,2002 年,頁 187～324。

顏崑陽:〈論「文體」與「文類」的涵義及其關係〉,《清華中文學報》第一期(2007 年 9 月),頁 1～67。

顏崑陽:〈論漢代文人「悲士不遇」的心靈模式〉,《漢代文學與思想學術研討會論文集》,臺北:文史哲出版社,1991 年,頁 209～253。

附　錄

郎士元〈送彭將軍〉「首聯」：雙旌漢飛將，萬里獨橫戈

詩句	雙	旌	漢	飛	將	萬	里	獨	橫	戈
陰陽	陽	陽	陽	陰	陽	陽	陰	陰	陽	陰
清濁	次濁	清	清	次清	清	次濁	次濁	清	濁	清
開合	開	開	開	合	開	合	開	開	合	合
洪細	細三等	細三等（假四等）	洪一等	細三等	細三等（假四等）	細三等	細三等	洪一等	洪二等	洪一等
五音	喉	齒	喉	唇	齒	唇	半舌	喉	喉	牙
平上去入	平	平	去	平	去	去	上	入	平	平
反切上字系聯	喻（以母）	精	匣	敷	精	明	來	影	匣	見
韻	陽	清	翰	微	漾	願	止	屋	庚	戈

郎士元〈送彭將軍〉「頸聯」：春色臨關盡，黃雲出塞多

詩句	春	色	臨	關	盡	黃	雲	出	塞	多
陰陽	陽	陰	陽	陽	陽	陽	陽	陰	陰	陰
清濁	次清	清	次濁	清	濁	濁	次濁	次清	清	清
開合	合	開	合	合	開	合	合	合	開	合
洪細	細三等	細三等（假二等）	細三等	洪二等	細三等（假四等）	洪一等	細三等	細三等	洪一等	洪一等
五音	齒	齒	半舌	牙	齒	喉	喉	齒	齒	舌
平上去入	平	入	平	平	上	平	平	上	入	平
反切上字系聯	穿（章系）	審（莊系）	來	見	從	匣	喻（云母）	穿（章系）	心	端
韻	諄	職	侵	刪	軫	唐	文	至	德	歌

郎士元〈送彭將軍〉「腹聯」：鼓鼙悲絕漠，烽戍隔長河

詩句	鼓	鼙	悲	絕	漠	烽	戍	隔	長	河
陰陽	陰	陰	陰	陰	陰	陰	陰	陰	陽	陰
清濁	清	濁	清	清	次濁	濁	清	清	清	濁
開合	合	開	開	合	開	合	合	開	開	合
洪細	洪一等	細四等	細三等	細三等（假四等）	洪一等	細三等	細三等	洪二等	細三等	洪一等
五音	牙	唇	唇	齒	唇	唇	齒	牙	舌	喉
平上去入	上	平	平	入	入	平	去	入	平	平
反切上字系聯	見	並	幫	精	明	奉	審（章系）	見	澄	匣

韻	姥	齊	脂	薛	鐸	鍾	遇	麥	陽	歌

郎士元〈送彭將軍〉「尾聯」：想到陰山路，天驕已請和

詩句	想	到	陰	山	路	天	驕	已	請	和
陰陽	陽	陰	陽	陽	陰	陽	陰	陰	陽	陰
清濁	清	清	清	清	次濁	清	清	次濁	次清	濁
開合	開	開	合	開	合	開	開	開	開	合
洪細	細三等(假四等)	洪一等	細三等	洪二等	洪一等	細四等	細三等	細三等	細三等(假四等)	洪一等
五音	齒	舌	喉	齒	半舌	舌	牙	喉	齒	喉
平上去入	上	去	平	平	去	平	平	上	上	平
反切上字系聯	心	端	影	審(莊系)	來	透	見	喻(云母)	清	匣
韻	養	號	侵	山	暮	先	宵	止	靜	戈

林鴻〈送高郎中使北〉「首聯」：漢使臨邊日，天驕已請和

詩句	漢	使	臨	邊	日	天	驕	已	請	和
陰陽	陽	陰	陽	陽	陰	陽	陰	陰	陽	陰
清濁	清	清	次濁	清	次濁	清	清	次濁	次清	濁
開合	開	開	合	開	開	開	開	開	開	合
洪細	洪一等	細三等(假二等)	細三等	細四等	細三等	細四等	細三等	細三等	細三等(假四等)	洪一等
五音	喉	齒	半舌	唇	半齒	舌	牙	喉	齒	喉
平上去入	去	上	平	平	入	平	平	上	上	平
反切上字	匣	審(莊系)	來	幫	日	透	見	喻(云母)	清	匣

系聯		系)					母)		
韻	翰	止	侵	先	質	先	宵	止	靜	戈

林鴻〈送高郎中使北〉「頸聯」：看花辭紫陌，犯雪渡交河

詩句	看	花	辭	紫	陌	犯	雪	渡	交	河
陰陽	陽	陰	陰	陰	陰	陽	陰	陰	陰	陰
清濁	次清	清	濁	清	次濁	濁	清	濁	清	濁
開合	開	合	開	開	開	合	合	合	開	合
洪細	洪一等	洪二等	細三等（假四等）	細三等（假四等）	洪二等	細三等	細三等（假四等）	洪一等	洪二等	洪一等
五音	牙	喉	齒	齒	唇	唇	齒	舌	牙	喉
平上去入	去	平	平	上	入	上	入	去	平	平
反切上字系聯	溪	曉	邪	精	明	並	心	定	見	匣
韻	翰	麻	之	紙	陌	範	薛	暮	肴	歌

林鴻〈送高郎中使北〉「腹聯」：水草流行帳，雲沙想玉珂

詩句	水	草	流	行	帳	雲	沙	想	玉	珂
陰陽	陰	陰	陰	陽	陽	陽	陰	陽	陰	陰
清濁	清	次清	次濁	濁	清	次濁	清	清	次濁	次清
開合	合	開	開	開	開	合	開	開	合	合
洪細	細三等	洪一等	細三等	洪二等	細三等	細三等	細三等（假二等）	細三等（假四等）	細三等	洪一等
五音	齒	齒	半舌	喉	舌	喉	齒	齒	牙	牙
平上去入	上	上	平	平	去	平	平	上	入	平

反切上字系聯	審（章系）	清	來	匣	知	喻（云母）	審（莊系）	心	疑	溪
韻	旨	皓	尤	庚	漾	文	麻	養	燭	歌

林鴻〈送高郎中使北〉「尾聯」：誰知清漠北，婁敬策居多

詩句	誰	知	清	漠	北	婁	敬	策	居	多
陰陽	陰	陰	陽	陰	陰	陰	陽	陰	陰	陰
清濁	濁	清	次清	次濁	清	半濁	清	次清	清	清
開合	合	開	開	開	開	合	開	開	開	合
洪細	細三等	細三等	細三等（假四等）	洪一等	洪一等	細三等	細三等	洪二等	細三等	洪一等
五音	齒	舌	齒	唇	唇	半舌	牙	齒	牙	舌
平上去入	平	平	平	入	入	平	去	入	平	平
反切上字系聯	邪	知	精	明	幫	來	見	穿（莊系）	見	端
韻	脂	支	清	鐸	德	虞	敬	麥	魚	歌